MARSHA CANHAM

2. Teil

DER PFEIL DES PRINZEN

1. Teil "Die Braut des Drachen"

Roman

Deutsche Erstausgabe

WILHELM HEYNE VERLAG
MÜNCHEN

HEYNE ROMANE FÜR ›SIE‹
Nr. 04/244

Titel der Originalausgabe
THE LAST ARROW

Aus dem Amerikanischen von
Alexandra von Reinhardt

Umwelthinweis:
Das Buch wurde auf
chlor- und säurefreiem Papier gedruckt.

Printed in Germany 1998
Umschlagillustration: Jean Monti/Agentur Schlück
Umschlaggestaltung: Atelier Ingrid Schütz, München
Satz: Pinkuin Satz- und Datentechnik, Berlin
Druck und Bindung: Elsnerdruck, Berlin

ISBN 3-453-13960-7

PROLOG

Marienne FitzWilliam war zu einer schönen jungen Frau herangewachsen, und weil sie keine Nonne war, wurde sie oft auf den Markt von Nottingham geschickt, um das in der Abtei gewebte Leinen zu verkaufen. Als sie dort eines Tages im Sonnenlicht stand und mit gerunzelter Stirn Nadeln und Spindeln begutachtete, fielen die lüsternen Augen eines Mannes auf ihre prächtige kastanienbraune Lockenmähne. Sein Name war Reginald de Braose, und er stand im Dienst des Sheriffs von Nottingham, Guy de Gisbourne.

De Braose war ein häßlicher Kerl, klein und fett, mit pockennarbigem Gesicht und einem milchigen Auge, das ständig tränte, wodurch es mit einer unappetitlichen gelblichen Kruste umrandet war. Unter dem konischen Helm klebten seine mistbraunen Haare in fettigen Strähnen am Hals, und auch seine Rüstung war ungepflegt. Das Panzerhemd wies zahlreiche Kampfspuren auf und war stümperhaft repariert worden; es hatte Löcher in den Ärmeln, und am Saum hatte sich die ganze unterste Kettenreihe gelöst und baumelte lose über den Oberschenkel. Sein dunkelblauer Waffenrock war mit Flecken übersät, weil er sich beim Essen und Trinken nicht vorsah, seine Hose war an den Knien ausgebeult, und die Schwertscheide war so lange nicht mehr geputzt worden, daß sie nicht einmal im grellen Schein der Mittagssonne funkelte.

Reginald de Braose schaute nach rechts und links und nickte den Soldaten zu, die überall im Schatten herumstanden. Einer dieser Männer war freilich so damit beschäftigt, eine üppige Dirne zu begrapschen, daß er den lautlosen Befehl seines Hauptmanns völlig übersah.

Sie hielten sich seit dem frühen Morgen auf dem Markt auf. Dies war nun schon der vierte Samstag hintereinander, an dem sie vor dem ersten Hahnenschrei aus ihren warmen

Betten geworfen worden waren. Ohne gefrühstückt zu haben, mußten sie an verschiedenen Stellen des Marktplatzes Position beziehen, um nach Fremden Ausschau zu halten und – in der Hoffnung auf reiche Belohnung – verdächtige Gestalten zu verfolgen. Die dunkelhaarige junge Frau hatte Reginald de Braose schon mehrmals hier gesehen, und er wußte, daß sie bei den Nonnen der Kirklees Abbey lebte und für sie arbeitete, doch sie bot einen überaus reizvollen Anblick, um so mehr, als die meisten Dorfbewohner ihre Frauen und Töchter – sogar die häßlichen – zu verstecken pflegten, wenn Soldaten in der Nähe waren.

Die Freisassen und Bauern flüchteten außerdem immer häufiger in die Wälder, zumal jene, die befürchten mußten, zur Zwangsarbeit in die Burg abkommandiert zu werden. Wegen der enormen Steuern fast am Verhungern, verbargen sie ihre wenigen Habseligkeiten, und den Leuten des Königs oblag es, sie dieses Verbrechens zu überführen. Männer, die zur Arbeit im Nottingham Castle gezwungen wurden, konnten sich freikaufen, und auch die Frauen, die zur Hurerei gezwungen wurden, konnten sich freikaufen und in ihre Lehmhütten zurückkehren – freilich erst, nachdem sie durch alle Hände gegangen waren. Wer auch nur den geringsten Widerstand leistete, mußte damit rechnen, seine Zunge, die Ohren, Finger oder Zehen einzubüßen – eine äußerst wirksame Abschreckungsmethode, die überall in England gang und gäbe war. Die Schatzkammer des Königs war wieder einmal leer, und indem er seine Untertanen – egal, ob arm oder reich – schamlos ausbeutete, sorgte er dafür, daß seine Vorräte an Gold und Edelsteinen aufgefüllt wurden.

In den elf Jahren, seit Johann Plantagenet auf dem Thron saß, hatte er die Staatskasse schon oft geplündert. Aufgrund seiner Unfähigkeit hatte England das alte angevinische Erbe – die Normandie und Bretagne – an Frankreich verloren, und er hatte sich die meisten englischen Barone zu Feinden gemacht, weil er seine Macht mißbrauchte und weder vor Grausamkeit und Unterdrückung noch vor Mord zurückschreckte. Seine Männer durchstreiften das Land, erfanden neue Foltern, konfiszierten Besitztümer und vergewaltigten Frauen. Kein

Wunder, daß immer mehr Adlige zutiefst bedauerten, Johann Ohneland einst auf den Thron gesetzt zu haben, anstatt sich für den jungen und leicht beeinflußbaren Arthur von der Bretagne zu entscheiden.

Heftige Meinungsverschiedenheiten unter den Baronen waren deshalb an der Tagesordnung. Was war Prinz Arthur widerfahren? Und was war aus seiner Schwester Eleonore geworden? Sie waren die Kinder von Johanns älterem Bruder Gottfried, und gemäß der Erbfolge hätte Arthur nach dem Tod von Richard Löwenherz König werden müssen. Doch statt dessen hatte sich Johann der Krone bemächtigt und Arthur und Eleonore eingekerkert. Seitdem waren die Geschwister nicht mehr gesehen worden. Natürlich hatte es viele Gerüchte und Spekulationen gegeben. Ein knappes halbes Jahr nach Arthurs Verschwinden war ein Leichnam aus der Seine gefischt worden, der nicht mehr identifiziert werden konnte, aber die Kleiderfetzen, die er noch am Leibe hatte, waren von bester Qualität gewesen, und er hatte goldfarbenes Haar gehabt. Seitdem wurde immer wieder gemunkelt, Johann hätte seinen Neffen ermorden lassen oder das abscheuliche Verbrechen in einem Wutanfall sogar eigenhändig begangen.

Was Eleonore betraf, so schien sie sich einfach in Luft aufgelöst zu haben. Hinter vorgehaltener Hand wurde geraunt, unbekannte kühne Ritter hätten sie aus Corfe Castle befreit, doch das Ende dieser Geschichte blieb allen ein Rätsel. Wenn sie tatsächlich gerettet worden war – wohin hatte man sie anschließend gebracht? Wer könnte sie über so viele Jahre hinweg versteckt halten? Und warum in aller Welt machte sie nicht ihren rechtmäßigen Anspruch auf den Thron geltend, obwohl es in ganz England mittlerweile brodelte?

Der König war sich der allgemeinen Unzufriedenheit und Feindseligkeit durchaus bewußt. Erst in diesem Frühjahr hatte er vergeblich versucht, eine Armee aufzustellen, um den Ärmelkanal zu überqueren und dem französischen König Philipp die Normandie wieder abzunehmen. Nicht einmal ein Drittel aller englischen Barone war diesem Ruf zu den Waffen gefolgt, woraufhin Johann wutentbrannt Söldnerheere aufs Festland schickte – ein Abenteuer, das enorme Kosten verursachte und in Flandern mit einer demütigenden Niederlage endete. Nach der Schlacht von Bouvines blieb Ohneland nichts anderes übrig, als sich wie ein geprügelter Hund mit eingezogenem Schwanz wieder nach England zurückzuziehen.

Seinen Zorn ließ er an den Baronen aus, die sich geweigert hatten, ihn zu unterstützen. Er war der König! Alle Untertanen – Adlige, Kleriker, Ritter und Bauern – waren ihm auf Gnade und Ungnade ausgeliefert, und er war fest entschlossen, seine Macht zu demonstrieren, auch wenn er dazu jede Burg niederbrennen, die Bewohner einkerkern und ihren Besitz konfiszieren müßte!

Um diese Ziele durchzusetzen, verhalf er skrupellosen und brutalen Männern zu einflußreichen Positionen und ließ ihnen völlig freie Hand, so daß sie nach Herzenslust stehlen, vergewaltigen und morden konnten. Einer dieser schurkischen Tyrannen war Guy de Gisbourne, der als Sheriff ein Schreckensregiment führte. Sobald er auf Nottingham Castle das Kommando übernommen hatte, füllten sich die Verliese mit Frauen und Männern, die Steuerschulden hatten oder verdächtigt wurden, heimlich irgendwelche Schätze zu horten. Seine Garnison bestand aus besonders rohen Gesellen, er übte seine Herrschaft mit Feuer und Schwert aus, und wer sich ihm durch Worte oder Taten widersetzte, erlebte selten den nächsten Sonnenaufgang. Die wenigen Ausnahmen flüchteten in die dichten Wälder rings um Nottingham, und diese Geächteten machten dem Sheriff schwer zu schaffen. Er hatte hohe Belohnungen auf ihre Köpfe ausgesetzt, und jedes gefaßte ›Wolfshaupt‹ wurde gehängt und gevierteilt. Anschließend wurde der verstümmelte Leichnam auf dem Dorfplatz zur Schau gestellt, bis das Fleisch verweste und von den Knochen fiel.

Erst vor einer Woche hatten Reginald de Braose und seine Soldaten einen Geächteten geschnappt, der versucht hatte, seine blinde Schwester im Dorf Edwinstow zu besuchen. Sie hatten die Geschwister zum Sheriff gebracht, und Gisbourne hatte den Mann hinrichten lassen, während die Blinde der

Garnison ausgeliefert wurde, um ein Exempel zu statuieren, damit andere Dorfbewohner gar nicht erst auf den Gedanken kamen, flüchtigen Verwandten zu helfen.

De Braose ließ Marienne nicht aus den Augen, und als sie sich von dem Stand entfernte, gab er seinen Männern wieder ein Zeichen, denn nachdem sie nun ihr Leinen verkauft und ihre Besorgungen gemacht hatte, würde sie sich unverzüglich auf den Rückweg in die Abtei machen. Zu Fuß benötigte man für diese Strecke etwa zwei Stunden, und in den dichten Wäldern würden die Hilferufe einer Jungfrau ungehört verhallen.

Zwar wartete am Dorfrand ein Mönch auf das hübsche Geschöpf, um es nach Kirklees zurückzubegleiten, doch das kümmerte De Braose wenig, denn die Ordensbrüder in ihren grauen Kutten suchten erschrocken das Weite, sobald sie eine Schwertklinge sahen. Viel mehr Sorge bereiteten ihm seine Soldaten, die am liebsten einen weiten Bogen um Sherwood gemacht hätten. Nirgendwo sonst in England gab es so riesige Bäume, und angeblich hausten dort Geister und Dämonen, die jedem ungebetenen Gast in diesem Wald die Kehle und den Bauch aufschlitzten.

De Braose glaubte nicht an Geister und Dämonen. Seiner festen Überzeugung nach lebten in den Wäldern nur die gesetzlosen Flüchtlinge, und er hätte liebend gern die tausend Mark Belohnung eingeheimst, die Gisbourne auf den Kopf des Anführers ausgesetzt hatte. Niemand hatte diesen Mann jemals ohne die große Kapuze gesehen, die sein Gesicht verhüllte; hinzu kam, daß sowieso kaum jemand einen Vogelfreien vom anderen unterscheiden konnte, denn sie trugen alle die gleiche unauffällige grüne und braune Kleidung aus Leder und Halbwolle, die sie im Unterholz fast unsichtbar machte, und sie bewegten sich so lautlos von Lichtung zu Lichtung, daß man sie tatsächlich ohne weiteres für Gespenster halten konnte. Erst wenn ihre tödlichen Pfeile leise durch die Luft surrten, wußte man, daß sie sich in der Nähe aufhielten – aber dann war es meistens schon zu spät.

Doch heute war ein warmer, sonniger Tag, und die Aussicht, sich mit der reizvollen jungen Novizin zu vergnügen, war so verführerisch, daß De Braose gern bereit war, alle im Wald lauernden Gefahren auf sich zu nehmen.

»Du bist heute ziemlich geistesabwesend, lieber Tuck«, bemerkte Marienne, während sie das Bündel unter ihrem Arm zurechtschob.

Der Mönch drehte sich um und rang sich mühsam ein Lächeln ab. »Du hast dich viel zu lange auf dem Markt aufgehalten.«

»Ich hatte große Mühe, alles zu finden, was auf der Einkaufsliste der Äbtissin stand.« Sie deutete auf die beiden großen Pakete, die er ihr abgenommen hatte. »Die Schwestern brauchten alles mögliche – Nadeln, Gewürze, Samen und so weiter. Außerdem hat der Schneider länger als sonst um den Preis unseres Leinens gefeilscht.«

»Heutzutage leidet eben jeder unter der Habgier des Königs, und weil niemand mehr Geld übrig hat, gehört Großzügigkeit leider der Vergangenheit an. Hast du die Kräuter für Schwester Bertal bekommen?«

Sie nickte. »Ja, Gott sei Dank.«

Tuck warf wieder einen besorgten Blick über seine Schulter hinweg, und diesmal schaute auch Marienne unwillkürlich zurück, entdeckte aber nichts Verdächtiges. Die Straße war von majestätischen Eichen gesäumt, deren dicke Stämme hoch emporragten. Die Äste waren so dicht belaubt, daß der blaue Himmel kaum zu sehen war, und es gelang nur vereinzelten Sonnenstrahlen, dieses Dickicht zu durchdringen und goldene Farbtupfer auf die unzähligen Schattierungen von Grün zu zaubern. Viele Menschen fürchteten sich vor der unwirklichen Stille des Waldes und vor seinen kühlen Schatten, doch Marienne liebte diese Atmosphäre völliger Abgeschiedenheit. Sie liebte den langen Weg von Nottingham nach Kirklees, und sie hatte ursprünglich gehofft, ihren Gefährten auch heute – wie schon so oft – überreden zu können, die Straße zu verlassen und Sherwood auf schmalen Pfaden zu durchqueren.

Doch diese Hoffnung war zerstoben, als sie am frühen

Morgen Tucks finstere Miene gesehen hatte. Er hatte sie davon abhalten wollen, überhaupt nach Nottingham zu gehen. Die Spione des Königs seien allgegenwärtig, hatte er argumentiert, und sie seien genauso zahlreich wie die Flöhe im Bart eines alten Mannes. Normalerweise hätte die Äbtissin ihm wahrscheinlich zugestimmt, daß man lieber Vorsicht walten lassen müsse, aber mehrere Nonnen litten seit Tagen unter hohem Fieber und Hautausschlag, und die Vorräte an Medikamenten waren fast erschöpft.

Tuck hatte widerwillig nachgegeben, doch er hatte es heute so eilig, daß Marienne kaum Schritt halten konnte. Sie konnte über seine Wachsamkeit und Zähigkeit nur staunen. Seit einem Jahrzehnt führte er nun schon dieses absonderliche Leben, bei dem er ständig auf der Hut vor Feinden sein mußte, und dabei kam ihm die einstige strenge Schulung zum Ritter sehr zugute. Schlank und muskulös, konnte er meilenweit rennen, ohne außer Atem zu geraten, und nicht einmal stundenlanges Training mit Schwert oder Keule brachte ihn ins Schwitzen.

Er hatte nie die Mönchsgelübde abgelegt, und in brenzligen Situationen griff er lieber zur Waffe als im Gebet Trost zu suchen. Nicht umsonst galt er als einer der besten Schwertkämpfer von Sherwood, und seine Mönchskutten waren so geschneidert, daß er sein Schwert, von dem er sich niemals trennte, blitzschnell zücken konnte. Den Spitznamen Tuck* verdankte er seinem umfangreichen Sortiment an Messern und Dolchen, die in diversen Falten und Taschen seiner Gewänder verborgen waren. Seinen richtigen Namen kannte kaum jemand, und das war auch gut so, denn ein einziger Versprecher hätte viele Menschen ins Verderben stürzen können.

Seit es immer mehr Waldgänger gab, die kühne Aktionen gegen den Sheriff und seine Helfershelfer durchführten, war es wichtiger denn je, anonym zu bleiben. Zum Glück hatten alle Geächteten ihre Geheimnisse, und wer zu viele neugierige Fragen stellte, überlebte in dieser Gemeinschaft nicht lan-

---

* to tuck away = wegstecken (A. d. Ü.)

ge. Die Vogelfreien von Sherwood waren so erfolgreich, weil keiner allzuviel vom anderen wußte. Ihr Anführer bestand darauf, daß man sich nur mit Vornamen oder Spitznamen anredete, und niemand durfte sich ein Urteil über ein anderes Mitglied anmaßen. Loyalität und gegenseitiges Vertrauen bildeten die Grundlage des Zusammenlebens in den Wäldern, und diese liberale Atmosphäre schweißte die Menschen mehr zusammen, als Gesetze und Verbote dies vermocht hätten.

»Warum drehst du dich dauernd um?« fragte Marienne, die ziemlich außer Atem war, weil die Straße jetzt steil anstieg. »Werden wir verfolgt?«

»Das weiß ich nicht«, erwiderte Tuck, »aber ich glaube, daß sich heute besonders viel Gesindel in dieser Gegend herumtreibt. Versprich mir, sofort wegzurennen, wenn ich es dir befehle!«

»Ich renne heute schon die ganze Zeit hinter dir her«, seufzte Marienne und fügte schüchtern hinzu: »Dabei würde ich viel lieber nach einer sonnigen Lichtung und einem kühlen Bach suchen, um wieder bei dir Unterricht zu nehmen.«

Die kurzen Locken an ihren Schläfen waren feucht, und sie hatte rote Wangen. Sie sah viel jünger als dreiundzwanzig aus, und nicht einmal das schlichte Wollkleid konnte verbergen, wie wohlgeformt ihr Körper war. Tuck hatte sich schon oft dabei ertappt, sie länger und aufmerksamer zu betrachten, als gut für ihn war, und neulich hatte er den törichten Einfall gehabt, ihr das Schwimmen beizubringen. Beim Überqueren eines Baches war sie von dem Baumstamm abgerutscht, der als behelfsmäßige Brücke diente, und zu seiner großen Überraschung war sie in Panik geraten, obwohl das Wasser ihr nur bis zu den Schultern reichte. Daraufhin hatte er ihr gezeigt, wie sie mit Armen und Beinen paddeln mußte, um nicht unterzugehen, doch als er ihren geschmeidigen Körper festgehalten hatte, waren in ihm Wünsche erwacht, die ihm jedesmal, wenn er auch nur daran dachte, eine heiße Schamröte ins Gesicht trieben. Diesen Schwimmunterricht zu wiederholen, wäre sogar für einen echten Mönch eine erhebliche Versuchung.

Er mied Mariennes Blick, weil er befürchtete, daß sie seine sündigen Gedanken erraten könnte, und schaute statt dessen wieder über seine Schulter hinweg, denn er wurde das Gefühl einfach nicht los, daß er die Äbtissin an diesem Morgen nicht eindringlich genug vor den Gefahren gewarnt hatte, denen das junge Mädchen unterwegs ausgesetzt sein könnte.

»Ich bin genauso flink wie du, mein lieber Tuck«, sagte Marienne plötzlich, »und falls du zufällig ein zweites Schwert unter deiner Kutte versteckt haben solltest, werde ich dir liebend gern beweisen, daß auch ich den Wald von irgendwelchem Gesindel befreien kann.«

»Ich weiß genau, daß du gut mit einem Schwert und mit Pfeil und Bogen umzugehen verstehst«, erwiderte er grimmig, »aber ich bedaure von ganzem Herzen, daß ich gezwungen war, dir solche Dinge beizubringen.«

»Ich bin heilfroh, daß du sie mir beigebracht hast«, widersprach sie vehement, »denn sie sind mir sehr zugute gekommen, als du ausnahmsweise nicht wie ein Schutzengel über die Abtei gewacht hast.«

»Du hättest das Kloster nie verlassen dürfen«, knurrte er, »auch nicht in Begleitung von Nonnen, die an jenem sonnigen Tag unbedingt die reifen Beeren pflücken wollten. Ihr hattet großes Glück, daß es nicht mehr als zwei Ritter waren, die sich etwas Abwechslung verschaffen wollten.«

»Den Rest des Tages haben sie jedenfalls bestimmt damit zugebracht, ihre Pfeilwunden zu pflegen!«

Tuck wollte gerade mißbilligend den Kopf schütteln, als ihm auffiel, daß das hohe Farnkraut am Wegesrand sich leicht bewegte, obwohl es völlig windstill war. Die Hügelkuppe, die sie vor kurzem überschritten hatten, versperrte ihnen den Blick nach hinten, und dicht vor ihnen machte die Straße eine scharfe Biegung nach links. Dies war die ideale Stelle für einen Hinterhalt, und Tuck verlangsamte seine Schritte.

»Marienne ...«, flüsterte er.

Das ungeduldige Schnauben eines Pferdes bestätigte seine schlimmsten Befürchtungen. Er wußte, daß sie in der Falle saßen, noch bevor funkelnde Stahlhelme aus dem Unterholz auftauchten und donnernde Hufe herannahten. Mindestens ein Dutzend Reiter hatte hinter der Kurve gewartet, und genauso viele Armbrustschützen waren ringsum im Farnkraut und Gebüsch versteckt und schnitten ihnen den Fluchtweg in den Wald ab. Während Tuck hastig seine Pakete fallen ließ, rannten die Soldaten schon aus dem Dickicht hervor und umzingelten sie.

Marienne umklammerte den Griff des Dolches, den sie stets am Gürtel trug. Tuck hatte blitzschnell sein Schwert gezückt und drehte sich fluchend im Kreise.

Hinter dem Ring von Soldaten blockierten jetzt die berittenen Angreifer die Straße. Ihre grauen Waffenröcke und ihre Schilde waren nicht mit irgendwelchen Wappen geschmückt, aber ihre Rüstungen waren aus bestem Damaszenerstahl, und ihre Rösser waren rassig und wohlgenährt. Sie sahen wie hartgesottene Söldner aus, und während Tuck sein Schwert auf sie gerichtet hielt, fragte er sich unwillkürlich, ob sie im Dienste des Sheriffs standen … oder im Dienste des Königs.

Einer der Ritter lenkte sein Pferd einige Schritte vorwärts und gab sich auf diese Weise als Anführer zu erkennen. Sein Gesicht war unter dem Visier verborgen, und er würdigte Marienne nur eines flüchtigen Blickes, bevor er seine Aufmerksamkeit auf Tuck konzentrierte und ihn lange schweigend musterte.

»Potztausend«, äußerte er schließlich mit knarrender Stimme, »wir haben bestimmt schon so manches gesehen, aber ein Mönch, der ein Schwert aus Toledostahl schwingt, ist wahrlich das Absurdeste, was uns jemals untergekommen ist.«

»Versuchen Sie doch, es mir abzunehmen«, erwiderte Tuck hitzig, »dann wird es Ihnen vielleicht nicht mehr so absurd vorkommen!«

»Das sind stolze Worte, Mönch«, fauchte der Ritter, »und wir werden deine Fähigkeiten demnächst vielleicht wirklich auf die Probe stellen, aber im Augenblick solltest du uns deine Waffe lieber kampflos aushändigen.«

»Und warum, wenn ich fragen darf?«

»Weil es, wie du siehst, zwanzig Männern in den Fingern juckt, auf den Abzug ihrer Armbrust zu drücken.«

Tuck hielt sein Schwert weiterhin hoch erhoben. »Wer zum Teufel seid ihr, und was wollt ihr von uns?«

»Eine andere Frage dürfte viel wichtiger sein, mein Freund: wer zum Teufel bist *du?*«

»Jedenfalls nicht der, für den ihr mich offenbar haltet.«

»Willst du etwa leugnen, daß du zu der Räuberbande gehörst, die diese Wälder unsicher macht?«

Tuck knirschte mit den Zähnen. »Ich bin nur ein demütiger Mönch, der Gott nach besten Kräften zu dienen versucht.«

Der Ritter betrachtete wieder Tucks scharfes Schwert. »Ich glaube kaum, daß du besonders demütig bist, und wenn ich an die unzähligen Überfälle in den Wäldern denke, könnte ich mir gut vorstellen, daß du nicht Gott dienst, sondern dem sogenannten König von Sherwood.«

»Das Schwert habe ich geschenkt bekommen, und ich trage es zum Schutz vor jenen Räubern, von denen es hier wimmeln soll.«

»Das hört sich gut an«, kommentierte der Ritter sarkastisch. »Sehr gut!« Er beugte sich im Sattel vor. »Nur glaube ich dir leider nicht, Mönch!«

»Was würde es kosten, Sie davon zu überzeugen?« fragte Tuck.

»Bestimmt mehr, als du zu bieten hast! Und wenn du weiterhin meine Zeit vergeudest, könnten wir geneigt sein, uns anderweitig schadlos zu halten.« Bei diesen Worten starrte er Marienne anzüglich an.

Tuck zögerte nur den Bruchteil einer Sekunde, bevor er seine Schwertspitze senkte.

»Ich appelliere an Ihre Ehre«, sagte er, »und bitte Sie, dieses junge Mädchen nicht weiter zu belästigen. Sie ist eine Novizin, die für die Nonnen ihrer Abtei Medikamente besorgt hat.«

Der Ritter musterte Mariennes leichenblasses Gesicht und nickte widerwillig. »Laßt sie passieren«, befahl er seinen

Männern. »Wir wissen ja, wo wir sie finden, falls wir sie brauchen sollten.«

Marienne bückte sich zusammen mit Tuck, um die Pakete aufzuheben, die er fallen gelassen hatte.

»Du mußt auf schnellstem Wege ins Kloster zurückkehren«, flüsterte er ihr mit blutleeren Lippen so leise zu, daß sie ihn kaum verstehen konnte, und seine Worte ängstigten sie noch mehr als die Gefahr einer Vergewaltigung oder Verschleppung. »Versperrt die Tore und laßt niemanden ein. *Niemanden,* hast du verstanden?«

Ihre Augen waren so groß und dunkel wie die eines Rehs, das wie hypnotisiert auf den Pfeil des Jägers starrt, und Tuck wußte genau, was sie dachte, denn ihm schossen die gleichen Gedanken durch den Kopf: wenn man ihn zu Guy de Gisbourne brachte, und wenn der Sheriff ihn erkannte …

Stöhnend senkte er den Kopf. »Wenn ihr nach zwei Tagen keine Nachricht von mir habt«, murmelte er, ohne sicher zu sein, daß er zwei Tage Folter überstehen würde, ohne wichtige Geheimnisse preiszugeben, »müßt ihr unbedingt einen zuverlässigen Boten nach Amboise schicken, der die Nachricht überbringen soll, daß die Perle in großer Gefahr schwebt und Hilfe benötigt.«

TEIL I
Château d'Amboise

1

Lady Brenna Wardieu richtete sich ganz langsam auf, aber nur so weit, daß ihre veilchenblauen Augen und ihre Nasenspitze knapp aus dem hohen Farnkraut hervorkamen. Ihr fast taillenlanges Haar war zu einem dicken Zopf geflochten, aber einzelne Locken hatten sich daraus gelöst und hingen ihr wirr ins Gesicht, und ihre Filzkappe hatte sie verloren, während sie durchs Dickicht gehetzt war. Sie hatte rasendes Herzklopfen und wußte genau, daß der Verfolger ihr dicht auf den Fersen war, daß er sich irgendwo in diesem Meer von Grün versteckte, das auch ihr selbst Schutz bot.

Sie duckte sich wieder ins dichte Farnkraut, das die majestätische Eiche umgab, zuckte aber jedesmal erschrocken zusammen, wenn irgendwo Blätter raschelten, oder wenn ein Eichhörnchen über den Baumstamm huschte. Auf der wilden Flucht hatte sie jedes Zeitgefühl verloren, und der Himmel war zwischen den ausladenden Ästen nur als hellblauer Schimmer zu erkennen, doch der leichte Bodennebel verriet ihr, daß die Abenddämmerung nicht mehr allzu fern sein konnte. Sie wußte auch nicht, in welche Richtung sie gerannt war, aber das störte sie nicht, denn die Wälder waren ihr so vertraut, daß sie mindestens zwei Tage und zwei Nächte unterwegs sein müßte, bevor die Gefahr bestünde, sich in einer unbekannten Gegend zu verirren. Bedauerlicherweise kannte sich jedoch auch ihr Verfolger bestens aus, weil er hier seit seiner Kindheit Hirsche, Wildschweine und Hasen jagte. Und heute jagte er *sie!*

Seit über einer Stunde hetzte sie nun schon kreuz und quer durch den Wald, um ihren Vorsprung nicht zu verlieren, und sie schwitzte trotz der kühlen Herbstluft. Am liebsten hätte sie ihr Wams aus Rehleder ausgezogen, denn ihr Hemd klebte feucht am Oberkörper. Ihre hohen Stiefel waren lehmverkrustet, weil sie durch einen Bach gewatet war, sie hatte nasse Füße, und ein Dornbusch hatte ihre Wildlederhose zerrissen und ihr Knie zerkratzt.

Die Wunde blutete nicht mehr, brannte aber höllisch, und Brenna versuchte sie mit Speichel zu säubern, hielt aber sofort inne, als irgendwo in der Nähe ein Zweig knackte.

Es war ein sehr leises Geräusch, und man hätte es ohne weiteres irgendeinem Tier zuschreiben können, doch Brenna spitzte die Ohren und holte tief Luft.

Zum Glück bot die alte Eiche ihr Schutz, während sie ihren Bogen von der Schulter streifte, was in geduckter Haltung gar nicht so einfach war, denn die Waffe aus Eibenholz maß fast anderthalb Meter in der Länge. Sie zog einen Eschenholzpfeil aus ihrem Köcher und erspähte gleich darauf einen roten Haarschopf im grünen Unterholz. Dieser Narr! Dabei hatte er sich so fest vorgenommen, *ihr* irgendwelche Fehler nachzuweisen.

In der gespenstischen Waldesstille hatte es sich vorhin so angehört, als wäre er in unmittelbarer Nähe, doch in Wirklichkeit stand er gut fünfzig Meter entfernt, seit seiner Ungeschicklichkeit zur Salzsäule erstarrt. Grinsend befeuchtete Brenna die Fiederung ihres Pfeils mit der Zungenspitze – eine gute Methode, um winzige Unregelmäßigkeiten oder Risse zu entdecken. Der Schaft war fast einen Meter lang, und die gehärtete Eisenspitze vermochte ohne weiteres Kleidung, Fleisch, Muskeln und Knochen zu durchbohren. Ihr Schuß mußte perfekt sein, denn eine zweite Chance würde sie nicht bekommen.

Brenna hatte den Bogen schon gespannt, als sie hinter der Eiche hervortrat, kurz zielte und den Pfeil durch die Luft sausen ließ. Gewohnheitsmäßig griff sie nach einem zweiten Pfeil, aber sie wußte, daß sie ihn nicht brauchen würde, als sie einen überraschten Aufschrei hörte. Die Federn hatten Wills Nase gestreift, und der Pfeil hatte einen Baum dicht hinter ihm getroffen.

»Jesus, Maria und Josef!« fluchte William FitzAthelstan und wirbelte auf dem Absatz herum, während Brenna triumphierend zwei Finger hochhielt, zum Zeichen, daß sie ihn heute zweimal hintereinander überlistet hatte.

»Du hättest um ein Haar meine Nase abgerissen!« schimpfte er.

» Du mußt eben besser aufpassen, wohin du sie steckst«, erwiderte Brenna, während sie durch das Farnkraut auf ihn zukam. Sie strahlte übers ganze Gesicht, denn ein so klarer Sieg war ihr noch nie gelungen. Hingegen hatte Will einen hochroten Kopf, eine gerunzelte Stirn und finstere Miene.

»Schau nicht so grimmig drein, Will«, lachte Brenna. »Wir alle haben unsere schlechten Tage.«

Er atmete tief aus und zog den Pfeil aus dem Holz heraus. »Ein toller Schuß, Bren! Du bist heute wirklich in Hochform!«

»Ich weiß.« Sie schlang ihren Bogen über die Schulter und lachte wieder, weil Will immer noch ziemlich verstört aussah. »Und du bist ein viel besserer Verlierer, als ich es an deiner Stelle wäre.« Sie strich mit der Fingerspitze über seine Nase. »Haben die Federn dich gekitzelt?«

»Du hättest mein Auge treffen können!« knurrte er.

»Ich pflege mein Ziel nicht zu verfehlen.«

»Nein? Es ist aber schon öfters vorgekommen, wenn ich mich recht erinnere.«

»Nicht, seit ich Brüste habe, die mir helfen, das Gleichgewicht zu halten.«

Will grinste unwillkürlich und schulterte seufzend seinen Bogen. »Ich glaube, wir sollten uns auf den Rückweg machen. Dag und Richard haben das Spiel wahrscheinlich schon vor langer Zeit aufgegeben, aber Robin schien heute fest entschlossen zu sein, uns zu besiegen. Weißt du noch, wo wir ihn aus den Augen verloren haben?«

Brenna schüttelte den Kopf. Will hatte natürlich recht: ihre Brüder Richard und Dagobert waren bestimmt schon in die Burg zurückgekehrt, tranken Met und zankten sich um hübsche Mägde. Aber Robin konnte überall sein. Auch ihm waren heute zwei Treffer gelungen, allerdings nur, weil Will und Brenna sich absichtlich dumm angestellt hatten, um ihm eine Freude zu bereiten. Er war kein schlechter Bogenschütze, aber viel wohler als im Wald fühlte er sich auf dem Rükken seines Schlachtrosses Sir Tristan, ob bei Turnieren oder bei blutigen Schlachten. Erst im Juli hatte er zusammen mit seinen Brüdern und den anderen Rittern von Amboise an der Seite des französischen Königs Philipp gekämpft und Johann Ohneland bei Roche-au-Moines eine vernichtende Niederlage zugefügt.

»Unser lieber Robin ist mit Schwert und Lanze unschlagbar, aber was Pfeil und Bogen betrifft … nun ja …«

»Es gibt eben Männer«, kommentierte Will, »die dazu geboren sind, in glänzenden Rüstungen gegen Drachen und Dämonen zu kämpfen, während andere nie vergessen, daß sie sterblich sind, und deshalb lieber im Hintergrund bleiben.«

Brenna lächelte ihm zu. »Welch ein Glück, daß du meinem hitzigen Bruder stets den Rücken deckst!«

Will war seit seinem zehnten Lebensjahr der Knappe von Lord Randwulf de la Seyne Sur Mer, und mit dessen Sohn Robin verband ihn eine enge Freundschaft, obwohl der Erbe von Amboise sechs Jahre älter war. Mit achtzehn besaß Will jedoch eine Geduld und Weisheit, die dem viel impulsiveren Robin schon oft zugute gekommen waren. In dieser Hinsicht glichen sie ihren Vätern, denn auch Alaric FitzAthelstan hatte stets bereitwillig im Schatten des legendären Schwarzen Wolfs gestanden und sich mit der Rolle des besten Freundes und Ratgebers des Drachentöters begnügt.

Will trainierte genauso hart wie die Söhne von Lord Randwulf, um sich die goldenen Sporen zu verdienen, und er war ein mutiger Kämpfer, doch was ihn besonders auszeichnete, waren Verstand und Urteilsvermögen. Wenn man ihm irgendein Problem unterbreitete, fand er garantiert mindestens drei Lösungen, während andere Männer sich die Köpfe zerbrachen, ohne auch nur eine einzige vernünftige Idee auszubrüten. Deshalb hatte der Schwarze Wolf ihn bereitwillig an der letzten Schlacht gegen Johann Ohneland teilnehmen lassen, und Wills Ratschläge, vor denen Robin großen Respekt hatte, waren für den Sieg genauso wichtig gewesen wie die Tapferkeit der tausend Ritter, die unter dem Banner von Amboise kämpften.

Trotzdem hatte er wegen seiner Jugend nicht zu jenen gehört, die von König Philipp zum Dank für ihren Einsatz zu Rittern geschlagen wurden, und das war für Will eine bittere Enttäuschung gewesen. Brenna hatte ihn bei seiner Rückkehr nach Amboise zu trösten versucht: »Deine Zeit kommt schon noch! Sogar Robin war neunzehn, als der König endlich geruhte, von ihm Notiz zu nehmen. Allerdings wäre mein lieber Bruder bestimmt geradewegs ins königliche Schlafgemach geritten, wenn alle anderen Mittel versagt hätten. Warum habt ihr Männer es nur so eilig, Kopf und Kragen zu riskieren?«

»Das kannst du nicht verstehen.«

»Ich gebe gern zu, daß ich diese Torheit nicht verstehen kann, jedenfalls nicht bei dir. Bei Richard und Dag ist das etwas anderes, weil sie nicht viel Hirn haben, aber du! Als Bogenschütze hast du – von mir einmal abgesehen – in der ganzen Normandie und Bretagne, in Poitou und Touraine nicht deinesgleichen, und trotzdem kannst du es kaum erwarten, dich in einer zentnerschweren Rüstung auf ein Pferd zu schwingen und an Turnieren teilzunehmen, obwohl du dir dabei sämtliche Knochen im Leibe brechen kannst!«

»Dein Vertrauen in meine Fähigkeiten wärmt mir das Herz!« hatte Will mit düsterer Miene erwidert.

»Ich habe gar nicht die Absicht, dich in diesem Blödsinn zu bestärken, und ich gehe jede Wette mit dir ein, daß mein Vater derselben Ansicht ist. Natürlich ist er wahnsinnig stolz darauf, daß du dich in Roche-au-Moines so bewährt hast, aber er hat vier Söhne, die am liebsten in ihren Rüstungen schlafen würden, wenn das nicht so verdammt unbequem wäre. Was Vater braucht – und was meine Brüder brauchen –, ist ein kühler Kopf, der sie anleitet.«

»Jetzt überschätzt du meine Fähigkeiten.«

»Deine Bescheidenheit in Ehren, aber kennst du im Umkreis von zehn Tagesritten irgendeinen anderen Mann, der sechs Sprachen fließend spricht und langweilige Passagen von Sophokles auswendig zum besten geben kann?«

»›Nicht der kraftvolle Arm, sondern die weiche Zunge regiert die Welt‹«, hatte Will sofort zitiert.

»Siehst du? Sogar dein geliebter Sophokles stimmt mir zu, und dabei ist er schon seit Jahrhunderten tot!«

Will hatte nur gelacht und über ihren Mangel an Ehrfurcht vor dem großen griechischen Philosophen den Kopf geschüttelt.

Ihr Altersunterschied betrug nicht einmal vier Monate, und sie standen einander sehr nahe. Brenna vermutete, daß beide Elternpaare gehofft hatten, diese Unzertrennlichkeit würde schließlich in eine Ehe münden, und sie hatte an Will wirklich nichts auszusetzen. Er war groß und muskulös und zog die Blicke vieler Frauen auf sich. Von seinem Vater hatte er den scharfen Verstand und die Ausgeglichenheit geerbt, den Sinn für Humor und das ausgeprägte Ehr- und Verantwortungsgefühl. Von seiner Mutter, Lady Gillian, stammten nicht nur die roten Haare und goldfarbenen Augen, sondern auch jene Kaltblütigkeit und Nervenstärke, die ihr den Ruf eingebracht hatten, einer der besten Bogenschützen der ganzen Christenheit zu sein.

Niemand war überrascht gewesen, als Lady Gillian ihrem Sohn einen Bogen in die Hand drückte, sobald er laufen konnte. Und weil Brenna immer in Wills Nähe gewesen war und es nicht ertragen konnte, von irgend etwas ausgeschlossen zu werden, hatte sie zusammen mit ihm gelernt, wie man das Gleichgewicht halten mußte, wie man am Pfeilschacht entlangschaute, und wie die Sehne darauf reagierte, wenn man sie zu kräftig oder zu zaghaft spannte. Unter Gils Anleitung waren sowohl Will als auch Brenna hervorragende Bogenschützen geworden, wobei keiner für sich in Anspruch nehmen konnte, besser als der andere zu sein. Einander so wie heute im Wald zu verfolgen, gehörte seit der Kindheit zu ihren liebsten Spielen, und diesmal würde Brenna ihrem Freund auf dem Rückweg genüßlich unter die Nase reiben, welche Fehler ihm heute unterlaufen waren.

Sie konnte nicht leugnen, daß sie manchmal überlegt hatte, wie eine intimere Beziehung zu Will sich wohl gestalten würde. Das Problem bestand einfach darin, daß ihre tiefe gegenseitige Zuneigung eher geschwisterlicher Natur war, und etwas daran zu ändern, wäre ihnen fast wie Inzest vorgekommen.

Diese Einsicht bedeutete jedoch nicht unbedingt, daß sich die Hoffnungen der beiden Familien auf eine noch engere Verbindung nie erfüllen würden, denn Brennas jüngere Schwester Rhiannon hatte – obwohl sie erst elf Jahre alt war – ihrem Vater vor einem Monat eine Petition überreicht, eigenhändig geschrieben und so sorgfältig formuliert, als sollte sie dem König als Gesetzesvorlage präsentiert werden. Lord Randwulf und Lady Servanne müßten einsehen, wie wichtig und vorteilhaft eheliche Bande zwischen den Wardieu und den FitzAthelstan wären, und nachdem Eleanor und Isobel unbesonnen geheiratet hätten (sie hatten sich in die Brüder La Fer verliebt, die keine Ländereien besaßen) und nachdem Brenna offenbar überhaupt nicht heiraten wollte, sei sie – Lady Rhiannon Wardieu d'Amboise – die einzige Rettung, zumal sie vom Temperament her großartig zu Will passen würde.

Seltsamerweise hatte Will nicht schallend gelacht, als Brenna ihm von dieser Petition ihrer Schwester erzählte, und wenn sie ihn damit hänselte, reagierte er nicht so humorvoll und gelassen wie sonst, sondern stellte alle Stacheln auf. In letzter Zeit hatte Brenna sogar beobachtet, daß er errötete, sobald er in Rhiannons Nähe kam.

Sie konnte ihm nicht verübeln, daß er offenbar Gefallen an der Kleinen fand. Wie Eleanor und Isobel, so hatte auch Rhiannon das silberblonde Haar, die kornblumenblauen Augen und den zarten Teint ihrer Mutter geerbt. Sie alle waren schlank und zierlich, und ihre Hände waren zart und gepflegt, weil sie nichts Schwereres als einen Stickrahmen hielten.

Im Gegensatz zu ihren Schwestern hatte Brenna gelbe Schwielen an den Fingerkuppen, und ihre Arme waren stahlhart. Ihr sonnengebräuntes Gesicht war auf der Nase mit Sommersprossen übersät, ihre goldenen Haare waren mit braunen Strähnen durchsetzt, und ihre veilchenblauen Augen spiegelten ein Temperament wider, das nicht unbedingt mit der Rolle einer wohlgesitteten Ehefrau und Schloßherrin übereinstimmte.

Sie hatte redlich versucht, Geduld zu lernen, und sie hatte sich sogar im Sticken versucht, allerdings nur, als Biddy, die alte Amme ihrer Mutter, noch lebte und das Zepter in der Kinderstube schwang. Biddy hatte Brennas Lieblingsverstecke gekannt und ihren Schützling immer wieder ins Klassenzimmer zurückgeschleppt, aber das hatte nicht viel genutzt, denn Brenna hatte bald wieder Reißaus genommen. Sie liebte ihre Schwestern und bewunderte deren weibliche Talente, aber sie bevorzugte die Gesellschaft ihrer Brüder, die sie auf dem Trainingsgelände beobachtete und trotzig zum Schwertkampf herausforderte, ungeachtet der Gefahren, die sich nicht ganz vermeiden ließen, auch wenn die Jungen noch so große Vorsicht walten ließen, wenn sie gegen ihre Schwester antraten. Nach einiger Zeit merkten sie jedoch, daß diese übertriebene Rücksichtnahme gar nicht notwendig war, weil Brenna mit Dolch, Schwert und Keule ausgezeichnet umzugehen verstand. Mit zehn Jahren hatte sie es sich auch nicht nehmen lassen, auf ein Schlachtroß zu steigen, und ihr Vater war von ihrem Mut so beeindruckt und begeistert gewesen, daß er ihr einen seiner prächtigen Zuchthengste schenkte, obwohl es gegen alle gesellschaftlichen Konventionen verstieß, wenn eine Frau nicht im Damensattel auf einer sanften Stute ritt.

Es war nicht so, daß Brenna eine Ehe überhaupt nicht in Betracht zog. Sie hatte nur noch nie einen Mann getroffen, dessen Leben und Schicksal sie unter Preisgabe ihrer heißgeliebten Freiheit teilen wollte. Der Sinnenrausch, von dem ihre älteren Schwestern schwärmten, war ihr völlig fremd: ihr wurde beim Anblick eines Mannes weder heiß noch kalt noch schwindelig, die Erde schwankte nie unter ihren Füßen, und sie glaubte nicht, daß man Schmetterlinge im Bauch haben konnte, auch wenn Eleanor das behauptete. Ihrer Ansicht nach war die Liebe eher eine Krankheit als ein Himmelsgeschenk, und wenn sie Isobel und Eleanor beobachtete – und neuerdings auch Rhiannon, die den armen Will wie ein Raubvogel umkreiste –, fragte sie sich oft, was dieser ganze Unsinn sollte! Ein Kuß war doch nichts anderes als das Aufeinanderpressen von Lippen, und was Mann und

Frau im Bett trieben, mußte sehr mühsam sein, weil sie hinterher völlig erschöpft waren.

Zum Glück wäre es Lord Randwulf niemals in den Sinn gekommen, mit Hilfe seiner Töchter Verbindungen zu knüpfen, die in politischer oder finanzieller Hinsicht nützlich sein konnten. Das hatte er auch gar nicht nötig, denn Könige erzitterten, wenn sie seinen Namen hörten, gegnerische Armeen flüchteten beim bloßen Anblick des schwarzgoldenen Banners, und Troubadoure rühmten von Schottland bis Jerusalem seine Heldentaten als Kreuzritter, Krieger und erbitterter Feind von Johann Ohneland. Sie besangen seine jahrelange Treue zur Königinwitwe Eleonore, sie schilderten, wie er scheinbar von den Toten auferstanden war, um sich an seinem verräterischen Halbbruder zu rächen, und sie berichteten von seinen Abenteuern in den Wäldern von Lincolnshire, wo er Geächtete um sich geschart hatte. Der Schwarze Wolf war schon zu Lebzeiten eine Legende, sogar in England, obwohl er den Ärmelkanal seit mehr als fünfundzwanzig Jahren nicht mehr überquert hatte.

Wie hätte ein solcher Mann das Glück seiner Töchter jemals gegen politische Vorteile verpfänden können?

Von Wills Mutter hatte Brenna viel mehr als nur das Bogenschießen gelernt. Lady Gillian war als junges Mädchen gebrandmarkt und eingekerkert worden, und nachdem ihr die Flucht geglückt war, hatte sie sich – als Mann verkleidet – den Waldgängern um den Schwarzen Wolf angeschlossen. Dort hatte sie Alaric FitzAthelstan kennengelernt und sich in ihn verliebt, während sie Seite an Seite gegen die Ungerechtigkeiten des englischen Königs kämpften. Damals hatte Gil die Geächteten im Umgang mit dem Langbogen geschult, und später, als Lady Gillian FitzAthelstan, hatte sie höchstpersönlich alle Ritter und Soldaten, die unter dem Banner von Amboise kämpften, ausgebildet. Durch ihren Mut und ihre Tatkraft war sie auch für Brenna zum großen Vorbild geworden.

»Als ich dich vorhin im Dickicht erspäht habe«, sagte Brenna jetzt leise, »glaubte ich einen Moment lang, deine Mutter hinter deiner Schulter stehen zu sehen.«

Will rieb sich den Nacken. »Mutter hätte sich nie derartig überrumpeln lassen. Auch ich habe ihre Gegenwart gespürt, und mir war so, als hätte sie mich vorwurfsvoll in die Nase gezwickt.«

»Es ist erst drei Monate her, seit wir sie verloren haben, aber mir kommt es fast wie drei Jahre vor. Sie war mir eine ... eine zweite Mutter.«

Will nickte schweigend. Gil war genauso gestorben, wie sie gelebt hatte: stolz und eigensinnig, fest entschlossen, ihrem Mann eine ebenbürtige Partnerin und nicht nur eine Bettgefährtin zu sein. Sie hatte in Roche-au-Moines an der Spitze einer Schar hervorragender Bogenschützen gegen die englischen Söldnertruppen gekämpft, und nach der blutigen Schlacht war ihr Leichnam gefunden worden, von einem Schwert durchbohrt.

Um ein Haar hätte Brenna ihrem Vater die Erlaubnis abgerungen, Lady Gillian und die anderen Bogenschützen begleiten zu dürfen. Nur ihr Alter – sie war noch nicht achtzehn gewesen – und die Tränen ihrer Mutter hatten das verhindert.

»Wie geht es deinem Vater?« erkundigte sie sich besorgt.

»Er ist immer noch völlig niedergeschmettert. Ich versuche, ihm zu helfen, aber er scheint ohne Mutter nicht weiterleben zu wollen. Er ißt sehr wenig und schläft kaum. Vor meinen Augen verwandelt er sich in einen alten Mann, und ich muß machtlos zusehen.«

Brenna dachte an die leidenschaftliche Liebe, die ihre eigenen Eltern verband, und wußte genau, daß sowohl ihr Vater als auch ihre Mutter die gleichen Qualen wie Lord Alaric leiden würden, wenn einer diese Erde vor dem anderen verlassen müßte. Glücklicherweise hinderten Lord Randwulfs frühere schwere Verletzungen ihn mittlerweile am Kämpfen. Ein vor einigen Jahren zertrümmertes Knie zwang ihn, am Stock zu gehen, und seine ganze rechte Körperseite schmerzte von uralten Wunden. In drei Jahren würde er seinen sechzigsten Geburtstag feiern – ein Alter, das nur wenige Männer mit einer so bewegten Vergangenheit erreichten.

»Und Eduard?« fragte Will. »Gibt es irgendwelche Neuigkeiten aus Blois?«

Damit meinte er die Briefe, die Lady Servanne von ihrer Schwiegertochter erhielt, und die sich oft weniger zuversichtlich anhörten als jene Briefe, die Eduard seinem Vater schrieb.

»Ariel schreibt, daß er als Invalide unerträglich ist, und sie bittet uns im voraus um Verzeihung, falls sie ihm demnächst den Schädel einschlagen sollte.«

»Sie sollte dankbar sein, daß er überhaupt noch einen Schädel sein eigen nennt! Vier Pferde brachen während der Schlacht tot unter ihm zusammen, und er hat zehn bis zwölf Schwerthiebe abbekommen! Ich schwöre dir, als wir ihn vom Feld trugen, hatte er kaum noch Blut in den Adern!«

»Ariel berichtet, daß er schon versucht, seine Beine zu gebrauchen, obwohl er dabei so viele Krücken zerbricht, daß der Vorrat neben seinem Bett nie ausreicht. Und er besteht darauf, seine Mahlzeiten in der großen Halle einzunehmen, damit alle sehen können, daß er noch am Leben ist und alles unter Kontrolle hat.«

Will nickte ernst. »Das hat dein Vater ihm geraten, denn beim geringsten Anzeichen von Schwäche wären die Aasgeier sofort nach Blois Castle ausgeschwärmt. Johann Ohnelands gedungene Mörder haben es ja sowieso auf Eduard abgesehen, und nach der entscheidenden Rolle, die er in Roche-au-Moines gespielt hat, wird auf seinen Kopf jetzt ein noch höherer Preis als bisher ausgesetzt sein.«

»Verdammt, man sollte doch meinen, daß Johann Weichschwert im Augenblick ganz andere Sorgen als uralte private Fehden haben müßte«, seufzte Brenna. »Dieser Haß auf Vater, auf Eduard und sogar auf Robin ist doch unsinnig.«

»Einmal ein Feind des englischen Königs – immer ein Feind des englischen Königs.«

»Gewiß, aber er hat doch genug Feinde auf seiner Seite des Ärmelkanals! Wann wird er endlich aufhören, uns zu verfolgen?«

»Du darfst nicht vergessen, daß dein Vater nur mit den Fingern zu schnippen braucht, um wieder tausend Mann zu sammeln, die König Philipp unterstützen würden, falls er sich entschließen sollte, in England einzufallen und Ohneland in die Nordsee zu treiben. Und Eduard hat schon oft bewiesen, daß er alles daran setzt, den Tod Arthurs von der Bretagne zu rächen. Was aber Robin betrifft, so ist er zum einen der Haupterbe deines Vaters, und zum anderen hat er einen von Ohnelands Günstlingen verstümmelt.«

»Du meinst natürlich Guy de Gisbourne, den Kerl, dem Robins hübsches Gesicht so gut gefiel, daß er ihn um jeden Preis vernaschen wollte?«

Will runzelte die Stirn. »Könntest du dich nicht etwas vornehmer ausdrücken?«

»Einen Dreizehnjährigen vergewaltigen zu wollen, war auch nicht gerade vornehm!«

»Nun ja ... Aber Robin hätte ihn gleich erdolchen sollen, anstatt ihm nur die paar Zentimeter weiches Fleisch zwischen den Beinen abzuschneiden. Jetzt ist dieses Schwein nämlich Sheriff von Nottingham.«

Brenna lachte. »Dann hat Gisbourne ja alle Hände voll zu tun! Lady Ariels Bruder und die Vogelfreien machen ihm das Leben bestimmt zur Hölle!«

Will blieb plötzlich stehen und starrte sie entgeistert an. »Woher zum Teufel weißt du etwas über ... Ach nein, vergiß es. Die Frage erübrigt sich.« Er ging weiter, und Brenna ging neben ihm her, während sie heimlich seine langen Schritte zählte – fünf ... sechs ... sieben ...

»Also gut.« Er blieb wieder stehen. »Woher zum Teufel weißt du etwas über Lord Henry?«

»Acht!« rief sie. »Deine Selbstbeherrschung macht wirklich Fortschritte!«

»Hingegen wird dein Vater seine Selbstbeherrschung garantiert verlieren, wenn er erfährt, daß es innerhalb seiner Burgmauern lose Zungen gibt.«

»Nur eine einzige – seine eigene! Deshalb könnte er nur sich selbst anbrüllen, wenn er nach einem Schuldigen Ausschau halten würde.«

»Dein Vater hat dir von Lord Henry erzählt?«

»Na ja ... nicht direkt ... Weißt du, er hat sich mit Robin unterhalten, und ...«

»Und dein Ohr war zufällig an der Tür klebengeblieben, nehme ich an!«

»Nein.« Brenna machte einen Schmollmund. »Es war im Stall, wo ich sie reden hörte.«

»Darf ich fragen, *was* du gehört hast?«

»Vater war wütend. Er sagte, Henry de Clare sei ein Narr, der weniger Verstand als ein Ziegenbock hätte. Er meinte, wenn er selbst schon direkt vor der Nase des englischen Königs leben wollte, würde er sich wenigstens unauffällig benehmen, anstatt mit einer Räuberbande, die dem Sheriff dauernd Scherereien bereitet, Hand in Hand zu arbeiten.«

Will seufzte schwer. »Das tut er nicht! Er hat nur gelernt, mit den Waldgängern friedlich zusammenzuleben.«

Brenna zuckte die Achseln. »Wie auch immer, jedenfalls ist Vater entsetzt, daß ausgerechnet der Neffe des Marschalls von England ein solches Leben führt, und er glaubt, daß Lord Henry damit das Leben einer Person von königlichem Geblüt gefährden könnte, die spurlos verschwunden ist – zufällig zur selben Zeit, als Ariels Bruder beschloß, sich als Bettelmönch zu verkleiden.«

Will war noch schockierter als zuvor. »Ist dir eigentlich klar, daß es deinen Tod bedeuten könnte, wenn diese Worte jemand anderem als mir zu Ohren kämen?«

»Ich habe nicht die Absicht, sie vor Fremden zu wiederholen. Ich will doch nur wissen, ob es wirklich stimmt, daß Lord Henry in England bleibt, um die verschollene Prinzessin von der Bretagne zu bewachen.«

»Brenna ...« Will drehte sich besorgt nach allen Seiten um und spähte in den Wald hinein. Es war gefährlich, über verschwundene Prinzessinnen und adlige Räuber zu sprechen, wo auch immer man sich aufhalten mochte, das wurde auch Brenna plötzlich klar, und sie hob die Hand, um seine wohlverdienten Vorwürfe abzuwehren, hielt aber mitten in der Bewegung inne, und auch Wills Strafpredigt blieb aus.

»Hast du auch etwas gehört?« flüsterte er statt dessen.

»Ich dachte ...«

»Psst!« Er deutete ins Dickicht. »Das Geräusch kam von dort drüben.«

Sie standen regungslos da und starrten auf die schwarze lehmige Erde hinab, um die leichten Vibrationen wahrnehmen zu können, die von donnernden Hufen herrühren mußten.

»Kein Pferd, eher ein Keiler«, murmelte Will.

Beide wurden durch einen fernen Schmerzensschrei aufgeschreckt.

»Robin!« rief Brenna. »Das kann nur Robin sein!«

Will hetzte schon zwischen den Bäumen hindurch.

2

Brenna und Will rannten in verschiedene Richtungen, um ein V-förmiges Gebiet von zwei Seiten überblicken zu können. Das Geräusch scharrender Hufe wurde immer lauter, und nun war auch das wütende Grunzen eines Wildschweins deutlich zu hören, sein blutrünstiges Schnauben und Keuchen. Als sie noch näher kamen, stieg ihnen der unverkennbare Gestank dieser schmutzigen Tierart in die Nasen.

Sie machten absichtlich viel Lärm und riefen immer wieder Robins Namen, nicht nur, damit er wußte, daß sie ihm zu Hilfe kamen, sondern auch, um den Keiler von ihm abzulenken. Beide hatten ihre Bogen schußbereit zur Hand, denn Wildschweine waren sehr schlau und blitzschnell. Sie konnten plötzlich aus dem Unterholz hervorbrechen und einen Menschen mit ihren Hauern aufspießen, bevor er sich überhaupt einer Gefahr bewußt geworden war.

»Robin! Verdammt, so gib doch Antwort!«

»Hier bin ich!«

Brenna wirbelte herum und rannte in die Richtung, aus der die Stimme gekommen war, und Will tat das gleiche. Von zwei Seiten eilten sie auf einen tiefen Graben zu. Robin und ein mindestens achthundert Pfund schwerer Keiler standen sich dort unten gegenüber. Robin hielt einen blutigen Dolch umklammert, seine Kleidung war schmutzig, und die kastanienbraunen Haare hingen ihm wirr ins Gesicht, verklebt mit Schweiß und mit dem Blut aus einer Wunde an der Schläfe. Vor Anspannung bleckte er die Zähne, so als wollte er das Wildschwein imitieren, das den mächtigen Kopf senkte und seine Hufe in die Erde bohrte, um den nächsten Angriff vorzubereiten. Das Tier hatte Schaum vor dem Maul, und bei jeder Bewegung schoß ein Blutstrahl aus seiner Kehle hervor, doch diese Verletzung war nicht schmerzhaft genug, um es davon abhalten zu können, seinem in die Enge getriebenen Opfer den Garaus zu machen.

Will und Brenna hoben gleichzeitig ihre Bogen, zielten kurz und schossen. Beide Pfeile trafen die Stirn des Wildschweins, und die Wucht der Stahlspitzen durchbohrte den steinharten Schädel und schleuderte das Tier rückwärts. Einen Augenblick lang stand es auf den Hinterbeinen, doch dann brach es zusammen und blieb regungslos liegen. Trotzdem verpaßte Will ihm sicherheitshalber noch einen Schuß ins Herz, um gänzlich auszuschließen, daß es noch einmal zum Leben erwachte.

Robin richtete sich langsam aus seiner geduckten Haltung auf, eine Hand an die Rippen gepreßt. Brenna eilte den steilen Abhang zu ihm hinab, wobei sie ihre Absätze tief in die bröckelige Erde graben mußte, um nicht auszurutschen.

»Ist alles in Ordnung?« rief sie ihrem Bruder zu.

»Dieses verdammte Mistvieh kam plötzlich auf mich zugerast, nahm mich auf die Hauer und warf mich in diesen Graben.«

»Und warum bist du hier unten nicht schnell auf einen Baum geklettert? Es gibt doch genug davon.«

»Ich hatte doch keine Ahnung, wo ihr wart, und wie lange ich gezwungen sein könnte, wie ein Affe im Geäst hocken zu müssen.«

»Du hättest rufen oder pfeifen können.«

»Ich hatte die Lage völlig unter Kontrolle.«

»Ja, das sehe ich, und ich höre auch schon Sparrows Schimpftiraden: ›Dummkopf! Blödhammel! Hornochse!‹ Heiliger Kyrill, bewahre mich vor solchen Narren!«

Robin griff sich an die Schläfe und betrachtete seine blutigen Finger. »Das ist nur ein kleiner Kratzer, überhaupt nicht der Rede wert.«

»Und das?« Brenna deutete auf sein zerrissenes Hemd.

Er schob widerwillig den Stoff über seinem muskelstrotzenden Brustkorb auseinander. Ein Hauer hatte die Haut aufgerissen, und ringsum verfärbte sich das Fleisch bereits bläulich.

»Na großartig!« kommentierte Brenna. »Sparrow wird seine helle Freude haben. Kurz vor dem wichtigsten Turnier dieser Saison läßt du dir von einem Keiler die Rippen brechen, anstatt auf einem hohen Baum Schutz zu suchen.«

Robin blickte trotzig zu dem toten Tier hinüber. »An dem Tag, an dem ich vor einem Wildschwein Reißaus nehme, werde ich meine Sporen einpacken und meinen Enkeln als Spielzeug schenken! Außerdem sind die Rippen nicht gebrochen«, behauptete er, verzog aber unwillkürlich vor Schmerz das Gesicht, als er sie vorsichtig betastete. »Nur geprellt.«

»Ob gebrochen oder geprellt – was macht das schon für einen Unterschied? Du weißt genau, daß Sparrow dir nicht erlauben wird, an dem Turnier teilzunehmen, wenn du nicht in Hochform bist.«

Robins Miene verdüsterte sich. Er war fast das Ebenbild seines Vaters, von genauso imposanter Statur wie der Schwarze Wolf. Sein lockiges braunes Haar, das nach französischer Mode nur knapp nackenlang war, umrahmte ein attraktives Gesicht. Seit vier Jahren hatte er bei keinem Turnier eine Niederlage einstecken müssen, weil er wie ein Löwe kämpfte. Es gab nur einen Menschen, vor dem er sich fürchtete – und das war der despotische Seneschall von Amboise, ein Zwerg, der ihm kaum bis zur Taille reichte!

»Sparrow kann mir überhaupt nichts erlauben oder verbieten«, knurrte er wider besseres Wissen.

»Hast du ihm das jemals ins Gesicht gesagt, du Maulheld?« fragte Brenna unschuldig.

Laut fluchend klopfte sich ihr Bruder Schmutz und welke Blätter von den Kleidern. »Kein Geringerer als Prinz Ludwig ist der Schirmherr dieses Turniers, und die besten Ritter aus

Frankreich, aus der Normandie und Gascogne werden sich im Château Gaillard versammeln. Gerüchte besagen, daß sogar der ›Fürst der Finsternis‹ sein Kommen zum Turnier angekündigt hat.«

Brenna verdrehte stöhnend die Augen und zitierte sarkastisch: »Der gefürchtetste Ritter der ganzen Christenheit, halb Mensch, halb Tier, verrucht und gottlos!«

Robin ignorierte ihre Ironie. »Er hat sich noch nie in der Normandie blicken lassen, aber alle, die ihn jemals kämpfen gesehen haben, berichten, daß er wie ein Höllenwind angestürmt kommt, und seine Waffen sollen angeblich genauso mörderisch wie die Klauen des Falken auf seinem Wappen sein.«

»Und gegen dieses Ungeheuer willst du kämpfen?«

»Ich werde gegen ihn kämpfen und dafür sorgen, daß er gedemütigt vom Platz humpelt und sich irgendwo verkriecht, um seine Wunden zu lecken. Ich habe dafür hart trainiert, und nichts – weder geprellte Rippen noch ein tyrannischer Elf – wird mich davon abhalten, diesen Sieg zu erringen!«

»Wenn dem wirklich so ist«, warf Will trocken ein, »würde ich dir raten, deine Rippen vor Sparrow zu verstecken … jedenfalls so lange, bis du unterwegs nach Rouen bist.«

Robin warf seinem Freund einen finsteren Blick zu. »Und wie soll ich das bewerkstelligen? Er hat seine Augen und Ohren doch überall, er verfolgt mich auf Schritt und Tritt und taucht im unpassendsten Moment ohne jede Vorwarnung auf!«

Brenna lachte. »Das ist eben dein schweres Los, weil du nicht nur der Erstgeborene bist, sondern nach Sparrows fester Überzeugung auch ein Auserwählter, dem eine glänzende Zukunft beschieden ist. Deshalb glaubt er, ständig über deinen Körper und Geist wachen zu müssen. Wir normalen Sterblichen könnten hingegen blutüberströmt und verkrüppelt nach Hause kommen, und er würde nur die Nase rümpfen, weil wir so unvorsichtig waren.«

»Dein Mitgefühl wärmt mir wirklich das Herz.«

»Du kannst nur von Glück sagen, Bruderherz, daß Will

und ich deine besten Verbündeten sind, wenn auch nur aus Eigennutz, denn wenn du nicht nach Gaillard darfst, werden auch wir höchstwahrscheinlich nicht hinkommen. Deshalb werden wir dafür sorgen, daß Sparrow dich nicht zu sehen bekommt, bis du dich umgezogen hast.« Sie trat einen Schritt zurück und musterte ihn von Kopf bis Fuß. »Sobald du ein frisches Hemd und eine saubere Hose anhast, wird kein Mensch wissen, daß es dir nicht gelungen ist, einen Keiler zu bezwingen.«

»Ich selbst weiß es aber!« brummte er, zutiefst in seinem Stolz verletzt.

»Gewiß, und Will und ich wissen es auch, und all die Bäume und kleinen Waldtiere, die stets vor dir gezittert haben, wissen es ebenfalls. Aber *Sparrow* braucht es nicht zu wissen! Oder willst du dich lieber vor ihm zu Boden werfen und eine Beichte ablegen? Wann wirst du endlich lernen, daß kleine Täuschungsmanöver mitunter ganz nützlich sein können?«

»Ich kann genausogut schwindeln wie ihr!« protestierte Robin.

»Mit dem kleinen Unterschied, daß du jedesmal, wenn du die Unwahrheit sagst, einen hochroten Kopf bekommst, und daß deine Wange wie die Nase eines Karnickels zuckt«, neckte Brenna ihn gutmütig. »Im Gegensatz zu uns bist du eben ein Ritter ohne Furcht und Tadel.«

»Ich gebe zu, daß ich nicht gern lüge, aber deshalb bin ich noch lange nicht der Tugendapostel, als den ihr mich hinstellt.«

Will und Brenna hoben skeptisch die Brauen, und ihr Schweigen war beredter als jede Erwiderung.

»Also gut«, seufzte Robin. »Ich gebe zu, daß ihr gerissener seid als ich.«

»Wenn du schon dabei bist, solltest du auch noch zugeben, daß ich im Wald unschlagbar bin«, verkündete Brenna.

Robin blickte fragend zu Will hinüber, der achselzuckend murmelte: »Sie hat mich vorhin überlistet.«

»Dann steht es zwischen Brenna und mir zwei zu zwei, während du um einen Punkt zurückliegst.«

»Der Keiler wurde aber nur von zwei Pfeilen getroffen«,

widersprach Brenna grinsend. »Deshalb steht es zwischen Will und dir zwei zu zwei, während ich euch um einen Treffer voraus bin.«

Robins Augen verengten sich zu schmalen Schlitzen, und Will rief empört: »Das ist eine höchst fragwürdige Entscheidung, denn es war ganz eindeutig *mein* Pfeil, der das Wildschwein erlegt hat.«

»Wie kannst du so etwas behaupten? Ich habe genau gesehen, daß mein Pfeil *vor* deinem seinen Schädel durchbohrt hat.«

Robin hielt seinen blutigen Dolch hoch. »Möglicherweise habe *ich* es zur Strecke gebracht.«

Grimmig stapften die drei auf das tote Tier zu. Die beiden Pfeile steckten dicht nebeneinander, und das Blut aus der tiefen Halswunde hatte die Erde rot verfärbt und unzählige schwarze Ameisen angelockt.

»Ich würde sagen, daß ein Unentschieden angebracht ist«, erklärte Robin.

»Von wegen!« rief Brenna. »Wer der Tagessieger ist, wird sich auf dem Rückweg durch den Wald entscheiden! Wir treffen uns am Burgtor, und wer die größte Trophäe mitbringt, hat gewonnen!«

Zum Zeichen, daß er damit einverstanden war, spuckte Robin in die Hand und streckte sie aus, und die anderen taten es ihm nach und schlugen ein. Gleich darauf war der Graben menschenleer.

Brenna rannte in Richtung des Flusses. Der zinngraue Himmel, der stellenweise durch die Baumwipfel schimmerte, sagte ihr, daß es noch ein, zwei Stunden hell sein würde. Das galt freilich nicht für den Wald, denn hier wurde es viel schneller dunkel, doch das störte sie nicht, denn seit sie den Graben gesehen hatte, wußte sie wieder genau, wo sie war – unweit jener Stelle am Fluß, wo es besonders große Lachse gab. Robin würde bestimmt versuchen, ein Reh zu erlegen, aber das würde ihm um diese Tageszeit bestimmt nicht gelingen, zumal er auch noch zehn Meilen gegen den Wind nach Schweiß stank. Will würde klugerweise die nähere

Umgebung des Grabens absuchen, in der Hoffnung, daß das Wildschwein eine Familie hatte. Wenn es ihr selbst jedoch gelänge, einen Fisch aufzuspießen, würde ihr Vater hell begeistert sein, denn Lachs in Weinsauce mit Zwiebeln und Thymian gehörte zu seinen Lieblingsgerichten.

Nachdem ihr jetzt keine Verfolger mehr auf den Fersen waren, brauchte sie nicht geduckt umherzuschleichen und ängstlich jedes Geräusch zu vermeiden. Trotzdem blieb sie gewohnheitsmäßig alle paar hundert Meter stehen und lauschte, so wie Gil es ihr beigebracht hatte. Das Knacken eines Zweiges, das Rascheln eines Blattes, das Davonhuschen einer Maus – alles konnte auf irgendeine Gefahr hindeuten. Doch jetzt hörte sie nur, wie der Wind in den Wipfeln sang. Vögel zwitscherten, und irgendwo in der Ferne bimmelte eine Glocke. Flußaufwärts gab es ein Kloster, und nach einem harten Arbeitstag auf den Feldern oder in den Gärten wurden die Mönche jetzt wohl zur Vesper gerufen.

Brenna lief mit großen Schritten leichtfüßig dahin, ihren Bogen über der Schulter, und weil sie nicht wieder ins Schwitzen geraten wollte, öffnete sie die Verschnürung ihres Lederwamses und genoß die kühle Brise auf ihrer Haut unter dem dünnen Hemd. Etwa zweihundert Meter vom Fluß entfernt hörte sie schon das vertraute Plätschern, und die Luft wurde feuchter und aromatischer.

Sie bahnte sich nun wieder langsam und vorsichtig einen Weg durchs Unterholz, denn wenn sie die Tiere aufschreckte, die um diese Zeit ihren Durst stillten, würden auch die Fische die Warnung vernehmen und hastig in die Flußmitte schwimmen. Nur gut, daß die Vogelscharen, die zu ihren Nestern im Wald zurückkehrten, soviel Lärm machten!

Nach weiteren hundert Metern konnte sie die Loire zwischen den Bäumen sehen. Gemächlich floß sie nach Westen, auf das ferne Meer zu, ein breites silbernes Band. Die Baumwipfel am anderen Ufer wurden von der untergehenden Sonne mit Bronze übergossen, und hoch oben am Himmel waren die Wolken rot und bernsteinfarben. Bald würde diese ganze Pracht der Dunkelheit weichen – düsterem Grau, Blau und Schwarz.

Im Schutz eines umgestürzten Baums trat Brenna aus dem Wald hervor. Das steinige Ufer war flach und ziemlich schmal; höchstens drei Meter trennten die Wurzeln vom Wasser, das im Schatten der riesigen Eichen und Kiefern blauschwarz und unergründlich wirkte. Brenna wußte selbst nicht, warum ihr plötzlich eine Geschichte einfiel, die Sparrow gern erzählte. Angeblich hatten Druiden einst einen Teich in England mit einem Zauber belegt, so daß dort absolute Stille herrschte, obwohl es ringsum im Wald von Tieren und Vögeln wimmelte. Sparrow zufolge war Robin in diesem verwunschenen Gewässer gezeugt worden, und die Liebe zwischen dem Schwarzen Wolf und Servanne hatte den Zauberbann gebrochen und den Wald mit neuem Leben erfüllt.

Unwillkürlich lief ihr ein Schauer über den Rücken, obwohl sie sich sagte, daß dies kein englischer Teich, sondern ein französischer Fluß war, und daß Sparrow jede Menge solcher Geschichten zum besten gab, die er schamlos mit seinen eigenen Heldentaten ausschmückte. Sie selbst glaubte jedenfalls nicht an Zauberei – obwohl sie als kleines Mädchen geglaubt hatte, daß Sparrow fliegen könne. Heutzutage glaubte sie nur noch, was sie sah …

Brenna schloß rasch die Augen und öffnete sie ganz langsam wieder, aber ihre Fantasie und das schwindende Licht hatten ihr keinen Streich gespielt. Am Ufer kniete tatsächlich ein Satyr, ein halbnackter Satyr, einen funkelnden Dolch in der hocherhobenen Hand.

3

Es war natürlich kein Satyr, sondern ein Mann, ein riesiger Mann, der sich über einen flachen Felsen beugte und einen Fisch ausnahm. Brenna spannte lautlos ihren Bogen, und ihr erster Impuls war, ihn auf der Stelle zu erschießen, solange sie im Vorteil war, weil er noch nichts von ihrer Gegenwart ahnte. Ein einziger Pfeil würde genügen, um den Wilderer oder gedungenen Mörder zur Strecke zu bringen – falls er eines von beidem sein sollte, was sie aber bedauerlicherweise nicht wußte. Sie hatte keine Ahnung, wer er sein könnte.

Sein Profil war hinter einer langen rabenschwarzen Haarmähne verborgen, und auch die Hose und seine kniehohen Stiefel waren schwarz. Sie dachte flüchtig, daß ihre Augen sie in der Dämmerung getäuscht hatten, daß er vielleicht doch ein hautfarbenes Wams aus dick gefüttertem Ochsenleder trug. Aber nein! Sein Oberkörper war wirklich nackt – und geradezu unglaublich muskulös.

Sie bezweifelte plötzlich, daß er ein Wilddieb war, auch wenn er sich unbefugt in einem privaten Wald aufhielt, meilenweit von der Straße entfernt. Seine Statur verriet, daß er sich nicht von Beeren und Wurzeln ernährte, sondern regelmäßig große Mengen Fleisch verspeiste, und nachdem Brenna unter Rittern aufgewachsen war, erkannte sie einen Angehörigen dieses Standes, auch wenn er in Sackleinen gekleidet war und auf einer Schindmähre angeritten kam. Wenn dieser Mann aber ein Ritter war – was machte er dann allein hier draußen, und warum mußte er sein Abendessen selbst fangen und zubereiten?

Sie wandte ihre Augen für den Bruchteil einer Sekunde von dem Fremden ab und spähte in die Runde, konnte aber nirgends ein Pferd entdecken. Dafür sah sie einige Kleidungsstücke – Hemd, Wams und Mantel –, die auf einem Felsen ausgebreitet waren. Daneben lehnte ein riesiges Schwert in einer Scheide aus Stahl und Leder, und etwas höher am Ufer lag eine Satteltasche neben einer kleinen Pyramide aus trockenem Laub und Tannenzapfen, von der Rauch aufstieg.

Brennas Herz klopfte zum Zerspringen, und sie spannte den Bogen noch weiter, als der Fremde sich mit dem gesäuberten Fisch in der Hand aufrichtete. Er war noch größer, als sie gedacht hatte – größer als Will und sogar als Robin, die sie sich in diesem Augenblick sehnlichst herbeiwünschte. Sie überlegte, ob sie sich ducken und in den Wald zurückschleichen sollte, verwarf diesen Gedanken aber sofort wieder, denn sie konnte jetzt das Profil des Mannes sehen und wußte genau, daß auch er sie sehen würde, sobald sie auch nur die geringste Bewegung machte. Es war ein wie aus Stein gemeißeltes Profil mit eckigem Kinn und sinnlichem Mund. Offenbar hatte er beim Ausnehmen des Fisches leise vor sich hingepfiffen, denn seine Lippen waren noch leicht geschürzt, als er sich vollends umdrehte, aufschaute und sie neben dem umgestürzten Baum erblickte.

Er erstarrte zur Salzsäule, und sein Blick verriet völlige Fassungslosigkeit. Sie stand etwa zehn Schritte von ihm entfernt im Schatten der Bäume, doch das Licht, das vom Fluß reflektiert wurde, reichte aus, um sie mitsamt ihrem Langbogen deutlich erkennen zu können.

Brenna zwang sich, langsam auszuatmen. Er ließ sie nicht aus den Augen – graugrünen Augen, umrahmt von langen schwarzen Wimpern, leuchtend und schillernd wie die einer Katze. Das dichte schwarze Haar war aus der breiten Stirn zurückgekämmt und fiel wellig auf seine Schultern, die so breit waren, daß sie ohne weiteres für zwei Männer ausgereicht hätten.

Es war ein hartes Gesicht, und die zusammengepreßten Lippen verrieten, daß er es gar nicht schätzte, wenn ein Pfeil auf seine Brust zielte.

Er musterte Brenna genauso aufmerksam wie sie ihn, und weil ihr Wams auseinanderklaffte, blieb sein Blick auf ihren Brüsten haften, die sich unter dem dünnen Hemd abzeichneten nicht besonders groß, aber straff und wohlgeformt. Sekundenlang spiegelten seine Katzenaugen Überraschung wider, doch gleich darauf betrachteten sie nüchtern den schweren Bogen, dessen Sehne von einem so schlanken Arm gespannt wurde, obwohl das beträchtliche Kraft erforderte.

»Eine ungewöhnliche Waffe für eine Frau!« kommentierte er ruhig. »Ein Jagdbogen würde besser zu Ihrer Größe und zu Ihrem Geschlecht passen.«

Ohne jede Vorwarnung sauste plötzlich ein Pfeil dicht an seinem Ohr vorbei und schlug hinter ihm in einen Baumstamm ein, und noch während das Echo widerhallte, war der nächste Pfeil auf seinen breiten Brustkorb gerichtet.

Er warf einen flüchtigen Blick über die Schulter hinweg.

Der Baum war jung und hatte einen Durchmesser von höchstens 25 cm, aber es war immerhin eine Eiche, deren Holz besonders hart war, und die Pfeilspitze hatte den Stamm mühelos durchbohrt und ragte auf der anderen Seite um mehr als Handbreite hervor.

Der Fremde fixierte Brenna von neuem. »Sehr beeindrukkend! Ich versichere Ihnen, daß Sie meine volle Aufmerksamkeit haben.«

»Wer sind Sie, und was machen Sie in diesem Wald?«

»Ich könnte Ihnen dieselben Fragen stellen.«

»Schon möglich«, stimmte sie zu, »aber *ich* habe den Bogen und bin nicht gewillt, weitere Pfeile für unnütze Demonstrationen zu vergeuden.«

Er bedachte die unausgesprochene Drohung und schenkte ihr unerwartet ein strahlendes Lächeln. »Ich bin in diesem Wald, weil ich mich verirrt habe. Irgendwo muß ich falsch abgebogen sein, und ich befürchtete schon, demnächst vom Rand der Erdscheibe in die Tiefe zu stürzen, bevor ich die Straße wiederfand.«

»Hier ist weit und breit keine Straße!« betonte Brenna.

»Eine Straße, ein Fluß.« Er zuckte die Achseln. »Wo ist da der Unterschied? Ich folge diesem Fluß schon seit Orléans.«

»Und wohin wollen Sie ihm weiter folgen?«

»Dorthin, wo ich etwas zu tun habe«, erwiderte er ausweichend.

»Sie werden statt dessen demnächst in der Hölle landen, wenn Sie mir keine zufriedenstellenden Auskünfte geben.«

»Ich gebe nicht gern Auskünfte, während eine Pfeilspitze auf mich gerichtet ist.«

»Aber Sie selbst dürfen natürlich einen Dolch in der Hand haben?«

Er warf einen verdutzten Blick auf seine Waffe. »Die hatte ich ganz vergessen. Es war eine unbeabsichtigte Unhöflichkeit, das müssen Sie mir glauben.« Er lächelte wieder und entblößte dabei strahlendweiße Zähne. »Sie dürfen mir den Dolch gern abnehmen, wenn Sie sich davon bedroht fühlen.«

Mit einer blitzschnellen Bewegung aus dem Handgelenk

heraus drehte er die Waffe so, daß der Griff nun in Brennas Richtung wies, und streckte auffordernd den Arm aus.

Er hatte eine tiefe Stimme und sprach Französisch mit einem leichten Akzent, den sie nicht einordnen konnte. Ein Ausländer! Unwillkürlich fiel ihr ein, daß sie sich mit Will über gedungene Mörder unterhalten hatte, bevor sie Robin zu Hilfe geeilt waren.

Der letzte Mörder, den der englische König nach Amboise geschickt hatte, war ein attraktiver Mann aus Aragon gewesen. Er hatte sich als Troubadour ausgegeben und zu Herzen gehende Liebeslieder vorgetragen, und vielleicht hätte er sogar Einlaß in die Privaträume des Schwarzen Wolfs und seiner romantischen Gemahlin gefunden, wenn Brenna nicht bemerkt hätte, daß seine Finger ganz wund waren, weil er bis vor kurzem nie eine Harfe in der Hand gehabt hatte.

Instinktiv warf sie einen Blick auf die Hand des Fremden, der ihr so bereitwillig seinen Dolch überlassen wollte, und stellte bestürzt fest, daß diese Hand von alten Brandnarben verunstaltet war, so als wäre sie einst in siedendes Öl getaucht worden.

Die Messerklinge funkelte, und Brenna konnte sich ein Lächeln kaum verkneifen. Hielt er sie wirklich für so töricht? Sobald sie sich ihm näherte, um ihm die Waffe abzunehmen, würde statt dessen *sie* entwaffnet werden, und er würde ihr den Dolch an die Kehle halten.

»Sie können ihn neben Ihr Schwert werfen. Und den Fisch auch.«

Er grinste breit. »In der Tat – ein Karpfen ist eine sehr gefährliche Waffe!«

Heiße Röte stieg ihr in die Wangen, denn er schaute sie unverwandt an, während er gehorsam zuerst den Dolch und dann den Fisch neben den Felsen warf, auf dem seine Kleider lagen. Zuletzt verschränkte er zum Zeichen seiner totalen Unterwerfung die Hände im Nacken, aber ihr war klar, daß er sie nur verhöhnen wollte.

In dieser Haltung traten seine Muskeln noch imposanter hervor, und das letzte schwache Tageslicht verlieh seiner gebräunten Haut einen goldenen Schimmer. Gegen ihren eigenen Willen starrte Brenna den harten flachen Bauch und die schmale Taille an, und dann schweiften ihre Blicke zu den langen Beinen, die leicht gespreizt waren, und zu der mächtigen Wölbung unter der engen Hose.

Sie verspürte plötzlich ein nie gekanntes Schwindelgefühl und empfand das als bittere Ironie des Schicksals. Zum erstenmal in ihrem Leben war sie wirklich fasziniert von einem Mann, und ausgerechnet dieser Mann war vermutlich ein Spion oder ein gedungener Mörder.

»Wie heißen Sie?« fragte sie energisch, aber ihre Stimme klang heiserer, als ihr lieb war.

»Renaud. Griffyn Renaud. Und Sie?«

»Das geht Sie nichts an.«

»O doch«, widersprach er, »denn es ist schon sehr lange her, daß jemand sich unbemerkt an mich herangeschlichen, mit einer Waffe bedroht, entwaffnet ... und das alles überlebt hat!«

Die letzten Worte murmelte er so leise, daß Brenna sie kaum verstehen konnte, aber das war auch gar nicht nötig, denn die Drohung stand deutlich in seinen Augen geschrieben. Wieder wurde sie das unbehagliche Gefühl nicht los, daß er sich über sie lustig machte und nur auf eine günstige Gelegenheit wartete, um die Rollen zu vertauschen. Sie schaute sich schnell um, denn möglicherweise war der Kerl so arrogant, weil er einen Komplizen hatte, der die ganze Szene aus einem Versteck beobachtete und ihm jederzeit zu Hilfe kommen konnte.

»Sie haben doch bestimmt nicht den weiten Weg von Orléans bis hierher allein und zu Fuß zurückgelegt?«

Er lächelte amüsiert. »Natürlich nicht, aber es wundert mich sehr, daß Sie mir erst jetzt diese Frage stellen.«

»Sie haben also einen Gefährten?«

»O ja.«

Brenna trat etwas näher an den Fluß heran, um das Ufer besser überblicken zu können, zielte dabei aber weiterhin auf den Brustkorb des Fremden. »Sollte dieser Gefährte bewaffnet sein und etwas Törichtes im Sinn haben ...«

Seiner unbewegten Miene war nicht anzusehen, daß er seinen Zorn nur aus widerwilligem Respekt vor ihrem Bogen beherrschte, doch ein Glimmen in den Katzenaugen verriet ihr, daß es glatter Wahnsinn war, sich als Frau auf einen Kampf mit diesem Mann einzulassen.

»Ich versichere Ihnen, daß mein Gefährte keinen Karpfen bei sich hat. Soll ich ihn rufen?«

Brenna nickte und verwünschte insgeheim die Röte, die ihr schon wieder in die Wangen schoß. Unwillkürlich zuckte sie leicht zusammen, als ein einzelner schriller Pfiff die Stille zerriß.

Die Antwort auf dieses Signal ließ nicht lange auf sich warten. Donnernde Hufe ließen die Erde erbeben, und ein riesiges graues Roß stob zwischen den Bäumen hervor. Daß dies nicht der Gaul eines Wilderers war, konnte jeder auf den ersten Blick am muskulösen Körperbau erkennen. Außerdem war der Sattel aus gutem Leder, das schlichte Satteltuch ohne aufgesticktes Wappen war aus reiner Wolle, und aus einer dicken Rolle, die am Sattel festgeschnallt war, ragte ein Kettenhemd hervor. Pferd und Rüstung könnten natürlich gestohlen sein, aber das war höchst unwahrscheinlich, denn der Hengst stupste den Mann zärtlich mit der Schnauze an und schnaubte freudig zur Begrüßung.

»Benimm dich, Zentaur«, murmelte Renaud, während er sanft über die samtweiche Pferdenase strich. »Siehst du nicht, daß wir die Gefangenen dieser kühnen Bogenschützin sind?«

»Das ist Ihr Gefährte?« rief Brenna erstaunt.

»Der einzige, den ich bisher auf meiner Reise gebraucht habe. Allerdings« – er starrte anzüglich auf ihre Brüste – »dürfte die kommende Nacht ziemlich kalt werden, und da hätte ich nichts dagegen, meine Decke zu teilen.«

Brennas Finger umklammerten die Bogensehne noch fester. »Sie könnten früher als erwartet an einem sehr heißen Ort landen, Monsieur Renaud. Weigern Sie sich immer noch, mir zu sagen, was Sie hier im Wald zu suchen haben?«

»Das geht Sie nichts an.« Um sie zu verhöhnen, benutzte er ihre eigenen Worte.

»Dann lassen Sie mir keine andere Wahl, als Sie zu meinem Vater zu bringen, in dessen Wald Sie sich unbefugt aufhalten, und an dessen Fischen Sie sich vergriffen haben. *Er* hat jedes Recht, Ihnen Fragen zu stellen.«

»Wird er zu einem verirrten und müden Reisenden genauso liebenswürdig und gastfreundlich sein wie seine Tochter?«

»Er wird Ihnen den Bauch aufschlitzen und Ihre Leber den Hunden zum Fraß vorwerfen, wenn Sie ihm falsche oder unverschämte Antworten geben.«

Renaud tätschelte sein Roß, während er sie ruhig betrachtete. Sein Gesicht war sehr attraktiv, das konnte sie beim besten Willen nicht leugnen, aber es strahlte nur soviel Wärme und Freundlichkeit wie eine Marmorstatue aus, und sein Lächeln war zwar hinreißend und hätte die meisten Frauen entwaffnet, doch Brenna wußte genau, daß er gefährlich und hinterlistig war, daß sie ihm keinesfalls über den Weg trauen durfte.

Ihm war nicht entgangen, daß ihre Arme von der Anstrengung, den schweren Bogen gespannt zu halten, leicht zitterten, und seine Mundwinkel verzogen sich kaum merklich. Er ließ langsam seine Hände sinken, doch bevor er irgend etwas unternehmen konnte, hörte er Brennas scharfe Stimme:

»Sobald Sie Ihr Schwert, Ihren Dolch oder irgendeine andere Waffe auch nur berühren, erschieße ich zuerst Ihr Pferd und dann Sie!«

Seine Augen schleuderten Blitze. »Ich glaube, es würde mir großes Vergnügen bereiten, Ihnen Manieren beizubringen, mein Fräulein«, knurrte er.

»Wie sollten Sie jemandem etwas beibringen können, von dem Sie selbst keine Ahnung haben?« konterte Brenna. »So, und jetzt ziehen Sie sich bitte an! Wir haben einen langen Weg vor uns.«

4

Zur nächsten Konfrontation kam es, als Brenna verkündete, daß sie auf seinem Hengst reiten würde, während Renaud ihr vorausgehen solle.

Ein Ritter war furchterregend, solange er auf seinem Streitroß saß, das hervorragend ausgebildet war und auf jeden Schenkeldruck und jedes leise Signal hin genau wußte, ob es angreifen, ausweichen, sich wild aufbäumen oder regungslos stehenbleiben mußte. Pferd und Reiter bildeten eine Einheit und konnten bei einem Kampf ohne weiteres ein Dutzend Fußsoldaten überwältigen. Doch wenn ein Ritter seines Rosses und seiner Waffen beraubt war, verwandelte er sich in einen ganz normalen Mann, vor dem Brenna keine Angst hatte, auch wenn seine breiten Schultern und muskulösen Beine ihr widerwillige Bewunderung abverlangten.

Griffyn Renaud war verständlicherweise erbost darüber, zu Fuß gehen zu müssen. Er hätte es nie für möglich gehalten, daß eine Frau sein feuriges Streitroß bändigen könnte, und er hatte geglaubt, daß sie in hohem Bogen aus dem Sattel fliegen würde, sobald er einen leisen Pfeifton von sich gab. Der Hengst bäumte sich daraufhin zwar sofort auf und machte wilde Sprünge, doch Brenna war auf ein solches hinterhältiges Manöver gefaßt gewesen und meisterte die kritische Situation bravourös. Es gelang ihr sogar, einen Pfeil abzuschießen, der sich wenige Zentimeter vor Renauds Stiefelspitze in die weiche Erde bohrte. Daraufhin befahl er Zentaur durch erneutes Pfeifen, die Kapriolen zu beenden, aber seine Augen verhießen nichts Gutes, als er den Pfeilschaft demonstrativ in zwei Stücke zerbrach.

Die Dunkelheit war längst hereingebrochen, als Reiterin und Fußgänger das kleine Dorf Amboise erreichten. Auf dem Anger brannte ein Feuer, und aus der offenen Tür der Schmiede fiel ein glutroter Schein auf die Straße, doch die meisten Hütten waren schon verriegelt und würden es bis zum Morgen bleiben, denn die Dörfler waren abergläubisch und glaubten, der Teufel streife nachts – als Mensch verkleidet – umher und versuche, Seelen zu stehlen.

Die grauen Steinmauern der Burg beherrschten den hohen Hügel über dem Dorf. Wenn die Menschen, die im Schutz dieser mächtigen Festung lebten und arbeiteten, sie am hellichten Tag betrachteten, schenkte sie ihnen ein Gefühl beruhigender Geborgenheit, doch nachts wirkte die Heimstatt des legendären Schwarzen Wolfs mit ihren Zinnen und hohen Türmen so bedrohlich, daß sich niemand, dem sein Leben lieb und teuer war, uneingeladen dem Tor zu nähern wagte. Zwei Pechfackeln brannten an den Wachtürmen, die den einzigen Eingang flankierten, und wer außerhalb der zwölf Meter hohen Umfassungsmauern stand, konnte nur diese beiden Lichter sehen. Der Kreuzritter, der diese Burg vor über einem Jahrhundert erbauen ließ, hatte sich eine Stelle ausgesucht, wo der Fluß die Rückseite des Baus schützte, während die anderen drei Seiten von einem tiefen Graben umgeben waren, der ursprünglich kein Wasser führte. Weil die Auseinandersetzungen zwischen England und Frankreich jedoch immer erbitterter wurden, hatte Lord Randwulf den Graben mit dem Fluß verbunden, so daß die Loire seine Festung nun von allen Seiten umgab. Um Angreifer fernzuhalten, brauchte man nur die Zugbrücke hochzuziehen.

Die Außenmauern waren zweieinhalb Meter dick, und auf den Wehrgängen patrouillierten Tag und Nacht Wachposten in voller Rüstung, deren Schilde das Wappen von Randwulf de la Seyne Sur Mer trugen: einen grimmigen goldenen Wolf auf schwarzem Grund.

Jeder Wachturm war eine kleine Festung für sich, mit genügend Platz für Bogenschützen und mit Gußrinnen, durch die siedendes Öl oder Pech auf die Köpfe unerwünschter Besucher gegossen werden konnte.

Die Kernburg – das Herz von Amboise – hatte zwanzig Meter hohe Mauern und war durch Wälle, einen zweiten Graben und eine zweite Zugbrücke gesichert – dem einzigen Zugang zum massiven Hauptturm. Entlang der Erdaufschüttungen waren Kasernen, Stallungen, Waffenschmieden, Feldküchen, Badehäuser und kleine Webereien gebaut worden, umgeben von einer fünf Meter hohen und dreieinhalb Meter dicken Mauer mit viereckigen Türmen und schweren Eisentüren.

Zwischen Innen- und Außenmauer erstreckte sich ein riesiger Hof mit Viehställen, Kampfplätzen und Obst- und Gemüsegärten. An alles war gedacht worden, damit die Burginsassen sogar bei einer monatelangen Belagerung nicht darben mußten.

Für Fremde war Château Amboise eine imposante Demonstration militärischer Stärke und Effektivität.

Für Brenna war es einfach ihr Zuhause.

»Bleiben Sie stehen«, rief sie ihrem Gefangenen zu, während sie seinen Hengst vor der Zugbrücke zügelte. Sie hatte jenseits des Fallgatters eine Bewegung wahrgenommen und vermutete, daß Robin und Will dort auf sie warteten, um mit ihren Trophäen – höchstwahrscheinlich Hasen oder Frischlinge – zu prahlen. Ihre eigene Beute – ein Ritter samt Schlachtroß – würde ihr jedoch zweifellos den Tagessieg sichern, und sie grinste schon im voraus triumphierend.

»Brenna? Bist du das?«

»So ist es, Bruderherz, und schau mal, was ich mitgebracht habe! Einen Wilderer und Flegel, der nicht einmal seinen Namen nennen wollte, bis ich ihn mit meinem Bogen kitzelte.«

Robin und Will traten aus dem dunklen Torgewölbe ins Fackellicht hervor. Sie waren mit Schwertern umgürtet, und hinter ihnen formierte sich ein Dutzend Gardisten mit Armbrusten.

»Dies ist ein wunderschöner Abend«, murmelte Robin.

»Hell genug, um Leuchtkäfer zu jagen«, ergänzte Brenna die Losung, die den Männern von Amboise verriet, daß sie nicht unter Zwang stand. Hätte sie eine andere Antwort gegeben, wäre Griffyn Renaud sofort ein toter Mann gewesen.

Statt dessen kam Robin ihr nun entgegen, und seine Stiefel hallten auf den Holzplanken dumpf wider. Nach einem flüchtigen Blick auf den Fremden beobachtete er Brenna, die ihr Bein über den Sattel schwang und geschickt zu Boden sprang.

»Dir ist wirklich keine Herausforderung zu groß!« Er bewunderte das prächtige graue Roß. »Darf ich fragen, wo du den armen Kerl gefunden hast?«

»Am Fluß. Er hat Vaters besten Fischteich geplündert.«

»Ich wollte nur meinen knurrenden Magen beruhigen«, meldete sich Renaud seufzend zu Wort. »Ich wußte nicht, daß ich mich auf Privatgrund befand, und ich konnte mir nicht vorstellen, daß ein einziger Fisch – zufällig war es auch noch ein ziemlich kleiner – mich gleich auf eine Folterbank bringen könnte.«

»Wir neigen heutzutage zu übertriebener Vorsicht«, sagte Robin. »Hat sie Sie verletzt?«

Renaud knirschte mit den Zähnen. »Nur meinen Stolz.«

Robin lachte. »Dann haben Sie großes Glück gehabt, mein Freund! Meine Schwester wetzt ihre Zähne sehr gern an Wilderern.«

»Angeblich heißt er Renaud«, warf Brenna ein. »Aber weil er mir keine weiteren Auskünfte geben wollte, hielt ich es für das beste, ihn herzubringen. Littlejohn wird ihm bestimmt liebend gern die Zunge lösen.«

»Das ist gut möglich«, stimmte Robin ihr zu, »denn er hat seit einiger Zeit niemandem mehr den Schädel eingeschlagen und ist deshalb ziemlich gereizt. Renaud …« Im hellen gelben Schein der beiden Pechfackeln musterte er das Gesicht des Ritters. »Irgendwie kommt mir der Name bekannt vor.«

Der Fremde verschränkte lächelnd seine Arme über der Brust. »Robert Wardieu d'Amboise, wenn mich nicht alles täuscht!«

Robin runzelte die Stirn. »Sie sind immer noch im Vorteil, Sir …«

»Vor fünf Jahren, beim Turnier in der Gascogne. Ein Zweikampf zwischen zwei neunzehnjährigen Grünschnäbeln, die sich erst kurz zuvor ihre Sporen verdient hatten.«

Robin holte tief Luft. »Renaud! Griffyn Renaud de Verdelay! Allmächtiger! Welchem schwarzen Höllenloch sind Sie denn entstiegen?«

»Natürlich dem allertiefsten!«

»Natürlich!« Robin packte Renaud lachend am Arm und

rief nach Will. »Komm her und schau dir die Trophäe an, die Brenna mitgebracht hat! Mein Gott, ich kann es immer noch nicht fassen! Griffyn Renaud de Verdelay!«

Er zog den grinsenden Ritter in seine Arme und klopfte ihm mehrmals kräftig auf den Rücken, bevor er ihn wieder freiließ.

Brenna starrte ihren Bruder an, als hätte er den Verstand verloren, und als sie Will einen fragenden Blick zuwarf, zuckte er nur mit den Schultern, genauso ratlos wie sie selbst.

»Griffyn Renaud ... William FitzAthelstan, mein bester Freund. Will, vor dir steht der einzige Mann der ganzen Christenheit, der mich jemals gezwungen hat, gleich nach dem Kampf einen Waffenschmied aufzusuchen, weil ich ohne seine Hilfe meinen total verbeulten Helm nicht mehr vom Kopf bekam. Der einzige Mann, dessen Roß ...« – er verstummte und betrachtete den grauen Hengst – »verdammt, war es etwa dieses Biest, das Sir Tristan so brutal anrempelte? Wieviel Tournaden waren es eigentlich – zwanzig oder einundzwanzig?«

»Dreiundzwanzig«, korrigierte Griffyn höflich. »Ein Rekord, der meines Wissens nach bis heute ungebrochen ist. Und es wären vierundzwanzig geworden, wenn die Schiedsrichter den Kampf nicht abgebrochen hätten, weil ihnen die Pferde leid taten.«

»Mir wurde der Sieg nach Punkten zugesprochen«, murmelte Robin, »aber das war eine höchst fragwürdige Entscheidung.«

»Auf Ihren Gewinn haben Sie trotzdem nicht verzichtet!« rief Renaud ihm in Erinnerung.

»Ich nahm weder Ihr Pferd noch Ihre Rüstung an«, widersprach Robin, »und später suchte ich nach Ihnen, weil ich das Preisgeld mit Ihnen teilen wollte, aber Sie waren spurlos verschwunden.«

»Ich hatte ... dringende Verpflichtungen.«

Robin grinste wieder und schüttelte ungläubig den Kopf. »Und jetzt stehen Sie hier, offenbar von den Toten auferstanden, denn Sie wissen doch bestimmt, daß Ivo der Schlächter Ihnen den Schädel gespalten hat.«

»Ivo der Schlächter? Dieser lahme Kerl? Als wir zuletzt gegeneinander antraten, weigerte mein Zentaur sich zu galoppieren, weil er wußte, daß es reine Kraftvergeudung gewesen wäre. Ein Trab genügte vollauf, damit ich Ivo mit meiner Lanze aus dem Sattel schleudern konnte.«

Robin warf lachend den Kopf zurück, und Will hätte vermutlich eingestimmt, wenn Brenna ihm nicht mit dem Stiefelabsatz kräftig auf die Zehen getreten wäre.

»Das alles ändert aber nichts an der Tatsache, daß er sich unbefugt auf Vaters Grund und Boden aufhielt«, beharrte sie. »Und er war sehr geheimnistuerisch und wollte mir nicht einmal verraten, woher er kommt, und wohin er will.«

Renaud warf ihr einen eisigen Blick zu. »Ich habe Ihnen doch gesagt, daß ich aus Orléans komme, oder haben Sie das schon vergessen? Und ich wäre nicht allein gewesen, wenn Fulgrin es nicht vorgezogen hätte, sich heute selbständig zu machen.«

»Fulgrin?«

»Mein sogenannter Knappe, obwohl er diesen Namen nicht verdient, weil er mir selten gehorcht und meistens tut, was er will. Diesmal wollte er unbedingt auf der Hauptstraße bleiben, obwohl ich ihm klarmachte, diese Strecke sei doppelt so lang wie der Weg am Fluß entlang.«

»Sie diskutieren mit Ihrem Knappen und erlauben ihm, Sie zu verlassen?« fragte Brenna mit gerunzelter Stirn, fassungslos darüber, daß ein Ritter solche Unverschämtheiten duldete.

»Erlauben? Glauben Sie mir, Mylady, ich habe ihn schon unzählige Male mit Fußtritten davongejagt, aber er kommt immer wieder zu mir zurück. Wir haben vereinbart, uns in Rouen zu treffen, und ich zweifle nicht daran, daß er dort auf mich warten wird, genauso mürrisch und eigensinnig wie immer.«

»Rouen?« rief Robin erstaunt. »Sie wollen zum Turnier?«

Renaud nickte. »*L'Emprise-de-la-Gueule-de-Dragon.* Große Plakate kündigen es an jeder Kreuzung zwischen Paris und hier an.»

»Auch wir machen uns in drei Tagen auf den Weg dorthin«, grinste Robin. »Wer könnte schon einem Turnier mit einem so großartigen Namen widerstehen?«

Die beiden Männer musterten einander plötzlich mit scharfen Blicken, so als überlegten sie, welche Vor- oder Nachteile es haben könnte, der Gastgeber beziehungsweise Gast von jemandem zu sein, gegen den man demnächst höchstwahrscheinlich erbittert kämpfen würde.

»Vielleicht sollten Sie mir am besten einfach erklären, wie ich zur Straße komme«, sagte Renaud schließlich.

»Und vielleicht«, entgegnete Robin genauso feierlich, »sollten Sie mitkommen, damit wir Sie mit starkem Bier bewirten können, bis Sie all Ihre Schwächen ausplaudern.«

»Ich habe keine Schwächen … abgesehen von dem sehnlichen Wunsch nach einem weichen Bett, einem heißen Bad und einer kräftigen Massage, denn mein Körper schmerzt fürchterlich von der ungewohnten Anstrengung, meilenweit zu Fuß gehen zu müssen«, klagte Renaud mit einem wütenden Blick in Brennas Richtung.

»Wäre Ihre Zunge im Wald schon genauso lose wie jetzt gewesen«, konterte sie, »hätte ich Sie bereitwillig Ihrer eigenen Gesellschaft überlassen.«

»Vielleicht wäre ich gesprächiger gewesen, Mylady, wenn Sie mich nicht mit Ihrem Bogen bedroht hätten. Woher sollte ich denn wissen, daß *Sie* keine Wilddiebin oder Räuberin sind? Sie haben, ohne mit der Wimper zu zucken, die Eiche durchbohrt und mir deutlich zu verstehen gegeben, daß es mir genauso ergehen könnte. Sie waren bäurisch gekleidet, so daß ich von Ihrer adeligen Abstammung nichts ahnen konnte, und nachdem Sie mir Ihren Namen nicht nennen wollten, mußte ich damit rechnen, daß Sie mich verstümmeln oder ermorden wollten.«

Brenna klappte der Unterkiefer herunter. Mit wenigen Sätzen war es ihm gelungen, sie zu verhöhnen und zu beleidigen und gleichzeitig sich selbst als armes, unschuldiges Opfer hinzustellen.

»Sie waren tatsächlich näher daran, ermordet zu werden, werter Ritter«, fauchte sie, »als Sie in Ihrer Arroganz erkennen.«

»Das wage ich zu bezweifeln, Mylady. Ich würde sagen, daß Sie als Frau in viel größerer Gefahr schwebten als ich.«

Brenna war dankbar, daß niemand in der Dunkelheit ihre hochroten Wangen sehen konnte. Der unverschämte Kerl starrte anzüglich auf ihr Wams, das sie während des Heimritts zugeschnürt hatte, aber seine Augen schienen Leder und Leinen mühelos zu durchdringen, so daß sie das Gefühl hatte, nackt vor ihm zu stehen.

»Schluß jetzt!« Robin trat zwischen die beiden. »Es war ein dummes Mißverständnis, weiter nichts. Zum Glück wurde niemand ermordet, und du hast wirklich eine wertvolle Trophäe mit nach Hause gebracht, Brenna. Ich gestehe gern meine Niederlage ein. Zwei Fasane sind nichts gegen den auferstandenen Griffyn Renaud de Verdelay.«

An Griffyn gewandt, fügte er höflich hinzu: »Sie werden uns doch die Ehre geben, unser Gast zu sein?«

»Gern, denn ich möchte Zentaur einen Tag Ruhe gönnen.« Er blickte Brenna tief in die Augen. »Aber nur, wenn ich hier niemanden störe.«

»Bestimmt nicht«, versicherte Robin, ohne Brennas wütende Miene zu beachten. »Wir freuen uns auf Neuigkeiten aus ... äh ... wo haben Sie all diese Jahre eigentlich gesteckt?«

»Hier und dort. Meistens im Osten – in Burgund und Deutschland.«

Brenna bekam eine Gänsehaut. Ihr war die ganze Sache suspekt. Ein Ritter, der ganz allein unterwegs war und sich im Wald verirrt hatte ... Ein für tot gehaltener Turnierkämpfer, der sich als quicklebendig entpuppte und zum Turnier ins Château Gaillard wollte ... War sie denn die einzige, der diese Zufälle merkwürdig vorkamen? Hatte Robins Kopfverletzung sein Urteilsvermögen getrübt? Ausgerechnet Burgund! Herrgott, in Burgund wimmelte es von Mördern und Söldnern, von Männern, die keine Wappen und Banner trugen und lieber durch Wälder streiften als auf der Straße zu bleiben. Wer sich in die Berge Burgunds zurückzog, hatte meistens gute Gründe dafür! Und wenn solche Leute sich dann wieder hervortrauten, brachten sie in ihren Augen und

Seelen den Schnee und das Eis jener so unwirtlichen Gegenden mit.

Robin wollte das alles aber nicht sehen. Er war viel zu vertrauensselig, glaubte an die Ideale des Rittertums und konnte sich einfach nicht vorstellen, daß ein Ritter des Verrats und der Niedertracht fähig sein könnte.

Brenna war nicht einmal halb so leichtgläubig, und Will zum Glück auch nicht, denn als Robin den Gast an der Wachstube vorbeiführen wollte, gebot Will ihm Einhalt.

»Es tut mir leid, Mylord, aber Sie müssen alle Waffen hier abliefern, wie es unseren Gepflogenheiten entspricht. Sie werden Ihnen zurückerstattet, wenn Sie Amboise wieder verlassen.«

»Mein Schwert wurde mir bereits abgenommen, wie Sie ja sehen können. Es ist zusammen mit einem zweiten Schwert an Zentaurs Satteltasche festgeschnallt.«

»Es handelt sich um eine reine Vorsichtsmaßnahme«, erklärte Robin entschuldigend. »Meine Familie ist beim englischen König nicht allzu beliebt, und deshalb muß jeder Fremde leider eine Durchsuchung über sich ergehen lassen.«

Der Mann, der Griffyn Renaud auf versteckte Waffen durchsuchte, war Jean de Brevant, der Hauptmann von Lord Randwulfs Leibwache. Seit zehn Jahren war ihm die Sicherheit der Bewohner von Amboise anvertraut, und Littlejohn, wie er von seinen Freunden genannt wurde, nahm diese Aufgabe sehr ernst. Der über zwei Meter große Muskelprotz hatte ein Gesicht, das aus Stein gemeißelt schien, und trug einen Vollbart. Seine Stirn war fast immer in tiefe Falten gelegt, und seine Miene wurde noch grimmiger als sonst, als er in Renauds Stiefelstulpe ein Messer mit dünner scharfer Klinge entdeckte.

»Sie bekommen es beim Verlassen der Burg zurück«, knurrte er. »Lord Randwulf stellt seinen Gästen einen Barbier zur Verfügung, wenn sie glatt rasiert sein möchten.«

»Sie sind wirklich sehr gründlich«, lobte Griffyn.

»Ich will meinen Sold wert sein.«

»Dann sollten Sie auch dies hier an sich nehmen.« Er zog ein kleines Messer aus der Scheide, die in seinen Mantelkragen eingenäht war. »Und am besten auch dies hier.« Er rollte seinen Ärmel hoch und deutete auf eine gebogene Klinge, die an seinem Unterarm festgeschnallt war.

Brenna, die genüßlich – auf ihren Bogen gestützt – die Durchsuchung beobachtet hatte, starrte Renaud bestürzt an. Sie hatte ihn doch kaum aus den Augen gelassen! Wie hatte er trotzdem so viele Waffen verstecken können? Und warum hatte er den willigen Gefangenen gespielt, obwohl er offenbar jederzeit imstande gewesen wäre, sie mühelos zu überwältigen?

Littlejohns buschige Brauen bildeten über dem Nasenrükken eine durchgehende dunkle Linie. Genauso überrascht wie Brenna, bedachte er Renaud mit einem Blick, der den meisten Menschen das Blut in den Adern gefrieren ließ, doch der Ritter schien vor ihm genauso viel Angst zu haben wie eine Katze vor der Maus.

Brevant gab ein Geräusch von sich, das kaum weniger bedrohlich war als das Rasseln des Fallgatters, das herabgelassen wurde. Er trat noch dichter an Renaud heran und fletschte im flackernden Fackelschein seine großen Zähne. »An Ihrer Stelle würde ich solche Spitzfindigkeiten unterlassen, wenn Sie vor Ihrem Gastgeber stehen, denn wenn *er* eine Abneigung gegen Sie faßt, wird er aus Ihren Därmen stabile Bogensehnen machen.«

Robin packte Griffyn seufzend am Arm und zog ihn mit sich. »Sie müssen Littlejohns Grobheit entschuldigen. Ihm entgeht normalerweise so gut wie nichts.«

»Littlejohn ist ein sehr kluger und umsichtiger Mann«, gab Brenna mürrisch von sich. »Es ist besser, grob zu sein, als mit aufgeschlitzter Kehle im Bett zu liegen.«

Griffyn, der mit Robin einige Schritte vorausgegangen war, drehte sich so plötzlich um, daß sie in ihn hineinrannte und gestolpert wäre, wenn er sie nicht bei den Armen gepackt hätte. Sobald sie ihr Gleichgewicht zurückerlangt hatte, ließ er sie los, aber sein kraftvoller Griff hatte ihr bewiesen, daß er ihr mit bloßen Händen alle Knochen zermalmen könnte.

»Sie brauchen keine Angst zu haben, Mylady.« Seine

samtweiche Stimme jagte ihr wieder einen Schauer über den Rücken. »Solange ich innerhalb dieser Burgmauern weile, ist Ihre Kehle vor irgendwelchen Bösewichtern in Sicherheit.«

5

Die große Halle von Amboise war zur Abendessenszeit von lautem Stimmengewirr erfüllt, und es roch verführerisch nach Fleisch, frischem Brot, Saucen und Beilagen. Hundert dicke Wachskerzen erhellten den Raum, der sogar am hellichten Tag etwas Höhlenartiges an sich hatte, weil die Fenster sicherheitshalber dicht unter der hohen gewölbten Dekke angebracht waren. Während früher nur eiserne Kohlenbecken zur Beheizung dienten, war vor kurzem ein riesiger Kamin eingebaut worden, in dem bis zu drei Meter lange Baumstämme Platz hatten. Die Wände waren mit Siegestrophäen des Schwarzen Wolfs dekoriert: gekreuzte Schwerter und Lanzen, Schilde und Banner, Morgensterne und Rüstungen legten beredtes Zeugnis davon ab, wie erfolgreich er einst als Turnierkämpfer und Krieger gewesen war. Und in den letzten Jahren hatten seine Söhne Robin, Richard und Dagobert dafür gesorgt, daß neuer Wandschmuck dieser Art hinzukam.

Die Tische auf dem hohen Podium waren für Lord Randwulfs Familie und für Ehrengäste reserviert, doch auch die langen Holztische entlang der Seitenwände waren reich gedeckt, und auf den Bänken saßen Ritter, Mönche, Freisassen und Dörfler friedlich beisammen. Wer nicht ständig innerhalb der Burgmauern lebte, würde später sein Nachtlager auf dem Fußboden der Halle aufschlagen, denn nach Einbruch der Dunkelheit wollte niemand unterwegs sein.

Der Schwarze Wolf war trotz seiner fast sechzig Jahre eine imposante Gestalt. Seine scharfen schiefergrauen Augen vermochten immer noch Blitze zu schleudern, und die dunkelbraunen Haare waren zwar an den Schläfen ergraut, aber so dicht wie die eines Zwanzigjährigen. Zu seinem großen

Leidwesen – und zur Freude seiner Frau – konnte er keine kriegerischen Heldentaten mehr vollbringen, seit sein Knie zertrümmert worden war. Damals hatte der Arzt ihm das Bein amputieren wollen, um eine Blutvergiftung auszuschließen, doch Lord Randwulf hatte diese radikale Lösung abgelehnt. Daß er trotzdem überlebt hatte, war Grund genug zur Dankbarkeit, auch wenn er seitdem mit einem Stock gehen mußte.

Lady Servanne, seine Gemahlin, die bei Tisch wie immer zu seiner Rechten saß, war mit achtundvierzig immer noch eine sehr schöne Frau. Natürlich war ihr blondes Haar mit silbergrauen Strähnen durchsetzt, und sie hatte Fältchen um die Augen und am Hals, aber sie hatte sich ihre gertenschlanke Figur bewahrt – trotz der drei Söhne und vier Töchter, die sie ihrem Mann geschenkt hatte.

»Na endlich!« polterte der Wolf, als sein ältester ehelicher Sohn, seine zweitjüngste Tochter und sein Knappe mit einem Fremden im Gefolge die Halle betraten, wo die übrige Familie sich längst das Abendessen schmecken ließ. »Ich wollte schon einen Suchtrupp aussenden!«

Robin hatte wohlweislich sein zerrissenes Hemd in Windeseile gewechselt und sein Gesicht gewaschen, aber Brenna kam völlig verdreckt aufs Podium, und ihre Mutter, die gepflegte Burgherrin, musterte sie entsetzt von Kopf bis Fuß.

»Brenna, das können doch unmöglich deine neuen Stiefel sein!« rief sie.

Brenna kratzte gleichmütig mit einer Stiefelspitze die Lehmkruste vom anderen Stiefel ab. »Na ja … neu sind sie jetzt wohl nicht mehr«, gab sie zu, »aber sie sind unheimlich bequem. Obwohl wir heute den ganzen Tag zu Fuß unterwegs waren, habe ich keine einzige Blase.«

»Wahrlich ein Grund zur Freude«, kommentierte Lady Servanne ironisch. »Die zerrissene Hose und der Kratzer am Hals sind natürlich auch Beweise für deine großartige Kondition.«

»So ist es, Mutter. Ich habe heute nämlich gewonnen«, berichtete Brenna stolz. »Zuerst habe ich mich unbemerkt an Will herangeschlichen und ihm auf die Schulter geklopft, und später habe ich haarscharf an seiner Nase vorbeigeschossen. Will hatte heute wirklich einen schlechten Tag, denn auch zwischen Robin und ihm stand es zwei zu eins. Allerdings konnte er etwas aufholen, als wir einen Keiler zur Strecke brachten, doch weil unsere Pfeile gleichzeitig trafen, hatte ich sowohl gegen Will als auch gegen Robin immer noch einen Punkt Vorsprung.«

»Hoffentlich waren die beiden heute morgen wenigstens klug genug, nicht gegen dich zu wetten«, sagte Lord Randwulf amüsiert, aber seine Augen leuchteten vor Stolz auf diese ungewöhnliche Tochter.

»Ich bin wirklich unschlagbar!« prahlte Brenna.

»O Gott«, murmelte Lady Servanne. »Diese Behauptung dürfte wieder zu endlosen Streitereien führen!«

»Solche Streitereien wären in Zukunft überflüssig, wenn ich in Gaillard am Wettbewerb im Bogenschießen teilnehmen dürfte. Wenn ich den Goldenen Pfeil gewinnen würde, wäre die Sache ein- für allemal entschieden.«

»Warum du unbedingt gegen Hinterwäldler antreten willst, ist mir ehrlich gesagt ein Rätsel«, meinte ihr Bruder Richard. »Außerdem ist dein Lamentieren völlig sinnlos, weil Frauen nun einmal von der Teilnahme ausgeschlossen sind.«

»Für mich steht sowieso seit langem fest, daß du die beste Bogenschützin weit und breit bist!« rief Dagobert. »Und wenn du heute wirklich gewonnen hast, teile ich gern die hundert Mark mit dir, die ich von jemandem gewonnen habe, der nicht soviel Vertrauen in dein Können setzte.«

Richard warf seinem um ein Jahr jüngeren Bruder einen finsteren Blick zu. Die beiden waren als Kinder oft für Zwillinge gehalten worden, doch inzwischen konnte man sie leicht auseinanderhalten, denn Dag war glattrasiert, während Richard eine Narbe am Kinn unter einem gepflegten Spitzbart verbarg. Außerdem war seine Nase nach mehreren Brüchen schief zusammengewachsen.

»Diese Turnierregeln sind doch ein Witz!« schimpfte Brenna. »Sie wurden nur aufgestellt, weil Lady Gillian die Männer Jahr für Jahr beschämte, indem sie den Sieg davontrug. Und sogar, nachdem Frauen vom Wettbewerb ausgeschlossen worden waren, hat sie den Schiedsrichtern ein Schnippchen geschlagen und den Goldenen Pfeil gewonnen, weil sie sich als Mann verkleidet hatte.«

»Du wirst dich aber nicht verkleiden«, befahl ihre Mutter streng, »sondern als Lady Brenna Wardieu gesittet und damenhaft auftreten.«

»Ich werde mich so vorbildlich benehmen, daß alle mich für einen Ausbund an Tugend und an Gehorsam halten werden.«

»Wer's glaubt, wird selig!« knurrte Richard. »Aber man soll die Hoffnung ja nie aufgeben!«

Der Schwarze Wolf lachte. »Deine Mutter ist nur besorgt, weil du allein sein wirst. Sie kann dieses Jahr nicht mitkommen, und Ariel ist vollauf damit beschäftigt, Eduard im Bett zu halten. Eleanor wird mit Erek in Poitou sein, und Rhiannon würde selbst ein Dutzend Anstandsdamen benötigen, um nachts nicht in Wills Zelt zu kriechen.«

Will bekam einen hochroten Kopf, was aber glücklicherweise niemandem auffiel.

»Vielleicht kommt Isobel ja doch noch mit«, wandte Brenna ein. »Und sie wird bestimmt dafür sorgen, daß ich nicht vergesse, ein Kleid anzuziehen und mein Haar unter einer Haube zu verstecken.«

»Isobel ist im siebten Monat schwanger«, sagte Richard, »und so tolerant Geoffrey auch sein mag, so wird er ihr bestimmt nicht erlauben, in ihrem Zustand eine solche Reise zu unternehmen.«

Brenna breitete in gespielter Verzweiflung die Arme aus. »Dann ist meine Lage natürlich völlig hoffnungslos, denn Robin und Will, Richard und Dag, Sparrow und Littlejohn plus ein paar Dutzend Ritter und Soldaten von Amboise könnten mich natürlich nicht davor bewahren, in einen Misthaufen zu treten.«

»Heute hat dich jedenfalls niemand davor bewahrt«, kicherte Eleanor mit einem anzüglichen Blick auf Brennas Stiefel.

»Also gut«, stöhnte Brenna. »Also gut, ich werde mich

jetzt umziehen und als perfekte Dame zurückkommen. In der Zwischenzeit könnt ihr hinter meinem Rücken all meine Fehler und Untugenden durchhecheln.«

»Diese seltene Gelegenheit werden wir uns bestimmt nicht entgehen lassen«, grinste Richard. »Andererseits sollten wir bedenken, daß Gaillard das letzte Turnier dieser Saison ist. Wenn Bren es verpaßt, dürften ihre Chancen, sich vor Wintereinbruch noch einen Mann zu angeln, gleich Null sein.«

»Glaubst du Hornochse wirklich, daß ich mir in Gaillard einen Mann angeln will?«

»Was denn sonst? Hierher kommt ja längst kein Freier mehr.«

»Glaub mir, ich würde den Erstbesten heiraten, nur um deinen so überaus geistreichen Späßen zu entkommen!«

»Schnell!« rief Richard. »Öffnet das Burgtor, denn ich glaube, daß der ruhmreiche Gerome de Saintonge wieder einmal seine Aufwartung macht! Wie oft hast du ihn eigentlich schon abgewiesen?«

Brennas Augen schleuderten Blitze, und Lady Servanne griff hastig ein.

»Brenna ... niemand zweifelt daran, daß du dich gut benehmen kannst, aber mir liegt deine Sicherheit sehr am Herzen, und in gefährlichen Zeiten sollte eine Frau sich nicht allzu weit von zu Hause entfernen.«

»Es sind doch nur drei Tagesritte von hier bis zum Château Gaillard. Zwei, wenn wir nicht all die vielen Karren mitnehmen müssen, die Eleanor normalerweise für ihre Garderobe benötigt. Und im äußersten Notfall könnten wir sogar in *einem* Tag wieder zu Hause sein. Ich brauche jedenfalls keine Sänfte, sondern reite viel lieber, und eine Decke am Lagerfeuer unter freiem Sternenhimmel ist mir allemal lieber als irgendein muffiger Gasthof. Ich muß einfach mit! Ihr könnt doch nicht von mir erwarten, daß ich am warmen Ofen sitze und sticke, während meine Brüder sich in der Burg tummeln, deren Grundstein von Richard Löwenherz höchstpersönlich gelegt wurde!«

»Grundgütiger, nein!« murmelte der Wolf belustigt. »Wie könnte jemand das von dir erwarten?«

Lady Servanne seufzte und warf ihrem Mann einen vorwurfsvollen Blick zu. »Bin ich denn die einzige, die die neuesten Nachrichten aus England ernst nimmt?«

»Welche Neuigkeiten?« fragte Brenna. »Etwa die, daß Ohneland nach der vernichtenden Niederlage seiner Söldnertruppen bei Roche-au-Moines das Kopfgeld für Robin auf tausend Goldmark erhöht hat?«

»Wenn du noch etwas lauter redest«, tadelte Will, »wird dich bestimmt auch der letzte Stallknecht hören.«

Brenna blickte zu den überfüllten Tischen in der Halle hinüber, doch dort waren alle in ihre eigenen angeregten Unterhaltungen vertieft. Nur Griffyn Renaud, der fast vergessen herumstand und dem Familienstreit amüsiert lauschte, konnte ihre Bemerkung gehört haben.

»Ich verstehe beim besten Willen nicht, warum wir uns deswegen Sorgen machen sollen«, verkündete sie demonstrativ. »Sollte jemand wirklich töricht genug sein, sich dieses Kopfgeld verdienen zu wollen, heben wir auf dem Friedhof einfach ein neues Grab aus und betten ihn neben seinen erfolglosen Vorgängern zur letzten Ruhe.«

»Gut gesprochen!« stimmte Dag ihr zu. »Ich für meine Person werde in Gaillard jedenfalls ruhiger schlafen, wenn ich weiß, daß Brens scharfe Augen und ihr Bogen über uns wachen.«

»Bist du ganz sicher, daß es dir nicht eher darum geht, aus Brennas Können Profit zu schlagen?« fragte der Wolf schmunzelnd, denn es war allgemein bekannt, daß bei jedem Turnier auch unzählige inoffizielle Wettkämpfe ausgetragen wurden.

»Keineswegs«, protestierte Dag. »Obwohl ich mit solchen Wetten auf meine Schwester viel mehr Geld verdienen könnte als Robin, weil die Prämie für den Turniersieger lächerlich niedrig ist.«

Robin, der bisher geschwiegen hatte, räusperte sich und trat vor. »Dürfte ich jetzt vielleicht endlich Lord Griffyn Renaud de Verdelay vorstellen, bevor er zu der Überzeugung gelangt, in ein Irrenhaus geraten zu sein? Er ist uns heute abend zufällig begegnet, und ich habe ihn gebeten, unser Gast zu sein. Griffyn Renaud … mein Vater, Lord Randwulf de la Seyne Sur Mer.«

Renaud verbeugte sich respektvoll. »Möge Gott Ihnen Gesundheit und ein ruhiges Leben bescheren, Mylord … obwohl letzteres etwas schwierig sein dürfte, wenn ich mir Ihre lebhafte Familie ansehe.«

»Ich wollte ja ein paar meiner Kinder gleich nach der Geburt weggeben«, lachte der Wolf, »aber meine Frau war dagegen, weil sie meinte, diese Sprößlinge würden im Alter mein größter Trost sein.« Er musterte das harte Gesicht des Ritters. »Verdelay … Verdelay … Natürlich, das Turnier in der Gascogne! Sie sind der Teufelskerl, der daran schuld war, daß wir alle uns monatelang die Haare rauften, weil Robin mehr als hundert Lanzen zerbrach, während er versuchte, Ihre Angriffstaktik zu imitieren!«

»Ich bekenne mich schuldig, sein Gegner gewesen zu sein.«

»Wo in aller Welt hat er Sie denn aufgetrieben?«

»Es war Ihre Tochter, Mylord, die mich aufgetrieben hat. Ich befürchte, sie hat mir sehr verübelt, daß ich einen Ihrer Fische aus dem Fluß geholt habe.«

Lord Randwulf grinste. »Dann können Sie wirklich von Glück sagen, daß Sie jetzt hier stehen.«

»Allmählich glaube ich das auch.«

»Und Ihnen knurrt zweifellos immer noch der Magen.«

Verdelays Augen schweiften unwillkürlich zu den Platten mit Fleisch, Geflügel und Pasteten. »Ich gestehe es.«

»Dann greifen Sie bitte herzhaft zu. Isobel und Geoffrey sind heute abend nicht hier, und ihre Plätze sind leer. Brenna – hast du nicht vorhin etwas von Anstand und damenhaftem Aussehen erwähnt? Wie wär's, wenn du mit einem Kleid und sauberen Schuhen den Anfang machen würdest?«

Brenna hatte gerade die Hand nach einem zarten Stück Hasenfleisch ausgestreckt, zog ihre Finger aber schnell zurück. »Ja, Vater, sofort.«

»Robin … vorhin war doch von einem Keiler die Rede, wenn mich nicht alles täuscht?«

»Ja … ein riesiges Biest.« Robins Wange zuckte. »Aber wir

haben es mühelos zur Strecke gebracht. Kommen Sie, Griffyn, das Essen wartet.«

Renaud wollte ihm zu den freien Plätzen am Tisch folgen, stieß aber plötzlich auf ein hartes Hindernis.

»Littlejohn hat mir soeben erzählt, daß Sie ein großer Liebhaber von Messern sind.«

Renaud blickte erstaunt nach unten. Der Elf, der sich energisch vor ihm aufgebaut hatte, reichte ihm kaum bis zur Taille, hatte große achatfarbene Augen und braune Locken.

Brenna kicherte im Vorbeigehen schadenfroh. »Das ist Sparrow, und Sie können von Glück sagen, daß nicht er Sie durchsucht hat!«

»Messer!« rief der Seneschall empört. »Messer, versteckt an allen möglichen und unmöglichen Stellen!«

Renauds Blicke schweiften von dem Zwerg zu seinen Gastgebern, die ihn mit neuem Interesse betrachteten, und er wog seine Worte sorgfältig ab.

»Was heißt schon versteckt? Der Hauptmann hat sie nur nicht gefunden. Wenn ich allein in einer fremden Gegend unterwegs bin, stelle ich nicht gern alle meine Waffen zur Schau.«

»Eine weise Vorsichtsmaßnahme«, kommentierte Robin. »Können wir jetzt vielleicht endlich essen, Sparrow?«

Anstatt Renaud den Weg freizugeben, zog Sparrow zwei kleine gezackte Klingen unter seinem Wams hervor und hielt sie ins Kerzenlicht. »Ich bin selbst ein großer Liebhaber von Messern!« kicherte er, verstaute die Waffen wieder und verschränkte seine kurzen Arme vor der Brust. »Lassen Sie es sich gut schmecken! Das Geflügel kann noch etwas Salz vertragen.«

Als Brenna noch einmal zurückschaute, sah sie, daß Sparrow Dag verscheucht hatte, um neben Robin und Renaud sitzen zu können. Ein Page tauchte mit einer Schüssel heißem Wasser und Handtüchern hinter ihnen auf, und Renaud wusch sich gründlich die Hände und trocknete sie ab, ohne daß der Gnom ihn aus den Augen ließ. Viele Menschen neigten dazu, Sparrow als kuriose Mißgeburt abzutun und nicht für voll zu nehmen, doch das war ein gravierender Fehler, denn er war einer der fähigsten Männer des Schwarzen Wolfs, dem er seit über dreißig Jahren treu diente. Der Elf mißtraute jedem und steckte seine Nase oft in Dinge, die ihn nichts angingen, aber diesmal hätte Brenna ihn am liebsten umarmt, denn wenn der geheimnisvolle Griffyn Renaud de Verdelay etwas zu verbergen hatte, würde Sparrow ihm bestimmt auf die Schliche kommen.

6

Brenna eilte durch den schmalen Steinkorridor zur Wendeltreppe. Vier halbrunde Türme waren an die Ecken der ursprünglichen Kernburg angebaut worden. Der südöstliche beherbergte die Privaträume ihrer Eltern, im nordöstlichen wohnten die drei Brüder, und Brenna hatte sich früher den nordwestlichen Turm, der auf die schroffen Felsen und den Fluß hinausging, mit ihren drei Schwestern geteilt. Als Eleanor und Isobel vor zwei Jahren geheiratet hatten, waren sie mit ihren Männern in den vierten Turm gezogen und hatten ihre Zimmer Rhiannon und Brenna überlassen. Seitdem hatte Brenna den ganzen zweiten Stock für sich, was sie genoß, weil sie von hier aus über eine Holzstiege und Falltür direkt aufs Burgdach gelangen konnte.

Ihr Schlafzimmer war groß, aber die Einrichtung bestand nur aus dem breiten Bett, einigen Stühlen und mehreren Kleidertruhen. Die beiden großen Fenster waren mit Sitzbänken aus Holz ausgestattet, und die Wände waren getüncht und mit Rosen und Lilien bemalt, um dem Raum eine weibliche Note zu verleihen, worauf Brenna allerdings wenig Wert legte.

Helvise, ihre Zofe, hatte schon auf sie gewartet und alles vorbereitet. Ein Feuer brannte im Kamin, und eine Wanne war mit heißem Wasser gefüllt. Brenna zog sich rasch aus, stieg in die Wanne und ließ sich von Helvise gründlich abschrubben. Als Schmutz und Schweiß entfernt waren, goß die Zofe mehrere Eimer parfümiertes Wasser über den Kopf ihres Schützlings, wickelte die langen Haare in ein rauhes Handtuch ein und frottierte den schlanken Körper, wobei sie über jeden neuen blauen Fleck und jeden frischen Kratzer lamentierte.

Helvise gehörte seit Brennas früher Kindheit zum Haushalt und war noch von der alten Biddy geschult und gedrillt worden. Wenn die anderen Dienstboten über das unweibliche Benehmen ihrer jungen Herrin lästerten, nahm Helvise sie stets in Schutz, doch insgeheim konnte auch sie beim besten Willen nicht verstehen, warum Brenna so wenig Wert auf ihr Äußeres legte und so selten in den Spiegel schaute.

»Findest du, daß ich bäurisch aussehe?« fragte Brenna gänzlich unerwartet.

»Mylady?«

»Er hat gesagt, ich würde bäurisch aussehen. Stimmt das?«

»Wer hat so etwas zu sagen gewagt, Mylady? Schade, daß offenbar niemand außer Ihnen diese Beleidigung gehört hat, denn andernfalls hätte der unverschämte Flegel jetzt bestimmt keine Zunge mehr im Mund!«

»Doch … Robin und Will haben alles gehört, aber nicht widersprochen – wahrscheinlich sagen sie es selbst auch oft genug!«

»O nein, Mylady, das tun sie bestimmt nicht.«

»Na ja, jedenfalls denken sie es.« Brenna ließ das Handtuch fallen, in das Helvise sie gehüllt hatte, und trat an den ovalen Spiegel aus poliertem Metall heran. Sie wußte natürlich, daß sie nicht die ebenmäßige Schönheit ihrer Mutter und ihrer Schwestern besaß, aber so häßlich, daß kleine Kinder sich vor ihr fürchten müßten, war sie nun auch wieder nicht, trotz Sommersprossen und Sonnenbräune. Ihre Zähne waren klein und strahlend weiß, weil sie sie jeden Tag gewissenhaft mit Salz und Fenchel putzte, und was ihren Körper betraf … nun, es war eben ein Körper wie jeder andere, mit straffen Brüsten, geraden Schultern, einer schmalen Taille und langen Beinen, die für eine Frau allerdings viel zu muskulös waren.

Was sie immer zur Verzweiflung trieb, war ihr langes

Haar, das jetzt – frisch gewaschen und noch feucht – in wirren unbändigen Locken über Schultern und Rücken flutete.

»Hast du nicht eine scharfe Schere zur Hand?« murmelte sie verdrossen.

»Sie wissen doch genau, Mylady, daß ich mich nicht dem Zorn Ihrer Mutter aussetzen möchte.«

»Ich schwöre dir, eines Tages, wenn du gerade nicht aufpaßt, mache ich schnipp, schnapp, und weg sind sie!«

Helvise ignorierte diese Drohung, die sie fast jeden Abend zu hören bekam, und bearbeitete die Lockenpracht mit einer Bürste.

Brenna warf einen Blick auf ihr Bett, wo ein weißes Untergewand und eine schlichte braune Tunika ausgebreitet waren. Daneben lag die gestärkte Leinenhaube, die ihr besonders verhaßt war.

»Helvise, ich glaube, ich möchte heute abend etwas anderes anziehen ... etwas Elegantes, so wie Eleanor es immer trägt.«

Die Zofe ließ vor Verwunderung fast die Bürste fallen. »Mylady?«

»Vielleicht die weinrote Seidenrobe mit dem blauen Untergewand. Und wirf diese verdammte steife Haube aus dem Fenster! Die breiten Bänder schnüren mir immer die Kehle ab. Habe ich nicht irgendeine luftige Kopfbedekkung?«

»Mylady?«

»Genau – Mylady! Meine Eltern wünschen eine Lady zu sehen, und ich will ihnen beweisen, daß ich diesen Erwartungen durchaus gerecht werden kann. Beeil dich, bevor ich es mir wieder anders überlege und im Evaskostüm zum Abendessen erscheine.«

Kichernd hastete Helvise zu den Kleidertruhen. Die beiden großen enthielten nur Hemden, Hosen und Wämse, die dritte jene schmucklosen Kleider, die Brenna normalerweise bevorzugte. In der hintersten Ecke stand eine kleine Truhe, die so selten geöffnet wurde, daß die Lederriemen wie neu aussahen. Daraus holte die Zofe jetzt die weinrote Tunika und das blaue Untergewand hervor, die ihre Herrin bisher nur ein einziges Mal getragen hatte, ebenso wie die meisten anderen kostbaren Roben aus Seide und Brokat.

Während sie die Kleidungsstücke auf dem Bett ausbreitete, warf sie immer wieder verstohlene Seitenblicke in Brennas Richtung, weil sie befürchtete, daß diese sich nur einen Scherz mit ihr erlaubte. Doch Brenna schlüpfte tatsächlich in das weite blaue Leinengewand und hielt sogar geduldig still, während Helvise die Ärmel an den Handgelenken mit wenigen Stichen in eine modisch enge Form brachte. Die dunkelrote Seidentunika betonte Brennas Figur bis zur Taille, fiel in weichen Falten auf den Boden und hatte eine lange Schleppe. Ein prächtig bestickter Brokatgürtel ergänzte diese wunderschöne Festrobe.

Brennas Haar wurde zu einem dicken Zopf geflochten, im Nacken zu einem Knoten geschlungen und mit einem zarten rosa Schleier verhüllt, der von einem edelsteinbesetzten goldenen Stirnreif gehalten wurde.

Als Helvise endlich einige Schritte zurücktrat und ihre Herrin betrachtete, hielt sie unwillkürlich den Atem an. Wie durch ein Wunder hatte sich das häßliche Entlein innerhalb einer Stunde in einen schönen stolzen Schwan verwandelt.

»Glaubst du, daß ich jetzt würdig bin, mit meiner Familie zu speisen?« fragte Brenna, während sie sich schwungvoll im Kreise drehte, so daß ihre Röcke flogen.

»Sie könnten jetzt sogar mit dem Dauphin von Frankreich speisen, Mylady, ohne daß er etwas an Ihnen auszusetzen hätte.«

Lachend zog Brenna die bereitgestellten Schuhe an, die kaum getragen waren und deshalb fürchterlich drückten. Trotzdem rannte sie behende die Turmtreppe hinab, blieb dann aber im Korridor stehen und spähte in die etwas tiefer gelegene Halle hinab. Die Tische waren noch nicht abgeräumt, denn das Abendessen zog sich wie immer über Stunden hin, aber die Atmosphäre hatte sich merklich gelockert. Eleanor stand hinter ihrer Mutter und zeigte ihr eine Stickerei an ihrem Ärmel, und Richard und Dag hatten das Podium verlassen und sich den Rittern an den unteren Tischen zugesellt, wo sie Bier tranken und das Trainingsprogramm des kommenden Tages besprachen. Rhiannon war näher an Will herangerückt und warf ihm schmachtende Blicke zu, die er tunlichst ignorierte, während er dienstbeflissen hinter Lord Randwulfs Stuhl stand.

Sparrow saß immer noch neben Griffyn Renaud, war jetzt aber vollauf damit beschäftigt, Knochen abzunagen. Vor dem Ritter standen viele leere Platten und Schüsseln, und er schob sich gerade das letzte fettriefende Stück Brot in den Mund, während Robin die Weinbecher füllte und lachend auf einen wohlgefüllten Brotkorb deutete.

Renaud lehnte dieses Angebot jedoch dankend ab, rieb sich zufrieden den Bauch und rülpste zum Zeichen, daß es ihm großartig geschmeckt hatte. Ohne ihn auch nur eines Blickes zu würdigen, schritt Brenna hoheitsvoll zum Podium empor, blieb vor ihren Eltern stehen und machte einen anmutigen Knicks.

»Vater! Mutter! Seid ihr jetzt mit mir zufrieden?«

Der Wolf starrte sie so lange an, daß sie leicht errötete. »Ich vergesse oft, wie schön du sein kannst, wenn du willst«, murmelte er schließlich.

»Danke für das Kompliment, Vater, aber du solltest mir nicht schmeicheln. Ich habe mich nur so herausgeputzt, um euch zu zeigen, daß ich durchaus in der Lage bin, das Haus von Amboise würdig zu repräsentieren.«

Lord Randwulf schüttelte seufzend den Kopf. »Weder deine Mutter noch ich haben je daran gezweifelt. Wir sind nur besorgt um deine Sicherheit, das mußt du doch verstehen. Diese ständigen Intrigen des englischen, aber auch des französischen Königs ... Unter diesen Umständen ist damit zu rechnen, daß sich zwielichtige Gestalten aller Art in Gaillard tummeln werden.«

»Zwielichtige Gestalten?« schnaubte Sparrow, während er ein übriggebliebenes Stück Fleisch mit seinem Speisemesser aufspießte. »Das ist noch sehr vornehm ausgedrückt! Gauner und Schurken, Diebe, Halsabschneider und Mörder werden sich dort ein Stelldichein geben! Es wird das reinste Sodom und Gomorrha sein, mit Zechgelagen und wüsten Ausschweifungen ...

Brenna reckte trotzig ihr Kinn. »Zechgelage und wüste Ausschweifungen habe ich sogar schon innerhalb dieser Burgmauern erlebt! Nach dem Sieg bei Roche-au-Moines war hier bei uns doch eine Woche lang die Hölle los.«

»Stimmt«, rief Richard ihr von unten zu, »aber die Männer von Amboise wissen, wie gut du mit Dolch und Kurzschwert umgehen kannst, und haben deshalb Respekt vor dir, auch wenn sie noch so betrunken sind.«

»Die Männer von Gaillard werden das auch bald wissen, falls sie es wagen sollten, mich zu belästigen.«

Lord Randwulf schmunzelte unwillkürlich vor sich hin, und Servanne legte seufzend ihre Hand auf die seine. »Du solltest dir nicht so anmerken lassen, wie stolz du auf sie bist, Liebster.«

Er küßte ihre Hand und drückte sie an sein Herz. »Ich gebe mir doch größte Mühe, meine Gefühle zu verbergen.«

Brenna nahm auf einem freien Stuhl Platz, schräg gegenüber von Griffyn Renaud. Sie hatte die ganze Zeit gespürt, daß seine Katzenaugen auf ihr ruhten, doch als sie jetzt aggressiv hochschaute, war er in eine angeregte Unterhaltung mit Robin vertieft und schenkte ihr anscheinend überhaupt keine Beachtung.

Griffyn Renaud hatte Brenna wirklich angestarrt, aber schnell genug weggeschaut, um nicht dabei ertappt zu werden. Im Wald waren ihm vor allem ihre riesigen veilchenblauen Augen aufgefallen, die herausfordernd funkelten und ihre Entschlossenheit widerspiegelten, ihn mit einem Pfeil zu durchbohren. Natürlich hätte er sie jederzeit überwältigen können, aber ihr Schuß in den Baum hatte ihm gezeigt, daß eine gewisse Vorsicht durchaus angebracht war. Vor allem wollte er jedoch erfahren, wer sie war, und wo sie den Umgang mit einem Langbogen gelernt hatte. Als sie dann auch noch demonstrierte, daß sie ein Schlachtroß zu bändigen verstand, war seine Neugier noch viel größer geworden.

Seit er wußte, daß sie die Tochter des Schwarzen Wolfs und die Schwester von Robert Wardieu war, wunderte ihr

Können ihn nicht mehr. Um so mehr wunderte ihn ihre plötzliche Verwandlung in eine vollendete junge Dame – eine überaus reizvolle junge Dame.

Er hatte ausgezeichnet gegessen und viel mehr Wein als sonst getrunken, und nun verspürte er das dringende Bedürfnis nach etwas Bewegung und nach Einsamkeit, denn diese harmonische Familie weckte zu viele schmerzliche Erinnerungen an frühere glückliche Zeiten. Deshalb war er sehr erleichtert, als Lord Randwulf und Lady Servanne sich zurückzogen, und anstatt wieder Platz zu nehmen, täuschte er ein herzhaftes Gähnen vor.

»Sie haben einen anstrengenden Tag hinter sich, stimmt's?« sagte Robin mitfühlend.

»Meine Beine sind leider nicht an ausgedehnte Fußmärsche gewöhnt.«

»Entschuldigen Sie bitte, ich hatte ganz vergessen, daß Sie sich schon vor Stunden nach einem heißen Bad und einer Massage sehnten.«

»Das hat durchaus Zeit bis morgen.«

»Morgen«, grinste Robin, »möchte ich sehen, was Sie können, ob Sie wirklich so gut sind, wie ich Sie in Erinnerung habe. Ein bißchen Training vor dem Turnier wird Ihnen bestimmt nicht schaden.«

Griffyn erwiderte sein Lächeln. »Ich würde Ihre Neugier gern befriedigen, aber ich befürchte, daß es zu neuen Verstimmungen kommen könnte, wenn ich zu erfolgreich wäre.«

Er blickte bei diesen Worten demonstrativ zu Brenna hinüber, aber Robin lachte nur. »Sie müssen meiner Schwester verzeihen. Sie mißtraut von Natur aus allen Männern, und das gilt natürlich besonders für Fremde.«

»Wegen der Prämie, die auf Ihren Kopf ausgesetzt ist?«

»Teilweise, ja. Spione und gedungene Mörder sprießen neuerdings wie Pilze aus dem Boden, und einige haben es sogar schon geschafft, eine Nacht im Dorf zu überleben.«

Griffyn war beim Betreten der Halle sofort aufgefallen, daß das Podium scharf bewacht wurde. »Und Ihre Schwester glaubt, ich könnte ein solcher Spion oder Mörder sein?«

»Auf meinen Vater ist ein Kopfgeld von zehntausend Mark ausgesetzt – tot oder lebendig. Mein Halbbruder Eduard und ich sind dem König nicht soviel Geld wert, aber auch tausend Mark sind für Schurken bereits eine verlockende Prämie.«

Renaud sprach Brenna an, die ihn über den Rand ihres Weinbechers hinweg feindselig musterte. »Haben Sie Ihre schlechte Meinung über mich inzwischen vielleicht revidiert, Mylady?«

»Wenn ich mir erst einmal eine Meinung über jemanden gebildet habe, ändere ich sie nicht so schnell.«

»Könnte ich Sie eines Besseren belehren?«

Sie zuckte die Achseln. »Wozu? Wir sind bisher ganz gut ohne Ihre Freundschaft ausgekommen, und daran dürfte sich auch in Zukunft nichts ändern.«

»Ihr Mangel an Vertrauen kränkt mich, Mylady.«

»Sie werden diese Kränkung bestimmt überleben.«

Sparrow kicherte, den Mund voller gezuckerter Feigen. »Wenn Sie glauben, ein Wortgefecht mit einer Frau gewinnen zu können, müssen Sie wirklich sehr lange Zeit in der Einöde von Burgund verbracht haben.«

»Sie haben natürlich recht«, stimmte Griffyn dem Zwerg höflich zu. An Robin gewandt, fuhr er fort: »Würde mir vielleicht jemand von Ihren Leuten zeigen, wo ich mein müdes Haupt zur Ruhe betten kann, wenn ich schwöre, niemanden zu ermorden und auch an keinem Schlüsselloch zu horchen?«

Robin winkte lachend seinen Knappen herbei, den vierzehnjährigen Sohn eines benachbarten Burgherrn, der bei ihm alles lernen sollte, was einen Ritter ausmachte. »Timkin wird Sie zunächst einmal ins Badehaus begleiten und Margery Bescheid sagen, daß ihre Dienste benötigt werden. Das ist unsere Masseurin, und ihre Salben und Öle lindern die schlimmsten Schmerzen. Vielleicht werde ich mich heute abend auch noch von ihr durchkneten lassen.«

»Wozu denn das?« fragte Sparrow. »Du kommst mir ganz fit vor, abgesehen von der Beule am Kopf. Wo kommt die überhaupt her? Heute morgen war sie noch nicht da.«

Robin berührte vorsichtig seine Schläfe. »Ach, das war nur ein kleines Mißgeschick ...«

»Ha! Ist dir ein Baum nicht aus dem Weg gegangen?«

»So was Ähnliches.« Robins Wange zuckte. »Jedenfalls ...«

»Jedenfalls solltest du vor einem wichtigen Turnier Besseres zu tun haben, als durch den Wald zu rennen und Bäume zu rammen! Morgen wird tüchtig trainiert, das sage ich dir, sonst fliegst du in Gaillard noch auf die Schnauze!«

Robin grinste Griffyn verlegen zu. »Da sehen Sie, was ich ertragen muß! Flüchten Sie lieber, solange Sie können, und genießen Sie Ihre Ruhe und Freiheit! Timkin ist zum Glück nicht geschwätzig.«

Verdelay verabschiedete sich und folgte dem Jungen. Es hätte ihn gar nicht gewundert, wenn der Elf und ein Dutzend Gardisten ihn begleitet hätten, doch das war nicht der Fall. Als sie in die kühle Nachtluft hinaustraten, betrachtete er die Verteidigungsanlagen der Burg mit neuer Aufmerksamkeit. Auf den Wehrgängen standen im Abstand von etwa zwanzig Metern Posten mit Schwertern und Armbrusten, und im Burghof brannte ein mächtiges Feuer, das den einzigen Zugang über die Zugbrücke in helles Licht tauchte. Griffyn begriff, daß er von Dutzenden scharfer Augen beobachtet wurde, und das war durchaus verständlich, denn zehntausend Mark waren eine Menge Geld.

7

Brenna blickte dem Ritter nach und war überzeugter denn je, daß man ihm nicht über den Weg trauen durfte. Seine graugrünen Katzenaugen bargen zu viele Geheimnisse, und sein Lächeln wirkte aufgesetzt. Sie war froh, daß Robin ihn über ihr Mißtrauen aufgeklärt hatte, denn nun würde er sich bestimmt vorsehen.

Sie schluckte das letzte Stück Fleisch und leerte ihren Weinbecher. Robin und Sparrow diskutierten über das morgige Übungsprogramm; Eleanor hatte ihrem Mann Erek einen sehnsüchtigen Blick zugeworfen, der ihn sofort veranlaßte, sich von den anderen Rittern zu verabschieden und ihr ins Schlafgemach zu folgen; Richard und Dag stritten sich mit hochroten Köpfen – wahrscheinlich ging es dabei um die üppige Küchenmagd, die um die beiden herumscharwenzelte. Der Abend neigte sich seinem Ende zu, und bald würde die große Halle von lautem Schnarchen erfüllt sein.

Brennas Gedanken schweiften wieder zu Griffyn Renaud. Das Badehaus gehörte zu den Nebengebäuden entlang der Wälle. Riesige Metallwannen waren in den Fußboden eingelassen und wurden von unten beheizt. Um diese Uhrzeit würde Renaud den Raum vermutlich für sich allein haben und seine müden Glieder genüßlich im heißen Wasser ausstrecken. In manchen Adelshäusern war es üblich, daß die Gastgeberin wichtigen Besuchern beim Baden behilflich war, und sie überlegte flüchtig, was Griffyn wohl täte, wenn sie plötzlich mit Seife und Bürste neben seiner Wanne auftauchen würde.

Bei der Vorstellung, ihn so kräftig abzuschrubben, daß er etwas von seiner Arroganz einbüßte, mußte sie unwillkürlich schmunzeln, aber sie war todmüde, und ihr weiches Bett lockte sie noch mehr als die Aussicht, den Mann aus Burgund schikanieren zu können. Bevor sie schlafen ging, wollte sie aber unbedingt wissen, ob ihr neuer Langbogen fertig war, wie der Bogenmacher ihr versprochen hatte. Er arbeitete seit zwei Wochen an der Waffe, die noch perfekter werden sollte als alle anderen Bogen, die er bisher für sie angefertigt hatte.

Sie verließ die Burg und spähte zu den Nebengebäuden hinüber, doch in der Werkstatt des Bogenmachers brannte kein Licht mehr. Der alte Perigord war offenbar schon zu Bett gegangen.

Einige Bedienstete gönnten sich nach einem langen Arbeitstag am großen Lagerfeuer im Hof etwas Entspannung. Brenna wollte die Leute nicht stören, doch ein Hausknecht sah sie und lud sie sofort zu einer Tasse Met ein. Im Gegensatz zu vielen anderen Burgherren verlangte der Schwarze

Wolf von seinen Untergebenen zwar Disziplin und harte Arbeit, aber keine blinde Unterwürfigkeit. In Amboise brauchte niemand ängstlich zu verstummen und den Kopf einzuziehen, wenn ein Höhergestellter vorbeiging. Es gab keine zerlumpten Kinder und keine halbverhungerten Bauern, denen Ohren, Hände oder Zungen fehlten. Lord Randwulf war ein gerechter und gütiger Lehnsherr, der es nie ablehnte, ein Glas mit seinen Bediensteten zu trinken, auch wenn das Getränk essigsauer sein mochte.

Diese Einstellung hatten seine Söhne und Töchter von ihm übernommen, und deshalb leerte auch Brenna bereitwillig ihre Tasse und lobte den kräftigen Met. Jemand griff zur Laute, ein anderer begann zu singen, und plötzlich tanzten alle mit nackten Füßen ausgelassen um das Feuer herum, dessen Funken hoch in den Nachthimmel emporstoben. Brenna sah ihnen eine Weile zu und beneidete sie um ihre ungezwungene Kleidung, und schließlich riß sie sich den lästigen Schleier vom Kopf, löste den Nackenknoten und entflocht ihren Zopf. Zuletzt zog sie auch noch ihre Schuhe aus und bewegte erleichtert die schmerzenden Zehen. Anstatt in die Burg zurückzukehren, lief sie zur Burgmauer, winkte den Wachposten zu, stieg behende die steile Treppe zum Wehrgang hinauf und lehnte sich zwischen zwei Zinnen auf die Steine.

In klaren mondlosen Nächten, wenn die Sterne zerquetschten Leuchtkäfern glichen, konnte man im Nordosten manchmal einen schwachen Lichtschein von Eduards Burg erkennen, die nur knapp vierzig Kilometer entfernt war. Doch heute versperrten tiefhängende Wolken ihr die Sicht, und die feuchte Luft kündigte Regen an. Ein kräftiger Windstoß bemächtigte sich ihres Schleiers, den sie auf die Mauer gelegt hatte, und ließ ihn davonfliegen.

»O Gott«, murmelte sie ironisch. »Welch ein Jammer!«

Am liebsten hätte sie auch ihre Schuhe über die Mauer geworfen, aber sie wußte, daß die Wachposten sie beobachteten, und wollte vermeiden, daß man sie für völlig verrückt hielt. Seufzend hielt sie ihr Gesicht in den Wind und blickte ein letztes Mal zum verhangenen Nachthimmel empor, bevor sie den Wehrgang verließ und sich auf den Rückweg machte.

Die massige Gestalt, die plötzlich ein Stück vor ihr aus der Dunkelheit auftauchte, war unverkennbar: Margery, die Masseurin, hatte ihren Korb mit Ölen und Salben bei sich, und ihr üppiger Busen wogte, während sie keuchend von ihrer Hütte zum Badehaus emporstieg.

Brenna hätte beim besten Willen nicht sagen können, was sie veranlaßte, der Frau leise zu folgen. Sie hörte Stimmen, und gleich darauf verließ Timkin grinsend das Badehaus. Griffyn Renaud hatte offenbar keine Lust, sich massieren zu lassen, doch Margery schnauzte ihn an, daß sie ihr warmes Bett bestimmt nicht für nichts und wieder nichts verlassen habe.

Auf Zehenspitzen näherte Brenna sich der offenen Tür. Der Ritter lag bäuchlings auf einem breiten Tisch, nackt bis auf ein Handtuch, das sein Gesäß verhüllte. Margerys kräftige Hände rieben seine Schultern und seinen Rücken mit Öl ein, und als er wieder protestieren wollte, drückte sie seinen Kopf rigoros in die weichen Felle, mit denen der Tisch bedeckt war.

Brenna lehnte sich mit verschränkten Armen an den Türpfosten und genoß die Szene von ganzem Herzen. Margery stand schon seit einer Ewigkeit in Lord Randwulfs Diensten und war stolz darauf, allen Männern von Amboise unzählige Male Linderung verschafft zu haben, wenn sie unter Verkrampfungen oder Verletzungen litten. Von einem schwarzhaarigen Teufel würde sie sich bestimmt nicht herumkommandieren lassen, nachdem Timkin ihr ausgerichtet hatte, es sei Lord Roberts ausdrücklicher Wunsch, daß sie sich um den Gast kümmerte.

Brenna war mit Margerys Künsten ebenso wohl vertraut wie mit nackten Männerkörpern. Sie hatte ihren Brüdern – und sogar Will – oft geholfen, nach anstrengendem Training die Rüstungen abzulegen, und während sie badeten, lauschte sie amüsiert ihren Prahlereien. Manchmal half sie sogar beim Massieren, wobei Margery mit Adleraugen jeden Handgriff überwachte. Eine Massage mit ätherischen Ölen wirkte so entspannend, daß die Männer halb benommen waren und alle Fragen, die man ihnen stellte, ehrlich beantworteten, was für Brenna den besonderen Reiz dieser Beschäftigung ausmachte.

Margery warf plötzlich einen Blick zur Tür hinüber, aber Brenna schüttelte rasch den Kopf und hielt einen Finger an ihre Lippen, damit die Frau sie nicht verriet. Auf leisen Sohlen schlich sie zum Tisch und gab Margery mit einer Geste zu verstehen, daß sie sie ablösen wollte. Unbeeindruckt vom Stirnrunzeln der Masseurin, stülpte sie die weiten Ärmel ihrer Seidenrobe bis zu den Schultern hoch, raffte ihre Locken im Nacken zusammen und rieb sich die Hände mit Öl ein.

Renauds Proteste waren verstummt. Sein Gesicht war zur Wand gewandt, halb in den Fellen vergraben, und seine Augen waren geschlossen. Margery hatte seine Schultern und Oberarme massiert, und Brenna setzte ihre Arbeit nahtlos fort, während die Matrone das Badehaus verließ.

»Entschuldige bitte, daß ich dich vorhin so angebrüllt habe, gute Frau«, murmelte der Ritter unerwartet. »Ich werde dir ewig dankbar sein.«

Brenna senkte ihr Kinn, um Margerys rauhe Stimme besser imitieren zu können. »Ein zwei Münzen sind Dank genug, Mylord, wenn Sie glauben, daß ich sie mir redlich verdient habe.«

»Redlich verdient?« Er grub seine Finger stöhnend in die Felle. »Du kannst dir gar nicht vorstellen, wie herrlich sich das anfühlt!«

Brenna machte den Dampf aus den Wannen dafür verantwortlich, daß sie mit einem Male schwitzte. »Sie ... Sie stammen nicht aus dieser Gegend, Mylord?«

»Mmmm? Nein.«

»Aha, aus dem Süden, stimmt's? Sie haben einen leichten Akzent, der darauf hindeutet.«

»Ich habe einige Zeit in Kastilien und Aragon verbracht«, gab er zu. »Aber meistens lebe ich in Burgund.«

»In Burgund? Ist das nicht eine heidnische Gegend? Haben Sie dort vielleicht eine Familie?«

Er holte tief Luft. »Nein, ich habe keine Familie.«

»Und Sie verdienen Ihren Lebensunterhalt, indem Sie bei Turnieren kämpfen?«

»Ich nehme hin und wieder an Turnieren teil, um nicht aus der Übung zu kommen«, erwiderte er ausweichend.

»Und in Gaillard wollen Sie bestimmt gegen Lord Robert antreten! Seit vier Jahren hat ihn niemand mehr besiegt, und auch Sie werden sich sehr anstrengen müssen, das kann ich Ihnen versichern. Jeder Fehler und jede Schwäche könnte verhängnisvolle Folgen haben.«

Bei diesen Worten starrte Brenna die Narben an seiner linken Hand und am Unterarm an. Eine ähnliche Verletzung hatte sie vor einigen Jahren gesehen, nachdem ein Mann von einem Kirchentribunal gezwungen worden war, ein Kruzifix aus einem Kübel mit siedendem Öl zu holen. Auf diese brutale Weise sollte entschieden werden, ob er die Wahrheit sagte oder nicht. Wenn es ihm nicht gelang, das Kruzifix hochzuhalten, so war das der Beweis, daß er gelogen hatte. Doch selbst wenn es ihm gelang, erlitt er dabei meistens so schwere Verbrennungen, daß sich das Fleisch später von den Knochen löste und abfiel.

Das war bei Renaud allerdings nicht der Fall. Sein Arm sah trotz der narbigen Haut ziemlich kraftvoll aus. Trotzdem konnte es für Robin von Vorteil sein, über diese alte Verletzung Bescheid zu wissen.

»Bereitet Ihr Arm Ihnen große Schmerzen, Mylord?« erkundigte sie sich scheinheilig.

»Frauen pflegen im allgemeinen nicht ausgerechnet meine Arme zu betrachten, wenn ich nackt vor ihnen liege!«

Heiße Röte schoß Brenna ins Gesicht, und zur Strafe für diese unverschämte Bemerkung grub sie ihre Finger tief in seine Muskelpakete, doch zu ihrer großen Enttäuschung zuckte er nicht einmal zusammen. Man hätte glauben können, sein Rücken wäre ein Stahlpanzer.

»Tiefer, wenn ich bitten darf!«

»Mylord?«

»Du sollst deine magischen Kräfte auch meinem Arsch und meinen Beinen zugute kommen lassen! Sie haben es verdammt nötig.«

Mit hochrotem Kopf schob Brenna das Handtuch beiseite, das bis jetzt seine Blöße verhüllt hatte. Erst jetzt kam ihr zu Bewußtsein, wie töricht ihr Verhalten war, aber nun konnte sie nicht mehr zurück. Wohl oder übel mußte sie sein Gesäß und seine Beine von den Oberschenkeln bis zu den Fußsohlen massieren, und er stöhnte dabei leise, ballte seine Hände zu Fäusten, fluchte und lachte.

»Du bist wirklich eine Zauberkünstlerin«, lobte er. »Was müßte ich dir bezahlen, um dich von hier wegzulocken?«

»Lord Randwulf ist der beste Herr, den man sich wünschen kann, und ich würde ihn niemals verlassen – nicht für alles Geld der Welt.«

»Und seine Söhne? Sie machen einen sehr arroganten Eindruck.«

Brenna bohrte ihre Daumen in einen Nervenstrang und freute sich, als sie ihn nach Luft schnappen hörte. »Arrogant sind sie nur, wenn man sie provoziert, Mylord.«

»Deine Loyalität ist bewundernswert, gute Frau, aber hast du auch irgendwelche Entschuldigungen für das Benehmen der Tochter parat?«

»Welcher Tochter?«

»Ich meine natürlich das Mannweib, das sich wie ein Bauer kleidet und die Manieren eines Fischhändlers hat. Wahrscheinlich müßte sie einen Mann mit ihrem Bogen bedrohen, um ihn zu einem Kuß zu bewegen.«

Brennas Unterkiefer klappte herunter.

»Aber nicht einmal dann wüßte sie, wie sie diesen Kuß erwidern soll«, fuhr er fort. »es sei denn, daß jemand bereit wäre, ihr das Küssen beizubringen.«

»Etwa Sie?« Brenna realisierte zu spät, daß sie vor Wut vergessen hatte, ihre Stimme zu verstellen, und im nächsten Moment umspannte eine große Hand ihren Oberarm mit eisernem Griff, und Griffyn hob den Kopf. Seine Katzenaugen funkelten bedrohlich.

»Dürfte ich fragen, welches Spiel Sie diesmal spielen, Mylady?«

»K-k-kein Spiel«, stammelte sie. »Ich habe nur …«

»Was?«

»Ich wollte nur ...«

»Sie wollten mich ausfragen!«

»Nein! Es sollte nur eine höfliche Unterhaltung sein.«

»Ausspionieren wollten Sie mich!«

»Aber nein! Ich habe Margery geholfen, weil sie ... weil sie sich in den Finger geschnitten hat.«

Natürlich glaubte er ihr kein Wort. Ihre veilchenblauen Augen verengten sich zu schmalen Schlitzen.

»Seit wann wissen Sie, daß ich hier bin?«

»Seit Sie im Türrahmen standen und zuschauten. Ich glaube, es waren Ihre Haare, die Sie verraten haben. Sie duften nach Äpfeln, wenn ich mich nicht irre.«

»Nach Flieder, Sie Dummkopf!« Brenna riß ihren Arm los und rannte auf die Tür zu, doch er war für einen so großen Mann erstaunlich behende, und bevor sie entkommen konnte, wurde sie von einem stählernen Arm umfangen. Mit seiner freien Hand schlug er die Tür zu, und dann preßte er sie an die Wand, hielt ihre Handgelenke fest und nahm ihre Beine zwischen den seinen gefangen.

»Als ich vorhin Ihre Charaktereigenschaften aufzählte, hätte ich auch noch töricht und leichtsinnig hinzufügen sollen«, knurrte er.

Seine Stimme jagte ihr einen kalten Schauer über den Rükken, und sie bekam eine Gänsehaut. Die einzige Lampe im Raum warf ihr Licht auf seine ölglänzenden Schultern und Arme, doch sein Gesicht blieb im Schatten. Er stand so dicht vor ihr, daß sie seinen Atem auf ihrer Haut spürte, und das war ein seltsames, verwirrendes Gefühl.

»Lassen Sie mich los!« Sie verwünschte ihre zittrige Stimme. »Sofort!«

Er musterte sie eindringlich, und wieder schoß heiße Röte ihr in die Wangen. Nachdem die Tür nun geschlossen war, konnte der Dampf, der aus den Wannen aufstieg, nicht mehr entweichen, sondern wirbelte in dichten Schwaden durch den Raum.

»Lassen Sie mich *bitte* los!« flüsterte sie.

»Bitte? Ich hätte nicht gedacht, daß Sie dieses Wort jemals über die Lippen bringen würden.«

»Ich könnte auch schreien und Ihnen die Wache auf den Hals hetzen!« fauchte sie.

»Und was würde die Wache hier vorfinden? Eine Frau, die einen Mann beim Baden belästigt und erregt, indem sie seinen Körper schamlos massiert.«

Sie schaute zu ihm empor und sah das unheimliche Glimmen in seinen Augen. »Ich … ich wollte Sie nicht belästigen, und noch weniger lag es in meiner Absicht, Sie zu erregen.«

»Nicht? Sie haben es aber getan, Mylady, wie Sie sehen können.«

Brenna vermied es tunlichst, nach unten zu schauen, obwohl der Anblick eines erigierten Gliedes ihr von ihren Brüdern her durchaus vertraut war. Sie hatte sich oft belustigt gefragt, wie man mit einem solchen Knüppel zwischen den Beinen überhaupt laufen konnte. Jetzt war ihr jedoch gar nicht zum Lachen zumute, denn es war ein enormer Unterschied, ob man einen Penis aus einiger Entfernung gleichmütig betrachtete, oder ob man ihn durch die Röcke hindurch *spürte.*

»Ich möchte jetzt endlich die Wahrheit hören!« sagte er.

»Die Wahrheit?«

»Hat Ihr Bruder Sie hergeschickt?«

»Nein! Nein, er weiß nicht einmal, daß ich hier bin. Niemand weiß das.«

»Niemand? Sehr töricht von Ihnen, Mylady.«

Brenna atmete tief durch. »Wenn Sie mich jetzt sofort loslassen, verspreche ich Ihnen, meinen Brüdern nicht zu erzählen, was passiert ist.«

»Gar nichts ist passiert. *Noch* nicht.«

Sie versuchte ihr Glück mit einer List. »Ich … ich bin nur hergekommen, weil ich mich heute noch bei Ihnen entschuldigen wollte.«

»Tatsächlich? Wofür denn?«

»Nun … für mein Benehmen heute nachmittag. Ich war unhöflich und … und …«

»Unverschämt? Beleidigend?« schlug er seelenruhig vor.

»Ich gebe zu, daß ich vielleicht übervorsichtig war.«

»Wie großmütig von Ihnen! Sie drohten damit, mein

Pferd zu erschießen, wenn ich mich nicht vor Ihnen im Staub wälzte!«

Brenna befeuchtete ihre Lippen und riskierte einen weiteren Blick in sein Gesicht. »Das tut mir aufrichtig leid. Ich hätte diesem herrlichen Tier niemals etwas zuleide getan, und wenn ich damit gedroht habe, so nur, weil Sie so ... so gefährlich und so ... so schurkisch aussahen, daß ich befürchten mußte, Sie würden die Lage ausnutzen.«

»Schurkisch und gefährlich? So, so ...«

»Sie werden doch bestimmt zugeben, daß eine Frau gewisse Vorsichtsmaßnahmen treffen muß!« rief Brenna ungeduldig.

»Wozu? Um ihre Jungfräulichkeit zu bewahren?«

»Um sich vor *jedem* Mißbrauch zu schützen.«

»Soll das heißen, daß Sie gar keine Jungfrau mehr sind?«

»Das geht Sie überhaupt nichts an, Sie Rüpel!«

Er lachte leise und betrachtete wieder aufmerksam ihr von feuchten Locken umrahmtes Gesicht.

»Was starren Sie mich so an? Und warum runzeln Sie die Stirn?«

»Weil ich mir nie hätte träumen lassen ...« Er verstummte plötzlich.

»Was?«

»Daß sich unter dem verschmutzten Geschöpf, das ich im Wald getroffen habe, eine so schöne Frau verbergen könnte. Fast bedaure ich jetzt, Sie nicht von Zentaurs Rücken gezerrt zu haben.«

»Als ob Sie das gekonnt hätten!« höhnte sie.

Sein Gesicht kam dem ihren noch näher. »Wenn Sie mir auch sonst kein Wort glauben mögen, Mylady, so sollten Sie mir doch glauben, daß Sie mit zerbrochenem Bogen und gebrochenem Rückgrat auf dem Boden gelegen hätten, wenn ich das gewollt hätte.«

Sie hatte die dunklen Brauen, die gerade Nase und das kantige Kinn jetzt dicht vor Augen, aber sie starrte vor allem auf seinen Mund, und ihr wurde heiß und kalt. Sie hatte butterweiche Knie, und ihr Atem ging stoßweise. Es wäre sinnlos gewesen, ihm zu widersprechen, denn sie wußte genau, daß er recht hatte: er hätte sie im Wald mühelos überwältigen können – so wie er das auch jetzt tun könnte.

»Wer sind Sie?« flüsterte sie verstört.

»Ganz bestimmt niemand, den Sie besser kennenlernen möchten.«

»Sind Sie hergekommen, um meinen Vater zu töten?«

»Nein. »

»Meinen Bruder?«

»Nein.«

»Würden Sie mir die Wahrheit sagen, wenn Sie so etwas geplant hätten?«

»Im Augenblick würde ich Ihnen höchstwahrscheinlich *alles* sagen!«

Sie erbebte, als seine heißen Lippen ihren Hals berührten.

»W-w-was machen Sie da?« stammelte sie.

»Ich bemühe mich, aufrichtig zu sein«, murmelte er. »Ich möchte mich nicht mehr mit Ihnen streiten, und nachdem wir uns nun beide entschuldigt haben, könnten wir zu angenehmeren Beschäftigungen übergehen.«

Seine Zunge glitt über ihre Halsschlagader, und als sie den Kopf wegzudrehen versuchte, landeten die feuchten Lippen dicht an ihrem Ohr. Ein heißer Schauer überlief sie und setzte ihren Unterleib in Brand. Sie spürte selbst, daß ihre Brustwarzen groß und hart wurden und gegen das Leinen ihres Untergewands drückten. All diese Empfindungen waren völlig neu für sie, und sie mußte ihre ganze Willenskraft aufbieten, um nicht von ihnen überwältigt zu werden.

»Ich … ich kann mich an keine Entschuldigung von Ihnen erinnern«, brachte sie mühsam hervor.

»Nein?« Er hob den Kopf, und sie glaubte schon, einen kleinen Aufschub gewonnen zu haben, als er plötzlich ihre Arme über den Kopf hob und beide Handgelenke mühelos mit einer Hand gefangennahm. Mit seiner freien Hand umspannte er ihre Taille, zwängte ein Knie zwischen ihre Beine und schob sein mächtiges Glied zwischen ihre Schenkel. »Dann sehen Sie *das* als Entschuldigung an.«

Brennas leiser Aufschrei wurde von seinem Mund erstickt, der sich auf ihren preßte und ihr den Atem raubte.

Sein Kuß war genauso kühn und rücksichtslos wie der ganze Mann. Seine Zunge schnellte vor und eroberte ihre Mundhöhle, und sie war ihm wehrlos ausgeliefert, denn sie hatte bisher nicht einmal geahnt, daß sich beim Küssen mehr als nur die Lippen berührten. Und gleichzeitig rieb sein Glied an ihren intimsten Körperteilen entlang, nur durch die dünnen Röcke von ihrem weichen Fleisch getrennt, und weder Seide noch Leinen konnten verhindern, daß plötzlich jene Schmetterlinge in ihrem Bauch umherflatterten, an deren Existenz sie nie geglaubt hatte.

Seine Hand glitt von ihrer Taille zu ihren Brüsten, und er streichelte die ohnehin schon steifen Brustwarzen, bis sie vor Wonne am ganzen Leibe zitterte.

»Gib dich mir hin«, flüsterte er heiser dicht an ihrem Mund. »Gib dich mir hin, und ich verspreche dir, daß du morgen früh eine bessere Meinung als bisher von mir hast.«

Brenna öffnete mühsam die Augen. Ihr war heiß und schwindelig, ihre Haut prickelte, und zwischen ihren Beinen loderte ein Feuer, das ihren ganzen Körper zu verzehren drohte. Seine Hände waren jetzt um ihre Taille geschlungen, und ihre eigenen Hände ... wie hatten sie sich nur in seine dichten schwarzen Haare verirrt? Sie zog sie hastig zurück und stemmte sich von ihm ab, so weit das möglich war.

»Nein!« japste sie, »nein, das ist unmöglich!«

Er zog sie wieder an sich und bewegte seinen Schaft noch kräftiger zwischen ihren Beinen hin und her. »Es ist durchaus möglich, und du willst es genauso wie ich!«

»Nein!« Sie schluckte hart. »Bitte lassen Sie mich gehen!«

Anstatt zu gehorchen, bückte er sich lachend und begann an einer Brustwarze zu saugen und zu knabbern. Von Lustschauern geschüttelt, schnappte Brenna verzweifelt nach Luft. Sie legte ihm die Hände auf die Schultern und versuchte halbherzig, ihn von sich wegzuschieben, doch er lachte wieder und schob eine Hand unter ihre Röcke.

Ihre Beine waren fast entblößt, als sie endlich genug Kraft aufbrachte, um ihn energisch zurückzustoßen.

»Sind Sie verrückt?« zischte sie. »Oder nur so arrogant, daß Sie sich für unwiderstehlich halten?«

»Keines von beidem. Aber ich bin erfahren genug, um zu wissen, ob eine Frau mich begehrt oder nicht.«

»Ich begehre Sie nicht!« widersprach sie hitzig. »Natürlich könnten Sie mich vergewaltigen, um zu bekommen, was Sie wollen, aber damit würden Sie beweisen, daß meine anfängliche Meinung richtig war, denn nur ein völlig gewissenloser und ehrloser Schurke würde eine Frau gegen ihren Willen in Besitz nehmen, eine Frau, die zudem noch die Tochter Ihres Gastgebers und die Schwester eines Mannes ist, der Sie unvernünftigerweise mit offenen Armen aufgenommen hat.«

Seine Augen verengten sich zu schmalen Schlitzen, und sein Mund verzog sich zu einem zynischen Lächeln. »Dann sollten Sie jetzt schleunigst von hier verschwinden, gnädiges Fräulein, bevor ich versucht sein könnte, Ihnen zu beweisen, wie wenig die Worte *Gewissen* und *Ehre* mir bedeuten.«

Mit dem Rücken zur Wand schob Brenna sich langsam an die Tür heran, ohne ihn aus den Augen zu lassen, denn sie befürchtete, daß er sie im letzten Moment aufhalten würde, aber er hinderte sie nicht daran, die Tür aufzureißen und in die kalte Nachtluft hinauszustürzen. Während sie mit flatternden Röcken davonrannte, hörte sie ihn lachen – und dieses tiefe, kehlige Lachen verfolgte sie auf der Zugbrücke und auf der Treppe, obwohl es längst verklungen war. Es hallte ihr sogar noch in den Ohren, als sie endlich völlig atemlos in ihrem Schlafzimmer stand und die Tür hinter sich schloß.

Helvise, die wußte, daß ihre Herrin beim Zubettgehen keine Hilfe wünschte, war zum Glück nicht mehr da, doch Brenna war entsetzt, als sie einen flüchtigen Blick in den Spiegel warf, denn von der eleganten Dame, die vor wenigen Stunden selbstbewußt diesen Raum verlassen hatte, war nichts mehr übrig. Wirre feuchte Locken hingen ihr ins Gesicht, und ihre nackten Füße waren genauso schmutzig wie der eingerissene Saum ihrer Tunika.

»O Gott!«

Sie riß sich die weinrote Robe vom Leibe und schleuderte sie auf den Boden. Dann fummelte sie ungeduldig mit einer

Schere an den Manschetten des Untergewands herum, die Helvise mit Nadel und Faden ihren schmalen Handgelenken angepaßt hatte, und weil sie vor Nervosität die kleinen Stiche nicht sehen konnte, zerschnitt sie kurzentschlossen die Ärmel, knüllte das ruinierte Kleidungsstück zusammen und warf es ins Feuer.

Es befriedigte sie zu beobachten, wie das blaue Leinen in Rauch und Flammen aufging, und einem plötzlichen Impuls zufolge warf sie die weinrote Robe hinterher. Wenn Helvise am nächsten Morgen sah, was sie getan hatte, würde sie bestimmt in Ohnmacht fallen oder einen Wutanfall bekommen, aber das war Brenna gleichgültig. Sie hätte die beiden Kleidungsstücke sowieso nie mehr angezogen.

Bisher hatte kein Mann sich je rühmen können, ihr zu nahegekommen zu sein. Und Griffyn Renaud, den sie erst seit einem halben Tag kannte, hatte es mühelos geschafft, ihre Sinne zu wecken!

Ihre Wangen glühten vor Scham, und sie stöhnte auf, als ihr ein neuer schrecklicher Gedanke kam. Es war durchaus möglich, daß er den amüsanten Zwischenfall im Badehaus überall herumerzählen würde! ›Stellt euch nur mal meine Überraschung vor‹, könnte er sagen, ›als ich mitten in einer entspannenden Massage feststellen mußte, daß die geschickten Hände keiner professionellen Masseurin gehörten, sondern einer der Töchter des Hauses!‹

Wenn es in einer Familie zu viele unverheiratete Töchter gab, und wenn Freier von edlem Geblüt Mangelware waren, wurde manchmal versucht, sie durch solche Listen zu ködern. Allerdings glaubte Brenna nicht, daß Griffyn Renaud von edlem Geblüt war. Alles deutete darauf hin, daß er nichts weiter als ein Söldner war, ein Mann, der sein Schwert und seine Seele dem Meistbietenden verkaufte. Warum sollte ein Ritter sonst allein unterwegs sein und die Straße meiden? Und warum sollte er kein Wappen tragen? Die Tatsache, daß er nach Gaillard wollte, bestärkte Brenna nur in ihrem Verdacht, denn bei dem Turnier konnte er seine Talente unter Beweis stellen und einen reichen Dienstherrn finden. Und es konnte ihm nur nutzen, wenn er sich rühmen konnte, ein guter Bekannter von Robert Wardieu, dem Sohn des Schwarzen Wolfs, zu sein.

Und auch ein sehr guter Bekannter der Tochter …

Stöhnend warf Brenna sich aufs Bett. Deshalb hatte er sie nicht vergewaltigt! Eine Vergewaltigung hätte für ihn eine langsame Kastration und einen qualvollen Tod zur Folge gehabt, aber wenn es ihm gelungen wäre, sie zu verführen, hätte er hinterher behaupten können, sie hätte sich ihm aufgedrängt und ihn absichtlich erregt, so daß er sie nicht abweisen konnte, ohne sie zu beleidigen.

Sie ballte ihre Hände zu Fäusten und hätte am liebsten laut geschrien. Die Flamme ihrer Nachtkerze flackerte, und während sie ins Licht starrte, fragte sie sich, ob sie nicht eine zweite Kerze anzünden sollte. Diese hier sollte den Teufel davon abhalten, sich in ihr Zimmer zu schleichen und ihre Seele zu stehlen, während sie schlief. Vielleicht würde eine zweite Kerze sie davor bewahren, an den schwarzhaarigen Dämon zu denken, der ihren Seelenfrieden geraubt hatte.

Sie würde bestimmt die ganze Nacht kein Auge zutun, weil sie sich ängstlich fragte, was der Morgen bringen würde. Wann würde der Skandal ihrem Vater zu Ohren kommen? Wann würde Helvise ins Zimmer stürzen, um ihr aufgeregt mitzuteilen, daß Lord Randwulf sie zu sehen wünsche?

Wenn sie Margery doch nur nicht ins Badehaus gefolgt wäre! Wenn sie doch nur nicht zum Fluß gegangen wäre! Wenn sie doch nur nicht im Wald gewesen wäre! Wenn … wenn …

Die vielen ›Wenn und Aber‹ hielten sie wach, bis die ersten schwachen Lichtstrahlen zwischen den Fensterläden ins Zimmer drangen. Als ihre Nachtkerze, die bis zur letzten Stundenmarkierung heruntergebrannt war, erlosch, fiel Brenna endlich in unruhigen Schlaf und träumte von einem großen nackten Ritter mit schwarzen Haaren, der seinen Mund auf ihre Brust preßte und ihren Körper in Ekstase versetzte.

8

Als Brenna ihre Augen öffnete, beugte sich ein dunkles Gesicht über sie, freilich nicht das, von dem sie geträumt hatte, aber eines, das ihr im Augenblick fast genauso bedrohlich vorkam.

»Sind Sie krank, Mylady?«

Brenna drehte blinzelnd den Kopf zur Seite. Die Fensterläden waren geöffnet, helle Sonne flutete ins Zimmer, und ein kleines Tablett mit Brot und Käse stand auf dem Nachttisch.

»Helvise ...«

»Ihre Mutter war besorgt, als Sie heute morgen nicht in die Kapelle kamen, und es sieht Ihnen auch gar nicht ähnlich, das Frühstück zu verpassen und so lange im Bett zu liegen – aber so zerwühlt, wie es aussieht, haben Sie offenbar eine unruhige Nacht hinter sich.«

Auf einen Ellbogen gestützt, stellte Brenna fest, daß Helvise recht hatte: Laken, Decken und Felle bildeten ein wirres Knäuel. Sie streckte einen nackten Arm aus und zog sich mehrere Decken über den Kopf. »Mir ist kalt. Hast du schon Feuer gemacht?«

»Vor drei Stunden, als ich zum erstenmal hier war. Seitdem habe ich immer wieder Holz nachgelegt, wie Sie an dem Splitter in meinem Finger sehen können. Sind Sie krank?« fragte Helvise wieder besorgt. »Oder haben Sie Ihre Periode?«

»Nein«, stöhnte Brenna. »Kann ich denn nicht eine Stunde länger als gewöhnlich schlafen, ohne daß die Burgwache in Alarmbereitschaft versetzt wird?«

Helvise kicherte. »Die Wache *war* in Alarmbereitschaft, aber nicht Ihretwegen, sondern wegen des Radaus, den Ihre Brüder heute nacht gemacht haben – zusammen mit dem Ritter, den Sie gestern im Wald gefunden haben. Wie mir berichtet wurde, hätte der Lärm, den sie beim Trinken, Würfeln und Schäkern machten, Tote auferwecken können. Lord Dagobert mußte sich übergeben, und irgend jemand hat Sparrow an einen Bolzen gehängt, wo er selig geschlafen hat, bis Ihr Vater ihn heute morgen gefunden und schleunigst runtergeholt hat.«

Brenna schob ihr Gesicht unter den Decken hervor und warf Helvise einen besorgten Blick zu. »Er ist also noch hier?«

»Wer? Ihr schöner Ritter? O ja.« Die Zofe kicherte wieder. »Und er wird wahrscheinlich schmerzlich vermißt werden, wenn er seinen Weg fortsetzt.«

Brenna wurde leichenblaß. »Was meinst du damit?« stammelte sie. »Was hast du gehört?«

»Sie wissen doch genau, Mylady, daß ich mich nie an Klatsch und Tratsch beteilige.«

Aber du spitzt die Ohren, damit dir nur ja kein Wort davon entgeht, dachte Brenna erbost. Es hatte sie von jeher gewundert, mit welcher Windeseile sich alle Neuigkeiten unter den Dienstboten herumsprachen, und obwohl Helvise immer so tat, als wäre sie darüber erhaben, gehörte sie in Wirklichkeit zu den schlimmsten Klatschbasen und schmückte ihre Geschichten auch noch mit blühender Fantasie aus. Margery würde heute natürlich lange vor dem ersten Hahnenschrei am Brunnen gewesen sein, und wenn sie nicht wie durch ein Wunder kopfüber hineingefallen war, hatte sie heute bestimmt einen wichtigen Beitrag für die Gerüchteküche geliefert.

»Nun ja«, berichtete Helvise genüßlich, »Ihr Ritter hat angeblich fast ein ganzes Faß Bier allein geleert und mit Lord Richard um Tansy gewürfelt. Er hat gewonnen, und als er mit Tansy fertig war« – sie senkte die Stimme und blickte mißtrauisch zur Tür hinüber, so als hätten tausend Priester ihre Ohren ans Schlüsselloch gepreßt – »konnte sie kaum laufen! *Dreimal* ist sie ohnmächtig geworden, behauptet sie jedenfalls. ›Ein toller Liebhaber‹, hat sie erzählt, ›nicht so egoistisch wie die meisten Männer.‹ Ja, das hat sie gesagt, und ich glaube, daß Lord Richard über diese Bemerkung ziemlich beleidigt war, denn er bekam heute morgen einen hochroten Kopf, sobald er jemanden lächeln sah.«

Brenna starrte sie an. »Ist das alles? Daß mein Bruder an gekränkter Eitelkeit leidet?«

Helvise zuckte die Achseln. »Na ja, mir ist noch nie zu Ohren gekommen, daß eine Frau in *seinen* Armen vor Lust ohnmächtig wurde. Allerdings darf man Tansys Geschichte nicht zuviel Glauben schenken, denn diese Schlampe würde alles mögliche behaupten, nur um Aufmerksamkeit zu erregen. Margery hat zwar bestätigt, daß der Ritter prächtig gebaut ist, aber sie meinte, nach Ihrer Massage sei er bestimmt nicht mehr zu großen Heldentaten fähig gewesen.«

»Das hat Margery gesagt?«

»Ja, und sie hielt das ganze für einen guten Scherz.«

Brenna beobachtete fassungslos, wie Helvise ein sauberes Hemd und eine Hose aus der Truhe holte. War das wirklich alles? Kursierten keinerlei Gerüchte über sie und den Fremden? Würde niemand mit dem Finger auf sie deuten und anzüglich grinsen? Kam es niemandem in den Sinn, daß auch sie den Verführungskünsten eines attraktiven Mannes erliegen könnte? Hielten alle sie für ein völlig geschlechtsloses Wesen?

»Ich werde mir heute die Mühe sparen, Sie zu einem Kleid überreden zu wollen, Mylady«, seufzte Helvise. »Perigord hat nach Ihnen gefragt, und das bedeutet vermutlich, daß Ihr neuer Bogen fertig ist. Sie werden bestimmt den ganzen Tag auf dem Übungsgelände verbringen, wie ich Sie kenne.«

»Ja, wahrscheinlich werde ich den ganzen Tag draußen sein«, murmelte Brenna zerstreut. Sie schwang ihre Beine aus dem Bett und trat ans offene Fenster. Ein guter Scherz? Mehr nicht? Da hatte sie sich nun die ganze Nacht schlaflos von einer Seite auf die andere gewälzt … und er hatte sich währenddessen mit einer Nutte amüsiert, die sich jetzt damit brüstete, dreimal ohnmächtig geworden zu sein.

Dreimal?

Pah! Hätte er ihr eine Münze mehr in die Hand gedrückt, hätte sie wahrscheinlich behauptet, es wäre ein dutzendmal gewesen!

Brenna war immer noch erbost, als sie das Trainingsgelände erreichte. Sie hatte ihren Bogen in Perigords Werkstatt abgeholt – ein Prachtstück aus spanischer Eibe, fast so groß wie sie selbst. Sie hatte ein halbes Dutzend Hühner und zwei Hähne aufgeschreckt, als sie auf dem Hof einige Probeschüsse machte, aber der alte Bogenmacher kannte sie so gut, daß an der Waffe nicht die geringste Kleinigkeit geändert werden mußte. Den neuen Bogen und zwei andere über die Schulter geschlungen und mit zwei wohlgefüllten Köchern in der Hand blieb sie kurz stehen, um ihre Brüder beim Training zu beobachten. Das Klirren von Schwertern und das Donnern von Pferdehufen hatte sie schon lange von weitem gehört.

Richard und Dag bereiteten sich hauptsächlich auf das *mêlée* vor, das normalerweise den Abschluß eines Turniers bildete. Zwei Mannschaften von Rittern kämpften dabei gegeneinander, meistens um irgendeinen Rechtsstreit beizulegen, der vor Gericht nicht entschieden werden konnte.

Die drei Wardieu-Brüder und ihr Schwager Geoffrey LaFer würden in Gaillard gegen vier Ritter von Hugh Luisignan antreten – einem engen Freund und Verbündeten von Lord Randwulf. In diesem besonderen Fall ging es nicht um einen Rechtsstreit, sondern um eine Herzensangelegenheit: Hughs Nichte hatte sich unsterblich in den Sohn eines Holzfällers verliebt, und ihr Vater hatte den beiden verboten, sich zu sehen. Dem Burschen hatte er sogar mit Verstümmelung gedroht, falls er es wagen sollte, sich der Geliebten jemals wieder zu nähern. Daraufhin war das Mädchen durchgebrannt und hatte in einem Kloster Zuflucht gesucht, und sie hatte geschworen, für immer dort zu bleiben, wenn ihr nicht erlaubt würde, den Mann ihres Herzens zu heiraten.

Robin, der romantische Ritter, hatte von dieser unglücklichen Liebesgeschichte gehört und versucht, sich beim Vater und Onkel des Mädchens für das ungleiche Paar zu verwenden. Daraufhin hatte Sir Hugh ein Treffen mit Lord Randwulf vereinbart, und bei viel Bier und Wein war man zu der Ansicht gelangt, daß ein *mêlée* in Gaillard die ideale Möglichkeit bot, den Stolz aller Beteiligten zu retten. Wenn das Team von Wardieu siegte, würde das Mädchen ihren Holzfällersohn heiraten dürfen. Wenn Hughs Team gewann, würde das Mädchen nach Hause zurückkehren und einen Mann nach dem Geschmack ihres Vaters heiraten.

Natürlich war es im Grunde lächerlich, wegen einer solchen Lappalie einen Kampf auszutragen, aber bei jedem *mêlée* ging es nicht so sehr um den Streitfall als solchen als um das Kräftemessen, und auch die Zuschauer liebten diese Ritterspiele. Trotzdem wurde dabei erbittert gekämpft, und deshalb mußten Richard und Dag hart trainieren, überwacht von einem unerbittlichen Jean de Brevant, dem kein Fehler entging.

Robin und Will wurden auf einem anderen Übungsgelände von Sparrow schikaniert. Robin saß in voller Rüstung auf Sir Tristan und gönnte sich einen Moment Ruhe, nachdem er schon mehrmals versucht hatte, mit seiner Lanze die kleine bewegliche Zielscheibe zu treffen. Als er Brenna sah, nickte er ihr kurz zu, aber ein Blick in seine roten Augen und sein schweißgebadetes Gesicht verriet ihr, daß ihm nicht nur seine geprellten Rippen Probleme bereiteten, sondern mehr noch die durchzechte Nacht.

Auch Will war in keiner guten Verfassung. Sein Gesicht war grün, und er drohte aus dem Sattel zu rutschen, sobald sein Roß losgaloppierte, was Sparrow zu bissigen Kommentaren veranlaßte, obwohl er selbst kaum aus den Augen schauen konnte und eine knallrote Nase hatte.

»Guten Morgen!« rief Brenna ihnen ironisch zu. »Freut mich zu sehen, daß ihr alle in Hochform seid!«

Sie wirbelte auf dem Absatz herum und stand plötzlich Griffyn Renaud gegenüber, der lässig an einem Holzpfosten lehnte und seine Arme über der Brust verschränkt hatte. Er trug keine Rüstung und hatte allem Anschein nach Robins Angebot verschmäht, vor dem Turnier noch ein wenig zu trainieren, doch er beobachtete Robin scharf. Eine unfaire Methode, um gegenüber dem Gegner im Vorteil zu sein, dachte Brenna wütend.

Es fiel ihr allerdings schwer, auch nur einen halbwegs klaren Gedanken zu fassen, denn bei hellem Tageslicht sah er noch atemberaubender aus, als sie ihn in Erinnerung gehabt hatte. Sein schwarzes Haar hatte in der Sonne einen bläulichen Schimmer, seine Haut glänzte bronzefarben und war glatt, und seine graugrünen Augen schillerten wie Edelsteine.

»Guten Morgen, Mylady! Ich hoffe, Sie hatten eine geruhsame Nacht und fühlen sich wohl.«

Brenna starrte auf seinen Mund, während er diese höflichen Worte murmelte. Die dunklen Bartstoppeln waren verschwunden, und er sah insgesamt so frisch aus, als hätte er nicht gezecht und gehurt, sondern tief und fest geschlafen.

»Wie können Sie es wagen, die letzte Nacht auch nur zu erwähnen? Außerdem wundert es mich sehr, daß Sie noch hier sind. Leute wie Sie stehlen sich doch meistens im Schutz der Dunkelheit davon, oder etwa nicht?«

»Leute wie ich – was meinen Sie damit, Mylady?«

Brenna atmete tief durch. »Ich meine damit, daß ich Sie für einen *Söldner* halte.«

Er verzog keine Miene, aber sie glaubte zu sehen, daß ein Kinnmuskel leicht zuckte. »Fällen Sie Ihre Urteile immer so schnell?« fragte er ruhig. »Was, wenn ich sagen würde, ich sei kein Söldner?«

»Dann würde ich Sie zu allem übrigen auch noch einen *Lügner* nennen!«

Sie warf ihm einen eisigen Blick zu und stolzierte hocherhobenen Hauptes an ihm vorbei, zum Übungsplatz für Bogenschützen. Auf einer Wiese waren mehrere Zielscheiben aufgestellt: die erste in fünfzig Meter Entfernung, die zweite in hundert, die dritte in zweihundert. Brenna lehnte ihre Ersatzbogen an einen niedrigen Holzzaun und legte ihre Köcher auf eine Bank. Zwei Jungen, die den Rittern zugeschaut hatten, kamen angerannt, und sie schenkte jedem ein Stück klebriges Konfekt, denn sie würden ihr in den nächsten Stunden die abgeschossenen Pfeile zurückbringen.

»Darf ich?«

Verdutzt sah sie, daß ein muskulöser Arm nach einem ihrer Bogen griff. Der Leinenärmel streifte dicht an ihrer Schulter vorbei, und als sie sich umdrehte, stand Griffyn Renaud so dicht vor ihr, daß sie seine langen Wimpern hätte zählen können. Sie glaubte sogar, einen leichten Geruch nach dem

Kampferöl wahrzunehmen, mit dem sie ihn gestern eingerieben hatte.

Er wog den Langbogen prüfend in der Hand. »Ich hätte nie gedacht, daß eine so zarte Person wie Sie mit dieser Waffe umgehen könnte«, sagte er. »Aber Ihre Brüder haben mir versichert, Sie seien eine Meisterschützin.«

Das hörte sich so an, als glaubte er, ihr Schuß im Wald sei ein reiner Glückstreffer gewesen. »Können *Sie* schießen, Sir?«

»Ich tu es nur, wenn mein Magen allzu lang ohne Fleisch auskommen mußte.«

Ihr Blick schweifte über seinen muskulösen Brustkorb und die breiten Schultern, und sie bezweifelte sehr, daß er jemals sehr lang ohne *irgend etwas* auskommen mußte. Über dem weitärmeligen Hemd trug er ein grünes Wams aus weichem Rehleder, doch auch diese legere Kleidung vermochte nicht über seine enorme Kraft hinwegzutäuschen. Wenn er wollte, konnte er bestimmt junge Bäume mit bloßen Händen zerbrechen.

Tansy ist in seinen Armen dreimal ohnmächtig geworden. Dreimal …

Er zog einen Pfeil aus dem Köcher und prüfte ihn genauso aufmerksam wie den Bogen. Der Schaft aus Eschenholz war fast einen Meter lang, die breite Spitze war aus Eisen, und die Befiederung bestand aus drei Reihen grauer Gänsefedern. Mit weit gespreizten Beinen spannte er den Bogen und zielte auf die vorderste Zielscheibe. Es gelang ihm tatsächlich, sie am Rand zu treffen, und er schien mit sich sehr zufrieden zu sein.

»Eine unpraktische, aber ganz interessante Waffe«, kommentierte er.

Brenna nahm ihren neuen Bogen zur Hand, wählte sorgfältig einen Pfeil aus und zog einen dreifingerigen Handschuh an. Auf eine so lächerliche Entfernung wie fünfzig Meter brauchte sie kaum zu zielen, um ins Schwarze zu treffen. Der Pfeil durchschlug die Zielscheibe mit der Wucht eines Axthiebs, und Griffyns Katzenaugen verengten sich überrascht. Gleich darauf salutierte er spöttisch mit einem

Finger. »Gratuliere! Ein großartiger Schuß! Die Zielscheibe hatte keine Chance, genauso wenig wie der Baum gestern abend.«

»Wäre das ein Mann gewesen«, sagte sie ruhig, »so wäre sein Bein jetzt an den Sattel genagelt, und der Knochen wäre gesplittert, sogar durch eine Rüstung hindurch.«

»Auf fünfzig Meter Entfernung kann eine Armbrust die gleiche Wirkung erzielen.«

»Gewiß, wenn der Reiter sein Bein entblößt und stillhält, während der Schütze seine Armbrust spannt! In der Zwischenzeit hätte ich schon zehnmal geschossen und zehn Gliedmaßen durchbohrt.«

»Trauen Sie sich das auch auf eine noch größere Entfernung zu?«

»Möglicherweise, wenn ich genug Anreiz habe.«

»Das hört sich fast so an, als wollten Sie mit mir wetten«, murmelte er.

»Wieviel würden Sie setzen?«

»Ich bin kein reicher Mann.«

»Mir würden ein paar ehrliche Antworten genügen.«

Er lächelte. »Das ist ein viel höherer Einsatz, als Sie glauben. Und was bieten Sie mir im Gegenzug an?«

»Was wollen Sie haben?«

»Ich bezweifle sehr, daß Sie dieses Risiko bei mir eingehen würden.«

»Stellen Sie mich auf die Probe. Ich bin für riskante Wetten bekannt.«

»Also gut.« Er warf ihr einen verschmitzten Blick zu und sah plötzlich sehr jung aus. »Mein Gewinn wäre ... ein langer süßer Kuß ... mit offenen Haaren und ... nackten Füßen.«

Brenna öffnete den Mund, schloß ihn wieder und atmete tief aus, ohne ein Wort hervorzubringen.

»Ist das zuviel verlangt?«

»Was?«

»Die nackten Füße.«

Das jungenhafte Grinsen hatte nun wieder seinem üblichen Sarkasmus Platz gemacht.

»An dem Tag, an dem Sie mich besiegen, Sir, werde ich mich nackt ins Gras legen, und Sie können mit mir machen, was Sie wollen.«

»Das sind kühne Worte, Mylady.«

»Ich gebe Ihnen darauf mein Ehrenwort.«

»Ich werde Sie daran erinnern.«

»Das ist mir völlig klar.«

Er lud sie mit einer höflichen Handbewegung ein, als erste zu schießen, und sie zielte auf die zweite Scheibe und traf wieder ins Schwarze.

»Ein verdammt guter Schuß!« gab er widerwillig zu. »Schwer zu übertreffen.«

»Doch nicht für einen Mann, der behauptet, keine Schwächen zu haben.«

»Wann soll ich das behauptet haben?«

Er sah so perplex aus, daß Brenna fast gelacht hätte. »Gestern abend am Burgtor. Gehe ich recht in der Annahme, daß es reine Prahlerei war?«

Mit gerunzelter Stirn zog er einen Pfeil aus dem Köcher, stellte sich in Positur und schoß.

Sein Pfeil traf dicht neben dem ihren ins Schwarze.

Sie starrte ihn verwundert an, und er schenkte ihr ein Lächeln, bei dem den meisten Frauen jede Waffe sofort aus der Hand gefallen wäre.

»Glück gehabt!« sagte er achselzuckend.

Das konnte sie zwar kaum glauben, aber zu einem Unentschieden war sie deshalb noch lange nicht bereit. Sie zog sechs Pfeile aus ihrem Köcher, steckte fünf davon in die Erde neben ihren rechten Fuß und zielte auf die dritte Scheibe, die zweihundert Meter entfernt war. Gleich darauf kamen die Jungen angerannt und berichteten, daß alle sechs Pfeile ins Schwarze getroffen hatten, so dicht beieinander, daß einige Spitzen verbogen waren.

Griffyn verbeugte sich. »Mein Kompliment!«

»Das ist kinderleicht. Ich konnte es schon vor meinem zehnten Geburtstag.«

Sie sah ein seltsames Funkeln in seinen Augen, bevor er einen einzigen Pfeil aus dem Köcher nahm. Er grub einen

Stiefelabsatz tief in die Erde, und seine Arm- und Rückenmuskeln traten weit hervor, als er den Bogen spannte. In der Sekunde, bevor seine Finger die Sehne losließen, wandte er seinen Blick von der Zielscheibe ab und schaute Brenna tief in die Augen. Noch bevor die Jungen angelaufen kamen, wußte sie, was sie berichten würden.

Weil in der Mitte der Zielscheibe kein Platz mehr war, hatte Renauds Pfeil einen der anderen Pfeilschäfte der Länge nach aufgesplittert und die Spitze durch die Scheibe in die Holzpalisade dahinter getrieben. Zum Beweis brachte einer der Jungen den zersplitterten Schaft und die zwei miteinander verschmolzenen Spitzen an.

Brenna starrte die Pfeilspitzen an. Einerseits wußte sie genau, daß sie getäuscht worden war, aber andererseits wußte sie auch, daß niemandem – weder Robin noch Will noch ihr selbst, vielleicht nicht einmal Lady Gillian – ein solcher Schuß gelungen wäre, nicht einmal auf hundert Meter Entfernung, vielleicht nicht einmal auf fünfzig.

Griffyn Renaud legte den Bogen beiseite, beugte sich zu Brenna hinab und flüsterte ihr etwas ins Ohr, bevor er lässig davonschlenderte. Sie stand mit hochrotem Kopf regungslos da. Seit er seinen Pfeil abgeschossen hatte, schien sie zu einer Salzsäule erstarrt zu sein.

9

Griffyn bezweifelte, daß sie kommen würde. Er hatte ihr Ort und Zeit ins Ohr geflüstert und sie daran erinnert, daß er sie barfuß zu sehen wünschte, doch er glaubte nicht, daß sie ihr so stolz gegebenes Ehrenwort halten würde. Brenna Wardieu war schließlich keine Küchenmagd, die sich ein paar Münzen dazuverdienen wollte. Frauen dieser Kategorie waren ihm im Grunde am liebsten, denn sie spreizten bereitwillig ihre Schenkel und hielten den Mund. Sie erwarteten nichts von ihm und waren rührend dankbar für ein bißchen Rücksichtnahme auf ihre Bedürfnisse.

Die Tochter des Schwarzen Wolfs war das genaue Gegenteil dieser anspruchslosen Frauen. Sie war frech und arrogant und ausgesprochen clever, denn sie hatte von Anfang an vermutet, daß er nicht war, was er zu sein vorgab.

Söldner ... Wie verächtlich sie dieses Wort ausgespuckt hatte! Sie selbst hatte wahrscheinlich noch nie im Leben um etwas Wichtigeres als eine zweite Portion Dessert bitten müssen, und deshalb war es kein Wunder, daß sie ihre aristokratische Nase über Leute rümpfte, die nicht ihrer Idealvorstellung von einem Ritter ohne Furcht und Tadel entsprachen. Vielleicht war es sogar ganz gut, daß sie ihn verachtete, denn er war als neutraler Beobachter nach Amboise gekommen und hatte nicht die Absicht gehabt, irgendeinem Familienmitglied nahezukommen.

Ursprünglich hatte er die Absicht gehabt, unbemerkt in die Burg zu gelangen, doch ein kurzer Abstecher ins Dorf Amboise hatte ihn davon überzeugt, daß es fast unmöglich war, das Tor zu passieren, ohne aufzufallen. Im Gegensatz zu vielen anderen Festungen, wo die Wachposten so verschlafen waren, daß ein Fremder monatelang innerhalb der Burgmauern leben konnte, ohne daß jemand ihn nach seinem Begehr fragte, legte der Wolf unübersehbar größten Wert auf die Sicherheit seiner Familie.

Griffyn war deshalb zu seiner Lagerstätte am Fluß zurückgekehrt und hatte sich zum Abendessen einen Fisch gefangen, als plötzlich jene Waldnymphe aufgetaucht war, die ihn gezwungen hatte, sie in die Burg zu begleiten.

Sie würde nicht zu dem Stelldichein auf dem Schießplatz kommen, und eigentlich sollte er seinem Schöpfer dafür dankbar sein. Er hatte aus bitterer Erfahrung gelernt, wie gefährlich es war, sich von Gefühlen leiten zu lassen, und bei Brenna Wardieu hatten seine Alarmglocken auf den allerersten Blick geläutet, und sie hatten noch viel lauter geschrillt, als sie ihn massierte. Es hatte nicht viel gefehlt, und er hätte in die Felle auf dem Tisch ejakuliert. Er hatte absichtlich versucht, ihr Angst einzujagen, um sie zur Vernunft zu bringen, aber als er ihren weichen Körper in den Armen hielt, war er selbst nicht so unbeteiligt geblieben, wie er sich vorgenommen hatte. Wütend auf sich selbst, war er in die Burg zurückgekehrt und hatte eine Menge Bier getrunken, mit den Brüdern gewürfelt und eine lüsterne Magd gewonnen, doch während er sich mit ihr vergnügte, hatte er unablässig an Brenna Wardieu gedacht.

Er mußte verrückt gewesen sein, als er ihr heute morgen gefolgt war und den Bogen zur Hand genommen hatte, um ihr eine Lektion zu erteilen. Doch Gott sei Dank war mittlerweile wenigstens sie offenbar zur Vernunft gekommen, und er würde sie jetzt schleunigst aus seinem Gehirn verbannen, so wie er alles andere, was Verwirrung stiften konnte, einfach verdrängte, beispielsweise Begriffe wie Ehre, Gewissen und Treue, die nur hinderlich waren, wenn man Erfolg haben wollte. Er mußte einen klaren Kopf bewahren und durfte nur an seine Rache denken, wenn er Robert Wardieu besiegen wollte.

Heute morgen hatte er ihn beim Training aufmerksam beobachtet und festgestellt, daß er seine Taktik in den letzten fünf Jahren kaum geändert hatte. Das verschaffte ihm selbst einen großen Vorteil, denn er hatte gelernt, sich auf jeden einzelnen Gegner einzustellen und seine Attacken zu variieren, je nachdem, wie der andere im Sattel saß und die Lanze hielt. Wardieu war zweifellos gut, und es würde nicht ganz einfach sein, ihn zu schlagen, aber Griffyn war zuversichtlich, daß es ihm gelingen würde.

Wardieus Schwester würde nicht kommen. Er hatte von vornherein gewußt, daß sie nicht kommen würde. Weshalb stand er dann immer noch hier herum, an einen Strohballen gelehnt?

Er wollte gerade gehen, als er leise Schritte hörte. Um nicht gesehen zu werden, aber selbst das ganze Gelände überblikken zu können, hatte er sich dicht neben einen Heuschuppen gestellt, und jetzt preßte er sich an die Wand und umklammerte den Dolch, den er Littlejohn *nicht* übergeben hatte.

Brenna hatte die Kapuze ihres Umhangs tief in die Stirn gezogen und hielt den Kopf gesenkt. Sie war fest entschlossen gewesen, Griffyn Renaud nicht zu treffen. Während des

Nachmittags und Abends, die sich unendlich in die Länge zogen, hatte sie sich mindestens ein dutzendmal gesagt, daß niemand von ihr erwarten konnte, eine so absurde Wette einzuhalten. Wie konnte ein hinterlistiger Söldner sich überhaupt einbilden, daß die Tochter des legendären Schwarzen Wolfs sich nackt ins Gras legen und ihm alles gewähren würde, was er begehrte?

Es war einfach lächerlich! Er hatte sie bewußt getäuscht und so getan, als könnte er nicht mit einem Langbogen umgehen, und unter diesen Umständen fühlte sie sich nicht an ihr Ehrenwort gebunden. Sie war von ihm provoziert worden, sonst wäre ihr jene unvorsichtige Äußerung niemals entschlüpft. Dieser erbärmliche Wurm, dem ihre Familie großmütig Gastfreundschaft gewährt hatte, der an ihrem Tisch essen und trinken und sich sogar mit Dienstmägden amüsieren durfte – dieser Wurm vergalt es ihnen, indem er die Tochter des Hauses demütigte!

Sie schuldete ihm nichts – nicht das geringste!

Sie war nur hergekommen, um ihn ultimativ aufzufordern, Amboise noch vor Morgengrauen zu verlassen. Andernfalls würde sie ihren Vater aufklären, welchen Schurken er beherbergt hatte.

Auf dem Schießplatz war kein Mensch zu sehen, und außer fernem Hundegebell war kein Laut zu hören.

»Ein *feiger* Wurm!« murmelte sie vor sich hin. »Ich hätte wissen müssen, daß er mich nur quälen wollte!«

»Ist es mir gelungen?«

Brenna schnappte nach Luft und wirbelte auf dem Absatz herum. Die leise Stimme war aus der Dunkelheit hinter ihr gekommen, aber es war ein Fehler gewesen, sich so schnell umzudrehen, denn sie hatte seit dem Nachmittag eine Menge Wein getrunken, und nun war ihr schwindelig, und sie schwankte leicht.

»Wo sind Sie? Zeigen Sie sich!«

Ein großer schwarzer Schatten löste sich von der Wand des Heuschobers. »Ich hatte die Hoffnung, daß Sie kommen würden, schon fast aufgegeben, Mylady. Mitternacht ist längst vorbei, wie die Glocke am Burgtor mir verraten hat.«

»Mit meiner Geduld ist es auch längst vorbei!« fauchte sie. »Ich bin nur hier, um Ihnen mitzuteilen, daß Ihre Anwesenheit in Amboise nicht mehr erwünscht ist.«

»Warum? Weil ich heute morgen Ihre Eitelkeit verletzt habe?«

»Sie haben mich *getäuscht!* Sie haben so getan, als hätten Sie noch nie einen Langbogen in der Hand gehabt! Das war eine arglistige Täuschung!«

Er lachte leise. »Welcher Söldner könnte es sich leisten, eine so herrliche Waffe völlig außer acht zu lassen?«

»Sie haben mich als prahlerisches Kind hingestellt!«

»Das war nicht meine Absicht.«

»Nein?«

»Wäre es Ihnen lieber gewesen, wenn ich absichtlich danebengeschossen hätte, nur aus Rücksicht darauf, daß Sie eine Frau sind?«

»Nein! Natürlich nicht!«

»Also, was dann?«

Ja, was dann? Brenna wußte es selbst nicht.

Er trat einen Schritt näher. »Vielleicht tröstet es Sie, wenn ich Ihnen sage, daß ich noch nie einen Bogenschützen mit einer so ruhigen Hand und so scharfen Augen gesehen habe – weder Mann noch Frau! Und ich mußte noch nie so genau zielen, um nicht geschlagen zu werden.«

Einen Augenblick lang freute sie sich über das Kompliment, aber dann erinnerte sie sich daran, daß er, als er den Pfeil abschoß, nicht einmal auf die Zielscheibe geschaut, sondern statt dessen *sie* fixiert hatte.

»Nie?« höhnte sie. »In all den Jahren nicht, seit Sie Ihr Schwert gewinnbringend verkauften?«

Er seufzte. »Glauben Sie mir – es bringt keinen großen Gewinn, irgend etwas zu verkaufen – vielleicht mit Ausnahme der eigenen Seele.«

»Ha! Sie geben es also zu? Sie geben zu, daß Sie ein Söldner sind?«

»Ich gebe gar nichts zu, nur daß ich überrascht bin, Sie hier zu sehen.«

»Warum? Ich habe doch mein Ehrenwort gegeben.«

»Sind Sie nur aus diesem Grund gekommen?«

»Natürlich! Warum denn sonst? Glauben Sie etwa, ich hätte kommen *wollen?*«

Er lachte wieder leise. »Ich hatte es gehofft.«

»Mit einem gewissenlosen Betrüger und Vergewaltiger will ich ganz bestimmt nichts zu tun haben!«

»Jetzt tun Sie mir wirklich unrecht, Mademoiselle. Ich habe noch nie eine Frau vergewaltigt. Oder wollen Sie mir etwa unterstellen, ich hätte *Sie* gestern abend mißbraucht? Dann haben Sie wirklich keine Ahnung, was sich zwischen Männern und Frauen normalerweise abspielt. Ich wollte Ihnen nur einen kleinen Vorgeschmack auf die Genüsse geben, die Ihnen zuteil werden könnten, wenn Sie Ihre Vorliebe für Männerkleidung aufgeben würden.«

»Genüsse?« Sie wich unwillkürlich einen Schritt zurück, weil seine Nähe sie verwirrte. »Glauben Sie wirklich, es ist ein *Genuß,* an eine Wand gepreßt, bedroht und zu Tode erschreckt zu werden?«

»Habe ich Sie erschreckt? Wenn ja, so bitte ich um Verzeihung. Ich habe sehr lange nicht mehr in höfischen Kreisen verkehrt, und vielleicht haben meine Manieren darunter gelitten.«

»Haben Sie sich freiwillig von diesen Kreisen zurückgezogen … oder gezwungenermaßen?«

Er hob mahnend einen Finger. »Aber, aber! Darf ich Sie daran erinnern, daß nicht ich die Wette verloren habe? Ich brauche Ihre Fragen nicht zu beantworten. Hingegen schulden Sie mir …«

»Nichts!« fiel sie ihm hastig ins Wort. »Ich schulde Ihnen gar nichts.«

Er verschränkte seine Hände auf dem Rücken und hob die Brauen. »Ich gestehe, daß ich jetzt total verwirrt bin, Mylady. Eigentlich hätte ich heute morgen so ritterlich sein müssen, Sie gewinnen zu lassen, weil Sie eine Frau sind, aber dieser Gedanke scheint Ihnen verhaßt zu sein. Hätte ich es trotzdem getan, wäre ich gezwungen gewesen, unzählige indiskrete Fragen zu beantworten. Weil *Sie* verloren haben, erwarten Sie jetzt offenbar, daß ich Sie aus Ritterlichkeit von

Ihrem Ehrenwort entbinde und mit einer höflichen Verbeugung gehen lasse. Habe ich das richtig verstanden?«

Brenna errötete und ballte ihre Hände zu Fäusten, außer sich vor ohnmächtiger Wut. Sobald sie sich wieder etwas gefaßt hatte, straffte sie die Schultern und reckte ihr Kinn. »Haben Sie das Stück Gras schon ausgesucht, *Sir*, oder tut es vielleicht auch ein Heuschober?«

Griffyn hatte eine ausgezeichnete Nachtsicht, und deshalb entging ihm nicht, daß sie am ganzen Leibe zitterte, und daß silbrige Tränen an ihren Wimpern hingen. Trotzdem war sie zu stolz, um klein beizugeben, und das imponierte ihm, weil es seinem eigenen Charakter entsprach.

Sie war wirklich eine ungewöhnliche Frau, und er begehrte sie. Nur deshalb war er ihr heute morgen gefolgt und hatte ihre Herausforderung angenommen. Nur deshalb hatte er zwei Stunden hier ausgeharrt. Er begehrte sie so sehr, daß er nahe daran war, sämtliche Schutzwälle einzureißen, die er mühsam um sein Herz errichtet hatte.

»Ich würde Sie mit Freuden ins Gras legen, Mylady.« Er zog sanft eine Locke unter ihrem Umhang hervor. »Ich würde gern tausend Dinge mit Ihnen tun, und ich bin sicher, daß Sie mich dann um tausend weitere bitten würden.« Er spielte mit der seidigen Locke und ließ sie durch seine Finger gleiten. »Aber ich habe nicht die Absicht, Sie zu etwas zu zwingen, das Sie nicht wollen. Der Teufel mag mich dazu verführt haben, vieles zu tun, was ich früher für unmöglich gehalten hätte, aber ich vergreife mich nicht an unwilligen Jungfrauen.« Er hoffte, daß sein Seufzer sich überzeugend anhörte. »Die Mühe ist viel zu groß, als daß sie die kurze Befriedigung aufwiegen könnte.«

Brennas Herz klopfte zum Zerspringen. Sie hatte sich darauf eingestellt, ihr Wort zu halten, und sie hatte sich fest vorgenommen, ihn zu beschimpfen und zu verfluchen, während er seine Lust befriedigte. Auf alles war sie vorbereitet gewesen, nur nicht auf diese ritterliche Geste in letzter Minute.

Sie zwang sich, ihm in die Augen zu schauen. »Sie … Sie lassen mich gehen?«

»Ich habe es leider versäumt, Handschellen und Ketten mitzubringen.«

Er ließ ihre Locke los und verschränkte seine Arme wieder auf dem Rücken, während er sich über seine eigene Großmut wunderte. Noch viel mehr wunderte er sich aber über Brenna, denn anstatt wegzurennen, stand sie da und starrte ihn wie ein in die Enge getriebenes Reh an, das nicht begreifen kann, warum der Jäger nicht schießt.

»Ist … ist meine Jungfräulichkeit der einzige Grund?«

»Nicht ganz«, kicherte er. »Sie sind nicht *irgendeine* Jungfrau, sondern die Tochter des Schwarzen Wolfs von Amboise, und ich male mir lieber gar nicht erst aus, mit wieviel Messern ich gespickt würde, wenn jemand von meiner Schandtat erführe.«

»Keine … keine anderen Gründe?«

Er legte den Kopf schief. »Beispielsweise?«

»Beispielsweise meine … meine Vorliebe für Männerkleidung.«

Er starrte sie fassungslos an. War es möglich, daß sie wirklich nicht wußte, wie schön sie war? Ihm fiel ein, daß sie auch am Vorabend etwas verunsichert und ungläubig gewirkt hatte, als ihr Vater ihr ein Kompliment über ihr Aussehen machte. Ahnte sie nicht, wie begehrenswert sie war? So verdammt begehrenswert, daß er nur unter Aufbietung aller Willenskraft der Versuchung widerstehen konnte, alle guten Vorsätze und allen Edelmut über Bord zu werfen und sie zu erobern.

»Keine anderen Gründe«, murmelte er. »Ich schwöre es.«

Sie senkte den Kopf, und er sah schimmernde Nebeltropfen in ihren Haaren. »Ich glaube Ihnen nicht.«

Das war zuviel! Er knirschte mit den Zähnen und lachte heiser. Diese Frau trieb ihn wirklich zur Verzweiflung.

»Also gut, Mylady! Nachdem Sie so beharrlich sind, sollten wir uns vielleicht auf einen Kompromiß einigen. Begleichen Sie Ihren ursprünglichen Wetteinsatz, dann haben wir beide unsere Ehre gewahrt.«

»Meinen ursprünglichen Wetteinsatz?«

»Erinnern Sie sich nicht mehr daran? Ich hatte mir einen langen süßen Kuß ausgebeten.«

Es fiel Brenna schwer, einen klaren Gedanken zu fassen. Ob der viele Wein oder seine Nähe daran schuld war – darüber wollte sie lieber nicht nachdenken. Wenn sie ihn küßte, würde er höchstwahrscheinlich über ihre Unbeholfenheit lachen, aber andererseits – konnte es ihr nicht gleichgültig sein, was er von ihr hielt? Wenn sie ihm mit einem Kuß beweisen konnte, daß sie ihr Wort zu halten pflegte, würde sie ihn eben küssen!

Sie holte tief Luft, trat dicht an ihn heran, stellte sich auf die Zehenspitzen und zog seinen Kopf zu sich herab.

»Wußten Sie«, murmelte sie mit gerunzelter Stirn, »daß Tansy in Ohnmacht fällt, wenn sie nur eine Maus sieht?«

»Tatsächlich? Ihnen sind offenbar gewisse Gerüchte zu Ohren gekommen. Haben Sie ihnen keinen Glauben geschenkt?«

Sie senkte den Blick. »Nein, ich glaube nicht, daß jemand bei … bei so etwas dreimal ohnmächtig werden kann.«

»Sie haben recht – sie wurde nur *zwei*mal ohnmächtig.« Er grinste. »Aber ich war auch nicht in Hochform, weil ich dem ausgezeichneten Bier Ihres Vaters übermäßig zugesprochen hatte.«

Brenna schnaubte verächtlich, bevor sie ihren Mund auf seinen preßte. Es war anfangs ein sehr zögerlicher, widerwilliger Versuch, doch als er entgegenkommend seine Lippen öffnete, ließ sie sich von ihrer gestrigen Erfahrung und von ihrem Instinkt leiten. Ihre Zunge drang in seinen Mund ein, nur weil sie ihm beweisen wollte, daß sie genauso rücksichtslos wie er sein konnte, und sie war mit sich sehr zufrieden, bis er plötzlich die Initiative wieder an sich riß. Seine Arme umschlangen ihre Taille, und er küßte sie mit solcher Leidenschaft, daß sie kaum Luft bekam.

Seine Zunge spielte mit der ihren, während seine Hände in ihren Locken wühlten. Sie warf die Arme um seinen Hals und klammerte sich an ihn, weil sie weiche Knie hatte und von jener herrlichen Hitze überflutet wurde, die sie im Badehaus erstmals verspürt hatte.

Ein vertrautes Geräusch riß sie jäh aus diesem Sinnenrausch. Die Glocke am Burgtor läutete schrill – das Signal für die Wachablösung. Gleich würden ausgeruhte Posten auf die Wehrgänge steigen und mit scharfen Augen nach verdächtigen Schatten Ausschau halten.

»Ich muß gehen«, stammelte sie. »Wenn man uns sieht ...«

»Niemand wird uns sehen. Sie können jetzt noch nicht gehen, Mylady, denn Sie haben Ihren Einsatz erst zur Hälfte bezahlt.«

»Aber Sie sagten doch ...«

»Ich verlangte einen Kuß. Einen langen süßen Kuß.« Sein dunkler Kopf beugte sich wieder über sie. »Und der bisherige Kuß war mir nicht lang genug, bei weitem nicht.«

10

Griffyn bückte sich kurz, um ihren Umhang aufzuheben, und dann trug er sie neben den Heuschober, wo es besonders dunkel war, und wo besonders üppiges Gras wuchs. Er bettete sie auf den ausgebreiteten Umhang und erstickte ihre halbherzigen Proteste mühelos mit einem heißen Kuß.

Er küßte sie, bis ihr schwindelig war, und nun kam es ihr gar nicht mehr so abwegig vor, daß jemand vor Lust ohnmächtig werden könnte. Seine Lippen glitten über ihren Hals, während seine Finger die Bänder ihrer Tunika und ihres Hemdes lösten und die Kleidungsstücke auseinanderschoben, bis ihre Brüste entblößt waren. Er streichelte die seidige Haut und wölbte seine Hand um eine Brust, bevor er die Brustwarze in den Mund nahm, um daran zu knabbern und zu saugen, so als wäre es eine köstliche Frucht. Brenna stöhnte leise, bebte am ganzen Leibe und grub ihre zitternden Hände in seine dichten Haare.

Seine Hände wagten einen neuen Vorstoß, diesmal unter ihre Röcke, bis hin zu dem goldenen Dreieck ihrer Schamhaare. Sie riß schockiert die Augen auf und preßte ihre Schenkel zusammen, aber er brach ihren Widerstand sehr schnell durch kundiges Streicheln und Reiben, und sie wurde von einer heißen Flutwelle überrollt, bäumte sich wild auf und klammerte sich hilfesuchend an seine Schultern.

»Ich glaube«, murmelte er heiser, entzückt über ihre leidenschaftliche Reaktion, »daß es sehr voreilig und dumm von mir war, mich mit einem Kompromiß zu begnügen. Viel lieber würde ich miterleben, wie Sie in meinen Armen ohnmächtig werden.«

Sie schüttelte verwirrt den Kopf, außerstande zu begreifen, wie ihr die Kontrolle über ihren eigenen Körper so total abhanden kommen konnte, nur weil seine Finger ein hinterlistiges Spiel trieben. Er schob ihre Röcke noch höher, bis ihr Unterleib völlig entblößt war, und sie ließ es geschehen, aber sie schnappte fassungslos nach Luft, als sein dunkler Kopf sich plötzlich zwischen ihren Schenkeln befand, als seine Zunge das Werk fortsetzte, das seine Finger begonnen hatten. Sie wußte, daß diese Schamlosigkeit sündhaft war, daß sie ihm sofort energisch Einhalt gebieten müßte, doch statt dessen wölbte sie sich ihm entgegen, damit seine Zunge immer weiter vordringen konnte.

Die Lust wurde so übermächtig, daß sie leise aufschrie. Gleich darauf schrie sie wieder auf, doch diesmal vor Schreck, denn am Burgtor wurden Befehle gebrüllt, und donnernde Pferdehufe galoppierten über die hölzerne Zugbrücke.

Auch Griffyn erstarrte sekundenlang, doch im nächsten Moment sprang er auf und preßte sich an die Wand des Heuschobers. Auch Brenna kam taumelnd auf die Beine und stellte sich dicht neben ihn. In der Umgebung der Wachtürme wurden immer mehr Fackeln entzündet.

»Was ist los?« flüsterte sie. »Können Sie etwas sehen?«

»Allem Anschein nach bekommt Ihre Familie Besuch.«

»Das ist unmöglich. Littlejohn läßt nach Einbruch der Dunkelheit niemanden mehr herein.«

»Uns hat er doch auch eingelassen.«

»Nur weil ich dabei war, und weil Robin gewartet hat. Wären Sie mit blutigem Kopf allein angekommen, hätte Littlejohn Ihnen einen Verband durchs Fallgatter gereicht und gesagt, Sie sollten bei Tagesanbruch wiederkommen.«

»Ein überaus tröstlicher Gedanke!«

»Es ist auch nicht gerade tröstlich zu wissen, daß sich hinter jedem attraktiven Gesicht ein Spion oder Mörder verbergen kann.«

Sie fummelte mit zittrigen Händen an den Bändern ihrer Tunika herum und konnte kaum glauben, daß sie vor wenigen Minuten mit gespreizten Beinen im Gras gelegen hatte. Sie konnte kaum glauben, daß sie diesem Mann erlaubt hatte, mit Fingern und Lippen ihre intimsten Körperzonen zu stimulieren, und daß sie dabei eine unvorstellbare Lust empfunden hatte.

Um das Tor herum wimmelte es jetzt von Wachen mit Schwertern und Armbrusten, und unzählige Fackeln tauchten die Türme und den Hof in helles Licht. Sechs Reiter stiegen von ihren Pferden ab, die vor Erschöpfung Schaum vor den Mäulern hatten, und sofort eilten Stallknechte herbei, um sich der armen Tiere anzunehmen.

»Ich glaube fast …« – Brenna riß die Augen weit auf – »ich glaube fast, das ist Lord Alaric!«

»Williams Vater?«

Sie nickte und packte ihn so fest am Arm, daß er sie bestürzt ansah. Ihr Gesicht war schreckensbleich.

»Was ist? Was haben Sie?«

»Lord Alaric hat den letzten Monat auf Blois verbracht, bei meinem verwundeten Bruder Eduard. Er wäre nicht mitten in der Nacht hergeritten, wenn nicht etwas Schreckliches passiert wäre!«

Sie hob hastig ihren Umhang auf und warf ihn sich über die Schultern. »Ich muß gehen. Ich … ich hätte gar nicht kommen sollen, aber ich … Jedenfalls muß ich jetzt gehen.«

Er hielt sie am Arm fest. »Ich werde bei Sonnenaufgang nicht mehr hier sein.«

Sie sah ihn verständnislos an. »Wo denn dann?«

»Hoffentlich auf der Straße nach Rouen, wenn ich mich nicht wieder verirre.«

»Aber … aber wir wollen doch auch nach Gaillard. Wäre es nicht vernünftig, zusammen zu reisen?«

»Vielleicht – einerseits. Aber andererseits« – er legte seinen Handrücken flüchtig an ihre Wange – »wäre es alles andere als vernünftig. Ich habe Ihrem Vater schon für seine Gastfreundschaft gedankt, und Ihre Brüder werde ich ja bald in Gaillard wiedersehen.«

Am Tor kehrte allmählich wieder Ruhe ein. Die Wachen kehrten auf die Wehrgänge zurück, und die meisten Fackeln wurden gelöscht. Angeführt von Littlejohn, überquerte Lord Alaric mit seinen Männern den Hof. Brenna wußte, daß ihr nur wenige Sekunden blieben, wenn sie die späten Besucher noch einholen wollte. Sie riß sich jäh von Griffyn los.

»Wann gedachten Sie mir mitzuteilen, daß Sie aufbrechen? Nachdem Sie mir für meine ganz spezielle Gastfreundschaft gedankt hätten?«

Seine seltsamen Katzenaugen leuchteten in der Dunkelheit, und sie waren genauso kalt und unergründlich wie das ganze aus Stein gemeißelte Gesicht. Heiße Röte schoß Brenna in die Wangen, und weil sie ihrem unbändigen Zorn irgendwie Luft machen mußte, trommelte sie mit beiden Fäusten an seine Brust.

»Sie haben ganz recht, Sir!« rief sie mit erstickter Stimme. »Es ist besser, wenn Sie bei Sonnenaufgang nicht mehr hier sind. Und Sie sollten inbrünstig beten, daß wir uns nie wiedersehen, weder hier noch in Gaillard, denn ich schätze es gar nicht, verhöhnt und gedemütigt zu werden!«

Sie wandte sich schnell ab und rannte über das Trainingsgelände, wobei ihr Umhang wie ein großes Segel im Wind flatterte.

Griffyn blickte ihr lange nach und fluchte leise vor sich hin. Dann holte er den dünnen rosa Schleier unter seinem Wams hervor, den er am Morgen zufällig gefunden hatte. Sie mußte ihn gestern zwischen Abendessen und ihrem Besuch im Badehaus verloren haben, und er hatte ihn eingesteckt, ohne zu wissen, warum. Sogar jetzt brachte er es nicht übers Herz, ihn einfach wegzuwerfen, sondern schob ihn wieder unter das Wams. Es paßte zu seiner düsteren Stimmung, daß der Himmel in diesem Augenblick seine Schleusen öffnete, denn die dicken Regentropfen glichen ungeweinten Tränen.

Brenna holte Lord Alaric auf der Zugbrücke zur Kernburg ein. Seine Männer wirbelten mit gezückten Schwertern herum, als sie eilige Schritte hinter sich hörten, entspannten sich aber sofort, als sie Brenna erkannten. Einige herzhafte Flüche konnten sie sich trotzdem nicht verkneifen.

»Lord Alaric!«

»Brenna? Was zum Teufel machst du um diese Zeit hier draußen?«

»Ich war ... in den Stallungen. Eine der Stuten wird bald fohlen, und ich wollte mich vergewissern, daß es ihr gutgeht. Und dann habe ich dich gesehen, und ich dachte ... Sie holte tief Luft. »Ist in Blois etwas passiert? Mit Eduard? Oder mit Lady Ariel? Oder mit dem Kind, das sie erwartet?«

»Nein, beruhige dich, mein Kind, alles ist in Ordnung.«

»Gott sei Dank! Ich hatte solche Angst!«

Brenna betrachtete Lord Alaric im flackernden Fackelschein und erschrak von neuem. Er war bis vor kurzem trotz seines Alters ein attraktiver Mann gewesen, groß und schlank, ohne Bauchansatz und ohne graue Haare, doch jetzt hatte er eingefallene Wangen, und seine sanften braunen Augen waren von dunklen Ringen umgeben. Will hatte ihr ja erzählt, daß sein Vater wenig aß und kaum schlief, und jetzt sah sie selbst, daß die Kleider ihm um den Körper schlotterten.

»Friar« – das war seit undenklichen Zeiten sein Spitzname – »du siehst grauenhaft aus!«

Er mußte lachen. »Nur Gil und du waren von jeher frech genug, mir die Wahrheit ins Gesicht zu sagen. Aber es geht mir wirklich nicht schlecht. Ich hoffe mittlerweile, die schlimmste Zeit hinter mir zu haben.«

Er hatte den Namen seiner Frau mit solcher Zärtlichkeit ausgesprochen, daß Brennas Kehle plötzlich wie zugeschnürt war. Impulsiv schlang sie ihre Arme um Alarics Hals.

»Ich vermisse sie auch«, schluchzte sie. »Kein Tag vergeht, an dem ich mir nicht wünsche, sie wäre noch bei uns!«

Alaric umarmte sie und tätschelte ihren Rücken. »Das weiß ich doch, meine Liebe, aber ich weiß auch, daß Gil nicht gewollt hätte, daß wir beide in Tränen zerfließen, sobald jemand auch nur ihren Namen erwähnt. Komm, laß uns ins Haus gehen, bevor der Regen uns völlig durchnäßt.«

Brenna löste sich von ihm und trocknete sich die Augen mit dem Handrücken. »Aber warum bist du hier, wenn in Blois alles in Ordnung ist? Du mußt nach Einbruch der Dunkelheit losgeritten sein!«

»Das stimmt, und dieser Ritt durch den nächtlichen Wald war wahrlich keine Freude, wie meine Männer mir deutlich zu verstehen gegeben haben. Sie werden eine Stärkung brauchen, bevor wir uns auf den Rückweg machen.«

»Aber doch bestimmt nicht mehr heute nacht?«

»Ich sollte zurück sein, bevor dein Bruder meine Abwesenheit bemerkt.«

»Warum?«

Er seufzte tief, so als hätte er schon zuviel gesagt. »Ich muß mit deinem Vater sprechen.«

»Soll ich vorauslaufen und ihm sagen, daß du hier bist?«

Alaric schüttelte den Kopf. »Das macht Littlejohn schon, aber du könntest dich vielleicht darum kümmern, daß meine Männer etwas zu essen und zu trinken bekommen.«

Sie trennten sich auf dem Korridor vor der großen Halle, und Brenna weckte einige Dienstboten, die sich um Speis und Trank für Alarics Begleiter kümmern sollten. Dann stellte sie Brot und Käse sowie eine Kanne Wein auf ein Tablett, denn bestimmt würde auch Friar selbst eine Stärkung gut gebrauchen können, und die wollte sie ihm persönlich bringen.

Ihre Eltern hatten den ganzen südöstlichen Turm für sich, und das Sprechzimmer ihres Vaters befand sich in der unteren Etage – ein nüchterner Raum mit einem riesigen Eichentisch und vielen Stühlen. Die Tür war halb geöffnet, und Brenna hörte Stimmen, als sie näher kam. Ihre Schritte wurden langsamer, und schließlich blieb sie stehen. Von ihrem Standort aus konnte sie einen Teil des Zimmers überblicken, und sie sah, daß ihr Vater und Lord Alaric nicht allein waren. Robin, Dag und Richard saßen sichtlich schlaftrunken am Tisch, Sparrow befahl Will, weitere Kerzen anzuzünden, und Jean de Brevant stand hinter dem Stuhl des Wolfs, wie immer mit unergründlicher Miene.

Alaric FitzAthelstan holte etwas aus einem Beutel hervor und drückte es Lord Randwulf in die Hand. Brenna stellte das Tablett leise auf dem Boden ab und schlich sich näher an die Tür heran. Sie wollte wissen, warum plötzlich eine gespenstische Stille eingetreten war, warum alle wie gebannt auf den Gegenstand in der Hand ihres Vaters starrten.

Es war ein Ring, ein goldener Herrenring, kunstvoll geschmiedet: ein Drache holte zum tödlichen Schlag aus, seine gespaltene Zunge schien Feuer zu speien, und sein Rubinauge fing das Kerzenlicht ein.

Es schien eine Ewigkeit zu dauern, bis der Wolf seinen Blick von dem Ring losriß und seinen besten Freund und Vertrauten anschaute.

»Wo hast du ihn her?« fragte er heiser.

»Ein Mönch hat ihn heute nachmittag nach Blois gebracht. Der arme Kerl war drei Wochen unterwegs, völlig erschöpft und halb tot vor Angst, aber er bestand darauf, daß seine Botschaft nur für Eduard bestimmt sei.«

»Ich nehme an, daß du ihn umstimmen konntest?«

Alaric nickte. »Ja, es ist mir letztendlich gelungen, ihm die Zunge zu lösen. Die Botschaft kommt von Marienne und lautet: *Lord Henry ist geschnappt worden.*

11

Eine Minute lang herrschte Totenstille, und dann redeten alle durcheinander.

»Das kann doch nicht die ganze Botschaft gewesen sein?«

»*Wer* hat Lord Henry geschnappt?«

»Geht es Marienne gut? Ist sie verletzt oder in Gefahr?«

»Drei Wochen! Ist der Kerl durch den Ärmelkanal *geschwommen?*«

»Wohin hat man ihn gebracht?«

»Steckt Gisbourne dahinter?«

Alle sahen Alaric erwartungsvoll an, weil sie von ihm Antworten auf ihre Fragen erhofften.

»Ihr habt die ganze Botschaft vernommen«, sagte er ruhig. *»Lord Henry ist geschnappt worden.* Von wem, wie und wo – keine Ahnung! Ob er Gisbourne oder den Männern des Königs ins Netz gegangen ist, oder ob ein Bauer herausgefunden hat, wer er ist, und sich eine saftige Belohnung verdienen wollte – wir wissen es nicht, auch nicht, ob Lord Henry noch lebt.«

Robin sprang erregt auf. »Ganz egal, *wer* ihn geschnappt hat – Marienne hat Eduard den Drachenring geschickt, und das konnte sie nur auf Befehl ihrer Herrin tun! Wenn die *Perle* aber zu dieser verzweifelten Maßnahme gegriffen hat, glaubt sie offenbar, daß nicht nur ihr eigenes Leben bedroht ist.«

Brenna riß an ihrem Horchposten die Augen weit auf. Der Drachenring! Sie hatte ihn nie gesehen, aber sie wußte, welch wichtige Rolle er in der Geschichte ihrer Familie gespielt hatte …

Die tiefe Stimme ihres Vaters riß sie aus den Erinnerungen an die unglaublichen Geschichten, die Biddy ihr einst erzählt hatte. »Weiß Eduard Bescheid?«

»Nein, ich habe ihm nichts davon erzählt, um seinen Heilungsprozeß nicht zu gefährden, denn er würde ihr natürlich sofort zu Hilfe eilen wollen.«

Der Wolf nickte grimmig. »Du hast die richtige Entscheidung getroffen – wie immer! Weiß sonst jemand in Blois Bescheid?«

»Lady Ariel. Ich brauchte ihre Hilfe, um dem Mönch die Zunge zu lösen, denn er befürchtete, ewig in der Hölle schmoren zu müssen, wenn er auch nur um Haaresbreite von seinen Instruktionen abwich.«

Sparrow zückte demonstrativ seinen Dolch. »Glaubst du, daß dieser Kuttenträger mehr weiß, als er behauptet?«

Alaric schüttelte den Kopf. »Seine Knie schlotterten vor Angst, und er war heilfroh, seine Mission erfolgreich beendet zu haben.«

Sichtlich enttäuscht schob Sparrow sein Messer wieder in die Scheide.

»Wo ist der Mönch jetzt?« fragte der Wolf.

»In einem warmen Bett, mit vollem Magen und einem ordentlichen Rausch. Lady Ariel hat versprochen, auf ihn aufzupassen, bis ich zurückkomme, aber er kann uns bestimmt nicht weiterhelfen.«

»Dann müssen wir uns eben selbst die Köpfe zerbrechen, wer Lord Henry gefangengenommen hat«, sagte der Wolf.

»Gisbourne!« schlug Richard vor. »Das scheint mir die logischste Erklärung zu sein. Der Mann ist fest entschlossen, die Wälder in der Umgebung von Nottingham von Geächteten zu säubern, und Henry könnte zufällig geschnappt worden sein.«

Dag nickte zustimmend. »Lord Henry hat seit langem mit dem Feuer gespielt, indem er die Waldgänger unterstützte.«

»Wenn der Eunuch ihn gefaßt hätte«, widersprach Sparrow, »wäre es uns bestimmt schon zu Ohren gekommen, denn Gisbourne würde sich mit dieser Heldentat brüsten.«

»Ich hätte den verdammten Kerl umbringen sollen, als ich die Gelegenheit dazu hatte!« knurrte Robin.

»Ganz meine Meinung.« Der Seneschall verschränkte seine Arme vor der Brust. »Hoffentlich wird dir das eine Lektion für die Zukunft sein, du edler Ritter! Wenn du eine Giftschlange verschonst, kommt sie unweigerlich zurück und beißt dich in den Hintern!«

Robin schlug mit der Faust auf den Tisch und starrte seinen Vater zornig an. »Habe ich dich nicht vor zwei Monaten gebeten, mich nach England reisen zu lassen, um die Prinzessin und Marienne hierher zu bringen?«

»Eleonore ist in Kirklees glücklich. In der Abtei hat sie mit Gottes Hilfe endlich Frieden gefunden, und ich glaube kaum, daß es dir gelungen wäre, sie zu einer Flucht zu überreden.«

»Und Marienne?« rief Robin mit hochrotem Kopf. »Eduard war an jenem Abend vor der Abtei nicht der einzige, der einen feierlichen Schwur geleistet hat, obwohl ihr natürlich alle glaubt, sein Treueid gegenüber der Prinzessin sei viel bedeutsamer als meine Liebe zu ihrer Zofe!«

»Ich weiß, wie gern du Marienne hattest ...«, murmelte der Wolf, aber Robin fiel ihm wütend ins Wort.

»Aber wir beide waren damals halbe Kinder, das wolltest du doch sagen, stimmt's?«

»Nein, natürlich nicht, aber ...«

»Als ich Marienne zum erstenmal gesehen habe, wußte ich sofort, daß ich sie bis zu meinem letzten Atemzug lieben würde«, rief Robin hitzig. »Und daran hat sich nichts geändert. Wenn ich ihre Briefe lese, sehe ich ihr süßes Gesicht vor mir. Wenn ich sie zum zweitenmal lese, höre ich ihre weiche Stimme, und beim drittenmal lese ich zwischen den Zeilen, daß sie mich liebt und hofft, nicht mutterseelenallein zu sein.«

»Du darfst dir nicht einreden, Marienne im Stich gelassen zu haben«, mahnte eine sanfte Stimme. Lady Servanne saß nicht mit am Tisch, sondern in einem Lehnstuhl im Hintergrund, und die Seelenqual ihres Erstgeborenen ging ihr sichtlich zu Herzen.

»Ich habe sie allein gelassen, und seitdem muß sie hinter Klostermauern leben, während ich den edlen Ritter spiele!«

»Sie bewundert und liebt dich bestimmt um so mehr, seit du dir als Turnierkämpfer und Krieger einen Namen gemacht hast.«

»Aber um welchen Preis?« Robin warf seiner Mutter einen verzweifelten Blick zu. »Marienne hat elf Jahre Glück und Freiheit geopfert!«

»Das war ihre eigene Entscheidung.«

»Nein!« Er schüttelte den Kopf. »Es war nicht ihre eigene Entscheidung. Es war die Entscheidung der *Prinzessin,* ins Kloster einzutreten und Gott zu dienen, und Marienne ist aus Pflichtbewußtsein bei ihr geblieben.«

»Darauf hattest du keinen Einfluß. Du mußtest damals schnellstmöglich nach Amboise zurückkehren, um den Häschern des Königs zu entkommen. Schließlich warst du erst dreizehn!«

»Marienne war auch nicht älter, aber sie ist eben *nicht* geflüchtet!«

»Du hättest sie nicht beschützen können, denn damals hattest du noch nicht einmal die Kraft, ein Schwert zu schwingen! Und Ohneland hätte seine Suche nicht so schnell aufgegeben, wenn er gewußt hätte, daß der älteste Sohn des

Schwarzen Wolfs sich irgendwo auf seinem Territorium aufhielt. Nein, Robin, du hättest Marienne – und Eleonore – nur in größte Gefahr gebracht, wenn du in England geblieben wärest.«

Robin wußte, daß seine Mutter recht hatte, aber er wollte nicht auf ihre logischen Argumente eingehen. »Jetzt scheinen beide aber in größter Gefahr zu schweben, und niemand wird mich davon abhalten, ihnen zu Hilfe zu eilen.« Er warf einen drohenden Blick in die Runde. »Niemand!«

»Kein Mensch will dich davon abhalten«, sagte Alaric ruhig. »Wir wollen nur vermeiden, daß du jemandem aus Unbesonnenheit in die Falle gehst.«

»Eine Falle?« Robin hob skeptisch die Brauen. »Du hast doch selbst gesagt, daß der Mönch den Drachenring ursprünglich nur Eduard übergeben wollte, und daß auch die Botschaft ausschließlich für ihn bestimmt war!«

»Heiliger Kyrill, steh mir bei!« stöhnte Sparrow. »Wirft ein Fischer jemals sein Netz aus, um nur einen einzigen Fisch zu fangen? Hast du Hornochse vergessen, wie viele Netze in den vergangenen elf Jahren ausgeworfen wurden, um den Wolf oder einen seiner Sprößlinge zu erwischen? Eduard hat Gisbourne zwar die Kniescheiben zertrümmert, aber *du* hast ihm sein wichtigstes männliches Attribut geraubt.«

Der Wolf hob beschwörend die Hände, um die Diskussion wieder in geregelte Bahnen zu lenken. »Gibt es außer Gisbourne irgend jemanden, der ein Interesse an Lord Henry haben könnte?«

»Robert FitzWalter«, meinte Will. »Er ist der Anführer der rebellischen Barone, und wenn er der Prinzessin habhaft werden könnte, hätte er eine legitime Thronanwärterin.«

»Verhandelt FitzWalter nicht bereits mit König Philipp, um Prinz Ludwig auf den englischen Thron zu bringen?« fragte Richard.

»Das wäre nur denkbar«, erklärte Alaric, »wenn Ludwig die Großnichte von Heinrich II. heiraten würde, aber Eleonore von der Bretagne wäre den Baronen als Thronanwärterin zweifellos viel lieber, denn gemäß dem Erbfolgerecht hätte sie schon nach Arthurs Tod Anspruch auf die Krone gehabt.«

»Nach der Schreckensherrschaft der Blutigen Mathilda hätten die Engländer niemals mehr eine Frau auf den Thron gesetzt«, warf Dag ein.

»Vor elf Jahren höchstwahrscheinlich nicht, aber inzwischen hat der Adel Ohnelands Habgier und Korruption satt. Heute würden die Barone der Enkelin von Heinrich Plantagenet und Eleonore von Aquitanien bereitwillig huldigen.«

»Vorausgesetzt, sie könnte ihrem Ruf als Perle der Bretagne immer noch gerecht werden«, bemerkte Richard recht trocken.

»Sie ist und bleibt die Perle der Bretagne«, widersprach Robin mit hochrotem Kopf. »Aber ich weiß, was du meinst. Wenn die Barone wüßten, daß ihr schurkischer Onkel sie blenden ließ, käme sie als Königin genausowenig in Frage wie eine Aussätzige. Aber wir vergeuden unsere Zeit mit unnützen Diskussionen. Statt dessen sollten wir uns sofort auf den Weg nach England machen.«

»Es ist immer ein Fehler, überstürzt zu handeln«, mahnte Will. »Bisher wurden nur zwei Personen erwähnt, die für Lord Henrys Gefangennahme verantwortlich sein könnten. Wir sollten eine dritte Möglichkeit in Erwägung ziehen, bevor wir in glänzenden Rüstungen losreiten, um uns als Drachentöter hervorzutun.«

Lord Alaric warf seinem Sohn einen erstaunten Blick zu. »Was willst du damit sagen?«

»Meiner Ansicht nach könnte auch der Marschall von England Lord Henrys Festnahme veranlaßt haben, weil er befürchtete, daß sein Neffe sich mit Robert FitzWalter verbünden würde, um Johann Ohneland zu stürzen. Hat der Marschall nicht erst vor kurzem geschworen, den Thron notfalls ganz allein mit dem Schwert in der Hand zu verteidigen, sogar gegen zehntausend Mann?«

»Der alte Fuchs ist doch weit über achtzig«, knurrte der Schwarze Wolf. »Muß er in diesem Alter immer noch mit dem Rücken zur Wand kämpfen?«

Alle wußten, daß diese Bemerkung nicht böse gemeint war, denn Lord Randwulf und der Marschall waren seit Jahrzehnten miteinander befreundet. Der Graf von Pembroke genoß einen unvergleichlichen Ruf als Staatsmann, denn er hatte schon Heinrich II. und Richard Löwenherz treu gedient, und auch als Turnierkämpfer hatte er mit über fünfhundert Siegen einen Rekord aufgestellt, den so schnell niemand brechen würde.

»Er wird den Thron bis zu seinem letzten Atemzug verteidigen«, sagte Alaric. »Er kann gar nicht anders, auch wenn er Johann Ohneland verabscheut und genau weiß, daß diese Tyrannei beendet werden müßte. Sein Treueid ist ihm nun einmal heilig, und die anderen Barone bewundern seine Integrität, obwohl sie den Alten zweifellos oft verfluchen.«

»Könnte diese Integrität so weit gehen, daß er seinen eigenen Neffen hinrichten läßt?«

»Das halte ich durchaus für möglich. Es würde ihm zwar das Herz brechen, aber er könnte einen solchen Befehl geben, wenn der Thron gefährdet wäre.«

»Und vorher würde er ihn foltern lassen, um zu erfahren, wo Eleonore von der Bretagne sich aufhält?«

»Er wollte nie wissen, wohin Eleonore nach ihrer Rettung aus Corfe Castle gebracht wurde, aber vielleicht will er sie jetzt den Baronen vorführen, damit sie begreifen, warum sie als Königin nicht in Frage kommt.«

»So etwas würde er niemals tun!« rief Robin empört. »Eine solche Gemeinheit traue ich ihm einfach nicht zu.«

»Sie stellt eine Bedrohung für Johann dar, solange niemand weiß, daß sie blind ist. Was soll der Marschall denn sonst tun – sie umbringen lassen?«

Robin fluchte leise vor sich hin, und es blieb dem Wolf überlassen, Alarics Frage zu beantworten.

»Nein, er würde Eleonore niemals umbringen lassen. Schließlich ist er vor elf Jahren selbst hierher gekommen, um Eduard zu bitten, sie aus Corfe Castle zu befreien, weil er befürchtete, daß der König sie aus dem Weg räumen könnte.«

Alaric nickte zustimmend. »Er würde sie nicht umbringen lassen, aber er könnte etwas anderes tun, um Eduard zu veranlassen, ihr wieder zu Hilfe zu eilen, weil er genau weiß, daß sie diesmal keine andere Wahl hätte, als in die Bretagne zurückzukehren.«

»Du meinst, er könnte ihren Beschützer gefangennehmen?« brummte Richard.

»So ist es.«

»Unsere arme kleine Perle!« Sparrow lief erregt vor dem Kamin auf und ab. »Sie war immer nur ein Spielball in den Händen der Mächtigen! Ich stimme mit Robin überein: wir könnten uns in einer Stunde auf den Weg machen, die Pferde antreiben und in drei Tagen auf einem Schiff sein. Sobald wir dann in Nottingham sind, beseitigen wir Gisbourne, retten die Perle und bringen sie hierher. In zwei Wochen dürfte alles erledigt sein.«

»Warum willst du Gisbourne beseitigen?« fragte Alaric.

»Weil der Kerl mir ein Dorn im Auge ist.«

»Das ist natürlich ein einleuchtender Grund, ihn zu töten«, murmelte der Wolf. »Aber du scheinst mit dieser Lösung nicht ganz einverstanden zu sein, Friar. Erkläre uns bitte, was dagegen spricht.«

Alaric holte tief Luft. »Wir haben den Ring, und wir wissen, wer ihn geschickt hat. Wir wissen auch, von wem die Botschaft stammt, aber leider wissen wir nicht, von wem Henry geschnappt wurde, und wir wissen auch nicht, ob er den Aufenthaltsort der Prinzessin verraten hat.«

»Das würde er niemals tun!« rief Robin entrüstet. »Er würde schweigen, selbst wenn man ihm die Haut in Streifen abzieht.«

»Unerträgliche Schmerzen können den stärksten Mann zum Sprechen bringen.«

»Lord Henry liebt Eleonore. Er würde sie niemals verraten«, beharrte Robin.

»Allein schon die Tatsache, daß er seit Jahren als Mönch verkleidet in Nottingham lebt, ist höchst verdächtig, und ein kluger Kopf könnte dahinterkommen, daß er die Prinzessin beschützen wollte.«

»*Wenn* sie herausgefunden haben, wer er ist«, betonte Robin. »Marienne hat mir oft geschrieben, daß er ein Verwandlungskünstler ist, der so überzeugend einen Bettler oder Krüppel spielen kann, daß sogar sie ihm manchmal eine Münze geschenkt hat, ohne ihn zu erkennen. Außerdem glaubt Gisbourne, daß Henry de Clare seit zehn Jahren tot ist. Dafydd ap Iowerth war in seiner Rolle als Lord Henry so glaubwürdig, daß der gedungene Mörder ihn tatsächlich anschoß, und wir haben ihm ein feierliches Begräbnis zuteil kommen lassen. Niemand hat diese List durchschaut, dessen bin ich mir ganz sicher.«

»Dann bleiben uns also FitzWalter und seine Barone … oder der Graf von Pembroke«, murmelte der Wolf.

Alaric schürzte die Lippen. »Wenn FitzWalter Lord Henry als Gast oder Gefangenen bei sich hätte, wäre es uns längst zu Ohren gekommen.«

»Und der Marschall?«

»Ich kann mir beim besten Willen nicht vorstellen, daß er dich in eine so prekäre Lage bringen würde.«

»Das mußt du mir näher erklären.«

»Du hast Philipp von Frankreich Treue geschworen. Wenn du – oder einer deiner Söhne nun plötzlich einer englischen Thronanwärterin zu Hilfe eilt, läufst du Gefahr, des Verrats angeklagt zu werden und nicht nur deinen gesamten Besitz, sondern auch dein Leben zu verlieren.«

»Dieses Risiko bin ich schon mehrmals eingegangen.«

»Das weiß ich – und der Marschall weiß es auch, und ich kann mir beim besten Willen nicht vorstellen, daß er dich wieder in eine Zwickmühle bringen will. Und ich glaube auch nicht, daß er Marienne gefährden würde, denn sie ist immerhin seine Tochter, wenn auch nur eine uneheliche.«

Sparrow breitete verzweifelt die Arme aus. »Du widersprichst dir doch selbst! *Der* war es nicht, und *jener* war es auch nicht! Mir ist von diesem ganzen Gerede schon ganz schwindelig. *Wer hat Lord Henry denn nun geschnappt?*«

Alaric stand auf und starrte eine ganze Weile ins Kaminfeuer, bevor er die Frage des Seneschalls beantwortete. »Wenn der Marschall nicht selbst dahintersteckt, wird er genauso bestürzt sein wie wir, weil er befürchten muß, daß seine Rolle bei der Befreiung der Prinzessin nach all den Jahren doch noch bekannt wird. Andererseits steht sein Spionagenetz dem des Königs kaum nach, und er könnte durchaus wissen, wer Henry gefangengenommen hat. Wann kommt Dafydd wieder in die Normandie?«

»Er war erst vor vierzehn Tagen hier«, sagte Robin, »und er kommt frühestens in drei Wochen wieder her.«

»Wenn der Graf etwas weiß, wird er uns bestimmt durch Dafydd informieren lassen, weil er weiß, daß wir dem Waliser vertrauen.«

Robin starrte seinen Vater entgeistert an. »Du willst damit doch wohl nicht sagen, daß wir drei Wochen nichts unternehmen sollen?«

Alaric beeilte sich, den impulsiven jungen Mann zu beruhigen. »Ich glaube nicht, daß ihr länger als ein paar Tage auf eine Nachricht warten müßt. Der Marschall weiß, daß ihr an dem Turnier in Gaillard teilnehmen wollt, und wenn er irgendwelche Informationen hat, wird er Dafydd dorthin schicken.«

»Ihr glaubt doch nicht, daß ich an einem Turnier teilnehmen werde, wenn Menschenleben in Gefahr sind!« rief Robin.

»Dir wird gar nichts anderes übrigbleiben«, entgegnete Will sachlich. »Die eine Hälfte der englischen und französischen Spione wird in Gaillard versammelt sein, und die andere Hälfte wird wie immer die Häfen überwachen.«

Alaric war derselben Meinung wie sein Sohn. »Wenn der Champion von Amboise sich nicht in Gaillard blicken läßt, und wenn die Brüder Wardieu das *mêlée* absagen, von dem seit Monaten die Rede ist, und statt dessen an Bord eines Schiffes gesichtet werden, das den Ärmelkanal überqueren soll ...«

»Dann hätten wir mehr Blutegel am Hals, als wir gebrauchen können«, fiel Sparrow ihm ins Wort.

»Da ist aber noch etwas anderes«, brachte Will zögernd vor. »Meiner Ansicht nach sollte Robin nur am *mêlée* teilnehmen und auf alle Zweikämpfe verzichten.«

»Was?« schrie Robin. »Welchen Unsinn verzapfst du jetzt wieder?«

»Du darfst kein Risiko eingehen, wenn du gleich nach dem Turnier nach England reisen willst.«

»Ich habe noch nie ein Risiko gescheut«, erklärte Robin trotzig, »und in meiner gegenwärtigen Stimmung werde ich jeden Gegner zu Kleinholz machen.«

»Deine Wut könnte dich aber auch unvorsichtig machen, und dann könnte es durchaus passieren, daß dein Gegner dich bei der vierundzwanzigsten Tournade aus dem Sattel wirft.«

»Griffyn Renaud!« stöhnte Dag. »Verdammt, der hat uns in dieser Situation gerade noch gefehlt!«

»Habt ihr nicht soeben argumentiert, ich müsse an dem Turnier teilnehmen, damit niemand Verdacht schöpft?« sagte Robin eisig. »Und jetzt, jetzt soll ich plötzlich den Feigling spielen?«

»Du kannst dich ganz zu Recht auf deine Verletzung berufen«, wandte Will ruhig ein. »Notfalls läßt du deine gebrochenen Rippen von einem Arzt begutachten, damit kein Mensch an deinem Mut zweifeln kann.«

»Gebrochene Rippen?« quiekte Sparrow aufgeregt. »Was für gebrochene Rippen?«

»Es ist gestern im Wald passiert«, erklärte Will, »als ein Keiler ihn unvermutet angriff.«

Sparrow zerrte Robins Hemd hoch und stieß einen Schreckensschrei aus, als er den blau und grün verfärbten Brustkorb sah. »Du Hornochse!« schimpfte er. »Du verdammter …«

»Die Rippen sind nicht gebrochen«, fiel Robin ihm ins Wort. »Nur geprellt, und bis zum Turnier werden sie völlig ausgeheilt sein.«

»Das glaubst du doch selbst nicht!« widersprach Will. »Wenn eine Lanze dich ausgerechnet an dieser Stelle trifft, werden Marienne und die Prinzessin auf deine Hilfe verzichten müssen.«

»Vielleicht würde Renaud mit sich reden lassen«, schlug Dag vor. »Er scheint doch ein sehr sympathischer Mensch zu sein.«

»Beim Saufen und Würfeln ist er ein guter Kumpan«, stimmte Will zu, »aber er hat die weite Reise von Burgund nach Gaillard bestimmt nicht unternommen, um auf einer Zuschauerbank herumzusitzen. Außerdem wäre er nicht der einzige gefährliche Gegner für Robin, oder habt ihr die Gerüchte vergessen, daß der Fürst der Finsternis auf Einladung von Prinz Ludwig am Turnier teilnehmen will?«

»Will hat recht«, sagte der Wolf, »du wirst dich auf das *mêlée* beschränken müssen, bei dem deine Brüder dir den Rücken decken können.«

Robin sprang wütend auf und rannte mit hochrotem Kopf vor dem Kamin hin und her.

»Das Turnier dauert nur drei Tage, und sobald es beendet ist, könnt ihr euch auf den Weg nach England machen«, kam Alaric auf das eigentliche Thema zurück, »natürlich möglichst unauffällig.«

»Mein Vetter schmuggelt Wein nach England«, meldete Jean de Brevant sich zu Wort, »und ich glaube, daß ich ihn überreden könnte, ausnahmsweise einige Passagiere mitzunehmen – harmlose Pilger, die sich lange Zeit im Heiligen Land aufgehalten haben. Ich müßte ihm nur vorher sagen, wieviel Personen es sind.«

Robin, Richard, Dag und Sparrow stießen sofort ihre Dolche in die Tischplatte, zum Zeichen, daß sie die Reise antreten wollten. Will tat es ihnen nach, blickte dabei aber fragend zum Wolf hinüber.

»Natürlich nur mit Ihrer Erlaubnis, Mylord.«

»Selbstverständlich erlaube ich es dir, mein Junge. Diese Hitzköpfe brauchen jemanden, der nüchtern denken kann.«

Ein weiterer Dolch bohrte sich tief ins Holz. Er gehörte Jean de Brevant, der grimmig erklärte: »Ich bin in der Grafschaft Nottingham geboren und kenne mich in den Wäldern und Dörfern gut aus.«

Lord Randwulf nickte zustimmend, obwohl er nur ungern auf den Hauptmann seiner Wache verzichtete. »Zwei Wochen werde ich die Burgmauern wohl auch allein verteidigen können, und dein mächtiger Schwertarm wird bei diesem Unternehmen dringend vonnöten sein.«

Ein siebter Dolch kam plötzlich angeflogen, und die schwere Eichentür wurde weit aufgerissen. Die Männer reagierten mit verblüffender Schnelligkeit, und Brenna sah sich von funkelnden Schwertern umringt.

»Bei diesem Unternehmen ist nicht nur ein nüchterner Denker und ein mächtiger Schwertarm vonnöten«, verkündete sie seelenruhig. »Ihr werdet auch jemanden brauchen, der sich im Wald geräuschlos bewegen und einem Eichhörnchen auf hundert Schritt Entfernung ein Auge ausschießen kann.«

12

»Herrgott, Bren«, rief Will wütend, »wie oft habe ich dir schon gesagt, daß du keine Gespräche belauschen sollst, die nicht für deine Ohren bestimmt sind!«

»Warum sollten sie nicht für meine Ohren bestimmt sein?« konterte Brenna. »Warum darf ich nicht wissen, daß meiner Familie Gefahr droht? Bin ich so unzuverlässig, daß man mir nicht vertrauen kann? Glaubt ihr, ich wäre ein unfähiges schwaches Geschöpf, das euch nicht helfen kann?«

»Niemand hält dich für schwach oder unfähig«, sagte Lord Randwulf. »Auch nicht für unzuverlässig, aber um deiner Sicherheit willen war es notwendig, dich nicht in alle Probleme einzuweihen.«

»Ich weiß trotzdem längst Bescheid.« Brenna starrte anzüglich auf den Drachenring. »Biddy hat mir alles erzählt, all die alten Familiengeschichten. Wie der Schwarze Wolf seinen schurkischen Halbbruder bezwang und dessen Braut rettete, wie er seinen Sohn, von dessen Existenz er nichts gewußt hatte, aus einer Folterkammer befreite und nach Amboise mitnahm, und wie ...«

»Dieser geschwätzigen Person hätte man ihre lose Zunge abschneiden sollen!« schimpfte Sparrow.

Brenna warf ihm einen vorwurfsvollen Blick zu. »Sie hat immer mit großer Bewunderung und Liebe von dir gesprochen. Sie hat erzählt, du hättest dein Leben riskiert, um Vater und Eduard aus den Verliesen des Drachen zu befreien, und sie hat auch erzählt, daß du Jahre später nach England zurückgekehrt bist und angeschossen wurdest, als du die Truppen des Königs aufhalten wolltest, damit Eduard die Prinzessin nach der Flucht aus Corfe Castle in Sicherheit bringen konnte.«

»Nun, da hat sie dir die Wahrheit erzählt, aber …«

»Aber sie hatte kein Recht, überhaupt etwas darüber verlauten zu lassen!« Die schiefergrauen Augen des Wolfs funkelten Sparrow so zornig an, daß der Zwerg, der sich stolz in die Brust geworfen hatte, kleinlaut verstummte.

»Ob sie ein Recht dazu hatte oder nicht«, sagte Brenna ruhig, »sie hat mir jedenfalls alles haarklein berichtet, und deshalb weiß ich auch, daß Lady Gillian bei all dem eine wichtige Rolle gespielt hat.«

»Mein Gott!« Lady Servanne stand langsam auf, eine Hand aufs Herz gepreßt. »Damit willst du doch hoffentlich nicht sagen, daß du …«

»Daß ich Robin und die anderen begleiten will? Doch, das ist meine feste Absicht.«

Ihre Mutter machte einige Schritte auf sie zu. »Brenna … du weißt nicht, was du sagst. Dieses Unternehmen ist etwas ganz anderes als eine gespielte Verfolgungsjagd im Wald.«

»Ich weiß genau, daß es kein Spiel ist, Mutter.«

»Du weißt es? Was weißt du schon? Ja, du kannst geräuschlos durch den Wald schleichen und auf hundert Schritt Entfernung ein Eichhörnchen treffen, aber in Nottingham wirst du keine Eichhörnchen jagen! Du wirst auf *Männer* schießen müssen! Du wirst sie notfalls *töten* müssen!« Tränen traten in Servannes Augen. »Ich habe Gil geliebt wie eine Schwester, und ich gebe zu, daß ich ihren Mut immer bewundert habe. Aber ich wollte nicht, daß du ihr nachgerätst! Ich habe versucht, es zu verhindern, doch ich mußte hilflos mit ansehen, wie du ihr mit jedem Tag ähnlicher wurdest, genauso kühn und furchtlos! O Gott, ich habe als Mutter völlig versagt …«

Brenna griff nach ihren zitternden Händen. »Du hast nicht versagt, Mutter! So etwas darfst du niemals glauben. Außerdem diente mir nicht nur Lady Gillian als Vorbild. Biddy hat mir erzählt, wie mutig du dem Drachen Wardieu getrotzt hast, obwohl du wußtest, daß er dich dafür umbringen würde.«

Servanne warf ihrem Mann einen verzweifelten Blick zu. »Ich ... ich hatte keine andere Wahl.«

»Du konntest nicht tatenlos bleiben, weil du wußtest, daß andere Menschen in Lebensgefahr schwebten. Mutter, im Frühling hast du mir nicht erlaubt, Robin und die anderen nach Roche-au-Moines zu begleiten, weil ich noch nicht achtzehn war. Aber jetzt bin ich alt genug, um meine Entscheidungen selbst treffen zu können. Ich weiß, daß du Angst um mich hast, weil du an Lady Gillian denkst, aber hättest du dir vorstellen können, daß sie gemütlich am warmen Herd sitzt, während ihre geliebte Familie für ihre Sicherheit kämpft?«

Ohne die eiskalten Hände ihrer Mutter loszulassen, wandte sie sich an Lord Alaric. »Verzeih mir, Friar, aber glaubst du nicht auch, daß es für sie ein schöner Tod war? Sie ist zwanzig Jahre an deiner Seite geritten. Hast du ihr jemals das Recht abgesprochen, dich zu begleiten? Und kannst du dir vorstellen, wie es gewesen wäre, wenn sie nicht stets an deiner Seite gewesen wäre?«

Alaric starrte seine Hände an, die nicht so ruhig waren, wie er es sich gewünscht hätte.

»Ich weiß, wie es ist, sie jetzt *nicht* mehr an meiner Seite zu haben, aber du hast recht – ich wollte sie nie daran hindern, mich zu begleiten.«

»Vater?« Sie nahm ihren ganzen Mut zusammen. »Würdest du zögern, mich gehen zu lassen, wenn ich ein Sohn und nicht eine Tochter wäre? Und hast du jemals gezögert, Lady Gillians Hilfe anzunehmen?«

Der Wolf drehte den Drachenring zwischen seinen Fingern hin und her. »Nein«, gab er zu. »Ich war immer froh, wenn sie unter dem schwarz-goldenen Banner kämpfte.« Er mied den Blick seiner Frau und wandte sich Robin zu. »Du wärest für Brenna verantwortlich. Bist du bereit, diese Verantwortung zu übernehmen?«

»Als ich dreizehn war und Eduard nach England begleiten wollte, hast du ihm bestimmt die gleiche Frage gestellt.«

»Das kannst du doch nicht miteinander vergleichen.«

»Du hast recht, Vater – es war eine andere Situation. Ich hatte damals noch nicht die Kraft, ein Schwert zu handhaben, und war für Eduard eher eine Belastung als eine Hilfe, während Brenna in den Wäldern wirklich von unschätzbarem Wert sein könnte.«

»Auch ich bin sehr dafür, daß sie uns begleitet«, rief Dag, und Richard knurrte zustimmend.

Sparrow schnaubte laut. »Will denn niemand *meine* Meinung hören?«

»Nein«, erwiderte Littlejohn trocken. »Aber wir werden sie zweifellos trotzdem zu hören bekommen.«

Der Zwerg stemmte seine Hände in die Hüften. »Kein Wort werdet ihr von mir hören, nicht einmal, wenn ihr meine Füße über heißen Kohlen röstet.«

Lord Randwulf seufzte. »Sparrow, erspar uns die Mühe, mitten in der Nacht ein Feuer machen zu müssen. Ich nehme an, du bist nicht dafür, daß Brenna euch begleitet?«

Der Seneschall schürzte die Lippen. »Ich wollte nicht einmal, daß sie nach Gaillard mitkommt. Warum sollte ich jetzt befürworten, daß sie in Gesellschaft von lauter Hornochsen und Hitzköpfen nach England reist?«

»Weil sie den besten Wachhund der Welt bei sich hätte«, sagte Lord Randwulf ruhig. »Dich!«

Sparrow gab sich widerwillig geschlagen, aber seine Miene verriet deutlich, daß er glaubte, alle außer ihm seien total verrückt geworden.

»Ich schlage vor«, fuhr der Wolf fort, »daß wir jetzt zu Bett gehen und uns morgen früh wieder treffen – mit klareren Köpfen, wie ich hoffe. Alaric, bitte übernachte hier. Sollte Eduard morgen früh nach dir fragen, wird Ariel bestimmt eine gute Ausrede parat haben.«

FitzAthelstan nickte.

»Robin, Dag, Richard ... Brenna!« Sein Blick schweifte von einem zum anderen. »Ich beneide euch nicht um diese Mission, aber ich bin sehr stolz auf euch. Herrgott, wenn ich jünger wäre ...« Er verstummte, griff nach seinem Stock und streckte einen Arm nach seiner Frau aus. »Komm, hilf dem alten Narren auf die Beine. Ich sehe dir an, daß du mir einiges zu sagen hast, aber sag es bitte erst, wenn wir unter uns sind.«

Sie stützte ihn, ohne ein Wort zu sagen, doch auf dem Korridor drohten ihre Kräfte zu versagen, und sie lehnte sich verzweifelt an seine starke Schulter.

»Wie hätte ich es ihr abschlagen können?« fragte er sanft.

»Du hättest es ihr einfach verbieten müssen!«

»Die Entscheidung lag bei Robin. Außerdem wäre ein Verbot sinnlos gewesen, denn sie hätte uns nicht gehorcht. Das hat sie von dir geerbt, denn auch du hast dich stets über Befehle hinweggesetzt, wenn sie nicht nach deinem Geschmack waren.«

»Wag es ja nicht, mich für ihren Eigensinn verantwortlich zu machen! Eleanor und Isobel sind mir nachgeraten, aber Brenna ist durch und durch *deine* Tochter.«

Er hob ihr Kinn mit einem Finger an und küßte sie zärtlich. »Dann brauchst du dir keine großen Sorgen zu machen. Sie wird zu dir zurückkommen, genauso, wie ich immer zu dir zurückgekommen bin. Und mir tut jeder leid, der versuchen sollte, sich ihr in den Weg zu stellen.«

TEIL II
Château Gaillard

13

Château Gaillard war König Richards ganzer Stolz gewesen. Nach seinen eigenen Entwürfen von den besten Baumeistern jener Zeit errichtet, überragte die mächtige Burg die Seine bei Les Andelys. Richard Löwenherz hatte diese Festung für uneinnehmbar gehalten, genauso, wie er sich selbst stets für unbesiegbar gehalten hatte. Doch im April 1199 war er in Chalus durch einen Pfeil getötet worden, und kaum fünf Jahre später wurde Gaillard von den Franzosen erobert.

Es hieß, seitdem stehe Richard Löwenherz in mondlosen Nächten in voller Rüstung auf dem Dach seiner geliebten Festung, sein legendäres Schwert Excalibur in der Hand, und verfluche seinen Bruder Johann, der durch Schwäche und Unfähigkeit den Verlust der ganzen Normandie und Bretagne verschuldet hatte.

Brenna saß angespannt im Sattel und hielt die Zügel fest umklammert, denn der Weg, der zur Burg emporführte, war sehr steil und gewunden, und die vielen Karrentrümmer und Pferdegerippe, die auf den Abhängen herumlagen, legten beredtes Zeugnis davon ab, wie verhängnisvoll hier die kleinste Unachtsamkeit sein konnte.

Sie trug eine Hose aus Rehleder, ein Wollhemd und ein dick gefüttertes Wams aus schwarzem Samt. Normalerweise hätten ihre Brüder bestimmt ironische Bemerkungen über ihre unweibliche Kleidung gemacht, doch diesmal waren sie während des zweitägigen Rittes ungewöhnlich schweigsam gewesen, besonders Robin, dessen düstere Miene verriet, daß er sich nicht damit abfinden konnte, bei diesem wichtigen Turnier nur Zuschauer zu sein.

Geoffrey LaFer, der zusammen mit seinen drei Schwagern beim *mêlée* kämpfen würde, hatte gebeten, sie auch nach England begleiten zu dürfen, und alle waren damit einverstanden gewesen, denn er war nicht nur äußerst zuverlässig, sondern konnte auch hervorragend mit dem Schwert umgehen. Auch sein jüngerer Bruder Erek hatte unbedingt mitkommen wollen, doch weil er sich in Roche-au-Moines einen Beinbruch zugezogen hatte, betraute Lord Randwulf ihn statt dessen mit der ehrenvollen Aufgabe, Jean de Brevant während dessen Abwesenheit zu vertreten. Littlejohn würde Gaillard im Schutz der Dunkelheit verlassen und nach Le Havre weiterreiten, um die Überfahrt nach England vorzubereiten.

Brenna hatte sich wochenlang auf das Turnier gefreut, aber jetzt wünschte sie, es wäre schon vorüber, denn danach würde das große Abenteuer beginnen. Sie war noch nie auf einem Schiff gewesen, und sie kannte England nur vom Hörensagen. Es mußte ein tristes, regnerisches Land sein, und die Küche ließ offenbar sehr zu wünschen übrig, weil die Speisen ohne Saucen und Gewürze zubereitet wurden. Brenna hatte sich deshalb fest vorgenommen, in Gaillard möglichst viel zu essen und zu trinken!

Die Eskorte der Wardieus – achtzig Ritter und Bedienstete – war am Fuß des Hügels zurückgeblieben, und bis zum Abend würde auf einer Wiese ein großes Zeltlager errichtet sein, aber die kleine Gruppe um Robin mußte höflichkeitshalber ihrem Gastgeber, Bertrand Malagane, eine Aufwartung machen.

Die äußere Burgmauer war zwanzig Meter hoch und drei Meter dick, und Brenna erschauderte unwillkürlich, als sie zu dem riesigen Fallgatter emporschaute, dessen Eisenspitzen bedrohlich scharf aussahen. Im äußeren Hof roch es durchdringend nach Kohle und heißem Eisen, denn für die Zeit des Turniers waren hier behelfsmäßige Waffenschmieden eingerichtet worden, und überall wurde eifrig an Schwertern, Lanzen und Rüstungen gehämmert.

Die kleine Gruppe ritt über den Hof und über eine zweite Zugbrücke und passierte ein weiteres Tor. Im Innenhof hellte Brennas Miene sich auf, denn überall waren Buden und Stände aufgestellt, an denen man kaufen konnte, was immer das Herz begehrte. Köstliche Essensdüfte stiegen ihr in die Nase, und sie genoß den Trubel von ganzem Herzen, denn obwohl sie das Leben in Amboise liebte, war es manchmal ein wenig eintönig. Etwas Abwechslung würde ihr bestimmt guttun.

»Lady Brenna!«

Sie hatte gar nicht bemerkt, daß ein Knappe neben ihr aufgetaucht war und nach den Zügeln ihres Hengstes griff. Schnell stieg sie ab, ohne seine Hilfe in Anspruch zu nehmen, und gesellte sich zu ihren Brüdern, die schon viele bewundernde Blicke von Damen aller Altersstufen ernteten. Kein Wunder, denn sie waren attraktive Männer, groß und muskulös, und hatten sich zudem prächtig herausgeputzt.

»Es gibt hier wirklich jede Menge appetitlicher Mädchen!« stellte Dag zufrieden fest. »Ich wünschte, ich könnte eine nach der anderen vernaschen.«

»Glaubst du nicht, daß das auf Dauer langweilig werden könnte?« fragte eine Stimme hinter ihm. Geoffrey LaFer war einen Kopf kleiner als die Brüder Wardieu, hatte hellbraune Haare und fröhliche blaue Augen. Seine tiefe Liebe zu Isobel beeindruckte sogar Richard, der ein noch schlimmerer Weiberheld als Dag war.

»Ah, die Stimme des Gewissens!« Dag legte seinem Schwager freundschaftlich einen Arm um die Schulter. »Vielleicht sollte ich mein Bett in deinem Zelt aufschlagen, damit du mir die ganze Nacht hindurch meine Sünden vorhalten kannst. Am Morgen bin ich dann ein geläuterter Mann.«

Geoffrey lachte. »Um dich zu bekehren, wären mindestens zehntausend Prälaten vonnöten!« Er blickte zu Robin hinüber. »Was machen wir jetzt? Begrüßen wir als erstes unseren Gastgeber, oder lassen wir uns vorher registrieren und stellen bei dieser Gelegenheit fest, ob das *mêlée* nicht vielleicht überflüssig geworden ist, weil die Liebe gesiegt hat?«

Robin deutete auf ein großes Zelt, das mit Wimpeln festlich geschmückt war. »Nachdem wir hier schon in der Nähe sind, können wir diese lästige Prozedur gleich hinter uns bringen.«

Jeder Ritter, der am Turnier teilnehmen wollte, mußte eine Gebühr entrichten, bevor er seinen Schild aufhängen durfte. Wollte jemand einen ganz bestimmten Ritter zum Zweikampf herausfordern, klopfte er gegen diesen Schild und erklärte vor Zeugen seine Absicht, oder aber er band irgendein Zeichen, das seine Identität verriet, an die Stange.

Will berührte Brenna am Arm. »Bleib in der Nähe deiner Brüder! Misch dich nicht allein unter die Menge, sonst reißt Sparrow mir garantiert den Kopf ab.«

Brenna schnitt eine Grimasse und schnupperte gleich darauf begierig: irgendwo in der Nähe wurden offenbar köstliche heiße Fleischpasteten verkauft! Sie klopfte an ihren Gürtel, um sich zu vergewissern, daß ihr Geldbeutel und ihr Dolch an Ort und Stelle waren, und machte sich unauffällig davon.

Wenige Minuten später biß sie genüßlich in die fetttriefende Köstlichkeit aus Hasenfleisch, Wachteln und geriebenen Walnüssen. Gleichzeitig betrachtete sie fasziniert das bunte Treiben und lächelte vor sich hin, als sie sich an ihren allerersten Jahrmarktbesuch erinnerte. Ihr Vater hatte sie auf seinen breiten Schultern getragen, damit sie alles sehen konnte, und sie war aus dem Staunen nicht herausgekommen. Diese kindliche Freude am Rummel war ihr bis heute erhalten geblieben, und sie liebte noch genauso wie damals die gezuckerten Datteln, die in Europa unbekannt gewesen waren, bis heimkehrende Kreuzritter diese exotische Delikatesse mitgebracht hatten. Obwohl sie den Mund noch voll Fleisch hatte, konnte sie der Versuchung nicht widerstehen, an einem Stand welche zu kaufen.

»Ha! Wenn du dich demnächst vor Bauchschmerzen krümmst, darfst du von mir kein Mitgefühl erwarten, du Vielfraß!«

Brenna schaute seufzend nach unten. Sparrow stand neben ihr und machte aus seiner Empörung keinen Hehl.

»Wenn ich dich weiterhin ständig suchen muß, binde ich dich mit Händen und Füßen an den nächstbesten Gaul und schicke dich auf schnellstem Wege nach Hause! Und wenn du glauben solltest, das seien nur leere Drohungen, so wird Littlejohn dir gern bestätigen, daß ich Lady Servanne um jeden Preis Kummer ersparen möchte!«

»Sie hätten wirklich nicht ohne uns weggehen sollen, Mylady«, knurrte er mit gerunzelter Stirn. »Lord Randwulf hat ausdrücklich befohlen ...«

»Ja, ja, ich weiß«, fiel Brenna ihm gereizt ins Wort. »Ich darf nicht einmal atmen, ohne euch vorher um Erlaubnis gefragt zu haben! Aber könnt ihr mir einmal verraten, was mir in diesem Menschengewühl passieren soll?«

»Das fragst du noch? Weißt du nicht, daß Diebesgesindel und sonstiges Pack sich hier in der Menge wohler fühlt als anderswo?«

Zum Glück wurde seine Aufmerksamkeit abgelenkt, als lauter Beifall ertönte: zwei Ringkämpfer mit nackten eingeölten Oberkörpern umkreisten einander und warfen sich dabei alle möglichen Beleidigungen an den Kopf. Sparrow und Littlejohn schauten interessiert zu, aber Brenna wollte sich gerade gelangweilt abwenden, als ihr ein Mann auffiel, der alle anderen überragte und sie unverhohlen anstarrte.

Griffyn Renaud!

Vor Schreck hätte sie um ein Haar eine ganze Dattel ungekaut geschluckt. Heiße Röte schoß ihr in die Wangen, als sie sich daran erinnerte, was bei ihrem letzten Treffen geschehen war. Trotzdem konnte sie nicht verhindern, daß ihre Haut zu prickeln begann, und daß sie wieder Schmetterlinge im Bauch zu haben glaubte. Als sie wieder hochzuschauen wagte, starrte er sie immer noch an und lächelte unverfroren, fast so, als hätte er ihre Gedanken erraten. Was aber noch schlimmer war – er umrundete die Menge und kam einfach auf sie zu!

Sparrows Warnungen vor Schurken fielen ihr ein, und ihr schoß sogar der absurde Gedanke durch den Kopf, daß Griffyn sie einfach rauben könnte, um doch noch ans Ziel seiner Wünsche zu gelangen. Sie wollte jetzt nicht mit ihm reden, denn er würde ihre Verwirrung sofort bemerken und sich darüber amüsieren.

Brenna ergriff hastig die Flucht. Sie rannte zwischen den Buden hindurch, rempelte Leute an, ohne sich auch nur zu entschuldigen, stolperte und wäre einmal fast gestürzt. Nach einer Weile stellte sie bestürzt fest, daß das fröhliche Stimmengewirr nur noch gedämpft zu hören war. Sie war fast bei der Burgmauer angelangt, wo leere Karren herumstanden, Abfallhaufen die Luft verpesteten, und zerlumpte Kinder im Schmutz spielten, während ältere Frauen an rauchenden Feuern jene Speisen zubereiteten, die an den Ständen verkauft wurden.

Junge Frauen mit trüben Augen warteten auf Kundschaft. Es gab keine Zelte, in denen sie ihrem Gewerbe nachgehen konnten, aber hier stellte niemand hohe Ansprüche, und Brenna hörte hinter einem Holzstapel lautes Keuchen und andere unverkennbare Geräusche.

Sie beschleunigte ihre Schritte, um wieder ins Menschengewühl einzutauchen, das Sicherheit versprach, doch plötzlich versperrte ihr eine große düstere Gestalt den Weg.

14

»Nanu, wen haben wir denn da?«

Brenna taumelte einen Schritt zurück und sah einen Flamen mit narbigem Gesicht, Knollennase und struppigem braunem Bart vor sich. Er hatte einen breiten Brustkorb und einen riesigen Bauch, und sein Grinsen verhieß nichts Gutes.

»Hol mich der Teufel! Freunde, das ist kein hübscher Junge, sondern ein niedliches Weibsstück!«

Brenna sah zwei weitere Männer aus den Schatten hervorkommen und umklammerte den Griff ihres Kurzschwerts.

»Ich rate euch, auf Abstand zu bleiben«, warnte sie. »Ich will keinen Ärger.«

Der Flame hob eine Braue. »Sie will keinen Ärger – habt ihr das gehört, Jungs?«

Seine Kameraden nickten grinsend und versuchten, ihr den Rückweg abzuschneiden.

»Wir wollen dir ja gar keinen Ärger bereiten, Kleine! Aber ein bißchen Tätscheln wird an einem so schönen sonnigen Tag doch wohl erlaubt sein.«

Brenna zückte ihr Schwert und schwang es drohend. Einer der Männer sprang vor und wollte sie am Arm packen, zog sich dabei aber eine Schnittwunde an der Wange zu. Der andere begab sich vorsichtshalber außer Reichweite ihrer Klinge, bevor er seine eigene Waffe – eine Lederpeitsche – aus dem Gürtel zog.

»Sie hat mich geschnitten!« jammerte der Verletzte. Er griff sich an die Wange und betrachtete seine blutigen Finger. »Das Luder hat mich geschnitten!«

»Wenn wir mit ihr fertig sind, darfst du sie auch ein bißchen mit dem Messer kitzeln«, tröstete ihn der Mann mit der Peitsche, während er sie durch die Luft sausen ließ. Doch Brenna war auf diesen Angriff vorbereitet und wehrte ihn mit dem Schwert ab. Das nutzte ihr jedoch nicht viel, denn in diesem Augenblick packte der Flame sie am Handgelenk und bei der Kehle. Er verrenkte ihr den Arm, bis sie das Schwert fallen ließ, und er schnürte ihr die Luftzufuhr mit seiner Pranke ab. Brenna kratzte und trat mit den Stiefelabsätzen nach ihm, aber er lachte nur, während der zweite Mann sie ihres Dolchs und Geldbeutels beraubte. Sie konnte nicht schreien, und der Flame lockerte seinen Griff nicht, obwohl ihre Fingernägel blutige Spuren auf seinen Händen und Unterarmen hinterließen.

»Ich hab's ganz gern, wenn meine Katzen kratzen und beißen«, knurrte er, »aber sie müssen dafür büßen!«

Sein Atem stank bestialisch, und seine Zunge hinterließ eine schleimige Spur auf ihrem Kinn, als er ihr einen Kuß zu rauben versuchte. Ihr wurde schwarz vor Augen, und sie nahm nur noch vage wahr, daß sie an den Beinen gepackt und weggeschleppt wurde.

Plötzlich schrie der Flame auf und ließ sie so abrupt los, daß sie auf einen Haufen Lumpen fiel. Sobald sie wieder Luft bekam, drehte sie sich mühsam um und sah als erstes ein funkelndes Schwert, dann erst den Mann, der es drohend schwang. Eine Minute später lagen drei tote Halunken am Boden. Griffyn Renaud nahm Brennas Schwert, ihren Dolch und Geldbeutel an sich, hob sie hoch und trug sie davon. Sie vergrub ihr Gesicht an seinem Hals und klammerte sich an seine breiten Schultern, und sie ließ ihn nur widerwillig los, als er sie an einer halbwegs sauberen Stelle auf einer Lattenkiste absetzte. Tränen standen ihr in den Augen, und ihre Lippen zitterten, bis Griffyn sie mit den seinen berührte.

Es war ein ganz zarter Kuß, und er stand in solchem Kontrast zu der brutalen Gewalt, der sie um ein Haar zum Opfer gefallen wäre, daß sie ihn unwillkürlich in die Länge zog. Als sie Griffyn dann endlich sanft von sich schob, ging er vor ihrer Kiste in die Hocke und betrachtete sie eindringlich.

»Haben Sie nicht behauptet, allein auf sich aufpassen zu können?« hänselte er sie gutmütig.

»Das kann ich auch. Aber diese Kerle ... sie haben mich überrumpelt.«

»Solches Gesindel pflegt seine Angriffe nicht vorher anzukündigen.«

Sie blickte ihm in die Augen. »Sie hätten getötet werden können.«

»Ich bin nicht so leicht umzubringen«, versicherte er.

»Mein Schwert?«

»Es ist hier.«

»Und mein Geldbeutel?«

»Auch.«

Sie senkte den Kopf und stieß einen schweren Seufzer aus. Griffyn gönnte ihr noch einige Minuten Erholung, die auch er selbst gut gebrauchen konnte. Er hätte nicht sagen können, warum er ihr gefolgt war. Als sie vorhin vor ihm die Flucht ergriffen hatte, war er versucht gewesen, sie laufen zu lassen, aber er wußte, welch finstere Gestalten in den Schatten lauerten und nur darauf warteten, daß jemand sich zu weit von der Menge entfernte. Fluchend war er ihr nachgegangen, und nun waren drei Männer tot, und sie saß wie ein Häufchen Elend da, so daß er sie am liebsten wieder in die Arme genommen und geküßt hätte.

»Sie erwarten jetzt bestimmt, daß ich mich bei Ihnen bedanke«, murmelte sie.

»Einen feierlichen Schwur ewiger Dankbarkeit sowie die Seele Ihres Erstgeborenen darf ich doch wohl beanspruchen!«

Sie blickte auf und sah sein breites Grinsen. »Danke!« brachte sie mühsam über die Lippen.

»Ich bin Ihr ergebener Diener, Mylady.«

Brenna stand mit weichen Knien auf, steckte Schwert und Dolch in die Scheiden und versteckte ihren Geldbeutel unter dem Ledergürtel. Sie massierte vorsichtig ihre schmerzende Kehle und strich sich die Haare aus dem Gesicht.

»Sparrow und Littlejohn werden bestimmt Kleinholz aus mir machen. Ich mußte mir schon eine Strafpredigt anhören, nur weil ich nicht in ihrer Sichtweite geblieben war.«

»Sie sollten ihre Ratschläge unbedingt beherzigen, denn dies ist wirklich nicht der richtige Ort, um allein herumzulaufen. Aber vielleicht werden sie weniger Anstoß an Ihrem plötzlichen Verschwinden nehmen, wenn Sie in meiner Begleitung wieder auftauchen.«

»Ich glaube eher, daß das alles noch schlimmer machen würde.«

Griffyn zuckte die Achseln. »Die Entscheidung liegt natürlich bei Ihnen. Wir müssen hier entlang, glaube ich.«

Er deutete lässig auf eine schmale Gasse, und sie ging ihm voraus, wobei sie seine Blicke zwischen ihren Schulterblättern spürte. Ihr fiel plötzlich ein, wie eng ihre Hose und wie kurz ihr Wams war, und sie drehte sich hitzig und erregt nach ihm um.

»Trotz allem, was passiert ist, Sir, habe ich nicht den geringsten Wunsch, unsere Bekanntschaft zu erneuern! Mir sagt weder Ihr Charakter noch Ihr Benehmen, noch Ihr Beruf zu! Was in Amboise geschehen ist, war eine unverzeihliche Entgleisung meinerseits und …«

»Bei welcher Gelegenheit?« unterbrach er sie höflich. »Als ich nackt im Badehaus war, oder als Sie fast nackt im Gras lagen?«

Sie stieß erbittert den Atem aus. »Da sehen Sie's! Man kann mit Ihnen keine vernünftige Unterhaltung führen, weil Sie mich sofort daran erinnern müssen, wann Sie nackt waren, und wann ich nackt war …«

»Fast nackt.«

»Was?«

»Sie waren *fast* nackt, nicht *ganz.* Zu meinem größten Bedauern, wie ich hinzufügen möchte.« Er schob ihr sanft eine Locke hinters Ohr.

Sie stieß seine Hand zurück. »Wenn Sie auch nur einen Funken Anstand hätten, würden Sie die beiden bedauerlichen Vorfälle nie wieder erwähnen!«

»Dieser Funke geht mir offenbar wirklich ab, aber statt dessen habe ich äußerst angenehme Erinnerungen und male mir gern aus, was geschehen wäre, wenn wir nicht gestört worden wären.«

»Nichts!« rief sie. »Gar nichts wäre geschehen! Und wenn Sie sich an nichts anderes erinnern können als an solche Dinge, sind Sie ein völlig ungehobelter Kerl, und ich werde nie wieder ein Wort mit Ihnen reden!«

Sie wirbelte auf dem Absatz herum und stürmte davon, blieb aber am Ende der Gasse wie angewurzelt stehen, machte kehrt und suchte Schutz an Griffyns Brust.

»Allmächtiger!« stöhnte sie. »Nicht jetzt!«

Erstaunt hob er ihr Kinn etwas an, um ihr Gesicht sehen zu können. »Mylady? Ist schon wieder etwas nicht in Ordnung?«

»Das ist *er!* Der *Flegel!* Und ausgerechnet jetzt ...« Sie packte ihn bei den Schultern und drehte ihn herum, so daß er mit dem Rücken zur Menge stand und sie sich hinter ihm verstecken konnte. »Ich kann es nicht ertragen! Nicht jetzt! Ich kann nicht!«

»Was, oder besser gesagt, *wen* können Sie nicht ertragen?«

»*Ihn!* Den blonden Kerl im goldfarbenen Wams! Gerome de Saintonge.«

Griffyns Augen funkelten amüsiert. »Ich entnehme Ihren Worten, daß er kein Freund von Ihnen ist.«

»Ein *Freund?* Ein Unhold ist das! Ein Rohling! Ein Wüstling, der einen ständig begrapschen will!«

Griffyn betrachtete den Mann über seine Schulter hinweg. Saintonge war grobknochig und muskulös, mit einem runden Gesicht, kleinen Augen und einem großen fleischigen Mund. Seine Handrücken waren dicht behaart, und ihm fehlte ein Finger.

»Er sieht wirklich recht vital aus«, kommentierte Griffyn.

»Vital? Er ist mehr als nur vital! Er ist pervers! Und viel zu dickköpfig, um ein Nein zu akzeptieren, auch wenn man es ihm noch so oft ins Gesicht schleudert!«

»Er hat die Absicht, Sie zu heiraten?«

»Ist es so abwegig, daß *irgendein* Mann mich heiraten will?«

»Das wollte ich damit nicht sagen.« Seine Mundwinkel zuckten wieder belustigt. »Ich nehme an, Sie haben seinen Antrag abgelehnt?«

»Abgelehnt? Beim letztenmal habe ich ihm mein Schwert gezeigt! Du lieber Himmel, er kommt hierher!«

Sie wollte in die Gasse zurückstürzen, aber Griffyn hielt sie fest. »Er kommt nicht hierher, er hat Sie nicht einmal gesehen. Aber FitzAthelstan hat Sie gesehen. Kommen Sie ...« Er führte sie rasch zu einer Bude mit bunten Bändern und Tüchern. »Tun Sie wenigstens so, als wären Sie an diesem Zeug so interessiert wie die anderen Damen. Wie wär's mit dem hier?« Er hielt ein Seidentuch hoch, das genau zu ihrer Augenfarbe paßte.

Sie öffnete den Mund, um ihm zu sagen, daß er sich das Tuch sonstwohin stecken könne, als sie sah, daß Will Robin am Ärmel zupfte und in ihre Richtung deutete. Wohl oder übel mußte sie Griffyn nun zulächeln und seine Gesellschaft erdulden, bis ihr Bruder sich einen Weg zu ihnen gebahnt hatte.

Robin machte einen erleichterten, aber auch leicht verwirrten Eindruck, während er einen kräftigen Händedruck mit Renaud tauschte. »Wie ich sehe, haben Sie den Weg nach Gaillard ohne weitere Zwischenfälle gefunden. Und meine Schwester haben Sie auch noch gefunden!«

»Gefunden? Ich wußte gar nicht, daß sie abhanden gekommen war. Wir sind von Bude zu Bude geschlendert, und ich habe erfolglos versucht, sie zur Annahme eines kleinen Geschenks zu bewegen, als Dank für die Gastfreundschaft Ihrer Familie.«

Robin warf einen flüchtigen Blick auf das veilchenblaue Seidentuch in seiner Hand. »Sie hätten bestimmt mehr Glück gehabt, wenn Sie sich erboten hätten, ihr Pfeilspitzen oder Gänsefedern zu kaufen.«

»Beim nächsten Mal werde ich daran denken.«

Brenna fügte im Geiste zu der langen Liste seiner Charakterfehler auch noch Schwerhörigkeit hinzu. Hatte sie ihm nicht vor wenigen Minuten unmißverständlich klargemacht, daß es kein nächstes Mal geben würde. Schlimm genug, daß es *dieses* Mal gegeben hatte – wegen ihres törichten Verhaltens, und noch schlimmer, daß sie einem Mann wie Griffyn Renaud für ihre Rettung dankbar sein mußte.

Sie warf einen Seitenblick auf den dunklen Ritter, der sich mit Robin unterhielt. Eine leichte Brise wehte ihm die langen rabenschwarzen Haare ins Gesicht, und sie konnte nicht leugnen, daß er atemberaubend attraktiv war. Alle Frauen starrten ihn ganz unverhohlen an, und auch viele Männer bewunderten seinen muskelstrotzenden Körper und fragten sich wohl, ob er am Turnier teilnehmen würde, und welche Kraft und Geschicklichkeit vonnöten wären, um ihn aus dem Sattel zu werfen.

Er mochte ungehobelt und gewissenlos sein ... aber er hatte eine geradezu magische sinnliche Ausstrahlung, und Brenna vermutete, daß die meisten Frauen sie für verrückt halten würden, weil sie nichts von ihm wissen wollte.

»Lord Robert!«

Brenna zuckte erschrocken zusammen, denn die helle Stimme quiekte dicht neben ihrem Ohr.

»Lord Robert Wardieu! Endlich sind Sie hier.« Ein kleiner, dicker, ausgesprochen weibischer Mann machte eine übertriebene Verbeugung. »Wir hatten alle so gehofft, daß Sie uns mit Ihrer Gegenwart beehren werden, und siehe da! Mir hüpft das Herz vor Freude!«

Brenna starrte den komischen kleinen Mann mit großen Augen an. Er war fast so breit wie hoch, aber das schien ihn überhaupt nicht zu stören, denn er betonte seine Fettleibigkeit noch durch besonders auffallende Kleidung: seine Hose war kanariengelb, und sein himmelblaues Wams hatte weite geschlitzte Ärmel mit roten und violetten Streifen. Eine Federkappe saß schief auf dem ballonförmigen Kopf, seine

Knollennase zuckte ständig, so als schnuppere er nach Essen, und seine schlauen Schweinsäuglein musterten aufmerksam jedes Gesäß, das an ihm vorbeikam, ganz egal, ob es einem Mann oder einer Frau gehörte.

»Rollo, alter Gauner!« lachte Robin. »Läuft das Geschäft so gut, daß sich sogar der weite Weg aus der Toskana lohnt?«

»Mein Freund, es läuft so fantastisch, daß ich sogar den viel weiteren Weg von *Jerusalem* hierher nicht gescheut hätte! Ihr Vater ist nicht mitgekommen? Welch ein Jammer! Und Eduard auch nicht? Wie schade!« Er warf Renaud einen forschenden Blick zu. »Aber wie ich sehe, haben wir ein neues kühnes Gesicht unter uns – und ich muß zu meiner großen Schande gestehen, daß es mir nicht vertraut ist!«

Robin schürzte die Lippen, um sein Lächeln zu kaschieren. »Rollo d'Albini ... Lord Griffyn Renaud de Verdelay. Wenn du ihn nicht kennst, so deshalb, weil er sich in den letzten Jahren in den Bergen von Burgund vergraben hat.« Während Rollo sich wieder tief verbeugte, erklärte Robin: »Rollo ist dafür berühmt, daß er die aufregendsten und extravagantesten Turniere in ganz Europa organisiert.«

»Sie schmeicheln mir«, kicherte Rollo bescheiden. »Ich liebe gutes Essen, guten Wein und gute Unterhaltung, und diese Kenntnisse kommen anderen zugute. Meine Jongleure treten vor Königen und Königinnen auf, und meine Konditoren haben auf der ganzen Welt nicht ihresgleichen! Doch dies hier« – er deutete mit seiner ringgeschmückten Hand auf das bunte Treiben – »wird mein größter Triumph werden! *L'Emprise de la Gueule de Dragon* – ist das nicht einfach *köstlich?* Jagt einem der Name nicht sofort einen kalten Schauder über den Rücken?«

»Ich bin erzittert, als ich ihn hörte«, stimmte Robin ernsthaft zu.

»Es haben sich schon mehr als fünfzig Ritter für die Zweikämpfe angemeldet!« berichtete er begeistert, »darunter auch« – er legte eine dramatische Pause ein – »der Fürst der Finsternis!«

Robins Lächeln verschwand schlagartig. »Er ist hier? Hast du ihn gesehen?«

»*Mit meinen eigenen Augen!* Oh, welch ein herrlicher Anblick!« Sein Finger wies auf die Banner, die über dem Registrierzelt flatterten. »Der goldene Falke auf grünem Grund! Er hat sich gestern eingetragen und erklärt, er würde nur drei Herausforderungen annehmen, drei nach seiner eigenen Wahl! Können Sie sich das vorstellen? Jetzt werden natürlich überall Wetten abgeschlossen, welche Gegner er für würdig befinden wird, gegen ihn anzutreten. Ivo hat sich schon beworben, und Draco der Hunne ebenfalls, dazu noch vier oder fünf andere Ritter, die im Grunde gar nicht gegen ihn kämpfen wollen und genau wissen, daß er sie nicht auswählen wird, aber sie können sich wenigstens brüsten, keine Angst vor ihm zu haben.« Er richtete seine kurzsichtigen Äuglein wieder auf Griffyn. »Sie kommen aus *Burgund?* Kennen Sie ihn dann vielleicht näher? Er stammt doch auch aus den östlichen Provinzen.«

»Ich habe ihn nie kämpfen gesehen«, erwiderte Griffyn.

»Und auch nicht selbst gegen ihn gekämpft?«

»Nein, auch das nicht.«

»Hmmm! Zweifellos hatten Sie gute Gründe dafür.« Es war keine schmeichelhafte Bemerkung, aber Griffyn zuckte nicht mit der Wimper.

Rollo konzentrierte seine Aufmerksamkeit erneut auf Robin. »Aber *Sie* werden sich das doch nicht gefallen lassen, daß so ein Kerl uns einfach diktieren will, gegen wen er antritt! Sie werden ihn doch fordern?«

»Ich werde nur am *mêlée* teilnehmen«, sagte Robin langsam.

»Nur am *mêlée?* Das ist doch nicht Ihr *Ernst!* Dabei geht es doch nur um diese läppische Liebesgeschichte!«

»Vor einem Monat warst du da noch ganz anderer Meinung!«

»Ja, weil ein *mêlée* zwischen den Häusern von Amboise und Luisignan eine ausgezeichnete Reklame für das Turnier war. Wer hätte damals ahnen können, daß der Fürst der Finsternis geruhen würde, hier aufzutauchen? Allmächtiger, wenn Sie ihn herausfordern, könnten wir alle anderen Kämpfe absagen, und trotzdem wäre niemand enttäuscht.«

»Die Zuschauer werden leider bis zum nächsten Mal auf diesen Kampf warten müssen. Ich … ich habe mir vor kurzem eine Rippe verletzt und …«

»Er hat sich mehrere Rippen *gebrochen!*« korrigierte eine gebieterische Stimme hinter ihnen. »Und am liebsten hätte ich ihm sogar die Teilnahme am *mêlée* verboten.«

»Sparrow!« stöhnte Rollo. »Hat dir immer noch niemand die Flügel gestutzt?«

»Viele haben es versucht, aber es ist noch niemandem gelungen.«

»Ein Jammer! Du würdest dich als Trophäe an irgendeinem Burgtor gut machen.«

Schnaubend stemmte Sparrow seine Arme in die Hüften. »Und du, Schlabberbauch, du würdest dich gut an einem Bratspieß machen, kräftig gesalzen und gewürzt!«

»Sehr witzig!« bemerkte Rollo trocken. »Ist dir eigentlich klar, daß du das ganze Turnier zu ruinieren drohst?«

»Lord Robert wird *nicht* kämpfen«, beharrte der Zwerg, »und es ist mir egal, ob dein ganzes *Leben* ruiniert wird. Ich werde jedenfalls nicht zulassen, daß *sein* Leben wegen eines eitlen Narren in Gefahr gerät.«

Griffyn warf Robin einen neugierigen Blick zu. »Sie haben sich verletzt? Wann?«

»Ich bin neulich einem Keiler nicht schnell genug ausgewichen«, gab Robin kleinlaut zu.

»Sollte jemand zu bezweifeln wagen, daß er ernsthaft verletzt ist«, mischte Sparrow sich wieder ein, »so werden wir ihn mit Freuden splitternackt auf dem Kampfgelände präsentieren, damit jeder sich mit eigenen Augen davon überzeugen kann!«

»Splitternackt?« Rollo hob die Brauen. »Nun, das wäre wenigstens für die Damen eine gute Entschädigung!«

Richard war unbemerkt hinter sie getreten. »Sollte tatsächlich jemand an unserem Wort zu zweifeln wagen, werden wir ihn natürlich liebend gern mit unseren Schwertern überzeugen.«

Rollo wich vorsichtshalber einen Schritt zurück. »Das dürfte völlig überflüssig sein, dessen bin ich mir ganz sicher.

Natürlich werden alle sehr enttäuscht sein, aber wir werden es überleben und uns auf das nächste Mal freuen. Nun, ich muß weiter! Bis bald.«

Der komische Kauz watschelte davon, doch Robins Miene blieb verbissen. Innerhalb einer Stunde würde es in ganz Gaillard die Runde machen, daß der Champion von Amboise unter dem Vorwand einer leichten Verletzung nicht gegen den Fürsten der Finsternis antreten würde, zweifellos aus Furcht, seinen Titel zu verlieren.

»Nimm es dir nicht so zu Herzen«, sagte Will ruhig. »Wie er ganz richtig gesagt hat – es wird noch viele andere Turniere geben, und wir sollten jetzt an wichtigere Dinge denken.«

An die bevorstehende schwierige Mission erinnert, suchte Robin in der Menge nach einem vertrauten Gesicht mit dunkelbraunen Augen und Locken.

»Wenn Dafydd hier auf uns warten würde, hätte er uns längst gefunden.«

»Vielleicht wollte er es nicht riskieren, die Burg zu betreten, und kommt heute abend ins Zeltlager.«

»Oder er kommt gar nicht, und wir vergeuden kostbare Zeit!« knurrte Robin und bahnte sich rücksichtslos einen Weg durch die Menge, dicht gefolgt von Sparrow, Will und Brenna. Erst als sie auf ihre Pferde stiegen, fiel Brenna ein, daß sie Griffyn Renaud einfach stehengelassen hatten, ohne sich auch nur zu verabschieden oder ihre Eile zu erklären. Sie drehte sich nach allen Seiten um, doch die breiten Schultern und rabenschwarzen Haare waren nirgends zu sehen.

15

Ein gellender Schrei hallte durch das tiefste Verlies von Gaillard, ein Schrei, der von unvorstellbaren Qualen kündete, mächtig anschwoll und zu einem leisen Röcheln verklang. Der Kerker war sehr groß, mit einer niedrigen gewölbten Decke, die auf dicken Steinpfeilern ruhte. Es gab keine abgeteilten Zellen; statt dessen waren einfach massive Eisenringe und Ketten in den Mauern verankert. Über einer Feuerstelle konnten die Folterinstrumente erhitzt werden, die an mehreren Tischen in der Raummitte Anwendung fanden. Wasser tropfte ständig von der Decke und sammelte sich auf dem unebenen Steinboden in schleimigen schwarzen Pfützen, und in den dunklen Ecken huschten Ratten umher, riesige wohlgenährte Tiere, die geduldig abwarteten, bis die Menschen mit ihren Fackeln oder Laternen den Kerker verließen.

An diesem Tag hielten sich drei Personen dort auf – vier, wenn man den verstümmelten Körper auf einem der Tische hinzurechnete. Zwei standen am Rand des schwachen gelben Lichtscheins, der von einer Hornlaterne herrührte, und die dritte beugte sich über den Tisch und ließ ihr Opfer nicht aus den Augen. Über diesem Tisch hing ein reichhaltiges Sortiment von Haken, Messern, Zangen, Sägen und Stachelstöcken, die nur dem Zweck dienten, unerträgliche Schmerzen zu verursachen, und eiserne Hand- und Fußschellen an der stabilen Holzplatte sowie Lederriemen für Brust und Taille sorgten dafür, daß der Folterknecht bei seiner Arbeit nicht behindert wurde.

Einer der Beobachter führte seinen Weinbecher an die Lippen und trank einen Schluck. »Glaubst du, daß er uns alles erzählt hat, was er weiß?«

Der kleine, dürre Mann, der neben ihm stand, kratzte sich mit einem Federkiel am Kopf, bevor er bedächtig antwortete: »Er hat natürlich viel mehr verraten, als er wollte, aber ich glaube, das ist noch nicht einmal die Hälfte von dem, was er weiß. Der alte Marschall sucht seine Leute sorgfältig aus.«

»Der Schwarze Wolf und der Marschall!« schnaubte der andere. »Nach fast vierzig Jahren stehen sie also immer noch in enger Verbindung! Solange, Liebling, könntest du unseren Freund nicht zu dem Geständnis bewegen, daß er Botschaften von Pembroke nach Amboise übermittelt hat? Es würde uns viel Zeit und Mühe ersparen, ganz zu schweigen von den Kosten für ein Dutzend Spione, die alles überprüfen müßten, was er uns erzählt hat.«

Die über den Tisch gebeugte Frau blickte hoch. Ihre Hände und Unterarme waren blutig, als sie eine frustrierte Geste machte. »Bedauerlicherweise kann ich ihn nichts mehr fragen. Der Kerl ist tot.«

»Tatsächlich?« Bertrand Malagane, Graf von Saintonge, trat in den Lichtkegel und schaute auf das starre Gesicht hinab, das eine einzige blutige Masse war: sogar Nase und Ohren fehlten. Ein guter Freund hätte den Mann allenfalls noch an seinen langen Locken erkennen können, die über die Tischkante hingen. »Das ist wirklich ein Jammer!« Malagane stieß einen schweren Seufzer aus. »Aber du hast ihn immerhin zwei Tage und zwei Nächte am Leben erhalten, und in dieser Zeit haben wir mehr erfahren, als wir je hoffen konnten.«

Mit sich selbst unzufrieden, schüttelte die Frau den Kopf und stieß ihr Messer ein letztes Mal in das Fleisch ihres Opfers, das aber keine Reaktion mehr zeigte. Zwei Tage waren kein Rekord, dessen man sich rühmen konnte, jedenfalls nicht, wenn man Solange de Sancerre hieß und in der ganzen Normandie einen unvergleichlichen Ruf genoß. Es hieß, der französische König Philipp hätte Alpträume und Schweißausbrüche gehabt, nachdem er einmal zugeschaut hatte, mit welchem Genuß Solange ihre Arbeit betrieb. Auch Malagane erschauderte oft, wenn er sie beobachtete, aber nicht vor Angst oder Ekel, sondern weil sein Blut in Wallung geriet, sobald sie ihren Opfern durch ihr unglaubliches Geschick qualvolle Schreie entriß, die nichts Menschliches mehr an sich hatten.

Mit fünfundfünfzig konnte Bertrand es sich endlich leisten, seine abartigen Neigungen zu befriedigen. Er war ein gutaussehender, kraftvoller Mann mit dichten grauen Haaren und einem gepflegten Bart, der noch erkennen ließ, daß er einst rotblond gewesen war. Seine Augen unter den schweren Lidern waren so blau wie ein gefrorener See im Winter, kalt und unergründlich. Er war seit sieben Jahren der Verwalter des Château Gaillard, und vor fünf Jahren war er Solange de Sancerre verfallen.

Gerüchte besagten, sie wäre unter dem Einfluß eines blutroten Mondes geboren, halb Hexe, halb Sirene. Ihr wohlgeformter Körper mit den üppigen Brüsten konnte fast jeden

Mann um den Verstand bringen, und ihre Liebeskünste waren von unglaublicher Raffinesse. Sie hatte eine milchweiße Haut, feuerrote Haare und grüne Augen mit langen kupferfarbenen Wimpern. Wer diese atemberaubende Schönheit sah, glaubte zunächst, sie müßte ein Himmelswesen sein, und sogar noch auf der Folterbank konnten Männer einfach nicht fassen, daß diese Traumfrau der leibhaftige Satan war.

Malagane ließ sie nicht aus den Augen, während sie sich in einem großen Eichenbottich die Hände wusch, doch gleichzeitig befahl er:

»Aelred, du wirst dein unleserliches Gekritzel natürlich ordentlich abschreiben müssen – bis heute abend.«

Der Schreiber blinzelte bestürzt. »Bis heute abend, Mylord? Aber … aber es sind doch mindestens zwanzig Seiten.«

»Deshalb solltest du dich unverzüglich an die Arbeit machen, findest du nicht auch?«

Der kleine Mann wollte wieder protestieren, sah aber, daß Solange mißbilligend die Stirn runzelte. »Ja, Mylord!« stammelte er hastig. »Sofort, Mylord! Ich werde meine Finger fliegen lassen, Mylord!«

»Als erstes solltest du deine Füße fliegen lassen!« knurrte Malagane. »Und sag meinem Sohn, daß er herkommen soll.«

»*Hierher*, Mylord?«

Ein drohender Blick veranlaßte ihn, den Raum schleunigst zu verlassen, und nun konnte Malagane seine Aufmerksamkeit endlich auf Solange konzentrieren. Er hielt unwillkürlich den Atem an, denn sie hatte ihre blutbefleckte Leinentunika ausgezogen, und ihr langes Haar fiel ihr wie ein dichter roter Vorhang über die nackten Schultern. Sie schöpfte Wasser aus dem Bottich und benetzte damit ihre Brüste und Schenkel, und plötzlich stand Malagane hinter ihr und wölbte seine Hände um diese schweren Brüste. Die Brustwarzen waren schon steif und hart, und als er seinen Mund auf ihren Hals preßte, hörte er sie lachen, leise und kehlig.

»Die meisten Männer würden ihren ganzen Magen auskotzen, Mylord, wenn sie bei einem solchen Zeitvertreib zugeschaut hätten!« spottete sie.

»Ich bin aber nicht wie die meisten Männer! Und du hast ja auch nichts von einer durchschnittlichen Frau an dir!«

Sie lachte wieder, drehte sich in seinen Armen um und küßte ihn. Ihre Brüste waren an seinen Brustkorb gepreßt, ihr Bauch an seinen Unterleib, und er stöhnte, als sie sich an seinem Glied rieb, das sofort steif wurde.

»Du Hexe!« keuchte er an ihrem Mund. »Nur du bringst so etwas fertig!«

»Tatsächlich? Deine liebende Gemahlin schafft das nicht? Die bezaubernde Ysenne ist dazu nicht imstande?«

Malagane schob fluchend ein Knie zwischen ihre Beine. Er hatte Ysenne de Boulogne wegen ihres Reichtums und Grundbesitzes geheiratet, aber ihm war der kalte Schweiß ausgebrochen, als er sie zum erstenmal gesehen hatte, denn sie war häßlich wie die Nacht: bei einem Unfall in der Kindheit hatte sie die meisten Zähne verloren – wahrscheinlich war sie über ihre eigenen ungeschickten Füße gestolpert –, ihre Nase war platt, und ihre Hüften waren viel zu breit. Vor dreißig Jahren war er jedoch noch nicht in der glücklichen Lage gewesen, seine Braut nach den Kriterien Schönheit und Sinnlichkeit auswählen zu können. Ysennes Vater war ein Berater des französischen Königs gewesen, und Malagane brauchte Beziehungen, um voranzukommen. In der Dunkelheit des Schlafgemachs war es ihm gelungen, seinen ehelichen Pflichten nachzukommen, und Ysenne hatte ihm acht Söhne geschenkt, so daß es dem kleinen, aber reichen Herzogtum von Saintonge nicht an Erben fehlte. Vier seiner Söhne hatten vorteilhafte Ehen geschlossen, der älteste war Hauptmann der Garde von Gaillard, und einer würde bald Bischof sein, obwohl er sich weder durch Frömmigkeit noch durch Keuschheit auszeichnete. Am klügsten war jedoch zweifellos Lothaire, der jüngste Sohn, der zum Turnier nach Gaillard gekommen war, und ihn liebte Malagane mehr als die anderen.

»Was hast du mit Gerome eigentlich zu besprechen?« fragte Solange zwischen zwei Küssen.

Malagane erschauderte, weil ihre Hände sich an seiner Hose zu schaffen machten. »Es gibt geschäftliche Angelegenheiten, die ich ohne deine Mithilfe durchführe, meine Liebe«, trumpfte er auf.

»Das müssen sehr langweilige Angelegenheiten sein, wenn Gerome etwas damit zu tun hat.«

Sie hatte seinen männlichen Stolz aus der Hose befreit und ging jetzt so rücksichtslos damit um, daß er sich vor Schmerz versteifte und mit den Zähnen knirschte.

»Letzte Nacht scheinst du mit Gerome aber gar nicht so unzufrieden gewesen zu sein«, japste er.

Sie lachte ihm leise ins Ohr. »Oh ... ist das etwa Eifersucht, die ich aus Mylords Stimme heraushöre? Auf seinen eigenen Sohn?«

»Mein Sohn ist ein Wüstling, der mit jeder Frau innerhalb der Burgmauern und mit mindestens der Hälfte aller Frauen im Umkreis von zwei Tagesritten geschlafen hat! Es wundert mich sehr, daß du keine Angst hast, dich bei ihm mit einer Geschlechtskrankheit anzustecken.«

Sie biß ihm die Lippe blutig. »Sollte das passieren, wird es mir eine Freude sein, diese Krankheit auch auf dich zu übertragen.«

Malagane wollte sie fluchend von sich schieben, aber sie war erstaunlich kräftig und viel schneller als er. Ehe er sich dessen versah, riß sie seinen Arm hoch, und eine in der Mauer verankerte Handschelle schnappte zu, gleich darauf auch die zweite. Und während er hilflos zappelte, wurden ihm auch noch Fußschellen angelegt.

Er zerrte instinktiv an den Ketten, obwohl er wußte, daß es sinnlos war, denn Hunderte von Männern hatten vor ihm schon vergeblich versucht, das Eisen aus dem Stein und Mörtel zu reißen.

»Nimm mir diese Fesseln sofort wieder ab!« befahl er.

»Nicht, bevor du mich um Verzeihung gebeten hast.«

»Wofür denn? Daß ich ein Mindestmaß an Treue von dir erwarte?«

Solanges Augen funkelten, und sie bleckte ihre kleinen weißen Zähne. »Ich bin dir genauso treu, wie du mir, mein Liebster! Deine Gemahlin ist gestern hier eingetroffen, und du hast mich durch diesen erbärmlichen Wurm Aelred informieren lassen, daß du ihre Gesellschaft der meinen bevorzugst.«

»Ich habe die Vogelscheuche drei Monate nicht gesehen, und sie hat Korrespondenz und Abrechnungen aus Saintonge mitgebracht. Anschließend wollte Lothaire mit mir sprechen, und diese Unterhaltung hat bis zum Morgengrauen gedauert.«

»Und danach bist du geradewegs zu mir geeilt?«

»Ich stand vor deiner Tür und hörte dich vor Lust stöhnen und Geromes Namen schreien.«

»Ich wollte ganz sicher sein, daß du weißt, wer deinen Platz eingenommen hat – und die Vitalität deines Sohnes ist durchaus bemerkenswert!«

Malagane riß wieder an seinen Fesseln, schürfte sich dabei ein Handgelenk auf und sackte erschöpft in sich zusammen. Er hatte sich nie irgendwelchen Illusionen über Solanges Treue hingegeben. Sie liebte Abwechslung, und Gerome war natürlich genau der richtige Mann, wenn ihr der Sinn gerade nach Vulgarität stand!

»Solange ... du stellst meine Geduld auf die Probe«, sagte er streng.

»Ich werde sie noch mehr auf die Probe stellen. Du weißt doch, daß ich eifersüchtige Männer verabscheue. Außerdem ist es recht lange her, seit du um Gnade gewinselt hast.«

»Ich werde es auch heute nicht tun«, brüstete er sich wider besseres Wissen.

»O doch«, erwiderte sie sanft, »du wirst!«

Sie wandte ihm den Rücken zu und ließ ihre Finger über das Sortiment kleiner Metallhaken, Drähte und gezackter Ringe auf einem Tischchen gleiten. Malagane hatte plötzlich einen trockenen Mund, und ihm brach der kalte Schweiß aus. Er warf einen Blick in Richtung der Steintreppe, die aus den Verliesen emporführte, aber er wußte, daß er sich an einem Ort befand, wo Schreie ungehört verhallten. Jedem anderen Mann wäre in einer solchen Situation das Blut in den Adern gefroren, aber er starrte nur mit glasigen Augen auf den kleinen Metallring mit scharfen Zacken, den Solange ausgewählt hatte und ihm lächelnd zeigte.

Krampfhafte Zuckungen leiteten seine Ekstase ein, und gleich darauf betrachtete sie mit gerunzelter Stirn die Flüssigkeit, die auf seine Hose tropfte.

»Wie immer!« seufzte sie mitleidig. »Sie haben es viel zu eilig, Mylord. Jetzt müssen wir ganz von vorne anfangen.«

Sie kniete vor ihm nieder, und er schrie auf, als der kalte Metallring über sein empfindliches Fleisch gestreift wurde. Eine halbe Ewigkeit lang hörte er nur noch seine eigenen Schreie, die von einer feuchten Kerkerwand zur anderen widerhallten.

Solange trat etwas zurück und begutachtete ihre Arbeit. Der elegante Graf hing schlaff an den Ketten, leichenblaß, mit geschlossenen Augen und mit Speichel am Kinn. Sie hatte ihm die teure Wollhose bis zu den Knien hinabgestreift und sein Seidenhemd hochgesteckt, und der nackte Unterleib war mit Blutstropfen gesprenkelt. Zufrieden mit ihrer Hände Werk, strich sie ihm sanft die feuchten Haare aus der Stirn.

»Durstig?«

Er bewegte die Lippen, brachte aber noch kein verständliches Wort hervor. Lächelnd hielt sie ihm seinen Weinbecher hin, und er öffnete den Mund und trank gierig.

Etwas gestärkt, verlangte er: »Befreie mich von diesen verdammten Fesseln! Habe ich dich nicht um Verzeihung gebeten und jeden Heiligen und Märtyrer angerufen, an dessen Namen ich mich erinnern konnte?«

»O ja, das hast du! Mein neuestes kleines Spielzeug – der Metallring – scheint dir gefallen zu haben.«

Sie befreite ihn lachend, und als er wieder aufrecht stehen konnte, nahm er seinen ganzen Mut zusammen und warf einen Blick auf seine mißhandelten Geschlechtsorgane. Zu seiner grenzenlosen Erleichterung waren sie weitgehend unversehrt.

»Schade, daß Gerome so lange auf sich warten läßt«, grinste Solange. »Vielleicht wäre jetzt *er* eifersüchtig gewesen, obwohl ich mir kaum vorstellen kann, daß seine eigenen Schmerzensschreie ihm solchen Genuß wie dir bereiten würden.«

»Verdammt«, murmelte Malagane, »Gerome hatte ich ganz vergessen! Zieh dich an, aber schnell, wenn ich bitten darf!«

Solange tat ihm den Gefallen, während er hastig seine eigene Kleidung in Ordnung brachte. Ihre Seidentunika war so figurbetont geschnitten, daß sie sofort wieder seine lüsternen Blicke spürte, und sie belohnte ihn dafür mit einem Kuß und einem Kompliment.

»Du siehst aus wie neu, Mylord! Viel frischer als in den letzten Tagen.«

Er schaute zu dem verstümmelten Leichnam auf dem Tisch hinüber. »In den letzten Tagen habe ich mir über so manches den Kopf zerbrochen. Unser toter Freund hat möglicherweise unfreiwillig ein seit fast zwölf Jahren wohlgehütetes Geheimnis preisgegeben.«

»Ein Geheimnis?«

»Ja, und es könnte uns zu ungeahntem Reichtum und Ansehen verhelfen.«

»Wieso?«

»Wie du weißt, bezahle ich vielen Männern sehr viel Geld, um über alles gut informiert zu sein, und dafür erhalte ich meinerseits viel Geld.« Er trat an den Tisch heran und betrachtete den Leichnam. »Ich habe schon seit einiger Zeit vermutet, daß er der Verbindungsmann zwischen Amboise und Pembroke ist. Als Leinenhändler getarnt, überquerte er in regelmäßigen Abständen den Ärmelkanal und hielt sich in der Normandie und in Touraine immer an eine feste Route. Um keine Aufmerksamkeit zu erregen, blieb er stets mindestens einen Monat in England, bevor er die nächste Reise antrat. Doch beim letzten Mal hatte sein Schiff kaum in Portsmouth angelegt, als es schon wieder ablegte, und es segelte auch nicht wie sonst nach Cherbourge oder St. Malo, wo er angeblich Niederlassungen hat, sondern über Le Havre nach Rouen.

Ich habe den Mann bisher in Ruhe gelassen, weil sowohl der Marschall von England als auch Randwulf de la Seyne Sur Mer ihre Kuriere so sorgfältig auswählen, daß man aus den Leuten kein Wort herausbekommt, auch wenn man ihnen die eigenen Eingeweide in den Mund stopft. Doch dieses ungewöhnliche Verhalten des walisischen Leinenhändlers deutete darauf hin, daß er eine besonders wichtige und dringende Botschaft übermitteln sollte, und unter diesen Umständen geraten sogar die tapfersten Männer leicht in Panik. Der französische König ist mir gegenüber wirklich äußerst freigebig, um zu erfahren, was seine Barone denken und planen, und sollte der Schwarze Wolf von Amboise irgend etwas im Schilde führen, so müßte Philipp natürlich sofort darüber informiert werden.«

»Aber warum zweifelst du ausgerechnet an der Loyalität des Schwarzen Wolfs? Vor knapp zwei Monaten haben wir in Paris doch mit eigenen Augen gesehen, wie er Philipp Treue schwor, zusammen mit seinen Söhnen, die in Roche-au-Moines entscheidenden Anteil am Sieg der Franzosen hatten.«

»Sie haben diesen Treueid abgelegt, weil sie Johann Ohneland hassen, aber ich glaube, daß sie ihn vergessen würden, sobald der Marschall dem Schwarzen Wolf vier Worte ins Ohr flüstert.«

»Vier Worte?«

»Ich brauche deine Hilfe.«

»Glaubst du, daß der Marschall den Schwarzen Wolf um Hilfe bitten würde?«

»Es wäre nicht das erste Mal! Und er würde sogar Luzifer höchstpersönlich um Hilfe bitten, wenn er dadurch den Thron schützen könnte, obwohl er genau weiß, daß eine Ausgeburt des Teufels die Krone an sich gerissen hat.« Malagane schnaubte verächtlich. »Sogar sein eigener Sohn hat sich von ihm abgewandt! Erst vor einer Woche habe ich gehört, daß der junge Pembroke sich den rebellischen Baronen um FitzWalter angeschlossen hat. Die Reihen um den alten Marschall lichten sich zusehens, weil heutzutage kaum jemand Verständnis dafür hat, daß sein Schwur, den Thron zu verteidigen, ihm heilig ist.«

»O doch, es gibt Männer, die dafür Verständnis haben«, widersprach Solange. »Randwulf de la Seyne Sur Mer, Eduard FitzRandwulf, Robert Wardieu, Richard und Dagobert

Wardieu ... und, nicht zu vergessen, ihr Verbündeter und Freund Alaric FitzAthelstan und dessen Sohn! Trotzdem glaube ich, daß du den Einfluß des Marschalls überschätzt. Der Schwarze Wolf wird dem englischen König bestimmt nicht zu Hilfe eilen.«

Malagane hielt lächelnd einen Finger hoch, so als wollte ein Lehrer einen dummen Schüler belehren. »Aber er könnte einer englischen *Königin* zu Hilfe eilen, einer Königin namens Eleonore, der Enkelin von Eleonore von Aquitanien, einer Frau, die größeren Anspruch auf den Thron hat als Johann Ohneland.«

Solange schüttelte bestürzt den Kopf. »Prinzessin Eleonore von der Bretagne? Aber sie ist doch seit über elf Jahren tot, genauso wie ihr Bruder.«

»Nein.« Malaganes Augen funkelten im Laternenschein. »Ich glaube nicht, daß sie tot ist. Ich vermute, daß sie irgendwo im Norden von Englands lebt und in aller Heimlichkeit die englischen Barone um sich schart, die den Machtmißbrauch ihres Onkels leid sind.«

»Wie kommst du auf diese Idee? Warum haben wir nie etwas von dieser auferstandenen Prinzessin gehört?«

»Es gab immer Gerüchte, daß Eleonore überlebt hat, obwohl andererseits behauptet wurde, ihr Onkel hätte sie gefoltert, enthauptet oder vergiftet.«

»Und warum glaubst du dann, daß sie noch am Leben ist?«

Malagane starrte immer noch den Leichnam an. »Erinnerst du dich noch daran, was er stammelte, als du ihm eine Zehe nach der anderen abgezwackt hast?«

»Er hat viel Unsinn verzapft, hauptsächlich über irgendwelche Juwelen, die aus England in Sicherheit gebracht werden müßten.«

»Es war nur von *einem* Juwel die Rede«, korrigierte Malagane. »Genauer gesagt, von einer Perle. Ich habe mir den genauen Wortlaut gemerkt. ›Es besteht Gefahr! Entfernt die Perle aus Nottingham!‹ Auch ich hätte das für Unsinn gehalten, hätte er nicht einen Namen erwähnt – einen Namen, den ich seit über zehn Jahren nicht mehr gehört habe.«

»Er hat Dutzende von Namen erwähnt – genauer gesagt, er hat sie geschrien, schneller, als Aelred sie notieren konnte.«

»Das stimmt, und es war zweifellos dein Verdienst! Aber nur ein einziger Name war hochinteressant: Henry de Clare.«

»De Clare? Ist das ein wichtiger Mann?«

»Vielleicht ja, vielleicht nein. Wenn man romantischen Gerüchten Glauben schenken darf, gehörte Henry de Clare zu jenen Rittern, die angeblich vor vielen Jahren die Prinzessin aus Corfe Castle befreit haben. Es gab natürlich nie irgendwelche Beweise für diese Geschichte, weil ihr Onkel nicht zugeben wollte, daß er sie nach England gebracht und dort gefangengehalten hatte, und deshalb war es letztlich nur eine Legende wie so viele andere.«

»Und warum interessierst du dich plötzlich für diese Legende?«

Malagane spreizte seine gepflegten Finger. »Henry de Clare war zufälligerweise der Neffe des Marschalls von England!«

»Er *war* sein Neffe?«

»Angeblich ist er gestorben, und ihm wurde ein feierliches Begräbnis zuteil ... in Amboise!«

Solanges Augen verengten sich zu schmalen Schlitzen, und Malagane lächelte.

»Natürlich könnte das auch ein Zufall sein, wenn da nicht noch die Geschichte mit seiner Schwester wäre.«

»Er hat eine Schwester?«

»Lady Ariel de Clare. Vor vielen Jahren – etwa um die Zeit, als die Prinzessin spurlos verschwand – weigerte sie sich, den Mann zu heiraten, den König Johann ihr zugedacht hatte, und kurze Zeit später war sie mit einem anderen Mann verheiratet ...«

»Mit Eduard FitzRandwulf, dem Bastard des Schwarzen Wolfs«, vollendete Solange seinen Satz.

Malagane strich ihr zärtlich über die Wange. »Und dieser Bastard war der beste Freund von Prinzessin Eleonore.«

»Du glaubst also, daß die verschollene Prinzessin irgendwo in England lebt und ihrem Onkel den Thron streitig machen will?«

»So ist es.«

»Dann müßte das Begräbnis von Henry de Clare in Amboise eine Täuschung gewesen sein?«

»Es war eine geschickte Inszenierung, und Ohnelands Spürhunde sind darauf hereingefallen, so daß er unbehelligt nach England zurückkehren konnte – wenn er das Land überhaupt verlassen hat!«

»Aber wenn er an der Befreiung der Prinzessin beteiligt gewesen wäre, hätte er sich doch bestimmt so schnell wie möglich irgendwohin abgesetzt.«

»Du hast recht, es ist sehr seltsam, daß er in England geblieben ist, trotz der Gefahr, entdeckt zu werden.« Er legte einen Finger an seine Nase. »Aber vielleicht war ihm etwas – oder *jemand* – so wichtig, daß er diese Gefahr auf sich genommen hat.«

»Die Prinzessin? Aber der Waliser hat sie mit keinem Wort erwähnt. Außerdem hätte sie doch genauso wie Henry de Clare allen Grund gehabt, England zu verlassen, wenn sie wirklich aus Corfe Castle befreit worden wäre! Sie wäre in der Bretagne oder Normandie mit offenen Armen aufgenommen worden, und sogar König Philipp hätte ihr bereitwillig Schutz gewährt.«

Malagane schwenkte nachdenklich seinen Weinbecher. »Auch ich habe mir darüber lange den Kopf zerbrochen, und schließlich habe ich eine Erklärung für dieses seltsame Verhalten gefunden. Wie du weißt, hätte Arthur von der Bretagne nach dem Tod von Richard Löwenherz Anspruch auf den Thron gehabt, doch was gegen ihn sprach, war die Tatsache, daß er niemals englischen Boden betreten hatte, das englische Volk nicht kannte und völlig unter König Philipps Einfluß stand. Sollte Eleonore tatsächlich noch am Leben sein und irgendwo in England leben, könnte man gegen *sie* jetzt keine solchen Argumente vorbringen, und nachdem Ohneland sich den Haß fast aller Barone zugezogen hat, wären sie mit Eleonore als Königin vermutlich mehr als einverstanden, sofern sie sich bereit erklären würde, einen Mann zu heiraten, der den Baronen zusagt. Sollte das geschehen, hätte Prinz Ludwig natürlich keine Chance mehr, mit seiner Armee den Ärmelkanal zu überqueren und in England die Regentschaft zu übernehmen.«

»Aber der alte Marschall würde Eleonore doch niemals als Königin akzeptieren – oder doch?«

»Pembroke ist ein Realist. Er sieht, daß das Königreich auseinanderbricht, und er weiß, daß ein Bürgerkrieg droht. Immer mehr Barone wollen Johann Ohneland um jeden Preis stürzen, und auch im Volk setzt sich die Meinung durch, daß ein französischer Prinz auf dem englischen Thron immer noch besser ist als ein Tyrann, der arm und reich ausbeutet.« Mit leuchtenden Augen fügte Malagane hinzu: »Dann hätten wir endlich unser Ziel erreicht – die Völker Englands und Frankreichs unter *einer* Flagge zu vereinigen!«

Seine Miene verdüsterte sich, als er erneut den Leichnam anstarrte. »Aber angenommen … nur einmal *angenommen*, der Marschall hätte jahrelang eine legitime Thronanwärterin irgendwo versteckt und beschützt? Eine unschuldige, tugendhafte junge Frau, die unglaublichen Mut bewiesen hat, indem sie in England ausharrte! Eine Frau, die so schön ist, daß man sie mit einer Perle verglich! Die Perle der Bretagne, so wurde sie früher genannt … Eine solche Frau könnte ohne weiteres die Gefahr eines Bürgerkriegs abwenden und ganz England unter dem Löwenbanner der Plantagenets wiedervereinigen.«

»Glaubst du, daß der Marschall so etwas tun würde?«

»Nein«, erwiderte Malagane, »er selbst bestimmt nicht, denn er würde den Treueid, den er dem König geschworen hat, niemals brechen.«

»Aber dann …«

»Das ist das Dilemma der meisten Männer mit einem starren Ehrenkodex: wie sollen sie an einem Prinzip festhalten, wenn alles dagegen spricht – Vernunft, Logik und Gefühl? Sie stecken in einer Zwickmühle und bedürfen deshalb der Hilfe anderer edler Charaktere. In einer solchen Situation würde sich der Marschall bestimmt an einen Mann wenden, der dem englischen König nie einen Treueid geschworen hat, aber zeit seines Lebens enge Beziehungen zu den Königinnen und Prinzessinnen von Aquitanien und von der Bretagne unterhielt.«

»Der Schwarze Wolf«, flüsterte Solange beeindruckt. »Randwulf de la Seyne Sur Mer!«

»Kannst du dir vorstellen, welche Macht er hätte, falls Eleonore von der Bretagne englische Königin würde? Schon jetzt kontrolliert er zusammen mit seinem unehelichen Sohn Eduard den größten Teil von Blois und Touraine. Aquitanien, die Bretagne, Poitou, Maine und Angoulême würden dem englischen Thron sofort Treue schwören. Angeführt vom schwarz-goldenen Banner des Wolfs, würde eine mächtige Armee die ganze Normandie zurückerobern und König Philipp bis zur Stadtgrenze von Paris verfolgen.«

»Das dürfen wir nicht zulassen!« rief Solange bestürzt. »Es muß doch irgendeine Möglichkeit geben, das zu verhindern!«

»Man kann es verhindern – aber nur, wenn man dafür sorgt, daß Eleonore von der Bretagne niemals Königin wird!«

»Wir müssen das Luder finden und umbringen!« entschied Solange.

»Ich hätte es vielleicht nicht ganz so drastisch ausgedrückt, aber du hast recht, denn wenn die Barone sich nicht um Eleonore scharen können, bleibt ihnen keine andere Wahl, als Ludwig auf den Thron zu setzen.«

»Ohneland hat aber einen Sohn!« wandte Solange ein.

»Ein siebenjähriges Kind! Nein, der Bengel stellt für Ludwig keine Gefahr dar, und wenn Ludwig erst einmal König ist, werden all jene reich belohnt werden, die sich seit Jahren für die Vereinigung der beiden Königreiche eingesetzt haben.« Er warf sich stolz in die Brust. »Männer wie ich! Und ich werde nicht zulassen, daß eine halb vergessene Prinzessin all unsere Pläne zunichte macht!«

»Halb vergessen und *gut versteckt!*« rief Solange ihm ins Gedächtnis.

»Deine nächste Frage lautet natürlich, wie wir sie finden sollen.«

»Das stelle ich mir wirklich nicht ganz einfach vor.«

»Nicht, wenn man weiß, wo man nach ihr suchen muß«, grinste er selbstzufrieden.

Ihr ging plötzlich ein Licht auf. »›Entfernt die Perle aus Nottingham‹«, zitierte sie die Worte ihres Opfers. »Die Perle … die Perle der Bretagne! Sie haben die Perle der Bretagne in Nottingham versteckt! Aber wo?«

»Wo könnte eine Frau sich elf Jahre lang versteckt halten, ohne daß jemand sie zu Gesicht bekommt?«

»Du meinst – in einem Kloster? Aber es muß in Mittelengland Hunderte von Klöstern geben.«

»Gewiß, aber nicht allzu viele in jenem Landstrich, der einst Lucien Wardieu, Baron de Gournay, gehörte.«

»Wardieu? Gibt es in England *noch* eine Sippschaft von Wardieus?«

Er lachte. »Nein, es gibt nur die eine, meine Liebe, aber du bist natürlich viel zu jung, um zu wissen, daß Lucien Wardieu und Randwulf de la Seyne Sur Mer ein und dieselbe Person sind.«

»Verdammt! Hat dieses Netz denn überhaupt kein Ende?«

»Nein, es sei denn, wir zerreißen es und sorgen dafür, daß es nie wieder neu gesponnen wird.«

»Dazu müßtest du den Schwarzen Wolf vernichten.«

»Der Wolf ist ein Krüppel«, winkte Malagane verächtlich ab, »der nur noch am Stock gehen kann. Die *wirkliche* Macht liegt inzwischen in den Händen seiner Söhne, der Helden von Roche-au-Moines, die allesamt Ritter ohne Furcht und Tadel sind – und drei von ihnen müßten sich derzeit schon hier in Gaillard aufhalten.«

»Sie wollen an einem Turnier teilnehmen, während ihre kostbare Perle in Gefahr ist?«

»Das wissen sie vielleicht noch gar nicht.«

Solange blickte sehr skeptisch drein. »Wir haben zwar den Waliser abgefangen, aber wäre eine so wichtige Botschaft nur einem einzigen Kurier anvertraut worden? Nein, wahrscheinlich hat ein zweiter den Wolf längst informiert, und die Helden von Amboise befinden sich auf dem Weg nach England.«

»Wenn sie ihre Pläne geändert hätten, wüßte ich darüber Bescheid. Außerdem wurden ihre schwarz-goldenen Banner heute morgen auf der Straße gesichtet. Nein, sie sind hier, darauf könnte ich schwören.«

Solange warf ihm einen forschenden Blick zu. »Du willst doch nicht etwas Törichtes tun, Liebling? Krüppel hin, Krüppel her, sollte der Schwarze Wolf Verdacht schöpfen, daß du seine Söhne zu beseitigen gedenkst, wird er Gaillard dem Erdboden gleichmachen und deine Leber auf den Trümmern rösten!«

»Ich habe nicht die Absicht, all seine Söhne zu beseitigen! Nur den einen, der die größte Gefahr für unsere Pläne darstellt.«

»Robert Wardieu?«

»So ist es«, bestätigte er trocken. »Der Erbe von Amboise und Champion beim Turnier! Seine jüngeren Brüder sind leichtsinnige Hitzköpfe und werden ohne ihn durchs Leben treiben wie ein Schiff, dem der Anker fehlt.«

»Hast du schon jemanden im Sinn, der bereit – und fähig – wäre, ihnen den Anker zu rauben?«

»Ja, ich glaube, den richtigen Mann zur Hand zu haben.« Er lauschte, denn auf der Steintreppe waren Schritte zu hören. »Ah, da kommt Gerome ja endlich! Mach dir keine Sorgen, meine Liebe, unser kleines Problem dürfte bald gelöst sein.«

Zwei Männer tauchten auf der Schwelle des Verlieses auf, doch nur einer betrat den Raum. Gerome de Saintonge trug eine Pechfackel, deren grelles Licht Malagane und Solange blendete.

Seine blauen Augen schweiften von dem regungslosen Körper auf dem Tisch zu Solange, die sich abwehrend eine Hand vors Gesicht hielt.

»Ich bitte um Verzeihung.« Gerome verbeugte sich spöttisch. »Ich hatte vergessen, daß du die Dunkelheit liebst.« Er tauchte die Fackel in den Wasserbottich, aus dem gleich darauf eine riesige Dampfwolke aufstieg. »Na, spielt ihr beide immer noch mit dem Waliser herum?«

»Bis vor kurzem«, sagte Malagane. »Bedauerlicherweise hat er den Geist aufgegeben.«

»Wer ist den Künsten unseres bezaubernden Folterknechts schon auf Dauer gewachsen?«

Malagane blickte zu der schattenhaften Gestalt auf der Schwelle hinüber. »Hast du ihn mühelos gefunden?«

»Er hat *mich* gefunden.« Gerome drehte sich um und hob die Hand. »Kommen Sie, Mylord, und lernen Sie Ihren Gastgeber kennen – meinen Vater Bertrand Malagane, Graf von Saintonge.«

Malagane hielt unwillkürlich den Atem an, als der Mann in den Lichtkreis der Hornlaterne trat. Auf eine so bedrohliche Gestalt war er nicht gefaßt gewesen. Der Fremde war von Kopf bis Fuß schwarz gekleidet, und auch das schulterlange Haar war rabenschwarz. Das Unheimlichste waren aber die graugrünen Augen, die im Dunkeln leuchteten, so als wäre er eine große Raubkatze.

16

»Griffyn Renaud de Verdelay!« Malagane bemühte sich, seine Aufregung nicht zu zeigen. »Ich habe schon viel über Sie gehört, und wir sind sehr geschmeichelt, daß Sie unsere Einladung angenommen haben.«

»Einer so schmeichelhaften Einladung kann man schwer widerstehen«, lächelte Griffyn.

»Ach ja!« Malagane nickte Gerome zu, und der blonde junge Mann holte eine Lederkassette herbei, öffnete sie und hielt sie ins Licht der Hornlaterne. Sie war mit Hunderten von Münzen gefüllt.

»Tausend Mark waren vereinbart, nicht wahr? Ich hoffe, es stört Sie nicht, daß es keine normannischen, sondern englische Münzen sind.«

»Keineswegs.«

Malagane stellte Solange vor, die Renaud schon eingehend gemustert und entschieden hatte, daß das kein gewöhnlicher Söldner war. Er trug Kleidung von bester Qualität, und sein Gesicht war zwar sonnengebräunt wie das eines Bauern, hatte aber ansonsten nichts Ungehobeltes an sich. Es war ein atemberaubend attraktives Gesicht, das sofort Solanges sexuelle Gelüste weckte. Ihre Haut prickelte, und ihre Brustwarzen versteiften sich, während sie säuselte: »Dürfen wir Ihnen etwas Wein anbieten, Mylord?«

»Warum nicht?«

Sie erwartete, daß er sie nicht aus den Augen lassen würde, während sie bewußt langsam zu einem Tischchen an der Wand ging und seinen Becher füllte, denn ihre cremefarbene, mit Goldfäden durchwirkte Tunika aus dünner syrischer Seide brachte ihren schönen Körper perfekt zur Geltung, doch als sie sich umdrehte, mußte sie enttäuscht feststellen, daß er nicht sie, sondern den verstümmelten Leichnam anstarrte.

Malagane lachte über die bestürzte Miene seines Gastes. »Entspannen Sie sich – Sie sind hier unter Freunden.«

»Ich habe keine Freunde«, entgegnete Griffyn mit schmalen Lippen. »Und diese Atmosphäre« – er ließ seinen Blick durch die Folterkammer schweifen – »ist nicht gerade anheimelnd.«

»Es gibt in dieser Burg nur wenige Orte, wo man völlig ungestört reden kann«, sagte Malagane. »Sollte es Sie jedoch allzusehr stören …«

Griffyn winkte lässig ab und griff nach dem Weinbecher, wobei ihm nicht entging, daß Solange seine mit Brandnarben übersäte Hand neugierig betrachtete.

»Ich habe einmal versucht, meine Seele aus der Hölle zu befreien«, erklärte er, »aber sie wollte bleiben, wo sie war.«

Solange schenkte ihm ein betörendes Lächeln. »Ich glaube, ich mag ihn, Bertrand«, verkündete sie. »Er hat Humor.«

Malagane hatte die beiden beobachtet, wandte sich jetzt aber seinem Sohn zu. »Sind dir irgendwelche Neuankömmlinge aufgefallen?«

»Er ist hier.« Gerome wußte natürlich, an wem sein Vater interessiert war. »Dieser Angeber hat eine Eskorte von schätzungsweise achtzig Mann dabei.«

»Wir sprechen von Robert Wardieu d'Amboise«, klärte Malagane Griffyn auf. »Kennen Sie ihn?«

»Wir haben schon einmal gegeneinander gekämpft – aber das ist Ihnen ja bestens bekannt, sonst hätten Sie mich nicht zu diesem Turnier eingeladen.«

»Es war in der Gascogne, nicht wahr?« fragte Malagane scheinheilig. »Und der Kampf endete unentschieden.«

»Nicht nach Ansicht der Schiedsrichter.«

»Ja, ich weiß, sie haben Wardieu zum Sieger erklärt, obwohl Sie viel mehr wuchtige Schläge als er geführt hatten.«

»Waren Sie anwesend?«

»Nur als Zuschauer. Aber erklären Sie mir doch bitte, Lord Griffyn, warum Sie bisher nie in die Normandie gekommen sind, um Revanche zu verlangen?«

»Hätte ich es getan, wäre einer von uns höchstwahrscheinlich längst nicht mehr am Leben.«

»Und wer dürfte jetzt als Sieger aus diesem Zweikampf hervorgehen? Sie müssen wissen, daß Wardieu seit fünf Jahren keinen Pferdebauch mehr von unten gesehen hat.«

»Und der letzte Bauch, den *ich* gesehen habe«, sagte Griffyn, seine Katzenaugen auf Solange gerichtet, »war weich und weiß und bebte, sobald ich ihn berührte.«

Sie starrte auf seinen Mund, und ein heißer Schauer überlief ihren Körper.

»Die tausend Mark sollten Ihnen den Anreiz bieten, überhaupt herzukommen«, fuhr Malagane trocken fort, »aber Sie erhalten noch einmal dieselbe Summe, wenn Sie Wardieu besiegen. Glauben Sie, daß Ihnen das gelingen könnte?«

»Für soviel Geld wäre ich sogar bereit, den Papst höchstpersönlich aus dem Sattel zu werfen, aber leider werde ich es mir nicht verdienen können, denn Robert Wardieu wird keine Zweikämpfe austragen.«

»Was?« schnaubte Gerome de Saintonge. »Wo haben Sie diesen Unsinn gehört?«

»Aus seinem eigenen Mund, vor einer Stunde auf dem Burghof, wo wir uns zufällig begegnet sind. Er behauptet, von einem Keiler verletzt worden zu sein, und will nur am *mêlée* teilnehmen.«

Das war für Malagane eine unerwartete Neuigkeit, die er erst verdauen mußte. »Kaum zu glauben«, murmelte er vor sich hin, während er langsam im Verlies auf und ab lief, doch plötzlich zuckte seine schmale Nase, so als hätte er eine Beute gewittert, und er nickte zufrieden. »Ja, es ergibt durchaus Sinn ... Er will nicht das Risiko einer schweren Verletzung eingehen, die ihn an einer Auslandsreise hindern könnte! Andererseits ist er aber ein sehr stolzer Mann, ein Champion, mit vierundzwanzig auf der Höhe seiner körperlichen Verfassung, und er glaubt unerschütterlich an die Ideale des Rittertums. Kennen Sie die Geschichte seiner Familie, Verdelay?«

Griffyn zuckte die Achseln, so als wäre er an solchen Dingen nicht interessiert. »Ich weiß nur, daß sein Vater als Drachentöter und als Retter verlorener Seelen bekannt ist.«

Malagane lachte. »In der Tat, wo sonst als in Amboise könnte man einen Zwerg als Seneschall und einen Riesen als Hauptmann der Garde finden? Aber wissen Sie auch, daß der erste Drache, den er tötete, sein eigener Bruder war? Besser gesagt, sein unehelich geborener Halbbruder, aber sie sahen einander zum Verwechseln ähnlich. Etienne Wardieu – der Bastard – war neidisch auf den Wolf, und als beide als Kreuzritter in Jerusalem waren, hat er ihn hinterrücks überfallen und so schwer verletzt, daß er ihn für tot hielt. Danach kehrte er nach England zurück und gab sich als Lucien Wardieu, Baron de Gournay, aus.

Der echte Baron hatte überlebt und begann in Frankreich ein neues Leben. Er machte sich schnell einen Namen als Turnierkämpfer, und die alte Königinwitwe Eleonore von Aquitanien wurde auf ihn aufmerksam und nahm ihn in ihre Dienste. Sie hat es nie bereut, denn der Wolf war ihre größte Stütze, wenn es darum ging, ihre machtbesessenen Söhne in Schach zu halten.

Die erste große Bewährungsprobe mußte er bestehen, als Löwenherz in der Ferne gegen die Ungläubigen kämpfte, während Johann sich als Regent um die Innenpolitik kümmerte. In der Hoffnung, daß Richard beim Kreuzzug ums Leben kommen würde, unternahm Ohneland damals einen ersten Versuch, die Kinder seines unlängst verstorbenen älteren Bruders Gottfried zu eliminieren, damit sie ihm nicht den Thron streitig machen konnten. Sein Plan, Arthur und Eleonore zu entführen, scheiterte am Schwarzen Wolf, der den Jungen befreite, noch bevor dieser an Bord eines Schiffs geschmuggelt werden konnte. Danach eilte er der kleinen Prinzessin zu Hilfe, die nach England verschleppt und der Obhut von ... – er legte eine dramatische Pause ein – »*Etienne Wardieu* anvertraut worden war, der damals zu Ohnelands besonderen Günstlingen gehörte.

Es kam zu einer gewaltigen Konfrontation zwischen dem Wolf und dem Drachen, und die Prinzessin kehrte unversehrt zu ihrer Großmutter nach Mirebeau zurück. Der Wolf hatte nicht nur seinen Bruder getötet, sondern auch dessen Braut geheiratet, und er hatte einen Sohn – Eduard – gefunden, von dessen Existenz er nichts geahnt hatte. Alles sehr romantisch, nicht wahr? Vielleicht haben Sie sogar in Burgund ein *chanson d'amour* gehört, in dem erzählt wird, daß Robert Wardieu in einem verwunschenen Teich von einem Wolf und einer schönen Jungfrau gezeugt wurde, und daß er deshalb für Großes ausersehen ist.«

»Mir fehlt sowohl die Zeit als auch die Geduld, romantischen Liedern und Geschichten zu lauschen«, sagte Griffyn trocken.

»Trotzdem – ein Mann sollte seine Feinde kennen, und es ist vielleicht ganz nützlich für Sie zu wissen, daß Robert Wardieu ganz der Sohn des Wolfs ist – mutig, edel und großherzig. Die ritterlichen Tugenden sind für ihn absolut verbindliche Richtlinien, und ebenso wie sein Vater und wie sein Bruder Eduard, so will auch er um jeden Preis über das Böse triumphieren. Ich werde Sie nicht auch noch mit Eduard FitzRandwulfs Lebensgeschichte langweilen, aber hätte er vor elf Jahren freie Hand gehabt, so wäre Ohneland heute nicht König. Eduard war mit Arthur von der Bretagne eng befreundet, und als dieser auszog, den Thron mit Gewalt zu erobern, hätte er ihn rückhaltlos unterstützt, wenn der junge Narr nicht ausgerechnet Mirebeau – das heißt, die Königinwitwe – angegriffen hätte. Sie sehen auch hier wieder: Ritterlichkeit, Ehre, Stolz, Treue ... Solche Leute sind zu keinen Kompromissen bereit.« Er seufzte bedauernd. »Die ganze

Sippschaft hätte uns viel Ärger erspart, wenn sie nur etwas mehr Habgier und Ehrgeiz in den Knochen hätte!«

»Ich verstehe immer noch nicht, wozu Sie mir das alles erzählen«, schnarrte Griffyn ungeduldig.

»Dann werde ich es Ihnen ganz deutlich sagen: eine Demütigung des großen Champions ist mir sehr viel Geld wert.«

»Eine Demütigung?« fragte Griffyn sarkastisch. »Oder sein Tod?«

Malaganes Augen verengten sich zu schmalen Schlitzen, worüber der dunkle Ritter lachen mußte. »Ich bin einmal aus Versehen in ein Hornissennest getreten«, erklärte er, »und diese Erfahrung war so unerfreulich, daß ich sie nicht wiederholen möchte. Bevor ich zustimme oder ablehne, will ich wissen, was eigentlich gespielt wird.«

»Ich hätte nicht gedacht, daß Sie in Ihrem Beruf einen *Grund* zum Töten brauchen! Und ich bin der Ansicht, daß ich genug bezahle, um keine neugierigen Fragen beantworten zu müssen.«

»Genau das macht mich stutzig: Sie wollen für einen einfachen Mord viel zuviel bezahlen!«

Malagane schürzte die Lippen. »Ich müßte mich auf Ihre absolute Diskretion verlassen können.«

»Auch ich müßte mich auf Ihre absolute Diskretion verlassen können«, konterte Griffyn.

Gerome versteifte sich merklich und wollte zum Schwert greifen. Die graugrünen Katzenaugen hatten nicht einmal in seine Richtung geschaut, doch plötzlich durchschnitt kalter Stahl die Luft, und Gerome stand mit dem Rücken zur Wand und reckte den Hals, weil Griffyn ihm die Schwertspitze an die Kehle hielt.

»Hatten Sie Einwände gegen irgend etwas, das ich gesagt habe?« fragte er eisig.

»Sie haben es gewagt, an der Integrität meines Vaters zu zweifeln!«

»Er hat zuvor an meiner gezweifelt.«

Malagane sah Blutstropfen am Hals seines Sohnes und hob die Hand. »Lassen Sie ihn! Er neigt manchmal zu unüberlegtem Handeln.«

Griffyn bedachte den Grafen mit einem kalten Blick. »Wenn Sie sich mit Narren umgeben, Mylord, müssen Sie auf törichte Fehler gefaßt sein.«

»Er hat im Grunde nur meine Befehle befolgt.«

»Und wie lauteten die?«

»Er sollte Sie nicht gehen lassen, bevor wir eine freundschaftliche Abmachung getroffen haben.«

Griffyn grinste. »Und Sie glaubten wirklich, *er* könnte mich aufhalten?«

»Eine kleine ... Fehleinschätzung«, gab Bertrand zu.

Griffyn zog seine Klinge um einen Millimeter zurück, so daß Gerome ein wenig aufatmen konnte, obwohl seine Halsschlagader immer noch bedroht war. Ein dünner Blutfaden versickerte im breiten Kragen seines prächtigen goldfarbenen Wamses.

»Sie wollten mir vorhin erzählen, warum Ihnen Wardieus Tod soviel Geld wert ist«, sagte Griffyn ruhig.

Malagane seufzte schwer. »Wir haben Grund zu der Annahme«, erklärte er widerwillig, »daß er König Philipps für nächstes Frühjahr geplante Invasion in England verhindern will. Ferner glauben wir, daß er unmittelbar nach dem Turnier den Ärmelkanal überqueren will, um sich mit dem Grafen von Pembroke zusammenzutun.«

»Der Graf ist doch Ohnelands Mann, wenn ich mich nicht irre?«

»Bis zum Tod, auch wenn er ganz allein steht.«

»Und es macht Ihnen angst, wenn sich *ein* Mann ihm anschließt?«

»Ein Mann, der im Handumdrehen eine tausendköpfige Armee um sich scharen kann.«

»Aber warum in drei Teufels Namen sollte er mit tausend Mann den englischen König unterstützen? Seine Armee war doch erst vor kurzem entscheidend daran beteiligt, Ohneland über den Kanal zurückzutreiben.« Er sah Malaganes erstauntes Stirnrunzeln und verzog spöttisch den Mund. »Burgund liegt nicht am Ende der Welt, und wir leben nicht mehr in der Steinzeit.«

Der Graf machte eine begütigende Geste. »Es lag wirklich

nicht in meiner Absicht, Ihnen Ignoranz zu unterstellen. Ich dachte nur, daß es Dinge gibt, die für Sie nicht von Interesse sind.«

»Beispielsweise?«

Malagane knirschte mit den Zähnen. »Beispielsweise Wardieus Anspruch auf Ländereien in Lincolnshire. Ohneland hat den Wolf enteignet, als Vergeltung für die Vereitelung der Entführung seines Neffen und für den Tod des Drachen. Nachdem jetzt immer mehr Barone offen gegen den König rebellieren, beabsichtigt Wardieu möglicherweise, diesen Besitz zurückzufordern.«

»Und deshalb wollen Sie ihn umbringen lassen?«

»O ja, für diese Ländereien würde ich ihn sogar zehnmal umbringen lassen. Sie liegen zwischen Lincoln und Nottingham und sind strategisch von größter Bedeutung. Wenn Sie mir nicht glauben, fragen Sie Prinz Ludwig, der sich ja zur Zeit hier in der Burg aufhält. Ich habe ihm geschworen, Mittelengland für ihn zu halten, wenn er erst einmal auf dem englischen Thron sitzt. Dies hier« – er deutete auf die Geldkassette – »ist nur eine Kleinigkeit, verglichen mit dem, was ich bereits an Bestechungsgeldern investiert habe, vom Zeitaufwand ganz zu schweigen, und ich bin nicht bereit, das alles nur wegen eines enteigneten Barons zu verlieren.«

Griffyn holte tief Luft und senkte sein Schwert. »Einfache Habgier ist immer viel leichter zu verstehen als politische Winkelzüge«, kommentierte er ironisch.

Gerome faßte sich an die Kehle und betrachtete fluchend seine blutigen Finger. »Wenn Sie noch einmal Ihr Schwert auf mich richten, sollten Sie sich darauf einstellen, es auch benutzen zu müssen.«

»Ich bin sogar jetzt darauf eingestellt«, erwiderte Griffyn ruhig, »aber ich weiß nicht, ob Sie darauf eingestellt sind zu sterben.«

»Gerome! Schluß jetzt! Mach dich doch nicht noch mehr zum Narren! Was glaubst du denn, warum ich diesen Mann eigens aus Burgund kommen ließ, und warum ich ihm soviel bezahle?« Malagane sah Griffyn an, und seine Augen glichen zwei blauen Glasscherben. »Ich vermute, daß auch

Wardieu nicht ahnt, wer Sie sind – und das, obwohl Sie neulich eine Nacht und einen Tag in Amboise verbracht haben.«

»Ihre Spione leisten offenbar gute Arbeit«, sagte Griffyn bewundernd.

»Ich kann mich nicht beklagen. Soll ich Ihnen sagen, was Sie zum Abendessen gegessen haben oder ... äh ... wie oft eine gewisse Küchenmagd angeblich dank Ihrer Liebeskünste in Ohnmacht gefallen ist? Ich lege großen Wert darauf, über alles bestens informiert zu sein, weil ich mich nicht darauf verlasse, daß andere Menschen offen und ehrlich sind. Ich bin nicht so vertrauensselig wie Robert Wardieu. Weiß er, wen er beherbergt hat? Weiß er«, fuhr Malagane genüßlich fort, »daß sein alter Rivale Griffyn Renaud de Verdelay sämtliche Turniere östlich der Champagne gewonnen hat ... freilich als *Fürst der Finsternis?*«

In der plötzlichen Totenstille war nur das leise Knistern der Kerze in der Laterne und das Tropfen von Wasser zu hören. Gerome und Solange starrten Griffyn ungläubig und ehrfürchtig an.

»*Sie* sind der Fürst der Finsternis?« flüsterte Solange.

»Mein Gott!« Gerome griff sich wieder an die Kehle, diesmal heilfroh darüber, daß sie überhaupt noch vorhanden war.

»Nun«, fragte Malagane, »weiß Wardieu Bescheid?«

»Ich hielt es nicht für nötig, ihn darüber zu informieren«, gab Griffyn ruhig zu. »Vorhin dachte ich allerdings, daß es herauskommen würde, denn der Organisator des Turniers hat sich zu Wardieu und mir gesellt, und der Mann hatte mich gestern schon gesehen.«

»Rollo d'Albini? Seine Augen sind meistens nicht auf das Gesicht eines Mannes gerichtet, sondern auf ganz andere Körperteile, und außerdem ist er so kurzsichtig, daß alles, was weiter als eine Armeslänge von ihm entfernt ist, für ihn verschwommene Konturen hat. Aber Wardieu hat sehr scharfe Augen. Wie wird er wohl darauf reagieren, wenn er Sie unter dem Wappen des Fürsten der Finsternis kämpfen sieht?«

Griffyn zuckte nur mit den Schultern.

»Wie ich gehört habe, wollen Sie nur drei Herausforderungen akzeptieren. Warum?«

»Weil ich es hasse, Zeit zu vergeuden. Außerdem wird dadurch die Zahl der Ritter begrenzt, die mit zerschmetterten Gliedern vom Feld getragen werden müssen.«

Malagane grinste bösartig. »Je mehr Männer verletzt weggetragen werden müssen, desto besser, denn desto begieriger wird Wardieu sein, gegen Sie anzutreten. Revidieren Sie Ihre Ankündigung, und nehmen Sie alle Herausforderungen an. Was die Zeitvergeudung betrifft – würden hundert Mark pro Kampf Sie dafür entschädigen?« An Gerome gewandt, fügte er hinzu: »Außerdem erhöhen wir die Preissumme um fünfhundert Mark, damit mehr Ritter ihre Vorsicht über Bord werfen und gegen den Fürsten der Finsternis antreten.«

»Aber … aber bisher sind doch nur hundert Mark angesetzt!« wandte Gerome ein.

»Die Aussicht auf eine Summe, von der man zehn Jahre leben kann, wird viele junge Hitzköpfe risikofreudig machen. Nun, Mylord, was sagen Sie? Sind Sie einverstanden?«

»Wenn ich zustimme«, sagte Griffyn langsam, »darf es keine weiteren Kontakte zwischen uns geben.«

Malagane errötete vor freudiger Erregung. »Ich kann Ihnen gute Leute zur Verfügung stellen, wenn Sie wollen.«

»Ich habe selbst einen ganz guten Mann bei mir, aber er wird Sie weitere hundert Mark kosten.«

Gerome wollte gegen diese unverschämte Forderung protestieren, doch Malagane gebot ihm mit einer energischen Geste Schweigen. »Einverstanden. Sonst noch etwas?«

Griffyn lächelte grimmig. »Sie könnten mir einen guten Waffenschmied empfehlen, denn ich werde meinen Vorrat an Lanzen jetzt wohl ergänzen müssen.«

Er stellte seinen Weinbecher ab, nahm die Geldkassette an sich und wandte sich zum Gehen.

»Lord Verdelay?«

Er blieb stehen und warf einen Blick zurück.

»Sie werden natürlich keine Kontakte mehr zu Wardieu haben … und auch nicht zu seinen *Geschwistern.*«

Ein Lächeln huschte über Griffyns Gesicht, und seine Katzenaugen leuchteten in der Dunkelheit. Ohne ein Wort verließ er den Kerker, und seine Schritte verhallten auf der Steintreppe.

Solange atmete tief aus. »Es war sehr ungezogen von dir, Bertrand, mich nicht in ein so köstliches Geheimnis einzuweihen! Der Fürst der Finsternis! Ich habe gehört, daß er wirklich wie der Teufel angaloppiert kommt. Aber all das viele schöne Geld! Du hast doch zwei der besten Mörder von ganz Europa in deinen Diensten. Engelard Cigogni und Andrew de Chanceas würden Wardieu mit Freuden für den halben Preis beseitigen.«

»Aber es ist *bekannt*, daß sie in meinen Diensten stehen, und diese Sache muß mit größtmöglicher Diskretion erledigt werden, damit kein Verdacht auf uns fallen kann. Übrigens werden Chanceas und Cigogni auch noch Arbeit bekommen, denn sobald Wardieu tot ist, hat Renaud seinen Nutzen erschöpft.«

Solanges Augen funkelten wie grünes Feuer. »Wenn dem so ist … könnte dann nicht *ich* ihn bekommen, Bertrand? Ich würde ihm gern all seine Unverschämtheiten dir gegenüber heimzahlen.«

Er strich ihr mit dem Daumen über die Unterlippe. »Ich bin gerührt über deine Sensibilität für meine verletzten Gefühle, Liebling! Du kannst ihn haben.«

17

Sobald Griffyn im Sonnenlicht stand, füllte er seine Lungen mit frischer Luft, doch der Gestank des Verlieses und die gräßlichen Bilder der Folterkammer verfolgten ihn, bis er in das Gewühl auf dem Burghof eintauchte. Die fröhlichen, farbenfroh gekleideten Menschen und die köstlichen Essensdüfte lenkten ihn ein wenig von seinen trüben Gedanken ab.

Er verließ das Burggelände so schnell wie möglich und ging mit großen Schritten den gewundenen Weg zum Fluß hinab. Seit seiner Ankunft am Vortag hatte sich die Anzahl von Zelten mehr als verdoppelt. Überall waren Feuerstellen gegraben worden, und über den Flammen hingen riesige schwarze Kessel, aus denen es verheißungsvoll roch und dampfte. Weniger angenehm waren die Abfallhaufen, die sich allerorten türmten, und die Exkremente, denen man auf Schritt und Tritt ausweichen mußte.

Griffyn stellte erleichtert fest, daß seine Zelte immer noch durch einen breiten Streifen Stechginster von allen anderen getrennt waren, aber es erboste ihn, keine Feuerstelle zu entdecken, denn er hatte seit dem frühen Morgen nur eine Handvoll gerösteter Kastanien gegessen, und sein Magen knurrte gewaltig. Fluchend betrat er das Hauptzelt, wo sein Knappe auf einem Stapel Decken tief und fest schlief.

»Fulgrin!«

Seine Stimme war wie ein Donnerhall, und der Schläfer sprang wie von der Tarantel gestochen von seinem Lager auf und klapperte vor Angst mit den Zähnen – freilich nur, bis er die bedrohliche Gestalt erkannte.

»Allmächtiger!« Er preßte theatralisch seine Hände aufs Herz. »Ich hätte meine Zunge verschlucken können!«

»Du kannst von Glück sagen, wenn ich sie dir nicht abschneide und brate. Hast du nichts Besseres zu tun, als die Luft mit deinem Geschnarche zu verpesten?«

Fulgrin war klein und drahtig, schielte auf einem Auge und war auch ansonsten alles andere als eine Schönheit.

»Das ist also der Dank dafür, daß ich die halbe Nacht aufgeblieben bin, um auszupacken und dieses fürstliche Zelt aufzubauen!«

Griffyn betrachtete mit beredter Miene die schiefen Zeltwände und die durchhängende Decke.

»Schon gut, schon gut«, knurrte Fulgrin, »das wollte ich gleich heute morgen richten, aber ich hatte einen schweren Kopf, nicht nur aus Schlafmangel, sondern auch, weil ich mit einem Dutzend anderer Knappen auf gute Kameradschaft trinken mußte.«

»Und?« Griffyn nahm seinen Schwertgurt ab. »Was hast du dabei erfahren?«

»Daß das Bier sauer ist, und daß die meisten Knappen Dummköpfe sind.« Er hielt warnend einen Finger hoch. »Legen Sie den Gurt ja nicht einfach irgendwohin! Jedes Ding hat seinen Platz, das wissen Sie doch. Wenn Sie ausnahmsweise tief in den Geldbeutel greifen würden, könnten wir das Zelt vergrößern, und dann würden wir nicht mehr ständig übereinander stolpern, aber nein! Sie knausern mit jeder Münze!«

Griffyn hängte seinen Gurt seufzend an einen Zeltpfahl. »Erinnere mich doch wieder einmal daran, warum ich deine Gesellschaft ertrage.«

»Weil ich die Ihre ertrage, und weil Sie mich brauchen.«

»Wie die Windpocken«, brummte Griffyn vor sich hin.

»Das habe ich gehört.«

»Du solltest es auch hören.«

»Womit habe ich solchen Unmut verdient? Fragen Sie mich doch, was ich heute vormittag gemacht habe. Fragen Sie!«

Griffyn zog schweigend Wams und Hemd aus. Er wußte genau, daß Fulgrin auch ungefragt berichten würde, welche Heldentaten er vollbracht hatte.

»Ich habe drei Stallknechte, einen Waffenschmied und einen Laufburschen aufgetrieben, ganz zu schweigen von einem ausgezeichneten Stall für Zentaur und Zenturio. Letzterer hat übrigens denkbar schlechte Laune, weil er so lange von Zentaur getrennt war und würdelos hinter einem Lastkarren herlaufen mußte.«

»Ich wollte heute noch ein bißchen mit ihm trainieren.«

»Das sollten Sie auch! Er wird Sie zunächst tüchtig beißen, und ich kann ihm daraus keinen Vorwurf machen. War dieser Abstecher nach Amboise denn wirklich so wichtig, daß Sie das prächtigste Roß diesseits der Hölle total verstimmen mußten?«

»Mir schien er wichtig zu sein, und Zenturio wird sich wieder beruhigen. Hast du mir noch irgend etwas *Nützliches* zu berichten?«

»Sie meinen doch wohl nicht die Tatsache, daß ganz in der Nähe die Schönen der Nacht ihr Lager aufgeschlagen haben?« Er pfiff durch eine Lücke zwischen seinen Vorderzähnen. »Scherz beiseite – vielleicht interessiert es Sie, daß man Gaillard nur durch das Haupttor betreten und verlassen kann. Löwenherz hielt nichts von Hintertüren, weil sie meistens von ungebetenen Gästen benutzt wurden. An der Westmauer gibt es zwar ein kleines Tor, aber es geht direkt auf die schroffen Felsen hinaus, und man stürzt unweigerlich hundert Meter in die Tiefe und landet im Fluß. Ich kann mir nicht vorstellen, wozu es gut sein soll – es sei denn, um den ... äh ... Abfall aus den Verliesen mühelos beseitigen zu können.«

»Wachen?«

»Das übliche Kaliber. Halten die Hand auf und stellen sich blind, wenn es sich für sie lohnt. Allerdings haben sie großen Respekt vor Bertrand Malagane und noch mehr vor seiner Geliebten Solange de Sancerre.«

»Ich habe vorhin die Bekanntschaft der beiden gemacht und glaube auch, daß ein gewisser Respekt nicht schaden kann. Was ist mit dem Sohn?«

»Mit welchem? Malagane hat acht Söhne.«

»Der Hauptmann der Wache.«

»Gerome de Saintonge? Er liebt es offenbar, Gefangene und auch Frauen mit Fäusten zu traktieren, bis sie blutüberströmt und mit gebrochenen Knochen daliegen. Ein gefährlicher Kerl, aber berechenbar, während sein Vater Köpfchen hat und gerissen ist. Malagane sperrt für König Philipp Augen und Ohren weit auf. Er hat hier und in England Legionen von Spionen, und ich bezweifle, daß eine Ziege scheißen könnte, ohne daß er über die genauen Umstände Bescheid wüßte.«

Griffyn nickte. »Er wußte, daß ich in Amboise war. Er hat sich sogar erboten, mir zu erzählen, was ich dort gegessen und wen ich geküßt habe.«

»Sie haben in Amboise jemanden geküßt?« Fulgrin hob die Brauen.

»Das war nur eine Redewendung, weiter nichts. Aber

wenn er sogar im Wolfsbau Spione hat, muß er außerordentlich geschickt sein.«

»An Ihrer Stelle würde ich ihn lieber nicht in Wut bringen, und ich würde ihm auch keine Bitte direkt abschlagen. Er … er *hat* Sie doch um etwas gebeten, stimmt's?«

»Ja, das hat er.« Griffyn stellte die Kassette auf ein Tischchen und öffnete sie. Fulgrins Unterkiefer klappte herunter, und seine Hände zitterten, als er die vielen Münzen sah.

»Mein Gott!« flüsterte er andächtig. »Wieviel ist das?«

»Tausend Mark«, sagte Griffyn, »und ich bekomme noch tausend, wenn ich Robert Wardieu töte.«

Fulgrin schaute hoch. »Zweitausend Mark für etwas, das Sie sowieso tun wollten?«

Grinsend ging Griffyn zu den beiden riesigen Truhen an der Zeltwand. Die eine enthielt Schwerter, Dolche und sonstige Waffen; in der anderen wurde seine sorgfältig geölte Rüstung aufbewahrt. Er holte aus der ersten Truhe ein Schwert aus doppelt gehärtetem Stahl hervor, dessen über ein Meter lange Klinge funkelte, hielt sie ins Licht und starrte auf die eingravierte Botschaft: *Du brauchst nicht zu hoffen, daß du jemals den Himmel sehen wirst, denn ich bringe dich an einen anderen Ort.*

»Ein Waliser ist heute qualvoll gestorben«, murmelte er nachdenklich. »Beweise mir, wie unersetzlich und unentbehrlich du für mich bist. Finde heraus, wer er war, und ob sein Tod etwas mit Malaganes Wunsch, Wardieu ins Jenseits zu befördern, zu tun hat.«

Er griff in die zweite Truhe und holte ein großes Quadrat sorgfältig gefalteter Seide hervor. Als er das Banner entfaltete, schimmerte der dunkelgrüne Grund wie das Wasser eines stillen Teichs. Ein goldener Falke hob sich eindrucksvoll davon ab: seine Flügel waren weit ausgebreitet, die Klauen angriffslustig vorgestreckt.

»Weißt du, wo Wardieu sein Lager aufgeschlagen hat?«

»Auf der anderen Seite der Wiese, näher zur Straße als zum Fluß hin. Soll ich Ihr Banner aufziehen, Sir?«

Griffyn lächelte grimmig, denn plötzlich hörte sich Fulgrins Stimme respektvoll an. Es war so, als würde er sich wirklich in einen anderen Mann verwandeln, sobald die Falkenflügel entfaltet wurden. In einen Mann ohne Gewissen, ohne Loyalität, ohne Skrupel, jeden zu vernichten, der ihm im Wege stand.

»Warum nicht?« sagte er. »Es ist doch nur höflich, alle wissen zu lassen, daß der Tod in ihrer Mitte weilt.«

Die Kunde verbreitete sich in Windeseile und kam natürlich auch Brenna zu Ohren, die vor ihrem Zelt am Feuer saß und den Sonnenuntergang hinter der bedrohlichen Festung auf dem Hügel beobachtete, der Zinnen und Türme mit einem roten Rahmen versah. Es war kühl geworden, und sie hatte sich in einen dick gefütterten Umhang gehüllt.

Robin, Richard, Dag und Geoffrey waren in ihren Zelten und warfen sich für das festliche Abendessen auf Château Gaillard in Schale. Die große Halle, die mehr als tausend Personen Platz bot, würde wahrscheinlich völlig überfüllt sein, und Brenna hatte keine Lust, ihre Brüder zu begleiten. Sie hatte ihr gefährliches Abenteuer noch nicht ganz verkraftet und wollte Griffyn Renaud nicht wiedersehen, der bestimmt auch anwesend sein würde.

Sparrow hatte sich den ganzen Nachmittag wie eine Klette an sie gehängt. Er meinte es gut, und sie wußte, daß er sie notfalls unter Einsatz seines eigenen Lebens verteidigen würde, aber seine Wichtigtuerei und seine Belehrungen gingen ihr trotzdem auf die Nerven. Deshalb freute sie sich auf einen ruhigen Abend, denn der Zwerg würde Robin und die anderen natürlich begleiten, weil er fest davon überzeugt war, daß sie ohne ihn sofort in irgendwelche Schwierigkeiten geraten würden.

Littlejohn hatte Gaillard verlassen und wollte nach einem harten Nachtritt am nächsten Morgen an der Küste sein, um alle Einzelheiten der Überfahrt auf dem Schmugglerschiff mit seinem Vetter zu besprechen. Ursprünglich hatte er rechtzeitig zum *mêlée* zurückkommen wollen, aber Robin hatte ihn von dieser Idee abgebracht, denn sogar Riesen brauchten hin und wieder eine Ruhepause, und in England würde seine ganze Kraft dringend erforderlich sein.

Bei Einbruch der Dunkelheit wurden überall Fackeln entzündet und in den Boden gesteckt. Wer nicht zum Abendessen in die Burg ging, stärkte sich mit Suppe oder Eintopf aus den großen Kesseln über den Feuern oder schlenderte von einem Zeltlager ins andere, um nach bekannten Gesichtern zu suchen. Auch bei den Huren herrschte schon großer Andrang. Die Männer mußten Schlange stehen, rissen dabei Zoten und verprügelten jeden, der sich vordrängen wollte.

Brenna hatte die Augen geschlossen und lauschte der Geräuschkulisse: Stimmengewirr, Gelächter, das Rauschen des Flusses, das Knistern des Feuers, alles verschmolz miteinander … Die ferne Glocke der Burgkapelle läutete zur Vesper, und Brenna bekreuzigte sich instinktiv und murmelte ein kurzes Gebet. Schläfrig fragte sie sich, ob dies eine mondlose Nacht sein würde, ob es ihr vergönnt sein würde, einen Blick auf Richard Löwenherz zu werfen, wie er mit seinem Schwert in der Hand Johann Ohneland verfluchte!

»… unten am Fluß! Alle haben ihre Zelte weiter abgerückt, als sie sein Banner sahen.«

Brenna öffnete die Augen und sah eine Gruppe Gardisten, deren Stiefel auf den Kieseln knirschten.

»Aber hast du ihn *gesehen?* Hast du den Fürsten der Finsternis wirklich mit eigenen Augen gesehen?«

»Nein, das nicht, aber ich habe gehört, daß er so groß wie eine Eiche ist und braune Haare hat …«

»Goldene Haare«, widersprach ein anderer. »Und gelbe Augen, wie ein tollwütiger Hund.«

»*Grün!* Seine Augen sind grün und leuchten rot, wenn es dunkel ist.«

Einer lachte. »Und zweifellos hat er Schlangen anstelle von Haaren!«

»Er soll eine Narbe im Gesicht haben und irgendeine unverständliche Sprache sprechen.«

»Glaubst du, daß er ein Sarazene ist?«

»Er hebt nie sein Visier, er zeigt nie sein Gesicht! Entweder ist er so häßlich wie der Teufel, oder aber er *ist* der Teufel!«

Die Stimmen verklangen in der Ferne, und Brenna warf ein neues Holzscheit ins Feuer. Dies war nun schon die vierte oder fünfte Unterhaltung, die sie mit angehört hatte, und allmählich glaubte sie diesen Fürsten der Finsternis ganz gut zu kennen. Er war jung, alt, groß, klein, gedrungen, bläuäugig, braunäugig, grünäugig, einäugig, er hatte lange Haare, kurze Haare, lockige Haare, dunkle Haare, helle Haare, Schlangenhaare! Seine Haut war schwarz, weiß, gelb mit gräßlichen Narben, und jemand hatte sogar behauptet, er hätte sechs Finger an jeder Hand und Klumpfüße.

»Bren?«

Sie stand auf, als Robin sich näherte.

»Wir gehen jetzt. Bist du ganz sicher, daß du nicht mitkommen möchtest?«

»Ja! Ich werde bestimmt schon schlafen, bevor ihr die Burg überhaupt erreicht habt.«

Er küßte sie auf die Stirn. »Alle drei Meter steht ein Wachposten. Du brauchst nur zu rufen, falls auch nur ein Wurm deine Nachtruhe stören sollte.«

»Das tu ich bestimmt. Habt ihr immer noch nichts von Dafydd gehört?«

Sein Gesicht verhärtete sich. »Nein, nichts. Jemand hat behauptet, ihn vorgestern hier gesehen zu haben … aber vielleicht war es auch nur jemand, der ihm ähnlich sah.« Er zuckte die Achseln. »Wenn er hier ist, werden wir ihn finden. Nur deshalb lasse ich heute abend diesen ganzen Pomp über mich ergehen.«

Sie gab ihm einen liebevollen Nasenstüber. »Laß dich nicht zu irgendwelchen Torheiten hinreißen. Das *mêlée,* sonst nichts! Denk daran, daß Marienne in Nottingham auf dich wartet. Sie wartet schon sehr lange und möchte dich bestimmt unversehrt wiedersehen.«

Robin kraulte sie unter dem Kinn, bevor er zu Richard und Dag hinüberging, die ungeduldig auf ihn warteten. Sparrow hielt Geoffrey einen langen Vortrag über die richtige Kampfstrategie, und Brenna winkte ihrem Schwager grinsend zu. Geoffrey war ein geduldiger Mann – fast ein Heiliger, verglichen mit den hitzköpfigen Wardieus –, aber sie hatte ihn stark im Verdacht, nicht ganz unschuldig an den vielen Mißgeschicken zu sein, die Sparrow zustießen. Isobel hatte wirklich großes Glück gehabt, einen so freundlichen, tapferen und rücksichtsvollen Ehemann zu finden. Er liebte sie von ganzem Herzen und hatte sich seiner Tränen nicht geschämt, als sie ihr erstes Kind zur Welt brachte.

Brenna hatte plötzlich Griffyns Bild vor Augen, und er kam bei dem Vergleich mit Geoffrey nicht gut weg. Für diesen arroganten und sarkastischen Kerl waren Rücksicht und Mitgefühl bestimmt Fremdwörter. Wahrscheinlich versetzte er kleinen Hunden Fußtritte und ängstigte Kinder halb zu Tode. War er tapfer? Gewiß, er hatte sie vor den drei Halunken gerettet, aber als Heldentat konnte man das nicht gerade bezeichnen – oder doch? Animalische Lust hatte nichts mit wahrer Liebe zu tun, und auch ein zarter Kuß war noch lange kein Beweis für Zuneigung! Wahrscheinlich würfelte er zur Stunde um irgendeine vollbusige Dirne oder lag nackt auf Fellen und befahl irgendeinem törichten Mädchen, ihm den Hintern zu massieren ...

Brenna hatte keine Lust mehr, sich wieder ans Feuer zu setzen, weil ihre Wangen ohnehin schon glühten. Sie gab einigen ins Gespräch vertieften Wachposten ein Zeichen, und zwei kräftige Männer begleiteten sie zum Fluß und gaben ihr ein Gefühl der Sicherheit, während sie sich wusch. Vor ihrem Zelt wünschte sie ihnen gähnend ›gute Nacht‹, löschte ihre Laterne und kroch unter die warmen Decken. Sie gähnte wieder, aber ihre Augen blieben weit geöffnet. Sie lauschte dem Stimmengewirr, dem Gelächter und Gesang ... und war plötzlich hellwach, wofür sie das kalte Flußwasser verantwortlich machte.

»Ivo brüstet sich, er würde den Fürsten der Finsternis wie einen dürren Ast in zwei Teile zerbrechen.«

Brenna vergrub stöhnend ihren Kopf in den weichen Fellen, weil sie dieses Geschwätz satt hatte.

»Ja, und er behauptet, es würde ihm gleich bei der ersten Tournade gelingen! Er will diesen goldenen Falken mit seiner Lanze aufspießen wie einen Kapaun.«

»Habt ihr gehört, daß Weiber vor seinem Zelt Schlange

stehen? Manche wollen wirklich nur sehen, wie groß sein Schwanz ist …«

»Vor wessen Zelt stehen sie Schlange … vor Ivos?«

»Natürlich nicht, du Trottel! Vor dem Zelt des Fürsten der Finsternis, der jetzt übrigens alle Herausforderungen annimmt, entgegen seiner ursprünglichen Ankündigung.«

Seufzend setzte Brenna sich auf. Schlangen von Frauen vor dem Zelt. Schlangenhaare. Feuersprühende Augen. Um Himmels willen, was mochte hinter Robins Rücken alles über ihn erzählt werden?

Sie zog ihre Stiefel an und spähte ins Freie. Niemand interessierte sich für ihr dunkles Zelt, und sie stopfte kurz entschlossen ihren Zopf unter eine Filzkappe, die sie tief in die Stirn zog. Leise schlich sie hinaus und ging wieder zum Fluß hinab. Sie hatte ihr Kurzschwert, ihren Dolch und – im Stiefel versteckt – ein kleines Messer, und außerdem waren in der Nähe so viele Menschen und Lichter, daß ihr hier bestimmt keine Gefahr drohte. Niemand würde sie eines zweiten Blickes würdigen, weil sie wie ein Knappe oder Page aussah, der für seinen Herrn einen späten Auftrag ausführte.

Sie lief einfach am Fluß entlang, ohne festes Ziel, und blieb erst stehen, als sie das hell beleuchtete Zeltlager fast hinter sich gelassen hatte. Etwas abseits, hinter einem Streifen Ginster, sah sie die beiden Zelte des Fürsten der Finsternis. Sein Falkenbanner flatterte über dem Hauptzelt im Wind, und davor brannte ein kleines Feuer, aber ansonsten gab es nirgendwo ein Lebenszeichen. Niemand stand Schlange, um einen Blick auf den Teufel zu erhaschen, und Brenna war enttäuscht und verärgert. Neben ihr rauschte der Fluß, und das hohe Gras wogte um ihre Knöchel herum. Sie hörte keine Schritte und bemerkte erst, daß jemand dicht hinter ihr stand, als sie die leichte Brise nicht mehr im Nakken spürte.

Sie wirbelte herum, konnte aber nur die Umrisse eines großen, breitschultrigen Mannes erkennen, der ein Messer in der Hand hatte.

18

Griffyn fluchte laut. »Sie schon wieder! Was zum Teufel machen Sie hier draußen? Hat Ihr heutiges Abenteuer Ihnen nicht eindringlich vor Augen geführt, wie gefährlich es ist, allein herumzulaufen?«

Brenna schluckte hart. »Ich … ich konnte nicht schlafen und dachte, ein kleiner Spaziergang würde mir guttun. Und was machen *Sie* hier? Ich dachte, Sie wären oben in der Burg und würden sich eifrig am Zechgelage beteiligen.«

»Nein, am Abend vor einem Turnier pflege ich nicht zu zechen.«

Er schob seinen Dolch in die Scheide. »Wie Sie, so gehe auch ich gern allein spazieren. Ich bin schon so oft mit dem Tod in enge Berührung gekommen, daß ich eine Nacht wie diese gern auskoste, denn es könnte durchaus die letzte meines Lebens sein.« Er warf einen Blick auf die abseits stehenden Zelte. »Sie brennen offenbar genau wie alle anderen Frauen vor Neugier, was diesen geheimnisvollen Fürsten der Finsternis betrifft, stimmt's?«

»Nein! Er interessiert mich überhaupt nicht. Ich bin einfach dem Fluß gefolgt, ohne zu wissen, wohin er führt.«

Seine Miene ließ deutliche Skepsis erkennen. »Nun, er führt geradewegs in eine Felsschlucht, wenn Sie noch ein paar Schritte machen. Kommen Sie, ich begleite Sie zu Ihrem Lager zurück.«

»Ich brauche Ihre Gesellschaft nicht, Sir. Ich finde meinen Weg auch allein.«

»Wie Sie wünschen.« Er wandte sich zum Gehen. »Um Ihre Frage von vorhin zu beantworten – ich wollte gerade nach meinen Pferden schauen. Wenn Sie mitkommen wollen, verspreche ich Ihnen, mich tadellos zu benehmen.« Er deutete auf die lange Reihe behelfsmäßiger Ställe am Fuß des Hügels.

»Pferde? Sie haben mehr als ein Schlachtroß?«

»Ich wäre ein miserabler Söldner, wenn ich nur ein einziges Roß hätte«, lachte er. »Fulgrin hat das andere mitgebracht, ebenso wie unseren Karren mit dem ganzen Gepäck.«

»Fulgrin … Ihr eigensinniger Knappe? Sie haben ihn also ohne Schwierigkeiten wiedergefunden?«

»Schwierigkeiten macht Fulgrin immer, aber er kommt nie für lange Zeit abhanden. Kommen Sie! Ich habe ein paar gute Äpfel für die Pferde geklaut.«

Sie betrachtete mit gerunzelter Stirn seinen breiten Rükken und folgte ihm wider besseres Wissen. Die Ställe aus Segeltuch waren mit Fackeln beleuchtet, und Brenna sog begierig den vertrauten Pferdegeruch ein. Griffyn ging an den Boxen entlang und schreckte einen Jungen auf, der auf dem Boden saß und vor sich hin döste.

»Sire!« Der Bursche sprang leichenblaß auf. »Ich habe die Tiere gefüttert und getränkt und niemanden in ihre Nähe gelassen.«

»Sehr gut. Geh jetzt zum Fluß und wasch dich mit kaltem Wasser. Ich möchte, daß du die ganze Nacht wach bleibst und gut aufpaßt.«

Der Junge nickte ängstlich. »Das werde ich, Sire, ich schwör's Ihnen.«

Er stolperte hastig ins Freie, und Brenna sah sich in ihrer Einschätzung von Griffyns Umgang mit Schwächeren bestätigt. »Sie üben eine ungemein beruhigende Wirkung auf Menschen aus, muß ich sagen.«

Er überhörte ihre sarkastische Bemerkung und betrat eine Box. Zentaur, der große graue Hengst, hatte beim Klang von Renauds Stimme sofort den Kopf gehoben und schnaubte dankbar, als er einen saftigen Apfel erhielt. Brenna hatte dieses herrliche Tier schon im Wald von Amboise bewundert, doch jetzt lenkte das Roß in der nächsten Box ihre Aufmerksamkeit auf sich. Es war noch größer als Zentaur, dunkelgrau mit schwarzen Flecken an den Hinterbeinen und einer schneeweißen Manschette an einem Vorderbein, und seine Muskulatur war so bedrohlich, daß Brenna vorsichtshalber einen Schritt zurückwich.

»Das ist Zenturio, Zentaurs Sohn«, stellte Griffyn den Hengst vor. »Er fühlt sich in seiner Würde verletzt, weil er in den letzten Tagen mit Fulgrins Gesellschaft vorlieb nehmen mußte.«

Zenturio verschmähte auch den Apfel, der ihm hingehalten wurde. »Wie du willst«, sagte Griffyn und biß selbst in den Apfel. Der Hengst warf ungehalten den großen Kopf zurück und trampelte mit den Vorderbeinen, aber Griffyn kaute und schluckte seelenruhig und nahm einen zweiten Bissen, bevor er den Rest des Apfels noch einmal anbot.

Die Frucht verschwand zwischen den großen weißen Zähnen, und Griffyn rieb dem Tier zärtlich die samtweichen Nüstern, bevor er mit einer gründlichen Untersuchung begann. Seine Hände betasteten jeden Muskel und jedes Gelenk, und schließlich nickte er zufrieden und gab dem Hengst einen liebevollen Klaps aufs Hinterteil.

Auch die beiden stämmigen zottigen Packpferde, die aus ihren Boxen begierig herübergeschaut hatten, gingen nicht leer aus: jedes erhielt seinen Apfel und wurde gestreichelt, und eines zupfte dankbar an Griffyns Ärmel, als er mit gerunzelter Stirn eine wunde Stelle an seiner Flanke betrachtete.

»Wenn Fulgrin es noch einmal wagen sollte, die Peitsche zu verwenden«, murmelte er, »wird er sie selbst kräftig zu spüren bekommen!«

Brenna wunderte sich, wie sanft und freundlich er mit den Tieren umging, fand aber sehr schnell eine einleuchtende Erklärung: jeder Ritter – sogar ein Söldner – war auf gute Rösser angewiesen, und deshalb mußte er sich auch intensiv um sie kümmern.

Griffyn kehrte in die erste Box zurück und untersuchte Zentaur genauso gründlich wie zuvor schon Zenturio. Brenna trat näher heran und streichelte die Flanke des Hengstes, während sie beobachtete, wie behutsam seine Vorderbeine abgetastet wurden, und ihre Haut prickelte, als sie sich daran erinnerte, was diese kundigen Finger mit *ihrem* Körper angestellt hatten.

Ihr Blick blieb auf seiner narbigen linken Hand haften, und irgend etwas regte sich tief in ihrem Innern. Es war weder Furcht noch Mitleid, denn sie hatte schon viel schlimmere Verletzungen gesehen, wenn Männer von einer Schlacht zurückkehrten, sondern ein Gefühl, für das sie selbst keinen Namen wußte.

»Es geht mich natürlich nichts an«, murmelte sie, »aber wie ... wie haben Sie sich diese Brandwunden zugezogen?«

Er schaute flüchtig hoch, ohne die Untersuchung des Rosses zu unterbrechen. »Sie haben recht – es geht Sie nichts an.«

Sie sagte nichts, und nach einer Minute richtete er sich seufzend auf. »Verzeihen Sie meine Grobheit. Ich bin nicht daran gewöhnt, daß jemand um mich besorgt ist.«

Brenna wollte nicht einmal sich selbst eingestehen, daß sie um ihn besorgt sein könnte. »Es war reine Neugier«, behauptete sie.

Er spreizte die Finger der verletzten linken Hand und betrachtete sie, so als würde er sie zum erstenmal sehen. »Kein schöner Anblick, stimmt's?«

»Werden Sie dadurch nicht behindert?«

Griffyn bewegte die kräftigen Finger und legte sie auf Zentaurs Rücken. »Nein. Hatten Sie das gehofft?«

»Natürlich nicht, warum sollte ich so etwas hoffen?«

»Ja, warum sollten Sie? Ihr Bruder muß ja wegen seiner eigenen Verletzung in den nächsten Tagen auf der Zuschauerbank sitzen. Aber vielleicht wäre es für Sie einfach eine Genugtuung zu sehen, wie ich aufgespießt werde.«

»Ich genieße es keineswegs, wenn jemand aufgespießt wird.«

»Nicht einmal ein ... wie haben Sie mich doch gleich noch genannt? ... ein feiger Wurm?«

Sie errötete. »Ich war wütend, als ich das gesagt habe.«

»Stimmt, Sie waren sehr wütend«, bestätigte er ruhig. »Ihre Wangen glühten, und Ihre Augen schleuderten Blitze – und Sie waren wunderschön!«

Brenna schluckte. »Es war doch dunkel. Wie wollen Sie da wissen, wie ich ausgesehen habe?«

Er legte seine rechte Hand auf den Hals des Hengstes, so daß sie plötzlich dazwischen gefangen war. »Ich weiß, wie Sie im Wald ausgesehen haben«, flüsterte er. »Ich weiß, wie Sie im Badehaus ausgesehen haben, und ich weiß, wie Sie jetzt aussehen.«

Seine Lippen berührten fast ihre Schläfe, und sie hielt den Atem an.

»Wunderschön«, murmelte er, »ob Sie es nun glauben oder nicht.«

Sie riskierte einen Blick in sein Gesicht. Er hatte sich vor kurzem rasiert, und sein rabenschwarzes Haar glänzte im Fackelschein. Wenn jemand schön war ...

»Ich ... ich bin nicht einmal besonders hübsch«, stammelte sie. »Meine Haare lassen sich nicht bändigen, ich habe Sommersprossen auf der Nase, und ... und ich werde niemals zarte Hände und eine helle Haut haben. Mutter hat schon jede Hoffnung aufgegeben, daß aus mir jemals eine richtige Dame werden könnte.«

»Gott sei Dank«, sagte er aufrichtig. »Richtige Damen sind nett anzuschauen, aber mir ist eine Frau lieber, die einen Wilderer stellen und die Neugier eines Mannes wecken kann, der sich angewöhnt hat, lieber nicht allzu neugierig zu sein – besonders in bezug auf Frauen. Ihre Sommersprossen finde ich reizend, und Ihre Haare ...«

Er verstummte, zog ihr die Filzkappe vom Kopf und warf sie achtlos beiseite. Seine kräftigen Finger entflochten den langen Zopf und verteilten die Locken um ihre Schultern. Sie ließ ihn gewähren, und als sie zu ihm emporblickte, las er in ihren Augen, daß sie kapituliert hatte. Seine Reaktion ließ nicht lange auf sich warten: er umschlang ihren Kopf mit beiden Händen und küßte sie so zärtlich, daß sie selig seufzte, als seine Lippen sich endlich von den ihren lösten.

»Hattest du nicht versprochen, dich tadellos zu benehmen?« murmelte sie.

»Ich habe gelogen.« Sein schelmisches Grinsen jagte ihr einen heißen Schauder über den Rücken, und als er sie wieder küßte, breitete sich diese Hitze auf ihrem ganzen Körper aus.

Sie hätte natürlich wissen müssen, daß das passieren würde! Und im Grunde *hatte* sie es gewußt, schon als sie ihm in den Stall gefolgt war und seine Pferde um jedes Streicheln, um jede sanfte Berührung beneidet hatte. Sie warf ihre Arme um seinen Hals und schloß die Augen, während sie seinen Kuß leidenschaftlich erwiderte. Es war ihr egal, daß der Stall keine Tür hatte, so daß jeder, der zufällig vorbeikam, sie sehen konnte, und es war ihr egal, daß er höchstwahrscheinlich nur mit ihr spielte. Sie hatte heute auf dem Burghof beobachtet, mit welch hungrigen Blicken ihn alle Frauen verschlangen, und Tansy war in seinen Armen zwei- oder dreimal ohnmächtig geworden … Er war zweifellos ein Weiberheld, doch auch das war ihr egal, solange er sie nur küßte!

Und er küßte nicht nur ihren Mund, sondern auch ihre Wangen, ihre Schläfen, ihre Lider und ihren Hals, während seine Hände in ihren Haaren wühlten. Am ganzen Leibe bebend, genoß sie jede Zärtlichkeit und bot ihm selbst wieder ihren Mund dar, obwohl sie genau wußte, wozu das führen würde. Sie wußte es und preßte sich begierig an seinen Körper, um seine Hitze zu spüren.

»Ich weiß eine Wiese unten am Fluß«, flüsterte er. »Das Gras ist dort besonders hoch und weich … soll ich dich dorthin bringen?«

Ihr schoß flüchtig durch den Kopf, daß es Wahnsinn war zuzustimmen, aber alle Vernunftargumente dieser Welt vermochten sie nicht davon abzuhalten, und sie besiegelte ihre Einwilligung durch einen Kuß, der ihn veranlaßte, sie auf die Arme zu nehmen und in die Dunkelheit hinauszutragen.

Erst am Fluß, im kniehohen Gras, stellte er sie auf die Beine und trat ein wenig zurück, so als wäre er plötzlich unsicher, ob er seinem heftigen Verlangen nachgeben sollte oder nicht. Doch Brenna hatte alle Bedenken längst überwunden und warf sich zitternd in seine Arme.

»Tausend Dinge hast du mir versprochen«, murmelte sie. »Tausend Dinge, die mich veranlassen würden, dich um tausend weitere zu bitten. Dieses Versprechen mußt du jetzt einhalten … es sei denn, du hast nur geprahlt!«

Seine Lippen verschlossen ihr den Mund, und seine Hände beraubten sie ihrer Kleidungsstücke. Ein kurzes Schnürleibchen aus reiner Seide, bestickt mit zarten blauen Blumen und Efeublättern, flog zuletzt beiseite, und dann stand sie mit nacktem Oberkörper vor ihm und spürte die kalte Nachtluft auf ihrer Haut, doch sobald sein Mund ihre Brüste berührte, wurde ihr heiß, und sie preßte ihn stöhnend an sich, die Finger in seinen Haaren vergraben.

Er kniete vor ihr nieder und zog ihre Hose bis zu den Stiefeln hinunter, und seine Lippen glitten hungrig über ihren Bauch, über die Schamhaare, über die Schenkel ...

Sie ließ sich ins Gras sinken, und seine Lippen waren *dort,* sein Mund war *dort,* und sie konnte weder atmen noch denken. Von einer heißen Lustwelle nach der anderen überrollt, krallte sie ihre Hände ins Gras und riß es büschelweise aus, spreizte ihre Beine und wölbte sich seiner Zunge und seinen Lippen entgegen, bis sie sich schließlich wild aufbäumte und ihren ersten Orgasmus erlebte.

Noch ganz überwältigt von dieser Erfahrung, sah sie, daß er sich hastig auszog, und dann lag er auf ihr, und sein heißes zuckendes Fleisch drang in ihre nasse Grotte ein und bahnte sich unaufhaltsam einen Weg, tiefer und tiefer, mühelos die einzige Barriere durchstoßend, tiefer und immer tiefer ...

Brenna klammerte sich an ihn, seiner Kraft völlig ausgeliefert, und soweit sie überhaupt noch denken konnte, dachte sie: Er ist in meinem Körper und bewegt sich darin, so als würde er ihm gehören!

Es war unvorstellbar – und es war unvorstellbar schön! Er führte jetzt kraftvolle Stöße aus, und gleichzeitig saugte er an ihren Brustwarzen, bis ihr fast die Sinne schwanden, bis sie ihre Hände um seine Hüften schlang, um ihn noch enger an sich zu ziehen, bis ihre Stiefelabsätze sich tief in die weiche Erde gruben, bis sie einen gebrochenen Schrei ausstieß, als die Ekstase ihren Höhepunkt erreichte. Gleich darauf warf Griffyn den Kopf zurück und stöhnte auf, während sich ein schier endloser Samenstrom in Brennas Leib ergoß ...

Griffyn bewegte sich minutenlang nicht. Er hätte sich selbst gern weisgemacht, daß dieser Orgasmus nichts Besonderes gewesen war, aber er wußte, daß das nicht stimmte. Ihm war so, als hätten sich nicht nur ihre Körper vereinigt, sondern auch ihre Seelen, und das erschütterte ihn, denn er hatte gar nicht mehr geglaubt, überhaupt noch eine Seele zu besitzen, überhaupt noch Gefühle und Bedürfnisse zu haben.

Sobald er sich etwas gefaßt hatte, hob er den Kopf aus

Brennas Halsgrube und küßte zärtlich ihren Mund, ihre Schläfen und Wangen. Sie hielt ihn immer noch in ihren Armen, und ihr Herz klopfte so laut, daß sie überzeugt war, er könne es hören, als er seinen Kopf auf ihre Brust bettete. Bei dem Gedanken, welchen Anblick sie bieten mußten, schoß ihr heiße Röte ins Gesicht, und er schien das zu spüren, denn er stützte sich plötzlich auf die Ellbogen und strich sanft über ihre Wangen, über ihr Kinn und ihren Hals. Feuchte Locken hingen ihr in die Stirn, und er spielte mit ihnen, ohne Anstalten zu machen, sich aus ihr zurückzuziehen. Er schien sich dort, wo er war, sehr wohl zu fühlen, während er sie streichelte, und das Schlimmste war, daß jede Berührung sie wieder heiß erschaudern ließ, was ihm natürlich nicht entging. Schamlos nutzte er ihre Wehrlosigkeit aus, indem seine Zunge immer engere Kreise um eine Brustwarze zog.

»W-Was tust du?«

»Ich führe Ihre Befehle aus, Mademoiselle. Sie wollten tausend Freuden erleben – neunhundertneunundneunzig haben wir noch vor uns.«

»Ich habe doch … nur Spaß gemacht«, stammelte sie.

»Aber ich nicht.«

Sie schnappte nach Luft, als er seine Hände unter ihre Hüften schob und sie etwas anhob, so daß sie spüren konnte, daß er längst nicht so ausgelaugt war, wie sie gedacht hatte, und sie stieß einen leisen kehligen Laut aus, während er kraftvoll weiter vordrang.

»Laß dich gehen«, flüsterte er. »Vertrau mir.«

Hatte sie sich denn nicht schon genug gehenlassen? Sie lag nackt im Gras, mit einem Mann, den sie kaum kannte, der viel zu gefährlich und skrupellos war, als daß sie ihm vertrauen könnte. Sie hatte ihm ihre Jungfräulichkeit und ihren gesunden Menschenverstand geopfert, weil er ihr ungeahnte Lust bescherte, und auch jetzt war sie nicht imstande, Widerstand zu leisten. Er zeigte ihr, daß sie ihn mit den Beinen umschlingen mußte, um den Rhythmus seiner Bewegungen beeinflussen zu können, und sie erwies sich als gelehrige Schülerin. Auf dem Gipfel der Lust angelangt, schrie sie seinen Namen …

Der Mann, der ein Stück entfernt im Gebüsch kauerte, ließ sich kein Geräusch entgehen, und mit geschlossenen Augen sah er die Bilder vor sich, die zu all dem Seufzen, Stöhnen und Keuchen gehörten. Seine Hose spannte immer mehr, so daß er beschloß, nicht mehr lange in dieser geduckten Position zu verharren. Das war ja auch gar nicht nötig, denn er hatte herausgefunden, was er wissen wollte. Robert Wardieus Schwester hurte mit dem Fürsten der Finsternis herum! Es war wirklich zum Lachen!

Gerome de Saintonge hatte seinen Augen kaum getraut, als er sie zusammen im Pferdestall gesehen hatte. Von seinem Vater beauftragt, Griffyn Renaud im Auge zu behalten, hatte er zunächst geglaubt, der Ritter hätte am Ufer einen jungen Burschen getroffen. Auch das wäre ganz interessant gewesen, aber keineswegs sensationell oder schockierend, denn sogar Richard Löwenherz hatte – alten Kreuzrittern zufolge – eine besondere Schwäche für hübsche Pagen gehabt.

Doch als die Filzkappe achtlos beiseite geworfen wurde, hatte Gerome erkannt, um wen es sich handelte, denn die goldene Lockenpracht von Brenna Wardieu war unvergleichlich.

Dieses arrogante kleine Luder!

Ihm hatte sie ins Gesicht gelacht und seinen Heiratsantrag abgelehnt, und sie hatte ihn sogar mit ihrem Speisemesser geschnitten, nur weil er ihr einen Kuß rauben wollte! Dabei würde sie im fortgeschrittenen Alter von achtzehn Jahren kaum noch einen Mann abbekommen, denn die meisten Mädchen waren mit vierzehn verheiratet und erwarteten kurz darauf ihr erstes Kind. Wer mit neunzehn noch unverheiratet war, dem blieb nur das Kloster.

Oder eine Wiese am Fluß!

Die Geräusche waren verstummt, und Gerome spähte vorsichtig über das hohe Gras hinweg. Eng umschlungen lagen die beiden in seliger Erschöpfung da. Gerome grinste, weil ihm soeben eine glorreiche Idee gekommen war. Er kroch näher an das Paar heran, das es allem Anschein nach sehr eilig gehabt hatte, denn die Kleidungsstücke lagen weit verstreut umher. Mit seiner Schwertspitze angelte er sich das Leibchen des Flittchens.

Einen Moment lang war er heftig versucht, das Liebespaar aufzuschrecken, doch dann fiel ihm ein, mit welcher Schnelligkeit Renaud in der Folterkammer reagiert hatte, und er verzichtete doch lieber auf einen flüchtigen Triumph. Mit dem Leibchen unter seinem Wams trat er leise den Rückzug an.

19

Stimmen weckten Brenna, und im ersten Augenblick wußte sie nicht, wo sie war. Sie spürte nur einen großen warmen Körper, an den sie sich wie ein Kind geschmiegt hatte, und sie spürte regelmäßige Atemzüge im Nacken. Irgendwann während der Nacht hatte er sie mit ihren Kleidungsstücken zugedeckt und in die Arme genommen, und sie war erschöpft eingeschlafen. Jetzt glaubte sie durchaus, daß Tansy ohnmächtig geworden war, denn die unvorstellbar intensive Lust hatte auch ihr selbst fast das Bewußtsein geraubt.

Die Stimmen verklangen, und sie hob den Kopf und riskierte einen Blick über das hohe Gras hinweg. Bestürzt stellte sie fest, daß der Horizont sich schon bläulich verfärbte.

Griffyns Augen waren geöffnet, als sie sich ihm zuwandte. »Ich muß gehen«, flüsterte sie aufgeregt. »Ich muß in mein Zelt zurückkehren, bevor ich vermißt werde – wenn das nicht bereits der Fall ist.«

Sie suchte nach ihren verstreuten Kleidungsstücken und fluchte, als sie das Schnürleibchen nicht finden konnte. Schließlich gab sie die Suche auf und streifte sich das Leinenhemd über den Kopf, das ihr viel rauher als am Vortag vorkam, weil ihre Haut nun auf jede Berührung sensibel reagierte. Ein vergeblicher Versuch, ihre wirren Locken mit den Fingern zu kämmen, endete damit, daß sie sie wütend im Nacken zusammenfaßte und unter ihr Wams schob, an dessen Verschnürung sie sodann so ungeschickt herumfummelte, daß Griffyn ihr helfen mußte.

»Soll ich dich bis zum Lager begleiten?« fragte er.

»O Gott, nein!« Sie sah ihn entsetzt an. »Alles, nur das nicht! Was würden Robin und die anderen denken, wenn sie uns zusammen sehen?«

Er starrte sie an, so als hätte sie ihm unerwartet eine Ohrfeige versetzt, so als wunderte er sich darüber, daß sie nach dieser Nacht immer noch die Arroganz besaß, ihm unter die Nase zu reiben, wie unpassend er als Geliebter eines Edelfräuleins war.

»Verzeihen Sie mir, Mylady!« Er verbeugte sich sarkastisch. »Ich habe mich vergessen.«

»Es war nicht so gemeint, wie es sich angehört hat«, sagte sie hastig. »Ich meinte doch nur …«

»Ich weiß, was du gemeint hast, und du hast natürlich völlig recht – dein Bruder würde wahrscheinlich uns beide umbringen, wenn er Bescheid wüßte.«

Er hatte seine Hose schon angezogen, aber sein Oberkörper war noch nackt, und während Brenna beobachtete, wie er in sein Hemd schlüpfte, wünschte sie sich nichts sehnlicher, als sich ihm wieder an die Brust zu werfen und seine starken Arme zu spüren, die sie vor der Furcht und vor dem Schuldbewußtsein, die sie zu überwältigen drohten, beschützen könnten. Sie konnte kaum glauben, daß das alles nicht nur ein wirrer Traum gewesen war. Vielleicht würde sie gleich aufwachen und feststellen, daß sie nicht *wirklich* ihr Zelt verlassen hatte, daß sie Griffyn nicht *wirklich* erlaubt hatte, sie zu verführen, daß sie ihn nicht *wirklich* gebeten hatte, Dinge zu tun, die ihr jetzt die Schamröte in die Wangen trieben.

»Vielleicht hätte das alles nicht passieren dürfen«, flüsterte sie heiser, »aber ich bereue nichts! Ich bereue keinen einzigen Augenblick der letzten Nacht! Ich … ich wünschte nur …«

Er zupfte sein Hemd zurecht und warf ihr einen scharfen Blick zu. »Was wünschst du dir?«

Sie befeuchtete ihre Lippen. »Ich wünschte, wir hätten mehr Zeit. Ich wünschte, wir hätten die Gelegenheit, einander besser kennenzulernen.«

Er schien überrascht zu sein. »Warum? Ich dachte, du wüßtest längst, wer und was ich bin – ein gewöhnlicher Söldner mit wenig Skrupeln und ohne Gewissen.« Er lächelte gezwungen. »Großer Gott, du hast doch nicht mehr von mir erwartet, oder? Du hast doch nicht erwartet, daß ich mich plötzlich in einen Ritter ohne Furcht und Tadel verwandle?«

Brenna starrte auf das plattgedrückte Gras, wo sie gelernt hatte, was Ekstase war. Natürlich erwartete sie gar nichts von ihm! In zwei Tagen würden sich ihre Wege trennen, und die Wahrscheinlichkeit eines Wiedersehens war sehr gering. Aber darüber wollte sie lieber nicht nachdenken, jedenfalls nicht, solange ihr Körper so heftig nach jener Befriedigung verlangte, die er bisher nie gekannt hatte.

»Ich nehme an, das wäre etwa so, als würde man von einem Stein erwarten, daß er sich in einen Pudding verwandelt!« flüsterte sie. »Trotzdem bist du alles andere als gewöhnlich. Verwirrend – ja, entnervend – ja, aber nicht gewöhnlich.«

»Ist das ein Kompliment ... oder eine Beschwerde?«

»Keins von beidem«, gab sie ehrlich zu. »Oder beides.«

Er blickte über die Wiese hinweg zum wimpelgeschmückten Kampfgelände, weil er die Unsicherheit, die sich in ihren veilchenblauen Augen widerspiegelte, nicht ertragen konnte.

»Du kannst ganz beruhigt sein«, sagte er langsam, »noch bevor dieser Tag zu Ende ist, wirst du deine ursprüngliche Meinung über mich bestätigt sehen.«

Brenna war bestürzt über diese Ankündigung, noch mehr aber über den Zorn, der in seiner Stimme mitschwang.

»Und jetzt solltest du lieber gehen, bevor deine Brüder einen Suchtrupp ausschicken.«

Sie wußte, daß er recht hatte, und wandte sich zum Gehen, doch gleich darauf hörte sie ihn fluchen und spürte seine Hände auf ihren Schultern.

»Brenna ...«

»Ja?«

Er betrachtete ihr Gesicht so eindringlich, als würde er es

nie wiedersehen, und sie spürte, daß in seinem Innern ein heftiger Kampf tobte, doch dann ließ er seine Hände wieder fallen. »Bist du ganz sicher, daß ich dich nicht begleiten soll?«

Sie schüttelte den Kopf. »Inzwischen dürfte schon das halbe Lager wach sein. Wenn ich Glück habe, kann ich sie davon überzeugen, daß ich nur einige Minuten am Fluß war.«

Er nickte. »Also dann …«

»Also dann«, flüsterte sie, ohne verhindern zu können, daß ihre Lippen zitterten. Sie beugte sich impulsiv vor und küßte ihn flüchtig, und dann drehte sie sich um und rannte am Ufer entlang, bis sie die schwarz-goldenen Banner von Amboise sah.

Gänzlich unerwartet tauchte Sparrows Kopf aus dem hohen Riedgras auf. »Du bist nicht in deinem Zelt!«

»Ich war nur ein paar Minuten draußen.«

»Wozu? Und warum konntest du denn nicht die Wachen rufen?«

»Weil ich es satt habe, daß mir jedesmal, wenn ich mich ins Gebüsch kauere, jemand über die Schulter schaut! Oder würde *dir* das Spaß machen?« Sie warf einen anzüglichen Blick auf seinen offenen Hosenschlitz.

Mit hochrotem Kopf wandte er sich ab und richtete seine Kleidung. »Du hast absichtlich eine strenge Anweisung mißachtet«, beharrte er. »Ich könnte dich ohne weiteres nach Hause schicken.«

»Gewiß.« Brenna seufzte. »Aber du wirst es nicht tun.«

»Und warum, wenn ich bitten darf?«

Sie blieb stehen und drehte sich nach ihm um, die Hände in die Hüften gestemmt und mit funkelnden Augen.

»Weil Robin mich braucht«, rief sie ungeduldig. »Und alles, was Robin braucht, bekommt er auch, ganz egal, ob du damit einverstanden bist oder nicht, ganz egal, ob es die Sonne, den Mond und die Sterne kostet oder nicht! Wir anderen könnten dich um eine Tasse Wasser bitten, um unsere ausgedörrten Kehlen zu befeuchten, und du würdest ein großes Getue darum machen, aber wenn Robin auch nur einen

Tropfen haben wollte, würdest du Wüsten und Gebirge durchqueren und feindliche Armeen niedermähen, nur um seinen Wunsch zu erfüllen.«

Zu ihrer großen Verwunderung wirkte der Zwerg aufrichtig zerknirscht. »Wann habe ich euch jemals irgend etwas abgeschlagen?« murmelte er kleinlaut.

»Du schlägst uns keine Bitte ab, das stimmt, aber du lauerst ständig darauf, daß wir den kleinsten Fehler machen, und dann sitzt du über uns zu Gericht, während Robin in deinen Augen ein strahlendes Licht ist, heller als die Sonne! Er könnte tagelang aus seinem Zelt verschwinden und dir bei seiner Rückkehr weismachen, er hätte nur Gänseblümchen gepflückt, und du würdest ihn mit weiteren Fragen verschonen.«

»Nur deshalb, weil er höchstwahrscheinlich wirklich nur Gänseblümchen gepflückt hätte, während ihr anderen« – Sparrow hatte sich von seiner Verblüffung erholt und stemmte nun seinerseits die Hände in die Hüften – »mir nur erzählen würdet, es seien Gänseblümchen gewesen, während ihr in Wirklichkeit alles mögliche angestellt habt.«

Brenna war den Tränen so nahe, daß sie auf eine Erwiderung verzichtete, und Sparrow schmolz dahin, als er sah, daß ihre Augen feucht wurden.

»Es geht um Dagobert«, schloß er fälschlich. »Du machst dir Sorgen um ihn?«

»Dag?«

»Ja, wegen des Zweikampfs, zu dem ihn dieser Lümmel letzte Nacht bei dem Fest herausgefordert hat.«

Brenna hatte keine Ahnung, wovon die Rede war, freute sich aber, daß der Zwerg ihr eigenes Vergehen offenbar vergessen hatte.

»*Das* Gesprächsthema des Abends«, berichtete Sparrow, »war natürlich, daß Robin verletzt ist und nur beim *mêlée* antreten wird, doch dann rückt plötzlich dieser Dummkopf an und fordert Dagobert zum Duell, weil dieser angeblich die Ehre seiner Frau verletzt hat. Dabei war dieses Weibsstück bis vor kurzem seine Geliebte, und er mußte seine Gemahlin vergiften, bevor er sie heiraten konnte.«

Brenna seufzte, denn Dag hatte schon oft Probleme mit betrogenen Ehemännern gehabt. »Er hätte diese Forderung doch nicht anzunehmen brauchen – zumal er nicht einmal für das Turnier registriert ist.«

Sparrow runzelte die Stirn. »Nenne mir ein Mitglied dieser gottverfluchten Familie, das nicht kämpfen würde, wenn ihm der Fehdehandschuh hingeworfen wird!«

Sie wußte, daß er recht hatte. »Wer ist denn dieser Narr, der gegen Dag antreten will?«

»Roald d'Anjou. Der Kerl hat so große Ohren, daß er auf dem einen schläft und das andere als Decke benutzt. Hoffen wir, daß er mit diesen überdimensionalen Ohren auch die Stimme der Vernunft vernimmt! Richard und Geoffrey wollten noch einmal mit ihm reden und versuchen, sein heißes Blut abzukühlen. Verdammt, da drüben steht ja der Wüstling!« Sparrow deutete auf Dag, der mit Robin an einem Lagerfeuer stand. »Quasselt jemandem die Ohren voll, der keine Ahnung hat, was einen Mann zu solchen Torheiten verführen kann.«

Brenna starrte den Zwerg bestürzt an. »Willst du damit sagen, daß Robin nie ... daß er immer noch ...?«

»Keusch lebt? O ja, das tut er, seit er auf der Wiese vor der Kirklees Abbey Treue geschworen hat. Wie du siehst, kann ich ihm doch nicht alles beschaffen, was er haben will, denn er will nur Marienne, obwohl er seit Jahren mit ansehen muß, wie seine beiden Brüder jedes halbwegs hübsche Weib vögeln.«

Er machte keinen Hehl daraus, daß er immer noch gekränkt über ihre Beschuldigung war, und vielleicht hätte Brenna ihre Worte bedauert, wenn sie nicht so damit beschäftigt gewesen wäre, ihren kraftstrotzenden Bruder zu betrachten, den berühmten Turnierkämpfer und mächtigen Krieger. Kein Mensch würde glauben, daß er so keusch wie ein Mönch lebte ...

Ihre Brüder schenkten ihr glücklicherweise wenig Aufmerksamkeit, als sie sich zu ihnen gesellte.

»Du bist früh auf den Beinen«, war Robins einziger Kommentar.

»Ich … ich konnte nicht schlafen«, antwortete sie durchaus wahrheitsgemäß.

»Weißt du über Dag Bescheid?«

Sie nickte. »Sparrow hat es mir erzählt. Was wirst du tun, Dag?«

»Natürlich werde ich gegen diesen Bastard kämpfen«, knurrte Dag. »Und anschließend werde ich sein trautes Eheweib mit meiner Gunst beehren.«

Robin runzelte die Stirn. »Er ist nicht so leicht aus dem Sattel zu werfen, wie man glauben könnte. Ich habe letzten Sommer in LeMans gegen ihn gekämpft und festgestellt, daß er äußerst gerissen ist. Obwohl es gegen die Regeln verstößt, zielt er mit seiner Lanze immer auf das Visier, und wenn die Schiedsrichter ihn verwarnen, beteuert er seine Unschuld und erklärt, die Waffe wäre ihm ausgerutscht.«

»Sehr beruhigend! Und wie kann ich ihn besiegen?«

»Du mußt gleich beim ersten Lauf ebenfalls auf sein Visier zielen. Vielleicht bringt ihn das so durcheinander, daß er seine Lanze wirklich nicht mehr sicher handhaben kann.«

»Genau!« stimmte Sparrow zu. »Und dann zielst du auf seinen Magen und wirfst ihn mühelos aus dem Sattel.«

Alle drehten sich um, als Richard und Geoffrey zwischen den Zelten auftauchten.

»Euren glücklichen Gesichtern nach zu schließen, war der Appell wohl nicht erfolgreich?« fragte Robin.

»Anjous Vater entschuldigt sich für die Grobheit seines Sohnes«, berichtete Richard, »und fragt, ob Dag vielleicht lieber zu einem späteren Zeitpunkt und an einem anderen Ort kämpfen möchte. Dabei hat er hämisch gegrinst und schallend gelacht.«

Sparrow verdrehte die Augen himmelwärts, so als wüßte er genau, was jetzt kommen würde, und Richard enttäuschte ihn tatsächlich nicht.

»Ich habe ihm gesagt, er könne sich seine Entschuldigung an den Hut stecken, und ich sei nur hergekommen, um ihm einen guten Sargmacher zu empfehlen.«

Der Zwerg warf Geoffrey einen strafenden Blick zu. »Und

warum hast du nicht in dieses erfreuliche Gespräch eingegriffen? Du bist doch sonst so nüchtern.«

»Das war ich auch diesmal.« Geoffrey wärmte seine Hände über dem Feuer. »Ich habe die finanziellen Interessen unserer Familie vertreten und um vierhundert Mark gewettet, daß Anjou nach spätestens zwei Tournaden aus dem Sattel fliegt!«

Sparrow stöhnte, und Dag starrte seinen Bruder und Schwager entgeistert an. »Zwei Tournaden! Der Kerl ist ein Bulle! Nur die riesigen Rösser aus Flandern können sein Gewicht tragen.«

Richard schlug ihm kräftig auf die Schulter. »Nur Mut, Bruderherz! Es hätte viel schlimmer kommen können. Stell dir nur mal vor, nicht Anjou, sondern der Fürst der Finsternis hätte Anstoß daran genommen, wohin du deinen Pißstengel gesteckt hast!« Er schaute auf, als Robin sich räusperte, und sah erst jetzt, daß auch seine Schwester am Feuer stand. »Entschuldigung, Bren, ich wollte deine zarten Ohren nicht verletzen.« Er musterte sie von Kopf bis Fuß, und sie wäre am liebsten im Erdboden versunken, überzeugt davon, daß ihre zerknitterte und feuchte Kleidung und ihre wirren Haare ihm auffallen würden. Es kam ihr so vor, als wären ihre Lippen vom Küssen geschwollen, und wenn es um solche Dinge ging, hatte Richard besonders scharfe Augen.

Zu ihrer grenzenlosen Erleichterung fragte er aber nur: »Du willst doch nicht etwa in diesem Aufzug zum Turnier gehen? Oder hast du vergessen, daß uns die Ehre zuteil wird, auf derselben Tribüne wie Prinz Ludwig und Malagane zu sitzen?«

»Nein, aber ich werde mir die Folter einer Festrobe samt Haube erst in letzter Minute antun.«

»Na komm, so schlimm wird es schon nicht werden.« Robin zupfte liebevoll an ihren Locken. »Du hast Seide und Samt schon oft überlebt. Aber vergiß nicht, dein Messer einzustecken, denn Gerome de Saintonge wird bestimmt versuchen, neben dir zu sitzen.«

»Sehr witzig!«

Richard legte einen Arm um Dags Schultern. »Vierhundert Mark sind kein Pappenstiel, Bruderherz! Wir sollten die Strategie noch einmal gründlich besprechen. Rob?«

»Ich komme gleich nach.«

Während Dag mit Richard und Geoffrey seinem Zelt zustrebte, blieb Sparrow erstaunlicherweise zurück.

»Na, was gibt's, Waldgeist?« fragte Robin seufzend. »Was brennt dir so auf der Seele, daß du von einem Bein aufs andere trittst, so als stündest du auf glühenden Kohlen?«

»Richard redet zwar meistens daher, ohne sein Gehirn einzuschalten, aber ausnahmsweise hat er eine interessante Frage aufgeworfen: warum hat dieser gottverfluchte Fürst der Finsternis die Wardieus nicht herausgefordert?«

Robin runzelte die Stirn. »Vielleicht ist er höflicher als Roald d'Anjou.«

»Pah! Du glaubst doch nicht, daß er hergekommen ist, um gegen Nichtskönner anzutreten.«

»Und was soll ich deiner Ansicht nach tun? Ihn fragen, warum er mich nicht gefordert hat? Ihn fragen, warum er gestern abend nicht wie all die anderen hinter vorgehaltener Hand getuschelt und gekichert hat? Warum er nicht auch einen scheinheiligen Toast auf meine baldige Genesung ausgebracht hat?«

Sparrow schnaubte. »In der Tat, nur mein scharfes Messer hat größeres Unheil verhindert.«

»Er hat mich wirklich ins Bein gestochen«, sagte Robin zu Brenna. »Er hat mich so gestochen, daß es geblutet hat.«

»Das war doch nur ein kleiner Piekser in den Schenkel, um die Durchblutung deines Gehirns anzuregen. Verdammt, du wußtest, bevor wir hergekommen sind, daß alle über deine Verletzung lästern und behaupten würden, du wolltest nur kneifen.«

Robin spielte mit dem Drachenring an seinem Finger, so daß das Rubinauge im Feuerschein funkelte. »Nur noch zwei Tage, dann können wir uns auf die Reise machen.«

»Wenn ich euch alle noch zwei Tage ständig im Auge behalten muß, damit ihr euch zu keinen Torheiten hinreißen laßt, werde ich mir einen Heiligenschein verdient haben! Glaubst du, ich weiß nicht, wie dir zumute ist? Wenn wir unsere Mission erfüllt haben, kannst du jedes üble Lästermaul fordern und zu Brei schlagen, und ich werde dir mit Freuden dabei helfen. Aber zunächst einmal müssen wir jene, die uns am Herzen liegen, in Sicherheit bringen.«

Robin schloß kurz die Augen und legte Sparrow eine Hand auf die Schulter. »Wenn ich das Fest hinter mich gebracht habe, ohne aus der Haut zu fahren, so nur deshalb, weil ich ständig an Marienne denke. Aber bleib heute trotzdem dicht an meiner Seite und setz notfalls wieder dein Messer ein.«

Sparrow warf sich in die Brust. »Mach dir keine Sorgen! Deine vernünftige Schwester und ich, wir werden schon dafür sorgen, daß du ruhig auf der Zuschauertribüne sitzen bleibst.« Er sah Brenna über das Feuer hinweg an. »Stimmt's?«

Sie nickte lächelnd, obwohl sie in der vergangenen Nacht bewiesen hatte, daß sie die unvernünftigste Person der ganzen Familie Wardieu war.

20

Um zehn Uhr vormittags kündigten Fanfarenstöße den Beginn des Turniers an, und Ausrufer verlasen das Tagesprogramm. Schon jetzt säumten viele Zuschauer das Kampfgelände, obwohl die interessantesten Veranstaltungen erst für den Nachmittag angesetzt waren. Anfangs traten die jüngeren Ritter gegeneinander an, und wegen ihrer Unerfahrenheit kam es dabei zu den meisten Verletzungen, denn obwohl mit abgestumpften Lanzen gekämpft wurde, genügte ein gutgezielter Stoß in die Brust, um dem Gegner mehrere Rippen zu brechen, und wenn er Pech hatte, bohrten sie sich in sein Herz und setzten seinem Leben ein jähes Ende. Auch ein ungeschickter Sturz aus dem Sattel konnte durchaus tödliche Folgen haben, wenn man sich – durch die zentnerschwere Rüstung behindert – das Rückgrat brach.

Schiedsrichter bezogen in regelmäßigen Abständen entlang der Absperrungen Position, um zu beurteilen, ob jemand gegen die Regeln verstieß. Dazwischen standen Soldaten in voller Rüstung, die für Ordnung zu sorgen hatten. Über Nacht waren um den Kampfplatz herum bunte Seidenzelte aus dem Boden geschossen, wo die Ritter ihre Rüstungen anlegten und darauf warteten, aufgerufen zu werden. Knappen und Pagen polierten die Waffen ein letztes Mal mit Öl oder Speichel, damit sie später im Sonnenlicht funkelten. Überall wurden Wetten abgeschlossen, speziell auf die Favoriten, deren Anhänger zahlreich versammelt waren. Was diesem Turnier einen besonderen Reiz verlieh, war die Teilnahme des berühmten und berüchtigten Fürsten der Finsternis, und alle spekulierten darüber, ob es einem der tollkühnen Ritter, die ihn herausgefordert hatten, gelingen könnte, ihn zu besiegen.

Der Mann, der soviel Interesse hervorrief, stand nackt in seinem Zelt. Fulgrin hatte ihn gewaschen und rieb seinen muskelstrotzenden Körper jetzt mit Kampferöl ein. Aus der Ferne waren der Jubel der Menge und das Klirren von Stahl zu hören, und jedesmal, wenn zwei Kampfrösser aufeinander zugaloppierten, erbebte die Erde.

Fulgrin bemerkte, daß sein Herr noch einsilbiger als sonst war, und bedachte ihn mit einem tadelnden Blick. »Sie hätten für uns bereits fünfhundert Mark verdienen können, wenn Sie früher aufgestanden wären.«

»Bis zum Abend werden wir soviel verdient haben, daß sogar deine Geldgier vorerst befriedigt sein wird.«

»*Meine* Habgier? Habe *ich* mich etwa auf diesen Pakt eingelassen? Ich habe mich in Orléans ganz wohl gefühlt, denn dort gab es gutes Essen und viele weiche Weiberschenkel zum Streicheln.«

»Wenn wir schon beim Streicheln sind – *meine* Haut könntest du auch etwas sanfter behandeln!«

»Ha, wir sind heute wohl besonders empfindlich, was? Das kommt davon, wenn man sich die ganze Nacht wie ein Kater herumtreibt! Darf ich fragen, welches glückliche Flittchen Sie mit Ihrer Gunst beehrt haben – oder wissen Sie ihren Namen gar nicht?«

Griffyns scharfe Erwiderung unterblieb, weil er vor dem Zelt die Stimme einer Frau hörte, die im nächsten Moment einfach eintrat, ohne sich vom Buben anmelden zu lassen. Ihre grünen Augen waren nicht auf sein Gesicht gerichtet, sondern auf seine männlichen Attribute.

»Störe ich?«

Griffyn ersparte sich eine Antwort, und er versuchte auch nicht, seine Blöße zu bedecken, während Solange de Sancerre ihn umrundete und seinen ganzen Körper begutachtete, wobei ihr hauchdünner Schleier an seiner Haut entlangstreifte. Sie trug eine Robe aus rotem Brokat, die ihre üppigen Brüste betonte und ihre weißen Schultern fast freiließ. Eine gut drei Finger breite, mit Edelsteinen besetzte Goldkette schmückte ihren Schwanenhals, und um die schmale Taille war eine goldene Gliederkette geschlungen.

Nachdem sie ihre Inspektion beendet hatte, warf sie Fulgrin einen scharfen Blick zu. »Du kannst gehen, Bursche! Ich möchte unter vier Augen mit deinem Herrn sprechen.«

Fulgrin stemmte herausfordernd seine Hände in die Hüften und hätte höchstwahrscheinlich erwidert, daß sie ihm keine Befehle zu erteilen hatte, wenn Griffyn ihm nicht signalisiert hätte, das Zelt zu verlassen.

»Ein unverschämter Bengel!« kommentierte Solange ungefragt. »Wenn Sie wollen, bringe ich ihm gern bessere Manieren bei.«

Griffyn zog seine Hose an. »Ich dachte, wir hätten vereinbart, daß es keine weiteren Kontakte zwischen uns geben würde.«

»Diese Vereinbarung wurde zwischen Ihnen und Bertrand getroffen«, murmelte sie. »Ich für meine Person schätze keine vorschnellen Versprechen.«

Sie trat noch näher an ihn heran und ließ ihre gespreizten Finger genießerisch über die Muskelpakete auf seinem Brustkorb gleiten. »Ich hatte gehofft, Sie gestern abend beim Fest zu sehen.«

»Ich ziehe es vor, nicht in Gesellschaft von Männern zu speisen, die ich am nächsten Tag vielleicht töten werde.«

»Durchaus verständlich, obwohl ich sagen muß, daß mir

selbst solche Skrupel fremd sind.« Ihre Hände strichen jetzt über seine Schultern und Arme. »Es wäre die ideale Gelegenheit gewesen, Robert Wardieus Kampfgeist zu entfachen. Gereizt war er sowieso schon, besonders nachdem seinem jüngeren Bruder der Fehdehandschuh hingeworfen worden war.«

»Es wundert mich sehr, daß Sie nicht arrangiert haben, daß er *ihm* hingeworfen wurde.«

Ihre Finger machten sich an seinen Hüften zu schaffen. »Dieses Vergnügen wollten wir Ihnen überlassen.«

»Wie rücksichtsvoll von Ihnen!«

Sie musterte lächelnd die enorme Wölbung unter seiner Hose. »Verdammt, Sie sind wirklich gut gebaut! Vielleicht sollte ich ein paar Münzen auf Sie setzen.«

»Hatten Sie einen besonderen Grund für Ihren Besuch?« fragte er nüchtern. »In weniger als einer Stunde beginnt mein erster Kampf.«

»Nun ja ... Bertrand macht sich etwas Sorgen, daß Ihre Konzentration etwas gelitten haben könnte.«

»Sie können ihm versichern, daß das nicht der Fall ist.«

Solange beugte sich vor und spielte mit ihrer Zunge an seiner Brustwarze. »Trotzdem dachte er, Sie könnten vielleicht einen kleinen zusätzlichen Anreiz benötigen.«

»Sie?«

Sie lachte und biß ihn in die Brustwarze, bevor sie sich wieder aufrichtete. »Was ich gern mit Ihnen täte, Mylord, würde viel mehr Zeit als eine Stunde in Anspruch nehmen. Nein, er wollte nur, daß ich Ihnen dies hier zeige.«

Lächelnd löste sie die Goldkordeln an ihrer Tunika und zog sie weit auseinander. Darunter kam ein besticktes Seidenleibchen zum Vorschein, das für ihre Brüste viel zu klein war, so daß sie daraus hervorquollen.

Griffyn wußte genau, wem dieses Leibchen gehörte, wo er es zuletzt gesehen hatte. Er bemühte sich, keine Miene zu verziehen, aber es gehörte nun einmal zu Solanges Beruf, in Gesichtern zu lesen, und jetzt stieß sie einen übertriebenen Seufzer aus. »Diese Blümchen und Efeublätter sind nicht ganz mein Geschmack, aber die Seide ist von bester Qualität, und ich könnte mir vorstellen, daß die rechtmäßige Besitzerin es gern zurückhätte.«

Griffyns Blick war eisig. »Sie sind mir gefolgt?«

»Ich persönlich – nein, bestimmt nicht. Für meine Begriffe sind Flußufer viel zu kalt und feucht. Aber es soll ein höchst eindrucksvolles Schäferstündchen gewesen sein.« Sie zog die Goldkordeln wieder zusammen. »Der arme Gerome hat drei Nutten benötigt, um halbwegs über seinen Frust hinwegzukommen. Er hatte sich nun einmal in den Kopf gesetzt, die kleine Wardieu zu heiraten.« Solange sah Griffyn mit höflichem Interesse an. »War sie noch Jungfrau?«

Griffyn zwang sich, seine Fäuste zu öffnen. »Darauf habe ich nicht geachtet. Es war eine nette Abwechslung, weiter nichts.«

»Nein?«

Er griff nach seinem Hemd. »Was haben Sie denn erwartet? Daß wir uns ewige Liebe geschworen haben und noch diese Woche heiraten wollen?«

»Das will ich doch nicht hoffen! Ich weiß natürlich, daß Gerome bei der Kleinen sowieso keine Chance hatte, aber er hat trotzdem das Gefühl, daß sie ihm Hörner aufgesetzt hat.«

»Sagen Sie ihm, es wäre mir eine Freude, wenn er mich zum Zweikampf herausfordern würde.«

»Gerome rächt sich lieber in dunklen Ecken.«

Griffyn nickte. »Ich werde diese Warnung beherzigen.«

»Sie sollten auch folgendes beherzigen: Bertrand liebt keine Überraschungen, und dies hier« – sie deutete auf ihre Brüste – »war eine höchst unangenehme Überraschung.«

»Dann sagen Sie ihm, auf diese Weise hätte ich Wardieus Kooperation sichergestellt.«

Die grünen Augen verengten sich zu schmalen Schlitzen. »Seine Kooperation?«

»Gibt es eine bessere Möglichkeit, den Kampfeifer eines Mannes anzufachen, als sich zu brüsten, mit seiner Schwester geschlafen zu haben?«

Sie beobachtete ihn, während er sein Hemd anzog. »Wollen Sie damit sagen, Sie hätten sie absichtlich verführt?«

»Ich will damit sagen, daß ich es nicht liebe, irgend etwas dem Zufall zu überlassen. Und jetzt würde ich vorschlagen, daß Sie mich in Ruhe die letzten Vorbereitungen für meine Kämpfe treffen lassen, es sei denn, Sie wollen, daß meine Konzentration wirklich nachläßt.« Er starrte anzüglich auf ihre Brüste, bevor er ihr demonstrativ den Rükken zukehrte.

Man hätte glauben können, daß er völlig ungerührt war, aber Solange hatte seine flüchtige Bestürzung beim Anblick des Leibchens durchaus bemerkt. »Es war wirklich sehr klug von Ihnen, auf diese Weise dafür zu sorgen, daß Wardieu nicht kneift«, säuselte sie, bevor sie das Zelt verließ. »Gerome wäre vielleicht ein wenig mit seinem Schicksal versöhnt, wenn er sein mitternächtliches Abenteuer zum besten geben könnte, aber das wird er natürlich nur tun, wenn alle anderen Mittel versagen.« Hinterhältig lächelnd trat sie ins Sonnenlicht hinaus.

Gleich darauf stürzte Fulgrin ins Zelt. »Wenn Sie mir jetzt sagen, daß Sie die Nacht mit *ihr* verbracht haben, suche ich mir sofort einen neuen Herrn.«

»Bevor ich freiwillig auch nur eine Minute mit ihr verbringen würde«, knurrte Griffyn, »müßte man ihr erst die Giftzähne ziehen.«

Fulgrin warf ihm einen forschenden Blick zu. »Sie war doch nicht nur hier, um Ihnen Glück zu wünschen?«

»Sie war hier, um sich zu vergewissern, daß ich ... daß ich meinen Entschluß nicht geändert habe. Ist es dir gelungen, etwas über den Waliser herauszufinden?«

»Ihre Beschreibung des Mannes ließ etwas zu wünschen übrig: keine Nase, keine Ohren, keine Finger, keine Zehen ... aber die langen Locken waren eine große Hilfe. Hinzu kommt, daß die Wardieus sich diskret nach dem Verbleib eines Wollhändlers namens Dafydd ap Iowerth erkundigt haben.«

»Ein Wollhändler?«

Fulgrin half seinem Herrn in den dick gefütterten Waffenrock. »Er war vor Jahren im Château d'Amboise zu Gast, hat eine Witwe aus dem Dorf geheiratet und ein ruhiges Leben geführt, bis seine Frau starb. Um seinen Kummer zu vergessen, hat er sich danach eine sinnvolle – wenngleich nicht ungefährliche Aufgabe gesucht.«

»Willst du damit sagen, daß er ein Spion des Schwarzen Wolfs war?«

»Wie es scheint, hat er Botschaften nach England und zurück übermittelt.«

»Botschaften? Zwischen Amboise und ...?«

Fulgrin senkte dramatisch die Stimme. »Pembroke!«

Griffyn runzelte die Stirn. Dies war nun schon das zweite Mal innerhalb von zwei Tagen, daß der Schwarze Wolf in einem Atemzug mit dem alten Marschall von England genannt wurde.

»Was Bertrand Malaganes Interesse an Ländereien in England betrifft«, fuhr Fulgrin fort, »so scheint es echt zu sein, es sei denn, Sie wüßten einen anderen Grund, weshalb er Gerome de Saintonge dorthin schicken sollte.«

»Saintonge reist nach England? Wann?«

»Gleich nach dem Turnier, und er nimmt die blutrünstigsten Kreaturen mit, die seine Kasernen zu bieten haben, unter anderem auch Engelard Cigogni und Andrew de Chanceas – zwei der schlimmsten gedungenen Mörder, die es je gegeben hat. Diese beiden netten Herren sollen allerdings vorher noch *Ihnen* die Kehle aufschlitzen.«

Griffyn zweifelte nicht an seinen Worten. Fulgrin besaß eine phänomenale Begabung, an Informationen heranzukommen, und dieses Talent hatte Griffyn schon oft das Leben gerettet.

Daß Bertrand Malagane ihn umbringen lassen wollte, war für ihn freilich keine große Überraschung. Er hatte schon vermutet, daß der Graf ihn nur deshalb so großzügig bezahlte, weil er genau wußte, daß er sein Geld bald zurückbekommen würde.

»Soll ich schon mal packen, damit wir nach Ihren heutigen Kämpfen sofort aufbrechen können?«

Griffyn war so tief in Gedanken versunken, daß er nicht zugehört hatte. »Was?«

»Ob ich packen soll, damit wir heute nacht diesen ungastlichen Ort verlassen können?«

»Warum sollten wir?«

»Nun ... vielleicht, damit das Blut noch eine Weile durch unsere Adern fließen kann.«

Griffyn deutete auf seine Rüstung. »Cigogni und Chanceas bereiten mir kein Kopfzerbrechen.«

Fulgrin stöhnte nicht nur über das Gewicht des Kettenhemds, sondern auch über die Sorglosigkeit seines Herrn, der zwei der berüchtigtsten Mörder der ganzen Normandie einfach ignorieren wollte. »Ich werde heute nacht mit offenen Augen schlafen«, schimpfte er, »und mein Messer nicht aus der Hand lassen, aber es freut mich natürlich, wenn Sie seelenruhig schnarchen.«

»Das werde ich heute nacht bestimmt tun, denn es wäre völlig unsinnig, uns umzubringen, *bevor* Wardieu tot ist.«

Fulgrin geriet ins Schwitzen, während er Griffyn beim Anlegen der kompletten Rüstung behilflich war. »Und wenn er tot ist«, keuchte er, »was dann? Warten wir geduldig, bis sie uns abmurksen?«

»Ich würde eher vorschlagen, daß wir sie abmurksen, um deinen vornehmen Ausdruck zu verwenden!«

Es war ein warmer, sonniger Tag, aber Brenna fröstelte und hatte kalte Hände, als sie mit Robin, Richard und Geoffrey zur Tribüne ging, während Will und Sparrow noch bei Dag im Zelt geblieben waren, um ihm bei den letzten Vorbereitungen für seinen Kampf zu helfen.

Sie hatte notgedrungen eine Robe aus goldfarbenem Samt angezogen, die ihre Brüste und ihre schmale Taille betonte, und eine schlichte weiße Haube mit Schleier bedeckte züchtig ihre Haare. Unter normalen Umständen hätte sie sich bestimmt geschmeichelt gefühlt, daß Bertrand Malagane, der Gastgeber, ihr die Hand küßte und Komplimente über ihr Aussehen machte, und sie hätte sich über die Ehre gefreut, auf derselben Tribüne wie Prinz Ludwig – nur zwei Reihen hinter ihm – Platz nehmen zu dürfen. Sie hätte das Stimmengewirr und die Farbenpracht genossen und die stolzen Ritter bestaunt, die in Begleitung ihrer Knappen den Zelten am Rand des Kampfgeländes zustrebten. Namen wie Mauger der Mörder, Eustace der Witwenmacher, Ferrau der Gnadenlose oder Blondel der Teufelskerl hätten ihr wohlige Schauder über den Rücken gejagt oder sie zum Schmunzeln gebracht, und die Aussicht, sogar den legendären Fürsten der Finsternis zu Gesicht zu bekommen, hätte sie in helle Aufregung versetzt.

Doch jetzt war alles ganz anders. Sie spürte Robins kolossale Anspannung und befürchtete, daß Sparrows Messer wieder benötigt werden könnte, um ihn an irgendwelchen Torheiten zu hindern, obwohl er sich im Augenblick noch bewundernswert beherrschte und Fragen des Dauphins über Taktik und Strategie bewundernswert höflich und geduldig beantwortete.

Als hätten die Sorgen um ihre Brüder nicht schon genügt, schweiften ihre Gedanken immer wieder zu Griffyn Renaud. Wie Will schon in Amboise betont hatte, war der Mann bestimmt nicht aus Burgund angereist, nur um auf der Zuschauerbank zu sitzen. Er wollte seine Kräfte mit anderen Rittern messen, und er wollte mit Sicherheit versuchen, die sechshundert Mark zu kassieren, die dem Sieger winkten. Vor der letzten Nacht wäre es Brenna völlig gleichgültig gewesen, ob er gegen Luzifer und alle anderen Ausgeburten der Hölle anzutreten gedachte, und welches Schicksal er dabei erleiden könnte, doch nun graute ihr bei der Vorstellung, daß man ihn mit gebrochenen Knochen und blutüberströmt vom Feld tragen würde. Weil sie leider Gottes nicht einmal sein Wappen kannte, hatte sie auf dem Weg zur Tribüne ängstlich in jedes Zelt gespäht, an dem sie vorbeikamen, aber sie hatte ihn nicht zu Gesicht bekommen und wußte selbst nicht, ob sie darüber erleichtert oder enttäuscht sein sollte.

Es war üblich, daß ein Ritter bei der zeremoniellen Ehrenrunde vor dem Kampf die Dame seines Herzens um ein Liebespfand – ein Band oder Tuch – bat, das sie ihm um die gesenkte Lanze band, und Brenna wollte sich lieber nicht ausmalen, was geschehen würde, falls es Griffyn in den Sinn käme, ihr auf diese Weise zu huldigen. Wie würden Robin und die anderen darauf reagieren? Sie selbst würde jedenfalls vor Scham und Schuldgefühlen im Erdboden versinken und nie mehr auftauchen!

Jedesmal, wenn ein Herold die Namen der Kontrahenten des nächsten Kampfes ausrief, hielt sie unwillkürlich die Luft an, aber Griffyn Renaud de Verdelay war bisher nicht darunter gewesen. Statt dessen wurde jetzt der Kampf zwischen Dagobert Wardieu und Roald d'Anjou angekündigt.

Dag absolvierte die übliche Ehrenrunde und ließ seinen Rappen vor dem Platz des Dauphins anmutig tänzeln. Prinz Ludwig und Bertrand Malagane bedankten sich durch huldvolles Nicken für diesen Salut, doch während Dag weiterritt, drehte sich Malagane plötzlich um und kommentierte:

»Sie können wirklich sehr stolz auf Ihren jüngsten Bruder sein, Lord Robert! Er macht eine sehr gute Figur im Sattel. Hoffentlich wird das auch *nach* dem Kampf noch der Fall sein, nachdem er diesmal ja bedauerlicherweise der einzige ist, der das Schwarz-Gold von Amboise repräsentiert!«

Robin und Richard versteiften sich merklich, und Brenna, die zwischen ihnen saß, legte jedem rasch eine Hand auf den Arm, obwohl sie ihren Zorn gut verstehen konnte. Malagane erinnerte sie an eine Kobra, die sie einmal auf dem Jahrmarkt gesehen hatte: glatt und doppelzüngig und giftig. Zu seiner Rechten saß Solange de Sancerre, und hinter ihm saß sein ältester Sohn Gerome, der Brenna ganz unverhohlen anstarrte und so unverschämt und lüstern grinste, als säße sie nackt auf der Tribüne.

Beide Gegner hatten ihre Ehrenrunde vollendet – wobei so manche junge Dame enttäuscht war, weil Dag keine um ein Zeichen ihrer Gunst gebeten hatte – und bezogen nun am einen und anderen Ende des Platzes Position. Sie ließen ihre Visiere herab, und die Knappen reichten ihnen die Schilde und Lanzen an.

Der oberste Schiedsrichter senkte eine Fahne, und die beiden Rösser galoppierten aufeinander zu. In der Mitte des Feldes kam es zum Zusammenprall der Lanzen, Funken sprühten, und Metall klirrte, doch die Waffen richteten keinen Schaden an. Richard stöhnte über die verpaßte Gelegenheit, und Sparrow fluchte laut, während die Gegner wieder zu den Begrenzungen des Kampfplatzes ritten und dort wendeten.

Beim zweiten Ansturm hatte Dag mehr Glück: seine Lanze traf Roalds linke Schulter mit voller Wucht, dessen Pferd bäumte sich auf, und der Ritter rutschte vom Sattel und landete unsanft auf der Erde, wo er wie ein riesiger Käfer auf dem Rücken liegenblieb und mit Armen und Beinen in der Luft strampelte.

Die Menge lachte und spendete Dag lauten Beifall. Alle Schiedsrichter hoben ihre Fahnen, um seinen klaren Sieg zu bestätigen, und Roald war so wütend über die Demütigung, daß er einem der Männer, die ihm beim Aufstehen halfen, eine Ohrfeige versetzte und einen anderen mit einem Fußtritt belohnte, bevor er hastig das Feld räumte.

»Ich habe nie daran gezweifelt, daß Dag es schaffen würde!« rief Richard begeistert, und Geoffrey lachte: »Ich hätte um fünfhundert Mark wetten sollen!«

Auch Brenna freute sich über den Erfolg ihres Bruders, doch ihr fiel auf, daß der Applaus plötzlich abbrach. Es war so totenstill, daß sie sogar das leise Rascheln der bunten Seidenwimpel hören konnte. Alle Zuschauer starrten wie gebannt auf einen der beiden nächsten Kontrahenten, der soeben aus seinem Zelt getreten war.

Er bestieg sein Roß, und niemand brauchte zu fragen, wer das war, denn der goldene Falke auf dem Schild und auf dem Satteltuch des Hengstes gab ihn als Fürsten der Finsternis zu erkennen.

»Endlich sehen wir diesen Teufel in Menschengestalt«, murmelte Robin.

»Jetzt werden wir bestimmt eine Glanzleistung erleben.« Bertrand Malagane hob die Stimme, damit man auch in der übernächsten Reihe jedes Wort verstehen konnte. »Entgegen seiner ursprünglichen Ankündigung beschränkt er sich nun doch nicht auf drei Kämpfe, sondern tritt gegen jeden Herausforderer an. Es dürfte ein äußerst interessanter Nachmittag werden.«

»Interessant – und blutig«, knurrte Richard.

»Wer ist sein erster Gegner?« fragte Robin, dem ein Banner vorübergehend die Sicht versperrte.

»Savaric de Mauleon«, erwiderte Geoffrey.

Robin nickte zufrieden. Savaric war ihm sehr sympathisch, und er hatte den letzten Abend hauptsächlich in Gesellschaft des geistreichen jungen Gascogners verbracht, dessen Kampfgeist und Talent ihm imponierten.

Der Fürst der Finsternis ritt zur Ehrentribüne und senkte seine Lanze als Gruß für seinen Gastgeber und Prinz Ludwig. Aus der Nähe war seine mächtige Statur noch imposanter, und die schwere Rüstung umgab den muskelstrotzenden Körper wie eine zweite Haut. Entgegen den Gepflogenheiten hatte er das Visier schon herabgelassen, und hinter dem schmalen Sehschlitz waren die Augen nicht zu erkennen. Er ritt auch sogleich an seinen Platz zurück, ohne die Ehrenrunde absolviert zu haben – eine Unhöflichkeit, die vom Publikum mit Pfiffen und Buhrufen beantwortet wurde. Hingegen erhielt der attraktive Savaric de Mauleon tosenden Beifall, und die jungen Mädchen streckten ihm ihre Bänder und Tücher hin, ohne daß er sie darum gebeten hatte, so daß seine Lanze mit diesen Glücksbringern in allen Regenbogenfarben geschmückt war, als auch er seinen Platz einnahm.

Doch trotz all dieser Sympathiebeweise hatte er gegen seinen Gegner nicht die geringste Chance. Die Lanze des Fürsten der Finsternis rammte seinen Schild mit ungeheurer Wucht, und er *flog* förmlich aus dem Sattel, wirbelte durch die Luft und krachte auf den Boden.

»Mein Gott, das hat ja so ausgesehen, als würde er eine Fliege von seinem Braten verscheuchen!« murmelte Richard.

Robin war aufgesprungen, denn Savaric lag regungslos da und mußte mit einer Bahre abtransportiert werden, allem Anschein nach ernsthaft verletzt.

»Diese Lanzenführung und dieses Tempo sind unglaublich!« Malagane prostete den Wardieus spöttisch zu. »Eigentlich könnten wir ihn gleich jetzt zum Sieger des Turniers erklären, damit die Ärzte nicht zuviel Arbeit bekommen.«

Der Dauphin und einige andere Ehrengäste lachten beifällig.

»Wer ist sein nächster Gegner?« wollte Solange wissen.

»Pedro der Grausame«, erwiderte irgend jemand.

»Hoffen wir, daß der Kastilianer sich seit gestern nacht nicht irgendwie *verletzt* hat!« grinste Gerome de Saintonge.

Sparrow rückte hastig dicht an Robin heran und umklammerte vorsichtshalber schon den Griff seines Speisemessers. »Setz dich!« zischte er. »Dieser Kerl ist doch nur ein dampfender Misthaufen, um den man am besten einen weiten Bogen macht!«

Während die Weinbecher wieder gefüllt wurden, nahm Robin widerwillig Platz.

Die nächsten Kontrahenten wurden zwar mit höflichem Applaus bedacht, aber im Grunde interessierte sich niemand für ihren Kampf, denn die Menge wartete in atemloser Spannung auf den zweiten Auftritt des Fürsten der Finsternis. Auch Brenna schaute nicht aufs Feld, sondern beobachtete Will, der zusammen mit Dag auf der Tribüne aufgetaucht war. Sie hatte ihrem Freund einen leeren Platz gezeigt, aber er hatte den Kopf geschüttelt und war hinten stehengeblieben, um zwei Männer im Auge behalten zu können, die an der Balustrade lehnten und ihm sichtlich suspekt waren.

Kurz darauf ritt der Kastilianer auf einem Rotschimmel die Ehrenrunde ab. Er trug eine Rüstung im spanischen Stil, und sein Helm war mit Straußenfedern geschmückt. Vor der Damentribüne hielt er an und streckte seine Lanze einem höchstens vierzehnjährigen Mädchen mit leichenblassem Gesicht entgegen – seiner Verlobten, deren Hände so stark zitterten, daß das purpurrote Tuch auf den Boden fiel.

Ein entsetztes Raunen ging durch die Menge, denn das war ein schlechtes Omen. Die Kleine sank ohnmächtig in die Arme mitfühlender Damen, und es war ganz gut, daß sie in den nächsten zehn Minuten das Bewußtsein nicht zurückerlangte, denn ihrem Pedro erging es nicht besser als Savaric de Mauleon: die Lanze seines Gegners zerschmetterte ihm gleich beim ersten Ansturm das Schlüsselbein und schleuderte ihn aus dem Sattel.

Der dritte Herausforderer des Fürsten der Finsternis hielt immerhin bis zur zweiten Tournade durch – allerdings nur, weil sein Roß beim erstenmal gescheut hatte, worauf das Publikum ihn ausgebuht hatte. Als auch der vierte Gegner verletzt im Staub lag, verwandelte sich die anfängliche Abneigung der Zuschauer in offene Bewunderung, die sich zu lautem Jubel steigerte, nachdem auch der fünfte Ritter mühelos bezwungen wurde: Draco der Hunne war wegen seiner unfairen Tricks unbeliebt, und obwohl er immerhin drei Tournaden überstand, mußte auch er schließlich auf einer Bahre weggetragen werden.

Robin, Richard und Dag saßen mit verkniffenen Gesichtern da, denn Prinz Ludwig und Malagane hatten inzwischen viele Becher Wein geleert und belästigten die Wardieus mit scheinheiligen Fragen, welche Methoden sie anwenden würden, um den scheinbar Unbesiegbaren aus dem Sattel zu werfen – falls sie sich dazu entschließen könnten, gegen ihn anzutreten.

Den sechsten und letzten Kampf dieses Nachmittags sollte der Fürst der Finsternis gegen Ivo den Schlächter bestreiten, und nun endlich ließ er sich dazu herab, eine Ehrenrunde zu absolvieren, um sich für den tosenden Applaus zu bedanken. Zuvor hatte er sein Pferd ausgetauscht, und als er sich der Ehrentribüne näherte, starrte Brenna den Hengst fassungslos an. Unter dem Lederharnisch, der das Tier gegen Verletzungen schützen sollte, lugte an einem Vorderbein eine schneeweiße Manschette hervor!

Der Fürst der Finsternis zügelte sein Roß vor der Ehrentribüne und hob langsam das Visier: unter buschigen schwarzen Brauen funkelten graugrüne Katzenaugen.

»Guten Tag, hochverehrte Damen und Herren«, sagte er lässig. »Ich hoffe, Sie haben das bisherige Schauspiel genossen!«

21

Robin war wie vom Donner gerührt.

Brenna glaubte, ihr Herz hätte zu schlagen aufgehört. Sie fühlte nichts, sah nichts, dachte nichts – nur daß es sich um irgendeinen schrecklichen Irrtum handeln müsse. Es konnte doch unmöglich Griffyn Renaud sein, der in der Rüstung des Fürsten der Finsternis steckte!

Ihre Lungen verlangten schließlich gebieterisch nach Luft, und sie atmete tief durch, aber das änderte nichts daran, daß ihr schwindelig war, daß die Geräuschkulisse nur wie aus weiter Ferne in ihren Ohren rauschte, daß die vielen Banner und Wimpel zu einem wirren Farbengemisch verschmolzen. Und auch Griffyns Stimme kam ihr verzerrt vor, aber das konnte auch am Helm liegen.

»Sie haben gut gekämpft«, sagte er zu Dag. »Meinen Glückwunsch!«

Die drei Brüder konnten immer noch kein Wort hervorbringen, aber Sparrow litt nicht unter Sprachlosigkeit.

»Ich wußte es! Ich wußte vom ersten Moment an, daß Sie ein schlauer Fuchs sind, dem nicht zu trauen ist!«

»Mein Gott!« brachte Richard endlich mühsam hervor. »Hätten Sie nicht wenigstens eine kleine Andeutung machen können?«

Die Katzenaugen schweiften von einem Gesicht zum anderen, verweilten kurz bei Brenna und richteten sich sodann auf Robin. »Wenn ich mich recht erinnere, habe ich in Amboise erwähnt, daß ich mich auf einen interessanten Zweikampf freue. Statt dessen« – er warf einen verächtlichen Blick zu Ivo dem Schlächter hinüber – »muß ich mich mit Grünschnäbeln und Tölpeln begnügen, die sich nur damit brüsten wollen, gegen mich angetreten zu sein.«

»Sie hatten heute wirklich leichtes Spiel«, knurrte Robin zähneknirschend. »Aber immerhin haben Sie so viele Knochen gebrochen, daß Sie sich die sechshundert Mark wohl redlich verdient haben.«

»Haben Sie in Amboise nicht gesagt, es gebe für einen Ritter keine größere Freude, als sich mit seinesgleichen im ehrlichen Kampf zu messen? Glauben Sie, nur Sie allein hätten Ihre Freude daran, während alle anderen nur aus Geldgier kämpfen?«

Robin errötete. »Keiner dieser Männer kann es mit Ihnen aufnehmen.«

»Keiner … mit einer einzigen Ausnahme – Robert Wardieu! Es ist wirklich jammerschade, daß Sie *verletzt* sind, denn nun werden wir wohl nie erfahren, wer hier der Bessere ist.«

Sparrow machte plötzlich einen Satz nach vorne. »Verletzt oder nicht – er könnte Sie wie ein Hähnchen aufspießen! Selbst wenn er einen Arm in der Schlinge hätte, würden Sie an seiner Lanze zappeln!«

Die graugrünen Augen verengten sich zu Schlitzen, aber es war Malagane, der das Wort ergriff. »Das sind kühne Worte, Zwerg! Willst du ihn vielleicht selbst herausfordern, oder sprichst du im Namen von Lord Robert?«

Sparrow öffnete und schloß den Mund wie ein Fisch auf dem Trockenen, als er begriff, was er getan hatte, und sein Gesicht war leichenblaß. Es war Richard, der ihm zu Hilfe kam und fluchend aufsprang.

»*Ich* fordere ihn heraus!«

»Ich ebenfalls.« Dag trat an die Seite seines Bruders.

»Und ich!« verkündete Geoffrey.

»Allmächtiger!« Prinz Ludwig drehte sich bestürzt um. »Eine solche Menge an Rächern, und das zu dieser späten Stunde!«

Malaganes Augen funkelten zufrieden. »Ja, es ist wirklich ein Jammer, daß der Nachmittag sich schon seinem Ende zuneigt.«

»Morgen ist auch noch ein Tag!« rief Richard.

»Nein!« Brenna sprang entsetzt auf und warf Griffyn einen flehenden Blick zu. »Nein, das können Sie doch nicht machen! Sie wissen doch genau, daß es kein fairer Kampf wäre! Wie können Sie nur so kaltblütig sein … nach allem, was war?«

»War denn irgend etwas, wovon wir nichts wissen?« fragte Solange unschuldig, während sie eine Hand auf ihre Brust legte.

Griffyn starrte diese Hand für den Bruchteil einer Sekunde an, bevor er sich Brenna zuwandte. »Nicht *ich* wurde beleidigend, Mylady, und ich habe auch niemanden herausgefordert. Aber ich wäre durchaus bereit, eine Entschuldigung zu akzeptieren, wenn Ihre Brüder doch lieber auf einen Kampf verzichten möchten.«

»Das wäre wohl am vernünftigsten«, lachte der Dauphin, dem der viele Wein zu Kopf gestiegen war. »Denn wer soll das *mêlée* bestreiten, wenn die geballte Kraft von Amboise im Staube liegt?«

Außer sich vor Wut, wollte Richard sein Schwert zücken, doch Robin konnte ihn gerade noch rechtzeitig daran hindern, den Prinzen anzugreifen, indem er sein Handgelenk mit eisernem Griff umklammerte.

»Wir könnten vielleicht beide Angelegenheiten auf einmal regeln«, sagte Robin ruhig. »Sir Hugh, wären Sie mit einem Zweikampf anstelle des *mêlée* einverstanden?«

Hugh de Luisignan, der in der Nähe saß, warf dem Dauphin einen wütenden Blick zu, denn wer die Ehre von Amboise anzutasten wagte, beleidigte das gesamte Rittertum.

»Ja, ich wäre damit einverstanden«, brummte er, »obwohl es mir nicht besonders behagt, daß dieser Mann« – er deutete auf Griffyn – »unsere Seite vertreten soll.«

Griffyn nahm die Beleidigung hin, ohne auch nur mit der Wimper zu zucken. »Dürfte ich wenigstens erfahren, gegen wen ich morgen kämpfen werde?«

Die Zuschauer auf den anderen Tribünen konnten den Wortwechsel nicht hören, begriffen aber, daß etwas Wichtiges vor sich ging, und wurden ganz still. Robin blickte in die untergehende Sonne, deren letzte Strahlen sich in seinen Augen widerspiegelten.

»Sie können gern gegen alle Wardieus kämpfen«, sagte er ruhig, »wenn Sie nach *unserem* Kampf noch im Sattel sitzen!«

»Nein!« stöhnte Brenna. »Robin, nein …«

Griffyn tippte leicht an seinen Helm, ließ das Visier herab und ritt an seinen Platz.

Brenna konnte kaum glauben, was sie gesehen und gehört hatte. Sparrow hatte immer noch ein hochrotes Gesicht, und Richard und Dag redeten auf Robin ein, der sie jedoch völlig ignorierte und Griffyn Renaud nicht aus den Augen ließ, der seelenruhig auf Zenturio saß und darauf wartete, daß der Schiedsrichter seine Fahne senken würde.

»Das darfst du nicht machen«, flüsterte Brenna.

Robin drückte ihr beruhigend die Hand. »Es ist nun einmal passiert und läßt sich nicht mehr rückgängig machen.«

Brenna schluckte, konnte den galligen Geschmack im Mund aber nicht loswerden, während die Rösser losgaloppierten.

Nach diesem Kampf wurde gelästert, daß Ivo der Schlächter von nun an Ivo der Geschlachtete heißen müßte.

Griffyn hatte erwartungsgemäß den Tag gewonnen und dabei selbst nur einige Kratzer und blaue Flecken abbekommen. Nach einem heißen Bad ließ er sich von Fulgrin massieren, und hinterher fühlte er sich wie neugeboren.

Kaum jemand hatte sein Gesicht gesehen, und so konnte er sich im schlichten grünen Wams unerkannt unter die Menge mischen, die sich nach Einbruch der Dämmerung allmählich zerstreute. Die Höhergestellten strebten der Burg zu, wo es auch an diesem Abend ein Festessen geben würde. Griffyn hatte Malaganes Einladung höflich abgelehnt, obwohl auch Prinz Ludwig ihn bedrängt hatte, an der Veranstaltung teilzunehmen. Sogar Fulgrin, der alle Anwandlungen seines Herrn bestens kannte, hatte sich abgesetzt und erklärt, er bevorzuge die Gesellschaft der Pferde.

Griffyn war nach Gaillard gekommen, um gegen Robert Wardieu zu kämpfen, doch nun, da er sein Ziel erreicht hatte, ärgerte er sich über sich selbst. Er hätte in Orléans auf Fulgrin hören und auf der Hauptstraße bleiben sollen. Pure Eitelkeit und Arroganz hatten ihn veranlaßt, sich nach Amboise zu begeben, um seinen Feind aus der Nähe zu betrachten, so als schaute sich ein Fuchs vorsorglich im Hühnerstall um. Und seitdem hatte er nichts als Dummheiten begangen, denn er hatte es genossen, mit Robert Wardieu Kriegsgeschichten auszutauschen und mit den Brüdern zu zechen und zu würfeln.

Und Brenna …

Sie haßte ihn jetzt bestimmt von ganzem Herzen und von ganzer Seele, und er konnte ihr daraus keinen Vorwurf machen. Vielleicht war es besser so, denn er wußte nicht, wie er reagieren würde, wenn sie plötzlich wieder vor ihm stünde, wenn sie ihn berührte, wenn in ihrer Stimme Gefühle mitschwingen würden, von denen sie selbst nichts ahnte.

Vor seinem Zelt brannte ein Feuer, und die Brise wirbelte Ascheflocken in den Nachthimmel empor. Als er eintrat, sah er als erstes die Eisenlaterne auf einem niedrigen Tisch, von Motten umschwirrt. Daneben stand ein großes Tablett mit Käse, Fleisch und Brot – sein Knappe hatte ihn also doch nicht völlig seinem Schicksal überlassen. Griffyn schnitt ein Stück Käse ab und schob es in den Mund, als er plötzlich das unangenehme Gefühl hatte, beobachtet zu werden.

Er blickte über seine Schulter hinweg in die dunkelsten Schatten neben dem Zelteingang. Sie stand regungslos da, fast so wie damals im Wald bei ihrer allerersten Begegnung, ihren Langbogen in der Hand, die Pfeilspitze auf seine Stirn gerichtet.

Der Käse blieb ihm in der Kehle stecken, und er deutete hustend auf den Weinkrug. »Darf ich?«

Sie nickte kurz.

Er füllte seinen Becher und trank. Der Wein war stark und süß, und er registrierte zerstreut, daß Fulgrin wieder einmal seinen Lieblingswein aus der Auvergne aufgetrieben hatte.

»Willst du auch einen Becher?«

»Ich bevorzuge es, dich zu töten, bevor ich zur Feier des Tages etwas trinke!«

Er nickte zustimmend. »Du hast recht – diese Reihenfolge ist vernünftiger. Aber hast du vorher keine Fragen an mich?«

»Nur eine einzige – hast du es genossen, uns heute zu demütigen?«

Er stellte den Becher ab. »Es lag nicht in meiner Absicht, dich zu demütigen oder zu verletzen.«

»Wir waren uns ja von Anfang an darüber einig, daß du ein Lügner bist. Stell meine Geduld also bitte nicht auf die Probe, indem du etwa behauptest, menschliche Züge zu besitzen.«

Griffyn sah, daß sie vor Wut zitterte. »Also gut, ich gebe zu, daß ich anfangs keinen Gedanken an deine Gefühle verschwendet habe.«

»Und jetzt?«

»Ich habe den ganzen Tag an nichts anderes gedacht«, erwiderte er aufrichtig.

»Ha!« rief sie. »Du hast dir den ganzen Tag den Kopf darüber zerbrochen, wie du meinen Bruder zu einem Zweikampf provozieren könntest.«

»*Er* hat *mich* herausgefordert«, widersprach er, aber es hörte sich wenig überzeugend an.

»Du hast ihm gar keine andere Wahl gelassen. Und wenn er auf deine Beleidigungen nicht reagiert hätte, wäre wahrscheinlich meine Entjungferung zur Sprache gekommen, um ihn zu einem Kampf zu zwingen. Gib es zu, dann habe ich wenigstens den Trost, daß du mich nicht für total verblödet hältst!«

»Ich halte dich keineswegs für verblödet. Du bist zornig – und du hast jedes Recht dazu – und verwirrt und verletzt. Glaub mir, ich würde dir liebend gern weiteren Schmerz ersparen.«

»Dann sag diesen Kampf ab«, verlangte sie. »Laß Robin eine Nachricht zukommen, du könntest seine Ehre und seinen Stolz nicht so kaltblütig ausnutzen.«

Er hob eine Braue. »Ist das alles?«

»Nein! Brich noch heute nacht deine Zelte ab und kehre nach Burgund zurück. Dein Ruf wird bestimmt nicht darunter leiden.«

»Und wenn ich mich weigere?«

»Dann schieße ich.«

»Du würdest mich töten?«

»Es genügt, wenn ich deinen Ellbogen oder deine Schulter durchbohre, denn dann bringt dich nicht einmal deine Arroganz morgen in den Sattel.«

Griffyn machte lächelnd einen Schritt auf sie zu. »Wahrscheinlich sollte ich heilfroh sein, daß Zentaur nicht hier ist, denn sonst würdest du bestimmt wieder *ihn* bedrohen.«

»Bleib stehen«, warnte sie. »Ich scherze nicht.«

Er machte zwei weitere Schritte, und Brenna preßte sich mit dem Rücken an die Zeltwand.

»Hast du solche Angst, daß ich ihn besiegen könnte?«

»Ich habe Angst, daß sein Stolz ihn zu törichten Handlungen hinreißen könnte, die er sich im Augenblick nicht erlauben darf.«

»Wegen seiner Verletzung?«

»Er hat schon mit viel schlimmeren Verletzungen als gebrochenen Rippen gekämpft und gesiegt!«

Griffyn verschränkte seine Arme vor der Brust. »Dann kann ich beim besten Willen nicht begreifen, warum er auf der Zuschauerbank herumsitzt.«

Sie preßte die Lippen zusammen. »Er hat seine Gründe.«

»Wir alle haben Gründe für das, was wir tun.«

»Ich habe dich in Amboise gefragt, ob du meinen Bruder töten wolltest, und du hast das verneint. War auch das eine Lüge?«

»Hätte ich ihn damals töten wollen, so wäre es mir ein leichtes gewesen. Ich hätte meinen Pfeil nur in letzter Sekunde auf ihn zu richten brauchen. Aber ich wollte mehr! Ich wollte die Befriedigung, ihn mit meiner Lanze aus dem Sattel zu werfen! Dafür habe ich jahrelang trainiert – seit unserem Zweikampf in der Gascogne.«

Sie stieß erbittert den Atem aus. »Nur weil du damals verloren hast?« Brenna schüttelte ungläubig den Kopf und sagte verächtlich: »Hast du jemals darüber nachgedacht, daß es im Leben viel wichtigere Dinge gibt als solche Hahnenkämpfe?«

»O ja, es gab eine solche Zeit«, erwiderte er ruhig.

»Aber bestimmt nicht, seit dein Herz sich in einen Stein verwandelt hat, seit du deine Ehre und dein Schwert verkauft hast!«

»Ich weiß, daß du mich für einen skrupellosen Söldner hältst, der sein Schwert dem Meistbietenden zur Verfügung stellt ... und bis vor kurzem stimmte das vielleicht.«

»Bis vor kurzem? Haben sich seitdem die Schleusen des Himmels geöffnet und dich mit Skrupeln bedacht?«

»Ich bin dir gegenüber ehrlicher«, sagte er wahrheitsgemäß, »als ich es seit Jahren zu irgendeinem Menschen gewesen bin.«

»Soll ich dir dafür auf Knien danken?«

»Nein, aber ich hoffe, du wirst mir glauben, wenn ich dir sage, daß dein Bruder in großer Gefahr schwebt, ob ich nun gegen ihn kämpfe oder nicht.«

»Was meinst du damit?«

Er seufzte schwer und fragte sich, ob er nun völlig den Verstand verloren hatte. »Wenn ich morgen nicht gegen Robin kämpfe, werden höchstwahrscheinlich ein paar gedungene Mörder außerhalb des Kampfgeländes auf uns beide warten.«

Sie umklammerte ihren Bogen noch fester. »Was soll dieser Unsinn?«

»Sagen dir die Namen Engelard Cigogni und Andrew de Chanceas etwas?«

Brenna wollte ungeduldig den Kopf schütteln, doch dann erinnerte sie sich an die beiden Männer, die Will nicht aus den Augen gelassen hatte. Später hatte er Robin und Sparrow von ihnen erzählt und ihre Namen erwähnt, und der Elf war aschfahl geworden.

»Die Namen sind dir also bekannt?«

Sie nickte langsam. »Will hat Robin erzählt, daß sie hier sind.«

»Sie stehen in Malaganes Diensten und sind zu jeder Schandtat bereit.«

»Aber warum sollte Malagane meinen Bruder ermorden wollen?« fragte Brenna verwirrt.

»Sag mir vorher eines – plant Robin in nächster Zukunft eine Reise nach England?«

Vor Schreck wich alle Kraft aus ihren Armen, und der Pfeil hätte sich versehentlich gelöst, wenn Griffyn nicht den Schaft gepackt und nach unten gedrückt hätte.

»Woher weißt du das?« flüsterte sie.

»Es stimmt also?«

»Woher weißt du das?«

»Malagane hat es mir erzählt. Deshalb wetzen seine Mörder schon ihre Messer … und deshalb hat er mir eine sehr hohe Geldsumme geboten, wenn ich dafür sorge, daß dein Bruder die Normandie nicht verläßt.«

»Er hat dich *angeheuert,* um Robin zu ermorden?« Ihre

Augen füllten sich mit Tränen. »Aber du hast mir doch gerade gesagt …«

»Daß ich nicht nach Amboise gekommen bin, um Robin zu töten. Das ist die Wahrheit. Ich wollte meinen Feind nur aus der Nähe sehen – den Mann, den ich fünf Jahre gehaßt und für den Tod meiner Frau verantwortlich gemacht hatte.«

»Deiner … deiner *Frau?*«

Er lächelte bitter. »Ist das so unvorstellbar?«

Brenna gab keine Antwort, aber ihre Augen sprachen eine deutliche Sprache.

»Nun ja, ich war der Verantwortung für einen anderen Menschen wohl wirklich nicht gewachsen.« Griffyn fuhr sich mit den Fingern durch die Haare. Er wollte eigentlich nicht darüber sprechen, aber ihm blieb keine andere Wahl. »Wir waren sehr jung. Viel zu jung, um es mit der Welt aufnehmen zu können. Adele war sehr zart … und als sie dann ein Kind erwartete … Ich wußte, daß wir auf Dauer nicht von dem leben konnten, was ich bei den Turnieren verdiente, aber jenes Turnier in der Gascogne hätte mir bei einem Sieg genug Geld beschert, um ganz gut über den Winter zu kommen. Adeles Niederkunft stand dicht bevor, aber sie bestand darauf, daß ich am Turnier teilnehmen sollte …«

In Brennas Wimpern hingen Tränen, während sie ihm zuhörte.

»Ich ging hohe Wetten ein, daß ich gewinnen würde, und ich war dem Sieg sehr nahe … bis der junge Champion von Amboise mir über dreiundzwanzig Tournaden hinweg standhielt. Damals hatte ich nur ein Pferd, Zentaur, und die Schiedsrichter wollten es nicht länger quälen. Sie erklärten Robin zum Sieger, und alles war vorbei. Ich hatte mein ganzes Geld und sogar Zentaur verloren … obwohl dein Bruder so großzügig war, ihn mir nicht wegzunehmen. Als ich in den Gasthof zurückkehrte, hatte der Wirt Adele wegen unserer Schulden vor die Tür gesetzt. Ich suchte im ganzen Dorf nach ihr und fand sie schließlich in einem Kuhstall. Sie war tot.«

»Und das Kind?« fragte Brenna mit belegter Stimme.

Griffyn schüttelte den Kopf. »Jemand erinnerte sich daran, daß ein Kind die ganze Nacht hindurch geschrien hatte, und ein anderer erinnerte sich daran, einen Bauern gesehen zu haben, der ein brüllendes Kind in seinem Leiterwagen hatte, aber ich fand es nicht. Ich suchte in allen umliegenden Dörfern, aber ich fand keine Spur von ihm ...« Zum erstenmal, seit er seine Geschichte begonnen hatte, blickte er Brenna in die Augen. »Ich machte mich selbst und die ganze Welt für Adeles Tod verantwortlich, und mit der Zeit machte ich Robin immer mehr zum Sündenbock. Doch selbst wenn ich an jenem Tag gewonnen hätte ... ich glaube kaum, daß eine Handvoll Münzen ihr geholfen hätten. Vielleicht ... vielleicht wäre sie noch bei mir, wenn ich meinen Stolz geschluckt und sie nach England zurückgebracht hätte, denn dort war sie zu Hause ...«

»Nach England? Bist du Engländer?«

Er nickte widerwillig. »Ich habe den Ärmelkanal seit über sieben Jahren nicht mehr überquert, aber wenn Malagane über meine Nationalität Bescheid wüßte, würde er bestimmt schwören, ich wäre erst vor einer Woche von Bord gegangen. So wußte er aber nur, daß Robin und ich schon einmal gegeneinander gekämpft haben und ebenbürtige Gegner sind. Und wenn Robin vom Fürsten der Finsternis getötet würde, hätte deine Familie keinen Grund, Malagane zu verdächtigen. Er hat mich in englischen Münzen bezahlt, vermutlich um behaupten zu können, ich hätte im Dienst der Feinde deines Vaters gestanden.«

»Er weiß also nicht, daß du Engländer bist?«

»Nein, das weiß niemand – nicht einmal Fulgrin.«

»Und warum hast du es mir erzählt?« fragte sie. »Und warum sollte ich dir glauben?«

»Ich weiß es nicht«, erwiderte er ruhig. »Bei Gott, ich habe keine Ahnung.«

Er blickte ihr in die Augen, die wieder tränennaß waren, und zog sie sanft an sich. Sein Versuch, ihr Kinn anzuheben, scheiterte an ihrem heftigen Widerstand, und so mußte er sich damit begnügen, seine Lippen auf ihre Stirn zu pressen. Das war jedoch schlimm genug, denn diese zarten Küsse auf ihre Schläfen weckten in Brenna sofort die Erinnerung an die Genüsse, die er ihr vergangene Nacht beschert hatte.

»Verdammt, warum hast du mich jemals berührt?« schluchzte sie. »Es ging mir gut, bis du mich berührt hast.«

»Auch mir ging es gut, bis du mich berührt hast«, flüsterte er heiser.

»Lügner!«

Seine Lippen glitten über ihre Wange, und seine Hände streichelten ihren Hals, in der Hoffnung, sich doch noch ihres Mundes bemächtigen zu können.

»Ist es das, was du willst?« murmelte sie in sein Wams hinein. »Ist es das, was du im Austausch für das Leben meines Bruders willst?«

Griffyn erstarrte.

»Ist es das?« Sie stemmte sich von ihm ab. »wenn ja, werde ich es dir mit Freuden geben! Hier, bitte …« Ihr Gürtel fiel auf den Boden, gefolgt von ihrem Wams, und dann begann sie, ihr Hemd auszuziehen.

»Brenna …«

Sie warf das Hemd zu den anderen Sachen und wollte ihre Hose öffnen.

»Brenna!« Er packte sie bei den Handgelenken und drehte ihr die Arme auf den Rücken. Ihre nackten Brüste schimmerten im Laternenschein, die rosigen Brustwarzen schienen ihn zum Küssen herauszufordern, aber in den riesigen veilchenblauen Augen stand Verzweiflung geschrieben.

»Du willst mich nicht?«

Sein Gesicht spiegelte die schwere Last jahrelanger Einsamkeit wider. »Ich will dich mehr, als ich jemals irgend etwas oder irgend jemanden gewollt habe.«

»Dann nimm mich!« stammelte sie. »Nimm mich und bring mich weg von hier. Ich gehe mit dir, wohin du willst, ich tu alles, was du willst, ich werde so sein, wie du es willst … nur bring mich weg von hier, noch heute nacht! Wir können zu Robin gehen und ihm alles erzählen. Er wird wissen, wie er Malagane und dessen gedungenen Mördern entkommen kann und …«

»Das kann ich nicht tun«, flüsterte er.

»Doch, du kannst, wenn du mich wirklich so begehrst, wie du sagst.« Sie preßte ihre Lippen auf seinen Mund, und er konnte ihr nicht widerstehen. Während er sie leidenschaftlich küßte, war er fast dazu bereit, ihre Wünsche zu erfüllen, einfach fortzugehen und sie mitzunehmen, um irgendwo ein neues Leben zu beginnen.

Doch dann obsiegte seine Vernunft. Er löste sich von ihr und hob ihr Hemd auf, und als sie es nicht anziehen wollte, zog er es ihr über den Kopf und schob ihre Arme in die Ärmel, so als wäre sie ein kleines Kind.

»Wir können doch zu Robin gehen«, murmelte sie wieder.

Griffyn knirschte mit den Zähnen. Gewiß, sie konnten zu Robert Wardieu gehen und ihm alles erzählen, aber was würde das nutzen? Das Wort eines verbannten Engländers, der in Burgund kein sehr ruhmreiches Leben geführt hatte, stünde gegen das Wort eines wichtigen und einflußreichen Verbündeten des französischen Königs. »*Du* solltest zu Robin gehen und ihm erzählen, was ich dir erzählt habe. Warne ihn!«

»Du willst also immer noch gegen ihn kämpfen?«

»Mir bleibt keine andere Wahl.«

Jede Hoffnung schwand aus ihren Augen, und sie griff hastig nach ihren Sachen. Am Zelteingang blieb sie noch einmal stehen und schaute zurück, und in ihrem Gesicht stand soviel Enttäuschung und Qual geschrieben, daß es ihm fast das Herz brach. Unwillkürlich machte er einen Schritt auf sie zu. »Brenna ...«

Aber sie war schon gegangen, und er stand allein in seinem Zelt.

22

In der Nacht war dichter Tau gefallen, und die ersten Sonnenstrahlen zauberten reizvolle Lichtreflexe auf die feuchten Zelte und Wagen. Viele Menschen standen schon im Morgengrauen auf, um sich gute Plätze auf den Zuschauerbänken zu sichern, und andere hatten sogar dort übernachtet, in warme Decken gehüllt. Alle wußten, daß der Fürst der Finsternis und der Champion von Amboise am Mittag gegeneinander kämpfen würden, und während die Sonne allmählich die nasse Erde trocknete, herrschte auf den Wiesen um das Kampfgelände schon dichtes Gedränge.

Richard spähte aus dem schwarz-goldenen Zelt ins Freie. »Die Leute machen einen mürrischen Eindruck«, stellte er fest. »Sie spüren offenbar, daß Blut in der Luft liegt.«

»Manche wollen bestimmt sehen, wie Robin aus dem Sattel fliegt«, kommentierte Will, »weil dieser Anblick ihnen noch nie zuteil wurde. Und es gibt zweifellos sogar Ritter, die sich freuen würden, wenn er getötet oder so schwer verletzt wird, daß er nie mehr gegen sie antreten kann.«

»Ich werde mein Bestes tun, um sie zu enttäuschen«, sagte Robin grimmig, während er seine Bewegungsfreiheit überprüfte, denn Sparrow hatte seine Rippen so fest bandagiert, daß er kaum tief Luft holen konnte.

Brenna saß in einer Ecke des Zeltes und beobachtete entsetzt, wie ihr Bruder seine Rüstung anlegte. Sie hätte das verhindern können, wenn sie am Vorabend den Mut gehabt hätte, ihren Pfeil abzuschießen. Mit ihrer Kaltblütigkeit war es nicht weit her, mußte sie sich widerwillig eingestehen, und jeder gesunde Menschenverstand war ihr völlig abhanden gekommen, sonst hätte sie sich niemals dazu hinreißen lassen, Griffyn zu bitten, sie mitzunehmen, wohin er wollte.

Du solltest zu Robin gehen.

Doch wie sollte sie zu Robin gehen, ohne ihm zu beichten, welche Torheit sie begangen hatte?

Es ging mir gut, bevor du mich berührt hast.

Auch mir ging es gut, bis du mich berührt hast.

»Lügner«, murmelte sie vor sich hin. »Lügner, Lügner, Lügner!«

Dag blickte mit gerunzelter Stirn zu ihr herüber. »Wer ist ein Lügner?«

»Alle! Die ganze gottverfluchte Welt!« Sie sprang wütend auf.

Richard warf wieder einen Blick nach draußen. »Diese

gottverfluchte Welt wird uns bald für sich beanspruchen. Bist du fertig, Rob?«

»Ja, ich bin bereit.« Er legte Sparrow, der an seiner Rüstung herumfummelte, tröstend eine Hand auf die Schulter. »Es war nicht deine Schuld, Waldgeist. Entspanne dich.«

»Entspannen werde ich mich erst, wenn du diesen arroganten Burschen in den Staub geworfen hast.«

Robin gab Timkin ein Zeichen, daß er Handschuhe und Helm herbringen sollte. Gleichzeitig fragte er: »Ist jemandem von euch irgendeine Schwäche meines Gegners aufgefallen, die ich ausnutzen könnte?«

Unaufgefordert hätte Richard seinem Bruder, der ihm als Turnierkämpfer weit überlegen war, niemals Ratschläge erteilt, doch nun meinte er: »Bevor er zum Schlag ausholt, lenkt er sein Pferd etwas nach links.«

»Nach rechts«, widersprach Dag. »Und er beugt sich vor und drückt den Ellbogen an seinen Schild.«

»Soweit ich beobachtet habe«, warf Geoffrey nüchtern ein, »ändert er seine Position, je nachdem, mit welchem Gegner er es zu tun hat. Er beobachtet ihn genau, während Lanze und Schild angereicht werden, und scheint daraus entnehmen zu können, wie und wann sein Herausforderer zustoßen wird.«

Robin nickte grimmig. »Ich habe die gleiche Beobachtung gemacht. Der Bursche stellt sich auf jeden Gegner einzeln ein. Er beugt sich vor oder zurück, nach links oder rechts, oder er bleibt kerzengerade sitzen, und selbst wenn man das Glück hat, ihn mit der Lanze zu treffen, ist es so, als hätte man einen Felsen gerammt. Daran erinnere ich mich noch von unserem ersten Kampf her.«

Brenna schloß die Augen und hätte sich am liebsten die Ohren zugehalten. Zum erstenmal in ihrem Leben zweifelte sie daran, daß Robin gewinnen würde, zum erstenmal hatte sie wirklich Angst um ihn. Doch zugleich wünschte sie, daß Robins Lanze ihr Ziel verfehlen würde.

Tosender Beifall brandete auf, als Robert Wardieu auf den Kampfplatz ritt. Seine Rüstung und seine Lanze waren schwarz, mit goldenen Bändern und Bordüren geschmückt. Ein grimmiger goldener Wolf auf Schild und Wams wies ihn als Erben des legendären Schwarzen Wolfs aus. Sein Visier war noch offen, und so manche junge Dame wünschte sich sehnlichst, daß er sie um ein Zeichen ihrer Gunst bitten möge, doch das tat er nicht. Ein schmaler Streifen gelber Seide war um seine Lanze gebunden, alt und verblichen, weil Robin, seit er sich die Sporen verdient hatte, kein einziges Turnier ohne dieses Tuch bestritten hatte. Seit Jahren wurde darüber gerätselt, wem es einst gehört haben mochte, wer Wardieus Herzen so nahestand, daß er sich nie davon trennte. Diese Unbekannte wurde glühend beneidet, denn einen attraktiveren und mutigeren Ritter konnte sich niemand vorstellen.

Auch Griffyn Renaud de Verdelay wurde mit donnerndem Applaus begrüßt, denn die Kämpfe am Vortag hatten ihm große Bewunderung eingebracht. Er hatte seinen Helm noch nicht aufgesetzt, und seine langen Haare glänzten blauschwarz im Sonnenlicht. Sein wie aus Stein gemeißeltes Gesicht ließ viele Frauenherzen höher schlagen, und mit einem Male waren sie sich nicht mehr schlüssig, welcher der beiden Ritter besser aussah.

Griffyn und Robin ritten nur bis zur Ehrentribüne und senkten ihre Lanzen, um Prinz Ludwig und den zufrieden lächelnden Bertrand Malagane zu grüßen. Diese Tribüne war genauso überfüllt wie alle anderen, und die vornehmen Gäste klatschten genauso begeistert Beifall wie das einfache Volk. Griffyns Katzenaugen glitten flüchtig über die anwesenden Damen hinweg, doch das Gesicht, nach dem er Ausschau gehalten hatte, war nicht dabei.

Sobald beide Gegner zu ihren Ausgangspositionen zurückgekehrt waren, ließen die Herolde zwei Fanfarenstöße erschallen, um für Ruhe zu sorgen, und der oberste Schiedsrichter erhob sich und verkündete, daß dieser Zweikampf anstelle des ursprünglich vorgesehenen *mêlée* über das Schicksal der Nichte von Sir Hugh entscheiden würde. Die Menge murrte ein wenig, denn die Kämpfe zwischen zwei Rittergruppen erfreuten sich großer Beliebtheit, aber die Enttäuschung hielt sich in Grenzen, denn das Duell der beiden Giganten würde sie reich für das entgangene Spektakel entschädigen. Nach seiner kurzen Ansprache hob der Schiedsrichter seine Fahne, und alle Zuschauer hielten den Atem an, bis er sie senkte.

Die Rösser galoppierten aufeinander zu, und in der Mitte des Feldes kam es zum ersten Zusammenprall der Lanzen, doch beide trafen nur den Schild des Gegners, wenngleich mit solcher Wucht, daß die Pferde sich aufbäumten. Nach der zweiten Tournade mußte Griffyn seine zersplitterte Lanze wechseln, nach der dritten war es Robin, der eine neue Waffe brauchte. Das Publikum schrie sich heiser, denn sogar die weiteste Reise hatte sich gelohnt, um diese tollkühnen Ritter kämpfen zu sehen.

Nach zehn Tournaden wurde eine kurze Pause eingelegt, damit Rösser und Reiter sich ein wenig erholen konnten. Die Pferde wurden sorgfältig auf Verletzungen untersucht, die beschädigten Schilde ersetzt. Der Fürst der Finsternis öffnete sein Visier, um sich den Schweiß vom Gesicht zu wischen. Zufällig schaute er zu den Stehplätzen hinter den Absperrungen hinüber, wo sich das einfache Volk drängte. Wie eine Motte vom Licht, so wurde sein Blick von einem langen goldfarbenen Zopf angezogen, der in der Sonne glänzte.

Die bloße Vorstellung, wieder ihre Festrobe anziehen und auf der Ehrentribüne Platz nehmen zu müssen, war Brenna unerträglich gewesen. Sie fühlte sich in der anonymen Menge wesentlich wohler, weil sie hier weder Geromes lüsternen Blicken noch Malaganes hämischen Bemerkungen ausgesetzt war. Seit das Duell begonnen hatte, klopfte ihr Herz zum Zerspringen, und obwohl sie sich nach jedem heftigen Zusammenprall als erstes vergewisserte, daß Robin noch im Sattel saß, schweiften ihre Augen im nächsten Moment unweigerlich zu Griffyn, und es schnürte ihr die Kehle zu, wenn sie sah, daß er getroffen worden war. Beide Männer waren nicht mehr unverletzt, beide hatten Lanzenstöße von unglaublicher Wucht abbekommen. Als sie während der kurzen Pause zu Griffyn hinüberschaute, der dem Schiedsrichter gerade signalisierte, daß er fertig war, trafen sich ihre

Blicke unvermutet, und sie hätte schwören können, daß seine Katzenaugen denselben Ausdruck hatten wie damals auf dem Schießplatz, als er sie ansah, anstatt die Flugbahn seines Pfeils zu beobachten.

Griffyn ließ sein Visier herab, und in der nächsten Sekunde donnerte Zentaur über das Feld, einem weiteren gewaltigen Zusammenprall mit seinem Gegner entgegen. Er sah Robins Lanzenspitze vor sich, und plötzlich senkte er seinen Schild ein wenig, um seine Schulter einem Angriff preiszugeben. Er wappnete sich gegen den erwarteten Stoß und riß im allerletzten Moment seinen Schild wieder hoch, doch es war schon zu spät: ein rasender Schmerz durchzuckte ihn, und er flog aus dem Sattel.

Die Zuschauer gerieten völlig aus dem Häuschen, als sie sahen, daß das riesige graue Schlachtroß keinen Reiter mehr hatte. Der Fürst der Finsternis lag am Boden! Robert Wardieu hatte den Unbesiegbaren besiegt!

Der Jubel kannte keine Grenzen. Hüte und Handschuhe flogen hoch in die Luft, und Menschen durchbrachen die Absperrungen und umringten Robin. Richard, Dag und Will machten Luftsprünge, und Sparrow kam aus dem Nichts angeflogen und landete hinter seinem Schützling im Sattel, was Sir Tristan so verstörte, daß er seinen Herrn um ein Haar doch noch abgeworfen hätte.

Nur Brenna beteiligte sich nicht am Jubel von Robins Anhängern. Sie starrte auf das Kampffeld, wo man Griffyn Renaud gerade auf die Beine half. Er taumelte unter dem Gewicht der Rüstung und stützte seine Hände auf die Knie, bis Fulgrin ihm den Helm abgenommen hatte, doch danach richtete er sich stolz auf. Zentaur war zurückgetrabt, sobald er bemerkt hatte, daß der Sattel leer war, und nun näherte er sich seinem Herrn mit gesenktem Kopf und zögernden Schritten, so als wäre er mitschuldig an der Demütigung.

Griffyn schüttelte seine schweißgetränkten Haare. Er schaute nicht mehr in Brennas Richtung. Er schaute keinen Menschen an, sondern griff nach Zentaurs Zügeln und führte ihn vom Feld.

Die Schulter war zum Glück nicht gebrochen, aber die Glieder des Kettenhemds hatten sich trotz der dicken Wattierung tief ins Fleisch gebohrt, und eine starke Prellung verfärbte die Haut blauschwarz, was gut zu Griffyns düsterer Stimmung paßte. Fulgrin hütete sich, irgendeinen Kommentar abzugeben, und schnalzte nur leise mit der Zunge, während er die zerbrochenen Kettenglieder aus der Wunde holte.

Bevor er die Schulter mit Leinenstreifen verbinden konnte, flog die Zeltklappe auf, und Bertrand Malagane stürmte herein.

»Haben Sie irgendeine Erklärung parat?« brüllte er.

»Ich hatte Ihnen keine Garantie gegeben. Der Bursche ist gut. Verdammt gut! Er hat sein Bestes gegeben und gewonnen, so ist das nun einmal.«

»Ich habe Ihnen eine Menge bezahlt, damit Sie *siegen*, nicht damit Sie unterliegen!«

Griffyns Augen verengten sich. »Sie haben mir eine Menge bezahlt, damit ich nach Gaillard komme. Sie haben mir mehr Geld in Aussicht gestellt, falls ich siegen würde, aber leider ...«

Wieder fiel etwas Sonnenlicht ins Zelt, als Solange de Sancerre, Gerome de Saintonge und zwei kräftige Männer eintraten. Griffyn kannte die beiden Männer: Engelard Cigogni war Italiener, hatte einen dunklen Teint, einen Brustkorb wie ein Eichenfaß und Arme wie Baumstämme. Sein Gefährte, Andrew de Chanceas, hatte ein hübsches Gesicht und eine sanfte Stimme, aber die Wörter Gnade und Gewissen existierten für ihn nicht, und er war fast noch gefährlicher als der Italiener.

»Ich hatte nicht den Eindruck, als hätten Sie unter Einsatz aller Kräfte gekämpft«, sagte Malagane zornig.

»Wenn man gemütlich auf der Tribüne sitzt, sieht manches anders aus, als es in Wirklichkeit ist. Wie ich feststelle, haben Sie Ihre beiden Schoßhunde mitgebracht. Andrew ...« Er zwinkerte dem attraktiven Mörder zu. »Na, stellst du dich für deinen vertrottelten Freund immer noch bereitwillig auf alle Viere?«

Cigogni machte einen wütenden Schritt vorwärts, aber

Chanceas hielt ihn lächelnd zurück. »Ich wäre unter Umständen bereit, Engelard mit Ihnen zu teilen, falls Ihnen der Sinn danach stehen sollte. Und ihm würde es bestimmt gefallen, den männlichen Griffyn Renaud de Verdelay auf den Knien zu sehen!«

Griffyn wandte sich ab, um sich etwas Wein einzuschenken. »Wenn wir uns eines Tages in der Hölle begegnen, werde ich euch beiden liebend gern Manieren beibringen. Aber im Augenblick ...«

Er konnte den Satz nicht mehr beenden. Ein Schlag gegen den Hinterkopf brachte ihn ins Taumeln, und Andrew kickte sein Schwert außer Reichweite, bevor er danach greifen konnte. Eine hammerartige Faust landete auf Griffyns Kinn und warf ihn in Engelards Arme, der auf ihn einschlug, bis er blutüberströmt am Boden lag.

Malagane gebot seinen Helfershelfern Einhalt und blickte zufrieden auf den ohnmächtigen Ritter hinab. »Arroganter Kerl! Ich werde ihm zeigen, was mit Männern passiert, die glauben, mich zum Narren halten zu können.«

Solange trat mit erwartungsvoll leuchtenden Augen an seine Seite. »Bekomme ich ihn jetzt, Liebling? Ich werde ihm Benimmunterricht geben, bis er dich mit jedem Schrei lobpreist!«

Malagane tätschelte ihre Wange, doch sein hinterhältiges Lächeln galt nicht ihr, sondern Fulgrin, der sich in einer Ecke des Zeltes unsichtbar zu machen versuchte.

»Jemand wird bestimmt bald schreien, meine Liebe«, murmelte er. »Sollten meine Pläne abermals durchkreuzt werden, wird jemand *sehr* laut schreien!«

23

Brenna lief vor dem schwarz-goldenen Zelt auf und ab und kaute an einem Fingernagel. Etwas war dort draußen auf dem Kampfplatz passiert. Was, wußte sie selbst nicht genau, aber sie hatte jedenfalls keine Lust, zusammen mit den anderen zu feiern. Das Zelt war von Gratulanten umringt – von Rittern und Adligen ebenso wie von einfachen Leuten. Letztere hofften, daß der Champion sich noch einmal blicken lassen würde. Es war üblich, daß ein Turniersieger Almosen verteilte, und Robin hatte schon einige Handvoll Münzen in die Menge geworfen. Jetzt war er im Zelt und ließ seine Verletzungen behandeln, abgeschirmt durch Gardisten, die Schulter an Schulter einen Kreis bildeten. Will und Sparrow waren bei Robin; Geoffrey überwachte die Vorbereitungen für den Abbruch des Zeltlagers, und Richard und Dag nahmen grinsend die Glückwünsche entgegen, so als hätten *sie* den Fürsten der Finsternis besiegt.

Besiegt? Nein! Ein inneres Gefühl sagte Brenna, daß er ein unglaubliches Opfer gebracht hatte. Sie konnte das nicht beweisen, aber sie erinnerte sich genau an jenen flüchtigen Blick, den sie getauscht hatten, bevor er nach der Kampfpause sein Visier wieder herabließ. Und wenn er getan hatte, was sie vermutete, so war er ganz bestimmt kein skrupelloser Söldner. Er *hatte* ein Herz, er *hatte* eine Seele, er *hatte* ein Gewissen! Und in diesem Fall dürfte auch alles stimmen, was er ihr über Malaganes Verschwörung gegen Robin erzählt hatte.

Wenn es aber stimmte, mußte sie es unbedingt Robin erzählen und ihn warnen. Aber wie? Sie müßte ihm dazu ihren Sündenfall gestehen, und sie konnte sich sein schockiertes Gesicht mühelos vorstellen, seine Mißbilligung und schmerzliche Enttäuschung, die sich in den stahlgrauen Augen widerspiegeln würden. Er hatte die Augen des Schwarzen Wolfs geerbt, und es wäre fast so, als stünde sie vor ihrem Vater und müßte *ihm* alles beichten. Wenn Robin nicht so rein und edel wäre, würde es ihr leichter fallen, ihm zu erklären, wie es dazu kommen konnte. Richard und Dag hätten höchstwahrscheinlich viel Verständnis für ihre Unvernunft, weil ihnen sinnliche Genüsse nur allzu bekannt waren, aber Robin, der so keusch wie ein Mönch lebte, nur weil er einem Mädchen vor vielen Jahren Treue geschworen hatte … nein, Robin hätte kein Verständnis für solche Torheiten!

Ihre Blicke schweiften immer wieder zu Griffyns grünem Seidenzelt am anderen Ende des Kampfplatzes hinüber. Sein Banner flatterte im Wind, folglich mußte er noch da sein. War er verletzt? Seine Rüstung war über der linken Schulter eingerissen gewesen, und er hatte den Arm steif von sich abgehalten. Hatte er Knochenbrüche davongetragen? Hatte er große Schmerzen? Stimmte es, was er ihr über die gedungenen Mörder erzählt hatte – daß sie es auch auf ihn abgesehen haben würden, wenn er Robin nicht tötete? Sie hätte liebend gern nach ihm geschaut, wußte aber, daß es unmöglich war, ungesehen in sein Zelt zu gelangen.

Während sie unschlüssig auf und ab lief, betrachtete sie zerstreut die Gesichter von Robins Anhängern. Die meisten wirkten nicht gerade vertrauenerweckend, sondern sahen so aus, als würden sie für eine Kupfermünze die eigene Großmutter umbringen. Standen vielleicht auch die beiden Meuchelmörder irgendwo hier herum?

Der Gedanke verursachte ihr eine Gänsehaut, zumal ihr plötzlich auffiel, daß ein Mann sie unverhohlen anstarrte, so als wollte er unbedingt ihre Aufmerksamkeit auf sich lenken. Er schielte auf einem Auge, aber das andere schien sie förmlich zu durchbohren, und er gab ihr mit einer leichten Kopfbewegung zu verstehen, daß sie zu ihm kommen solle. Sein Gesicht kam ihr vage bekannt vor, aber erst, als sie vor ihm stand, fiel ihr ein, wo sie ihn schon einmal gesehen hatte.

»Dein Name ist Fulgrin, stimmt's?«

Er nickte, warf jedoch einen mißtrauischen Blick auf die Wachposten, die zwischen ihnen standen.

Brenna berührte einen der beiden an der Schulter. »Laßt ihn durch.«

Als der Knappe die Absperrung passiert hatte, wurde er kleiner, und Brenna begriff, daß er sich vorhin auf die Zehenspitzen gestellt hatte, damit sie ihn besser sehen konnte.

»Sie kennen meinen Namen, folglich müssen Sie auch meinen Herrn kennen«, flüsterte er heiser und sehr eindringlich.

»Hat er dich hergeschickt?«

Fulgrin schüttelte heftig den Kopf. »Nein, er … er könnte

mich derzeit nirgendwohin schicken. Sie haben ihn zusammengeschlagen, an Armen und Beinen gefesselt und auf einen Karren geworfen.«

»*Was?*«

»Ich konnte mit Mühe und Not einem ähnlichen Schicksal entgehen. Da, schauen Sie ...« Er beugte sich vor und hob seine fettigen Haare an, damit Brenna die blutige Beule hinter seinem Ohr sehen konnte. »Mein Herr sagt immer, ich hätte einen furchtbaren Dickschädel, und seit heute stimme ich mit ihm überein. Sie schlugen mich nieder und hielten mich für besinnungslos, doch während sie Pläne schmiedeten und auf den Karren warteten, konnte ich unbemerkt davonkriechen und in der Menge untertauchen.«

»Von wem redest du? Wer hat euch geschlagen?«

Sein Gesicht glänzte vom Schweiß, und er schaute ängstlich nach allen Seiten, bevor er flüsterte:

»Der Graf von Saintonge. Er kam nach dem Zweikampf ins Zelt – er und zwei brutale Kerle. Ich nehme an, daß mein Herr Sie gestern gewarnt hat, aber leider hat er selbst nicht aufgepaßt, und jetzt wird er in den Wald gekarrt.«

»In den Wald?«

»Bei der Straßenkreuzung hinter Les Andelys. Jeder, der zur Küste will, muß eine schmale Schlucht passieren. Es ist der ideale Ort für einen Hinterhalt, wie Malagane ihn plant. Er will den Eindruck erwecken, als hätte mein Herr sich für die Niederlage rächen wollen.«

»Und warum kommst du ausgerechnet zu mir?«

»Warum?« Er schob seine Zunge in die Backe. »Weil mir, als ich Sie gesehen habe, sofort klar war, daß Sie der Grund dafür sind, weshalb er sich plötzlich so aufführt wie ein Kater, dem man Senf auf die Nase geschmiert hat. Weil er die ganze Nacht kein Auge zugetan hat und ständig auf und ab gelaufen ist! In den langen fünf Jahren, die ich bei ihm bin, hat er wegen einer Frau nie auch nur eine Stunde Schlaf verloren, aber gestern hat er einen richtigen Trampelpfad geschaffen! Und heute? Herrgott, bei unzähligen Turnieren habe ich ihn kämpfen gesehen, und nie – *nie!* – hat er seinen Schild gesenkt!«

Heiße Röte stieg Brenna in die Wangen. Sie packte Fulgrin am Arm und zog ihn auf das Zelt zu.

»Du mußt Robin erzählen, was du mir soeben erzählt hast. Er wird wissen, was zu tun ist.«

Der Knappe grub störrisch seine Absätze in die Erde. »Ehrlich gesagt, habe ich für heute wirklich genug von wütenden Rittern.«

Sie schob ihn einfach durch den Zelteingang. Robin saß mit schmerzverzerrtem Gesicht da, während Will – von Sparrow herumkommandiert – seine Rippen neu verband, und zum erstenmal, seit sie sich erinnern konnte, sah ihr Bruder völlig erschöpft aus.

»Robin, das ist Fulgrin. Er möchte gern mit dir sprechen.«

»Allmächtiger!« schimpfte Sparrow. »Stehen draußen nicht schon genug Bettler herum? Kann er nicht wie alle anderen warten?«

Fulgrin warf sich indigniert in die Brust. »Ich – ein Bettler? Ich bin der Knappe des Fürsten der Finsternis! Und du unverschämter kleiner Zwerg solltest mich schnellstens um Verzeihung bitten, bevor ich dir die Zunge aus dem Mund schneide!«

»Ha!« Sparrow ließ das Verbandszeug auf Robins Schoß fallen und stapfte auf Fulgrin zu. »Der Knappe des Fürsten der Finsternis bist du? Du sollst wohl aushandeln, was ihr berappen müßt, um Pferd und Rüstung nicht abgeben zu müssen? Aber wir wollen kein Geld – wir wollen die Banner, den Schild, die Rüstung und das Roß! Wärest du nicht so häßlich, so würden wir auch noch dich beanspruchen, sozusagen als Entschädigung für die Beleidigungen, die gegen den edlen Namen Wardieu gefallen sind!«

Fulgrin bekam rote Flecken im Gesicht. »Mir scheint, ich habe einen großen Fehler gemacht! Ich hätte nicht meine Zeit vergeuden sollen, indem ich hierhergekommen bin.«

Er wandte sich beleidigt zum Gehen, aber Brenna hielt ihn am Kragen fest, und Richard und Dag tauchten plötzlich hinter ihm auf und versperrten ihm den Weg.

»Ist irgendwas los?« fragte Dag.

»Sparrow spuckt wieder mal große Töne«, sagte Brenna

und fuhr an Fulgrin gewandt fort: »Willst du nicht Robin erzählen, was du mir erzählt hast? Willst du ihn nicht helfen lassen?«

»Helfen?« Der Knappe warf Sparrow einen düsteren Blick zu.« »Solche Hilfe wird meinen Herrn wohl eher das Leben kosten! Wenn er nicht schon tot ist …«

»Brenna …« Robin stand mühsam auf und zog sein Hemd an. »Was ist hier eigentlich los?«

»Bertrand Malagane plant für uns einen Hinterhalt auf dem Waldweg. Er hat Griffyn Renaud gefangengenommen und will alles so arrangieren, daß der Eindruck entsteht, Renaud hätte dich aus Rache überfallen.«

»Warum denn in aller Welt sollte Malagane uns überfallen wollen?«

»Aus demselben Grund, weshalb er meinen Herrn angeheuert hat, Sie zu töten!« erklärte Fulgrin ohne Umschweife. »Damit Sie nicht nach England reisen und alle Pläne vereiteln, die er mit Prinz Ludwig gemacht hat.«

Richard und Dag griffen nach ihren Schwertern, und Sparrow stellte sich wie ein Schutzschild vor Robin und zückte zwei kleine Äxte.

Robin zog ruhig seine Hose an. »Wie ist Malagane auf die Idee gekommen, daß ich nach England reisen will?«

»Einer Ihrer Männer – ein gewisser Iowerth – war zwei Tage und zwei Nächte in seinem Verlies zu Gast, und seitdem dürfte Malagane genau wissen, wohin Sie wollen und warum.«

Richard machte einen bestürzten Schritt vorwärts. »Er hat Dafydd?«

»Er *hatte* ihn, Mylord. Als mein Herr ihn gesehen hat, war er schon tot, und das muß eine Erlösung für den armen Kerl gewesen sein.« Er bekreuzigte sich rasch. »Und jetzt droht meinem Herrn das gleiche Schicksal, denn jeder, der Augen hat – und Malagane hat Adleraugen – konnte sehen, daß er heute nicht gewinnen *wollte.*«

»Er wollte nicht gewinnen?« rief Richard empört. »Was soll denn dieser Unsinn? Robin, soll ich diesem mickrigen Kerlchen draußen sein Lügenmaul stopfen?«

Ohne Robins Antwort abzuwarten, packte er Fulgrin am Wams und zerrte ihn zum Eingang.

»Warte!« brüllte Robin. »Es mag Unsinn sein, aber wir sollten uns trotzdem anhören, was er zu sagen hat.«

Richard versetzte Fulgrin einen so kräftigen Stoß, daß der arme Knappe auf allen Vieren landete, und als er sich aufrichten wollte, stand Sparrow dicht vor ihm und hielt ihm seine messerscharfen Äxte an die Kehle.

»Leg jedes Wort auf die Goldwaage, mein Freund«, warnte er, »sonst wirst du nie mehr eines hervorbringen können!«

Fulgrin reckte den Hals und warf Brenna einen verzweifelten Blick zu. »M-Mylady?« stammelte er hilfesuchend.

»Bren, was weißt du von dieser Sache?« wollte nun Robin wissen.

»Nicht viel mehr, als Fulgrin dir soeben erzählt hat«, erwiderte sie ruhig. »Ich habe Lord Griffyn gestern abend gesehen, aber er hat Dafydd nicht erwähnt. Andernfalls hätte ich ihm vielleicht geglaubt ...«

»Du hast ihn gestern abend gesehen?« Robins Gesicht wurde so hart und kalt wie Granit.

»Ich ... ich bin in sein Zelt gegangen, weil ich ihn überreden wollte, heute nicht gegen dich zu kämpfen.«

»Herrgott, wie wolltest du das denn erreichen?« rief Dag.

»Ich hatte meinen Bogen bei mir und wollte ihn erschießen, besonders nachdem er zugegeben hatte, daß Malagane ihm viel Geld in Aussicht gestellt hatte, wenn er dich zu einem Kampf provozieren und töten würde. Doch dann ... dann erzählte er etwas von gedungenen Mördern, und daß es dir nichts nutzen würde, wenn er sich weigerte zu kämpfen, und ...«

»Warte!« fiel Robin ihr ins Wort. »Was für gedungene Mörder?«

»Er hat mir ihre Namen gesagt, aber ...

»De Chanceas und Cigogni?« fragte Will und warf Robin einen besorgten Blick zu. »Ich habe dir doch erzählt, daß ich die beiden gestern auf der Tribüne gesehen habe. Und heute haben sie sich in dunklen Ecken herumgedrückt.«

»Malagane hat sie jetzt in den Wald geschickt«, krächzte

Fulgrin, »damit sie sich dort die tausend Mark verdienen, die meinem Herrn entgangen sind.«

Während Robin diese Neuigkeiten zu verarbeiten versuchte, ließ er Brenna nicht aus den Augen. »Warum hast du mir das alles nicht schon früher erzählt, selbst wenn du ihm nicht so recht geglaubt hast?«

»Weil … weil ich nicht wollte, daß du etwas von meiner Torheit erfährst.«

Er runzelte die Stirn. »Torheit? Was für eine Torheit denn?«

»Die größte, die es für ein Mädchen gibt«, gab sie zu.

»Und wußtest du auch, daß er …«

»Daß er der Fürst der Finsternis ist? Nein, davon hatte ich keine Ahnung, bis er gestern sein Visier hob. Es war ein weiterer Grund, weshalb ich ihn erschießen wollte – weil er uns alle zum Narren gehalten hatte.«

»Du hast ihn aber am Leben gelassen – einiges scheinst du ihm also doch geglaubt zu haben. Wenn mich nicht alles täuscht, glaubst du sogar, daß er mich heute absichtlich gewinnen ließ.«

Sie blickte ihm tief in die Augen und las darin etwas Erstaunliches. »Du glaubst das also auch?« flüsterte sie.

»Ein solcher Fehler wäre ihm schon vor fünf Jahren nicht unterlaufen, um so weniger jetzt.«

»Dann wirst du ihm helfen?«

»Ihm helfen? Ich hätte größte Lust, ihn eigenhändig umzubringen!«

Sparrow brummte zustimmend, obwohl er Fulgrins Kehle verschonte und seine Äxte wegsteckte. Seine großen dunklen Augen waren vorwurfsvoll auf Brenna gerichtet, so als könne er beim besten Willen nicht begreifen, wie ein Mensch, den er für halbwegs vernünftig gehalten hatte, aus Fleischeslust so tief fallen konnte. Immerhin verzichtete er aber auf Kommentare, im Gegensatz zu Will, der im Vorbeigehen murmelte: »Du hast dir wirklich den falschen Zeitpunkt und den falschen Mann ausgesucht, um Erfahrungen zu sammeln!«

Griffyn hatte das Gefühl, als trample eine ganze Armee in seinem Kopf herum. Er war auf einem kleinen Karren zu sich gekommen, bedeckt von fauligem, stinkendem Heu. Man hatte seine Fesseln so straff angezogen, daß seine geschwollenen Glieder taub waren, und bei jedem Schlagloch prallte seine verletzte Schulter schmerzhaft gegen das Holz. Die Pferdehufe machten solchen Lärm, daß mindestens zwanzig Reiter neben dem Karren herreiten mußten, und einer davon war Gerome de Saintonge, dessen nasale Stimme unverkennbar war.

Griffyns Kinn war geschwollen, seine Brauen und Wimpern waren mit Blut verklebt, und er konnte seine Zunge in eine blutige Lücke schieben, wo bis vor kurzem noch ein gesunder Backenzahn gewesen war. Er hatte keine Ahnung, was aus Fulgrin geworden war: vielleicht lag er neben ihm im Karren, aber genauso gut konnte er tot sein.

Der Karren blieb plötzlich stehen. Grobe Hände zogen ihn unter dem Heu hervor und legten ihn am Straßenrand ab. Das Seil um seine Knöchel wurde durchschnitten, doch seine Arme blieben auf dem Rücken gefesselt. Er spuckte kräftig aus und öffnete mühsam die verklebten Augen. Als erstes sah er Gerome, als zweites Solange de Sancerre. Sie trug Hemd und Hose, darüber ein enges Lederwams, und sie war mit einem Kurzschwert und mehreren Dolchen bewaffnet. Die beiden deuteten in den Wald und diskutierten über die beste Stelle für den geplanten Überfall, doch als sie sahen, daß Griffyn sich aufzusetzen versuchte, traten sie neben ihn und grinsten hämisch auf ihn herab.

»So schnell können also die Mächtigen stürzen!« höhnte Gerome.

»Wenn Sie mir die Fesseln lösen«, knurrte Griffyn, »werde ich Sie liebend gern mit mir in die Tiefe ziehen!«

Gerome lachte. »Oh, ich werde Ihnen die Fesseln lösen und Ihnen vielleicht sogar ein Schwert in die Hand drücken, obwohl Sie es wahrscheinlich kaum halten könnten.« Er warf einen befriedigten Blick auf Griffyns steife, geschwollene Finger.

»Man hat mir schon berichtet, daß Sie am liebsten gegen gefesselte, wehrlose Gegner kämpfen!«

Geromes Augen bekamen einen gefährlichen Glanz, und er versetzte Griffyn einen Fußtritt in den Unterleib, so daß dieser sich vor Schmerz krümmte. Gerome bückte sich und packte ihn bei den Haaren, zerrte ihn etwas hoch und schmetterte ihm seine riesige Faust ins Gesicht, so daß die aufgeplatzte Lippe wieder zu bluten begann. Und er hätte am liebsten wieder und immer wieder zugeschlagen, wenn Solange ihm nicht in den Arm gefallen wäre.

»Hör auf, Liebling, hör auf! Er nutzt uns nichts mehr, wenn er tot ist!«

Widerwillig ließ Gerome von seinem hilflosen Opfer ab, allerdings erst nach einem weiteren Fußtritt. Cigogni und Chanceas schleppten Griffyn zu einer Eiche und fesselten ihn an den Baum, und als sie fertig waren, trat Solange hinzu und führte das Seil auch noch um seinen Hals herum, so fest, daß er kaum Luft bekam, geschweige denn den Kopf bewegen konnte.

»Sie müssen Geromes Übereifer verzeihen«, säuselte sie. »Er will, daß wenigstens diesmal nichts schiefgeht.« Ihre Hand glitt sanft über seinen schmerzenden Unterleib. »Schade … ich hatte so gehofft, daß wir mehr Zeit miteinander verbringen würden. Aber vielleicht kommt es ja doch noch dazu.«

Gerome unterbrach ihr Gurren mit gerunzelter Stirn. »Du solltest jetzt zu Vater reiten. Von dort oben müßtet ihr eigentlich alles überblicken können.« Er deutete auf einen entfernten Hügel, dessen Kuppe die Baumwipfel überragte.

»Kämpfe tapfer, mein kühner Held!« flüsterte Solange. »Bring uns den Kopf von Robert Wardieu!« Sie küßte ihn auf den Mund. »Dann komme ich heute nacht zu dir und beschere dir unvorstellbare Wonnen …«

Gerome beobachtete lüstern, wie sie sich in den Sattel schwang und davongaloppierte, und seine Hose spannte, als er sich Griffyn zuwandte und ein Schwert aus der Scheide zog, das dieser sofort als sein eigenes identifizierte.

»Ich muß schon sagen – eine herrliche Waffe!« kommentierte Gerome. »Diese Inschrift gefällt mir besonders gut: ›*Du brauchst nicht zu hoffen, daß du jemals den Himmel sehen wirst, denn ich bringe dich an einen anderen Ort.‹* Sehr witzig!« Er grinste. »Verdammt schwer, dieses Ding! Ein einziger Hieb dürfte genügen, um einen Mann zu köpfen! Ich werde es an Robert Wardieu ausprobieren ... und jeder wird Sie für den Täter halten, wenn dieses Schwert neben der Leiche liegt. Doch zunächst einmal ...«

Er setzte Griffyn die Schwertspitze an die Kehle und fügte ihm eine leichte Schnittwunde zu. »Das war ich Ihnen schuldig.« Seine Finger glitten über den Schorf an seinem eigenen Hals. »Die übrige Abrechnung erfolgt, wenn alles andere erledigt ist. Vielleicht überlasse ich Sie sogar unserem guten Engelard, damit er sich hier im Gras mit Ihnen amüsieren kann, während die anderen Männer zuschauen! Wer weiß, vielleicht bekommt der eine oder andere dann auch Appetit auf Sie!«

»Ich freue mich schon darauf, mein Süßer!« grinste der Italiener.

Lachend stieß Gerome das Schwert in die Erde neben der Eiche, damit Griffyn es vor Augen hatte, ohne es erreichen zu können, und dann befahl er seinen Männern, sich im Dikkicht zu verstecken.

Soweit Griffyn sehen konnte, handelte es sich hauptsächlich um Armbrustschützen. Er hielt nicht viel von dieser Waffe, weil es zuviel Zeit in Anspruch nahm, neue Bolzen einzulegen, aber im Wald, auf kurze Entfernung, konnte man damit durchaus einen ahnungslosen Ritter aus dem Sattel werfen, und Saintonge hatte wirklich den idealen Ort für einen hinterhältigen Überfall gefunden, denn die Straße machte eine scharfe Biegung, bevor sie in die Schlucht hinabführte. Robert Wardieu und seine Begleiter würden zweifellos in die Falle gehen.

Griffyn hätte für sein Leben gern herzhaft geflucht, doch die Schnur um seinen Hals erlaubte ihm nur ein kaum hörbares Krächzen. Er bemühte sich verzweifelt, trotz unerträglicher Schmerzen bei Bewußtsein zu bleiben, aber er verlor diesen Kampf mehr als einmal, und als er irgendwann die Augen öffnete und eine schattenhafte Gestalt mit einem Langbogen in der Hand zu sehen glaubte, war er überzeugt, eine Halluzination zu haben.

24

Brenna zielte sorgfältig, und ihr Pfeil bohrte sich dicht neben Griffyns Hals tief in die Eiche. Es war ein Meisterschuß, denn die stählerne Pfeilspitze hatte das Seil durchtrennt, und er konnte endlich wieder tief durchatmen und den Kopf bewegen. In geduckter Haltung rannte sie auf den Baum zu, während ringsum donnernde Pferdehufe und Schreie die Stille des Waldes jäh durchbrachen. Will und sie hatten als Späher hervorragende Arbeit geleistet, und Robin und die anderen trieben nun die überall im Gebüsch versteckten Armbrustschützen auseinander. Völlig überrumpelt, ergriffen die meisten die Flucht, aber sie kamen nicht weit, sondern wurden von Schwertern und von Wills Pfeilen niedergemäht. Nur Gerome de Saintonge und sechs andere Berittene leisteten erbitterten Widerstand.

Brenna zerschnitt Griffyns Fesseln mit ihrem Dolch, aber er konnte sich noch nicht auf den Beinen halten und brach in die Knie, wobei er sie mit sich zu Boden riß.

»Ich glaubte zu träumen, als ich dich dastehen sah«, murmelte er.

»Wenn du dich sehen könntest, würdest du glauben, einen schrecklichen Alptraum zu haben!« neckte Brenna ihn liebevoll, während sie ihm mit ihrem Ärmel das Blut von der Unterlippe abtupfte, grenzenlos erleichtert, daß er überhaupt noch am Leben war. »Glaubst du, daß du stehen kannst? Hast du irgendwelche Knochenbrüche?«

Griffyn brachte ein verzerrtes Lächeln zustande. »Nein, gebrochen ist allenfalls mein Stolz!« Von ihr gestützt, rappelte er sich mühsam hoch, doch gleich darauf kam er soweit zu Kräften, daß er sie in seine Arme zog, und sie vergaßen vorübergehend, daß um sie herum gekämpft wurde, daß die Gefahr keineswegs gebannt war …

Dieses Idyll fand ein jähes Ende, als dicht neben ihnen ein Roß aus dem Wald hervorstob. Griffyn stieß Brenna von sich und bückte sich hastig nach seinem Schwert, und das war sein Glück, denn der Morgenstern, den Engelard Cigogni schwang, sauste dicht über seinem Kopf vorbei und schlug der Eiche mehrere Äste ab. Die mit Eisenstacheln besetzte Kugel an einer langen Kette war eine mörderische Waffe, und Cigogni hatte sein Pferd herumgerissen und kam wieder angaloppiert. Griffyn zwang seine geschwollenen Finger, das schwere Schwert zu heben, umklammerte den Griff mit beiden Händen und führte von unten einen wuchtigen Hieb gegen Engelards Achselhöhle, dem im nächsten Augenblick nicht nur der Morgenstern, sondern auch sein Arm fehlte. Blut schoß in Strömen aus der Schulter hervor, und er brüllte vor Schmerz, während er blindlings in den Wald hineinritt.

Griffyn war auf einen Angriff von Cigognis Freund Chanceas gefaßt, doch alles blieb ruhig, und auch der übrige Kampflärm war verstummt. Robin und die anderen stiegen am Straßenrand von ihren Rössern, und Griffyn und Brenna gesellten sich zu ihnen. Zum Glück war niemand ernsthaft verletzt, und Richard berichtete stolz, zwölf Leichen gezählt zu haben.

»Es waren aber mindestens zwanzig Mann«, warnte Griffyn.

»Der Rest dürfte das Hasenpanier ergriffen haben«, meinte Robin. »Weiß jemand, wo Gerome de Saintonge abgeblieben ist?«

Als hätten sie nur auf dieses Stichwort gewartet, schleppten zwei Ritter von Amboise – insgesamt hatte Robin sechs Mann mitgenommen – den halb bewußtlosen Saintonge an. Er hatte seinen Helm verloren, und sein blondes Haar war rot verfärbt. Mit glasigen Augen starrte er von einem Gesicht zum anderen.

»Was sollen wir mit dem Kerl machen?« fragte Richard. »Aufknüpfen?«

Brenna zog einen Pfeil aus ihrem Köcher. »Das geht viel schneller.«

Saintonge bleckte die Zähne. »Wenn ihr mich umbringt, wird mein Vater erbarmungslos Jagd auf euch machen!«

»Ich habe nicht die Absicht, Sie umzubringen«, erwiderte Robin. »Sollten mir allerdings Ihre beiden ehrenwerten Freunde in die Hände fallen …« Er deutete demonstrativ auf den abgetrennten Arm, der auf einem welken Blätterhaufen gelandet war, mitsamt dem Morgenstern. Gerome starrte die Waffe an, die ihm bestens bekannt war, und als er gleich darauf Griffyns blutiges Schwert sah, zückte er seinen Dolch und stürzte auf ihn zu.

Er kam nicht weit, denn einer von Sparrows kurzen Pfeilen traf ihn im Genick, und er brach tot zusammen.

Robin runzelte die Stirn. »Eigentlich wollte ich ihn als Geisel verwenden, für den Fall, daß Malagane uns weitere Truppen auf den Hals hetzt.«

Sparrow schnaubte, während er seinen kleinen Bogen wieder über die Schulter hängte. »Na gut, nächstes Mal frage ich dich erst um Erlaubnis, ob ich die Giftschlange töten darf, deren Kopf schon vorschnellt, um zuzubeißen!«

»Er wird Ihnen mit Sicherheit weitere Männer auf den Hals hetzen«, warnte Griffyn ruhig. »Darauf können Sie sich verlassen, denn er weiß, warum Sie nach England reisen wollen.«

Die Gesichter der Wardieus spiegelten Neugier, Vorsicht und offenes Mißtrauen wider.

»Ihr Knappe hat uns schon gewarnt«, murmelte Robin. »Aber wir würden die ganze Geschichte gern von Ihnen selbst hören.«

»Fulgrin lebt?«

»O ja ... und wir wären schon früher hier gewesen, hätte er nicht darauf bestanden, sämtliche Wertgegenstände mitzunehmen – Pferde, Rüstungen und Satteltaschen, die verdächtig klirren, wenn man sie schüttelt.«

Griffyn blickte in die feindseligen Gesichter und nickte seufzend. »Ich glaube, ich bin Ihnen jetzt eine Erklärung schuldig.«

»Hoffentlich haben Sie eine wirklich *gute* Erklärung parat«, knurrte Robin. Er gab Anweisung, die Leichen unter welkem Laub zu verstecken, und dann deutete er höflich in Richtung Fluß. »Während Sie sich waschen, fallen Ihnen vielleicht einige plausible Gründe ein, weshalb wir Ihre Leiche nicht auch hier zurücklassen sollen.«

Er winkte Brenna und Sparrow, daß sie ihn begleiten sollten, und ließ sich auf einem flachen Felsen am Ufer nieder, um Griffyn zu befragen.

»Was wissen Sie über Dafydd ap Iowerth?« fragte er sofort als erstes.

Griffyn tauchte seine Hände tiefatmend ins kalte Wasser. »Er ist tot.«

»Das hat Ihr Knappe uns schon berichtet.«

Griffyn beschrieb seine erste Begegnung mit Malagane und Solange de Sancerre in der Folterkammer von Château Gaillard, den verstümmelten Leichnam und sein Abkommen mit dem Grafen. Robin knirschte zwar mehrmals mit den Zähnen, ließ ihn aber ausreden.

»Malagane hat Ihnen also erzählt, wir wollten nach England, um die ehemaligen Ländereien meines Vaters zurückzufordern – Ländereien, die er selbst unbedingt haben möchte – und Sie haben ihm nicht geglaubt?«

»O doch, das glaube ich ihm aufs Wort. König Philipp hat ihm bestimmt eine einflußreiche Position in England versprochen, falls die Barone den Dauphin als König akzeptieren. Und es wird eine Menge verwaister Burgen und Ländereien geben, denn Ludwig macht keinen Hehl daraus, daß er die Barone, die ihn unterstützt haben, hinrichten, verbannen oder einkerkern will, sobald er an der Macht ist.«

»Warum sollte er so etwas tun?«

»Weil er überzeugt ist, daß jeder Baron, der *einen* König im Stich gelassen hat, auch dem nächsten untreu werden könnte. Hingegen hat Malagane von Anfang an gegen Johann Ohneland gekämpft und Philipp unterstützt, und deshalb dürfte er überaus reich und mächtig werden – aber natürlich nur, wenn kein unvorhergesehenes Ereignis Ludwigs Thronbesteigung verhindert.«

»Und Malagane glaubt, daß es ein solches Hindernis geben könnte?«

»*Ich* glaube, daß Ihr Freund qualvoll gestorben ist, weil er ein seit über zehn Jahren gehütetes Geheimnis nicht preisgeben wollte, aber er muß unter der Folter etwas verraten haben, was Malagane auf die richtige Spur führte, und nun will er verständlicherweise dafür sorgen, daß seine Pläne nicht durch dieses alte Geheimnis durchkreuzt werden.«

»Für jemanden, der jahrelang in Burgund gelebt hat, sind Sie erstaunlich gut informiert.«

Griffyn wusch sich das Blut vom Gesicht und vom Hals. »Ich bin gebürtiger Engländer. Meine Familie hatte über zwölf Generationen hinweg Grundbesitz in Leicester.«

»Ein reinrassiger Sachse?« rief Robin erstaunt. »Dann müßten Sie sich doch eigentlich freuen, wenn die normannischen Eroberer gedemütigt werden.«

Griffyn lächelte trocken. »Es dürfte fast unmöglich sein, in England einen reinrassigen Sachsen oder Normannen zu finden. Die Eroberung hatte nur deshalb Erfolg, weil die Normannen sächsische Frauen vergewaltigten oder – in seltenen Fällen – heirateten, so daß schon die nächste Generation gemischtes Blut in sich hatte. Heutzutage betrachten die englischen Normannen sich ja nicht einmal mehr als Normannen, sondern als Engländer, und sie rufen die Franzosen – die jahrhundertealten Feinde der Normannen – zu Hilfe, um ihren normannischen König loszuwerden.«

Er wrang seine nassen Haare aus und schüttelte den Kopf. »Ich finde das alles überaus verwirrend und habe mich in Burgund niedergelassen, weil mir weder die Normannen noch die Franzosen noch die Spanier sonderlich sympathisch sind. Es geht ihnen allen doch nur um Eroberungen, und deshalb kümmere ich mich seit langem nur um meine eigenen Angelegenheiten und setze mich nicht für irgendwelche hehren Ziele ein.«

»Dann wundert es mich um so mehr, daß Sie solche Risiken eingegangen sind, um uns vor Malagane noch zu warnen.«

Die graugrünen Katzenaugen schweiften kurz zu Brenna hinüber. »Ich schätze es nicht, als Bauer in einem Schachspiel eingesetzt zu werden, ohne die Spielregeln und die anderen Figuren zu kennen.«

»Sie scheinen aber erraten zu haben, welcher Schachfigur eine zentrale Rolle zukommt?«

»Das war nicht allzu schwierig«, sagte Griffyn. »Ich brauchte mich nur an die Zeit zu erinnern, als ich ein romantischer Dreizehnjähriger war, der noch an Ideale wie Ritterlichkeit, Ehre und Treue glaubte. Wie bewunderte ich damals die Männer, die keine Gefahr scheuten, um eine schöne Prinzessin aus dem Kerker eines grausamen Königs zu befreien! Natürlich kannte ich die Namen dieser edlen Ritter nicht, und erst als Malagane erwähnte, daß Ihr Bruder Eduard mit Arthur von der Bretagne eng befreundet war, konnte ich mir die ganze Sache zusammenreimen. Ich nehme an, daß die verschollene Prinzessin in Wirklichkeit nicht verschollen ist, stimmt's?«

»Sie ist eine hilflose und unschuldige Schachfigur«, erwiderte Robin ruhig, »die nie an irgendwelchen Ränkespielen beteiligt sein wollte. Und sie will es auch jetzt nicht, denn sie hat ihr Leben Gott geweiht, seit sie blind ist.«

Griffyn richtete sich langsam auf. »Blind?«

»Ja, ihr lieber Onkel hat sie vor elf Jahren blenden lassen. Deshalb hat er sich auch keine große Mühe gegeben, sie zu finden. Er wußte genau, daß sie keine Gefahr mehr für ihn darstellte, denn eine blinde Königin wäre natürlich völlig inakzeptabel gewesen.«

»Ich nehme an, daß niemand etwas von dieser ... dieser Behinderung weiß?«

»Meinen Sie Malagane? Nein, er weiß es bestimmt nicht, und auch die rebellischen Barone um Robert FitzWalter wissen es offenbar nicht.«

»Aber warum klären Sie sie nicht einfach darüber auf?« fragte Griffyn. »Warum nehmen Sie solche Risiken auf sich, um jemanden zu retten, der gar nicht gerettet werden müßte, wenn die Wahrheit bekannt wäre?«

»Weil es nicht Eleonore ist, die gerettet werden muß«, sagte Robin sehr leise. »Es ist ihr Sohn.«

Sparrow und Brenna starrten ihn genauso fassungslos an wie Griffyn, denn von der Existenz eines Kindes hatten auch sie bisher nichts gewußt.

»Er wird im nächsten Frühjahr zehn Jahre alt«, erklärte Robin seufzend. »Niemand weiß darüber Bescheid, nicht einmal Eduard, nur Marienne und einige alte Nonnen in der Abtei ... und natürlich der Vater.«

»Henry de Clare?« murmelte Brenna.

»Ja«, gab Robin zu. »Es ist während eines Unwetters passiert, von dem sie im Wald überrascht wurden. Der Sturm hielt mehrere Tage an, und Henry konnte nicht einmal Feuer machen, um sie warm zu halten. Na ja, und dann ... dann führte eben eines zum anderen.«

»Und woher weißt du das alles?«

»Irgendwann fielen Marienne keine Ausreden mehr ein, warum sie nicht zu mir kommen konnte, und um mich davon abzuhalten, den Ärmelkanal zu überqueren und sie einfach zu entführen, mußte sie mir die Wahrheit gestehen. Sie hat das Kind als ihres ausgegeben und ist ziemlich sicher, daß bisher niemand Verdacht geschöpft hat, aber sie schreibt, daß der Junge von Tag zu Tag seinem Onkel Richard – genauer gesagt, seinem Großonkel – ähnlicher sieht, und deshalb könnte ihm Gefahr drohen. Schon bevor wir den Drachenring erhielten, schmiedete ich Pläne, nach England zu reisen, und ich dachte ... ich hoffte ... daß Dafydd eine nur für mich bestimmte Botschaft hätte.«

»Wenn das der Fall war, hat er sie mit in den Tod genommen«, sagte Griffyn. »Aber wer ist Henry de Clare? Wenn das Kind unehelich ist und einen Vater aus dem niedrigen Adel hat, stellt es doch für niemanden eine Gefahr dar.«

»Henry de Clare gehört dem Hochadel an – seine Vorfahren sind an der Seite von Wilhelm dem Eroberer geritten, und davor gehörte ihnen ein großer Teil der Gascogne. Außerdem ist das Kind nicht unehelich, denn Eleonore und Henry haben heimlich geheiratet, als an der Schwangerschaft kein Zweifel mehr bestand. Natürlich bestand diese Ehe nur auf dem Papier, weil Eleonore Nonne ist, aber sie wurden von einem Bischof getraut, und kein Gericht in ganz England könnte die Urkunden für falsch erklären.«

»Kein Gericht in *Johanns* England?« fragte Sparrow sarkastisch.

»Nicht einmal in *Johanns* England würde jemand an Stephen Langtons Aussage zweifeln.«

Sparrow schlug sich stöhnend mit der Hand an die Stirn. »Erzähl mir nicht, daß der Erzbischof von Canterbury die beiden getraut hat!«

»Er war damals noch nicht Erzbischof und rechnete auch nicht damit, es jemals zu werden. Erinnerst du dich nicht mehr daran, daß England mit einem sechsjährigen Interdikt belegt wurde, weil Johann Ohneland sich damals weigerte, die Entscheidung des Papstes für Stephen Langton zu akzeptieren?«

»Und dieser Stephen Langton weiß also, daß es einen legitimen Thronfolger gibt?« rekapitulierte Griffyn mit gehobenen Brauen. »Ein Knabe, der größeren Anspruch auf den Thron hat als Johann und sein Sohn ...«

»Langton hat geschworen, dieses Wissen mit ins Grab zu nehmen, falls es Eleonores Wunsch sein sollte.«

»Und *ist* es Eleonores Wunsch?« fragte Brenna.

Robin sah sie ernst an. »Sie will nichts als Frieden. Ihr Bruder mußte sterben, weil die englischen Barone das Erbfolgerecht mißachteten, und jetzt versuchen diese Barone dem Volk einen französischen König als Herrscher schmackhaft zu machen, weil der korrupte und brutale König, den sie anstelle von Arthur auf den Thron gesetzt hatten, doch nicht nach ihrem Geschmack ist. Solche Männer würden auch Eleonores Sohn bedenkenlos den Rücken kehren, wenn er plötzlich nicht mehr nach ihrem Geschmack wäre. Nein, Eleonore will nicht, daß es wegen ihres Sohnes zu Blutvergießen und Rebellion kommt, und sie will auch nicht, daß sein Leben ständig von Meuchelmördern bedroht ist.«

»Warum kann diese Familie sich nie mit einfachen Angelegenheiten wie Kriegen, Seuchen oder Hungersnöten beschäftigen?« stöhnte Sparrow.

»Ich habe diese Last wirklich nicht gern seit Jahren allein getragen«, betonte Robin.

»Und warum teilst du sie jetzt plötzlich mit uns?«

»Weil mir heute – beim Turnier und hier im Wald – klar geworden ist, daß ein solches Geheimnis nicht mit mir sterben darf. Es gibt Männer, die den Jungen skrupellos umbringen würden, wenn sie etwas von seiner Existenz wüßten. Und es gibt andere, die ihn als Schachfigur mißbrauchen würden, um Ihren eigenen Ehrgeiz zu befriedigen.«

»Trotzdem finde ich es sonderbar, daß Sie ausgerechnet mich in dieses Geheimnis einweihen«, knurrte Griffyn.

»So sonderbar auch wieder nicht, wenn ich daran denke, daß Sie heute absichtlich Ihren Schild gesenkt haben – und daß meine Schwester Sie unbedingt retten wollte!«

»So, wollte sie das? Und jetzt wollen Sie ihr Urteilsvermögen auf die Probe stellen, indem Sie mir Dinge verraten, die England in einen Bürgerkrieg stürzen könnten?«

»Sie sagten doch vorhin, Sie würden nicht gern im Dunkeln tappen.«

»Ich sagte aber auch, daß ich mich nicht für hehre Ziele einsetze.«

»Und was halten Sie von gewagten Abenteuern?«

Griffyns Augen verengten sich. »Das hängt davon ab, *wie* gewagt sie sind.«

»Nun, wie würde es Ihnen gefallen, wenn ein französischer Prinz *und* ein englischer König alles daransetzen, Sie zu schnappen, während Sie gemütlich in Mittelengland unterwegs sind?«

»Das hört sich verlockend an, aber ...« – er blickte in Robins stahlgraue Augen – »... aber woher wollen Sie wissen, daß Sie mir vertrauen können?«

»Ihr Ehrenwort würde mir genügen.«

Sparrow schnaubte empört. »Hast du nicht gehört, daß er ein *Engländer* ist? Ein *Sachse!* Aber du naiver Kerl würdest wahrscheinlich auch noch dem Ehrenwort eines Druiden glauben!«

Griffyn ignorierte den unverschämten Zwerg. »Es könnte für Sie zu einem großen Risiko werden, mich mitzunehmen, denn auf meinen Kopf war vor einigen Jahren eine Belohnung von viertausend Mark ausgesetzt – und vielleicht wurde sie inzwischen noch erhöht.«

Robin war ebenso erstaunt wie beeindruckt. »Was zum Teufel haben Sie denn angestellt?«

»Ich hatte etwas dagegen, daß der König mich in meinem

eigenen Burgverlies gefangenhielt, und bin deshalb geflohen, wobei etwa ein Dutzend königlicher Gardisten den Tod fand! Natürlich war ich damals viel jünger und trug einen anderen Namen.«

»Einen anderen Namen?«

Er zuckte mit seinen breiten Schultern. »Heute spielt es keine Rolle mehr, aber ich war der Graf von Huntington, bis der König meine sächsische Abstammung entdeckte und Anstoß daran nahm.«

Robin grinste breit. »Ein enteigneter englischer Graf, ein sächsischer Turnierkämpfer und ein burgundischer Fürst der Finsternis – in solch illustrer Gesellschaft zu reisen, wäre wahrlich ein Vergnügen! Brenna? Sparrow? Was sagt ihr beide – sollen wir ihn mitnehmen?«

Bevor die beiden sich äußern konnten, warf Griffyn trokken ein: »Ich habe mich noch nicht bereit erklärt, Sie zu begleiten.«

»Aber Sie werden es tun«, erwiderte Robin genauso trokken, »es sei denn, Sie wollen lieber zusammen mit den anderen Leichen unter welkem Laub liegen, bis die Aasgeier Sie aufstöbern.«

Griffyn betrachtete nachdenklich Sparrows kleinen Bogen, der Gerome de Saintonge zum Verhängnis geworden war. »Nun, unter diesen Umständen wäre es wohl töricht, Ihre freundliche Einladung auszuschlagen.«

Robin nickte zufrieden. »Eine weise Entscheidung!«

Sparrow schüttelte stöhnend den Kopf. »Irrsinn! Diese Krankheit scheint in der Familie erblich zu sein. Ich habe es sofort bemerkt, als ich mich eurem Vater anschloß, und seine Kinder machen ihm in puncto Verrücktheit wirklich alle Ehre!«

Robin klopfte ihm auf die Schulter. »Deshalb liebst du uns ja gerade! Komm, hol die Pferde, wir haben schon genug Zeit vergeudet. Brenna?«

Sie blickte hoch und hielt den Atem an, weil sie befürchtete, er würde sie nach Hause schicken.

»Sammle alle Pfeile ein! Es könnte in England schwierig sein, welche aufzutreiben.«

Sie nickte erleichtert und eilte davon, konnte aber gerade noch hören, daß Griffyn bestürzt fragte:

»Sie begleitet uns nach England?«

»Die Insel besteht zu neun Zehnteln aus Wäldern, und in den Wäldern kann es kaum jemand mit Brenna aufnehmen, ob sie nun einen Bogen in der Hand hat oder nicht. Wenn das für Sie ein Problem sein sollte ...«

»Das Problem besteht darin«, entgegnete Griffyn, »daß die englischen Wälder keine Ähnlichkeit mit den Wäldern anderer Länder haben.«

»Sprechen Sie aus Erfahrung?«

»Ich gebe gern zu, daß mir die englischen Wälder immer unheimlich waren. Allein zwischen Lincoln und Nottingham könnten Sie ein ganzes Königreich verstecken, und niemand wüßte etwas davon.«

»Mit Gottes Hilfe werden wir dort nicht ein ganzes Königreich verstecken müssen, sondern nur einen König.«

Oben auf dem Hügel, hinter Bäumen versteckt, packte Solange de Sancerre Malagane aufgeregt am Arm, als die Reitergruppe unten auf der Straße sich trennte: sechs ritten in Richtung Gaillard zurück, während neun den Weg nach Rouen einschlugen, darunter das Mädchen, zwei Knappen und Griffyn Renaud.

»Glaubst du, daß es geklappt hat, Liebling?« flüsterte Solange atemlos. »Wirkte es wirklich überzeugend?«

»Ich habe die Leichen nicht gezählt, aber es waren jedenfalls genug, um Wardieu in dem Glauben zu wiegen, daß es ein echter Hinterhalt war.«

»Schade um Gerome!«

»Schade? Dieser Dummkopf hat nichts Besseres verdient! Hättest du ihn nicht besser im Zaume halten können? Das alles wäre umsonst gewesen, wenn er den Burgunder so übel zugerichtet hätte, daß dieser außerstande gewesen wäre, seine neuen Freunde zu begleiten.«

Solange zuckte die Achseln. »Renaud ist ein zäher Bursche und wird sich schnell erholen. Die ganze Inszenierung hätte nicht so glaubwürdig gewirkt, wenn er nur einen leichten Schlag auf die Wange abbekommen hätte. Außerdem wird sein kleines Flittchen ihn bestimmt hingebungsvoll pflegen, schon aus Dankbarkeit für die noblen Opfer, die er heute gebracht hat.«

»Wenn ich den Kerl noch einmal in die Finger kriege«, ertönte eine grimmige Stimme hinter ihnen, »reiße ich ihm das Herz aus der Brust und stopfe es ihm ins Maul!«

Andrew de Chanceas' kalte Augen funkelten vor unbändigem Haß, denn sein Freund Cigogni war in seinen Armen verblutet.

»Wir werden dir Gelegenheit geben, dich zu rächen«, versprach Malagane, »aber erst, wenn er uns nicht mehr nützlich ist. Jetzt müssen wir erst einmal alles arrangieren.«

»Da gibt es nicht viel zu arrangieren«, widersprach Solange. »Die Männer sind schon aufbruchbereit, und das Schiff liegt in Rouen vor Anker. Wir brauchen ihnen ja nicht einmal dicht auf den Fersen zu bleiben.« Ihre grünen Augen schweiften zur Straße hinab. »Er hat versprochen, Zeichen zu hinterlassen, damit wir genau wissen, wohin sie unterwegs sind. Wir können den Helden in absolut sicherem Abstand folgen.«

»Trotzdem – mir wäre es viel lieber gewesen, wenn Wardieu heute beim Turnier ausgeschaltet worden wäre.«

»Ich dachte mir schon, daß deine Wut auf unseren Fürsten der Finsternis nicht nur gespielt war. Aber stell dir nur mal vor, in welch glücklicher Lage du dich befinden wirst, wenn du Prinz Ludwig berichten kannst, daß du nicht nur Zeuge von Eleonores Tod warst, sondern auch beweisen kannst, daß der Schwarze Wolf ein Verräter ist, der zusammen mit seinen Söhnen und seinen englischen Komplizen ein Komplott gegen den französischen König plante. Wer weiß – vielleicht belohnt er dich sogar mit Amboise!«

»Durchaus möglich.« Malaganes Augen leuchteten vor Habgier. »Wir müssen nur sicherstellen, daß es keine überlebenden Zeugen gibt. Und falls Nottingham tatsächlich unser Ziel sein sollte, kenne ich einen Mann, der alle Wälder niederbrennen würde, wenn er wüßte, daß Robert Wardieu sich irgendwo in seiner Reichweite aufhält.«

TEIL III
Nottingham

25

Robins kleine Gruppe erreichte die Hafenstadt Fecamp am nächsten Abend bei Sonnenuntergang. Jean de Brevant, der sie dort erwartete, war verständlicherweise wenig erfreut, als er von den Vorfällen in Gaillard erfuhr, und noch mehr mißfiel ihm, daß Griffyn Renaud und Fulgrin mit von der Partie waren. Griffyn hatte ein blaues Auge, das völlig zugeschwollen war, aufgeplatzte Lippen und ein dickes Kinn, ganz zu schweigen von Prellungen am ganzen Körper, aber er hatte sich mit eiserner Willenskraft im Sattel gehalten, ohne hinter den anderen zurückzubleiben.

Brennas Herz klopfte bis zum Hals, sobald sie ihn ansah, und sie hätte ihn liebend gern gepflegt und sein armes mißhandeltes Gesicht gestreichelt, traute sich aber nicht, weil Robin sie ständig im Auge behielt.

Das Schiff, das Littlejohn aufgetrieben hatte, bot Mensch und Tier wenig Platz. Es war ein alter Einmaster, der wahrscheinlich schon zur Zeit der Kreuzzüge im Einsatz gewesen war. Richard, Dag und Geoffrey hingen die meiste Zeit an der Reling, und ihre grünen Gesichter konnten durchaus mit der Farbe des Meeres konkurrieren. Sparrow versuchte sich einzureden, daß ein Mast im Grunde ein Baum sei, und schlug sein Lager dort oben auf, während Robin und Littlejohn kreidebleich am Schott saßen. Will hielt sich meistens in Griffyns Nähe auf, doch diese diskrete Überwachung schien den Ritter nicht zu stören. Ihn bedrückte vielmehr, daß er gezwungen gewesen war, Zenturio in Fecamp zurückzulassen, weil der Hengst auf den letzten Meilen gelahmt hatte. Fulgrin hatte sich zwar großmütig bereit erklärt, in der Hafenstadt zu bleiben, um das edle Roß zu pflegen, aber weil Timkin allein mit der Versorgung der übrigen Pferde überfordert gewesen wäre – und, noch viel wichtiger, weil Fulgrin zuviel wußte –, hatte sein Angebot keine Gegenliebe gefunden. Nun hielt er sich beleidigt unter Deck bei den Pferden auf und tauchte nur auf, wenn er den Gestank nach Mist und nassem Heu nicht mehr ertragen konnte.

Brenna, die noch nie eine Seereise gemacht hatte, schien im Gegensatz zu den Männern gegen Wind und Wetter gefeit zu sein. Sie fühlte sich während der ersten drei Tage an Bord pudelwohl und war stolz auf ihren widerstandsfähigen Magen, doch dann kam ein heftiger Sturm auf, und hohe Wellen schwappten über Deck und drohten alles, was nicht fest angebunden war, ins Meer zu schwemmen. Es regnete in Strömen, und das kleine Schiff wurde wie eine Nußschale herumgeschleudert. Zwölf Stunden lang litt Brenna unter Übelkeit, und sie war heilfroh, als endlich Land in Sicht kam. Ob dort ein Tyrann herrschte oder nicht, ob das Bier sauer und das Essen miserabel war oder nicht – in diesem Augenblick war es ihr völlig egal.

Vom Sturm beschädigt, mußte das Schiff schon in Lowestoft anlegen, anstatt wie ursprünglich vorgesehen bis The Wash zu segeln, was Robin sehr bedauerte, weil sie dadurch drei Tage länger unterwegs sein würden. Dafür hob sich die Laune beträchtlich, sobald man wieder festen Boden unter den Füßen hatte, und in den ersten Gasthöfen entstand der Eindruck, als wären die Männer völlig ausgehungert und halb verdurstet gewesen.

Der Himmel blieb trostlos grau und wolkenverhangen, und es nieselte Tag und Nacht. Die Kleidung, die auf dem Schiff durchnäßt worden war, konnte unter diesen Umständen nicht trocknen, und Sparrow jammerte ständig über seine rote Nase und über kalte Füße und zweifelte am Verstand von Königen, die ein solches gottverlassenes Land erobern wollten, während andere sogar Krieg führten, um es behalten zu können.

»Ich würd's der ersten hergelaufenen Nutte schenken«, schimpfte er. »Außer Kohl wächst hier nichts, der Wein schmeckt wie Essig, und das Fleisch ist fast ungenießbar! Ich hatte ganz vergessen, wie trostlos dieses Land ist!«

Er hatte auch von der Bevölkerung keine bessere Meinung. Die Menschen waren tatsächlich niedergedrückt und verängstigt, und beim Anblick der bewaffneten Ritter duckten sie sich wie geprügelte Hunde. Sie waren devot, aber einsilbig, und kaum jemand hatte auch nur ein kleines Lächeln für die Fremden übrig.

In diesen kleinen Dörfern erwies Griffyn Renaud sich als äußerst nützlich, weil er fließend Angelsächsisch sprach. Robin und die anderen kannten nur wenige Wörter und konnten bestenfalls um eine Tasse Wasser oder um ein Nachtquartier bitten, und sogar Littlejohn, der das Land vor mehr als zehn Jahren verlassen hatte, kam manchmal ins Stottern, während Griffyn wie ein Einheimischer redete, wodurch er die Gruppe mehr als einmal davor bewahrte, von ablehnenden Bauern in die falsche Richtung geschickt zu werden.

Noch mehr bewährte er sich jedoch, als sie in einem dichten Wald auf einen alten Mann stießen, der ein junges Reh häutete. Der Alte hatte sie nicht gehört, weil ihm das linke Ohr fehlte, und als er sie schließlich sah, ließ er sein blutiges Messer fallen, warf sich auf die Knie, senkte den Kopf und faltete die Hände zu einem inbrünstigen Gebet. Als Robin und Littlejohn abstiegen, war sein runzeliges Gesicht aschfahl, und er hob seine Augen nur bis zu den Schwertgurten der beiden Ritter.

»Steh auf, braver Mann«, sagte Robin freundlich.

»Wenn's Sie nicht stört, Mylord, bleib ich lieber auf den Knien«, murmelte der Alte, »denn dann fällt mein armer Kopf wenigstens nicht so weit runter.«

Littlejohn übersetzte für Robin und deutete dabei auf das tote Reh.

»Da hast du wirklich ein schönes fettes Reh erlegt«, lobte Robin, dem die Angst des Alten unverständlich war, »und du siehst hungrige Männer vor dir, die dir soviel Fleisch abkaufen möchten, wie du entbehren kannst.«

Der Alte duckte sich noch tiefer, so daß sein Bauch fast den Boden berührte. »Nehmen Sie alles, Euer Gnaden! Ich brauch' nichts davon! Wissen Sie, die Rehe fressen meine Rüben! Ich versuch' immer, sie zu vertreiben, ich schwör's Ihnen, aber sie kommen immer wieder. Auch das hier wollt' ich mit meinem Pfeil nur erschrecken, denn ich würd' nicht mal meinen eigenen Fuß treffen, auch wenn ich drauf zielen tät'. Ich mag Rehe, aber sie fressen nun mal meine Rüben, und ohne meine Rüben verhungert meine Familie, und dann nimmt man mir auch dieses kleine Stück Land!«

»Ist das dein Freigut?« fragte Littlejohn.

»Ja, Euer Gnaden, und vor mir hat's schon meinem Vater und Großvater gehört.«

»Dann hast du doch bestimmt das Recht, Tiere zu töten, die auf deinem Besitz deine Rüben fressen wollen.«

Griffyn, der inzwischen auch abgestiegen war, trat näher heran. »Nicht, wenn dieses Stückchen Land von königlichem Wald umgeben ist«, erklärte er seinen Gefährten auf französisch und wiederholte den Satz auf angelsächsisch, damit auch der Alte ihn verstehen konnte. »Und nicht, wenn es in diesem Wald von Wildhütern wimmelt, die eine Belohnung für jede Hand erhalten, die sie einem Mann abhacken, der nur seine Familie vor dem Hungertod bewahren will.«

Ein wäßriges braunes Auge spähte zu ihm empor. »Sie sprechen wie ein Sohn dieses Landes. Hat der König jetzt sogar die Kinder gegen uns aufgehetzt?«

Griffyn lächelte grimmig. »Das schafft er nie, Väterchen! Wir sind nur Reisende, die den Wald friedlich durchqueren wollen, und der Riese hier hat nicht versucht, dich reinzulegen. Ihm knurrt nur der Magen.«

Der Alte hob nun endlich den Kopf und betrachtete die Ritter aufmerksam. Sie trugen Rüstungen, Waffen und Schilde, aber die Schilde waren mit grauem Tuch verhüllt, so als kämen sie von einer Pilgerreise ins Heilige Land zurück, und weder ihre Waffenröcke noch die Satteldecken der Pferde waren mit Wappen geschmückt. Brenna hatte ihr Haar zu einem straffen Knoten gebunden und unter einer großen Kappe versteckt. Sie trug wie die beiden Knappen keine Rüstung, sondern ein dick gefüttertes Wams, das ihre weiblichen Formen verhüllte.

»Sie sind keine Männer des Königs?«

Griffyn schüttelte den Kopf.

»Auch keine Wildhüter?«

Er schüttelte wieder den Kopf.

»Keine Auswringer?«

»Nur hungrige Reisende, die dich gut bezahlen würden, wenn du dein Reh mit ihnen teilst.« Griffyn zog einige Mark aus seinem Gürtel, und der alte Mann starrte die Silbermünzen fasziniert an, fuhr sich mit der Zunge über die Lippen und streckte seine knochige Hand aus, doch dann zog er sie plötzlich zurück und wischte sie an seinem schmutzigen Hemd ab. »Nein, ich nehm' kein Geld dafür! Wenn die Auswringer kommen und die Münzen finden, komm nicht nur ich an den Galgen, sondern auch meine ganze Familie, obwohl sie völlig unschuldig ist.«

Griffyn übersetzte, und Robin fragte verwundert: »Wer sind denn diese sogenannten Auswringer?«

»Steuereinnehmer von der schlimmsten Sorte«, erklärte Griffyn stirnrunzelnd. »Sie sind in Rudeln unterwegs, wie Wölfe, und sie haben es besonders auf die ärmsten Bauern abgesehen, deren Hütten sie Brett für Brett auseinandernehmen. Und wenn sie auch nur ein einziges Weizenkorn finden, das über die besteuerte Menge hinausgeht, kostet es die ganze Familie den Kopf.«

Robin bekam vor Empörung einen hochroten Kopf. Sein Vater wandte im Umgang mit den Pächtern niemals Gewalt an, und sie dankten es ihm, indem sie so gut wie nie versuchten, ihn um seinen Anteil zu betrügen. Im Gegenteil, sie waren froh, wenn die Vorratskammern der Burg wohlgefüllt waren, denn bei Mißernten oder besonders rauhen Wintern hatte der Schwarze Wolf diese Vorräte schon oft an die Leute verteilt und sogar in benachbarten Domänen Getreide und Fleisch gekauft, damit niemand verhungerte.

»Es ist doch unvernünftig, jene Menschen zu schlagen, zu verstümmeln oder auszuhungern, die das Land bearbeiten und Pacht bezahlen!«

Der Alte, der offenbar mehr Französisch verstand, als er zugab, grinste über Robins Naivität. »Der Graf von Huntington ist nicht Ihrer Meinung, und unser König auch nicht! Beide wollen jedem Menschen das letzte Stückchen Brot aus dem Mund stehlen, um ihren eigenen Heißhunger zu stillen.« Er stand auf und warf sich stolz in die Brust. »Und jetzt können Sie mich gern erdolchen, wenn Sie wollen, denn zurücknehmen tu ich meine Worte nicht.«

Griffyn starrte ihn bestürzt an. »Der Graf von Huntington, hast du gerade gesagt?«

»Ja, aber in seinen Privatgemächern läßt er sich bestimmt mit *Gott* anreden!«

»Hat er auch einen Namen?«

»Gisbourne. Guy de Gisbourne. Der König hat ihn mit der Grafschaft belohnt, nachdem der Sohn des alten Grafen verschwunden war. Die einen sagen, daß er von den Männern des Königs ermordet worden ist, aber andere schwören, daß er eines Tages zurückkommt, um sich zu rächen. Wenn Ihre Pferde so kräftig sind, wie sie aussehen, reiten Sie schon seit gestern über Land, das Gisbourne gehört, und Sie werden es in frühestens drei Tagen verlassen. Ein schönes Stück von Nottinghamshire gehört dem Kerl, und weil er auch Sheriff ist, hat er völlig freie Hand, zu rauben und zu stehlen! Der einzige, der sich dagegen wehrt, ist der König von Sherwood.«

»Der König von Sherwood?«

»Ja, ein tapferer Mann. Ein Held!« Die braunen Augen funkelten flüchtig. »Er hat keine Angst vor den Männern des Königs, das hat er oft bewiesen, und durch sein Beispiel haben auch andere Leute wieder Rückgrat bekommen und sorgen dafür, daß einfache Menschen wie ich im Wald halbwegs sicher leben können. Wissen Sie, als Gisbourne nach Nottingham gekommen ist, hat er sofort seine Soldaten in die Dörfer und Wälder geschickt – unter dem Vorwand, Geächtete aufzustöbern. Aber in Wirklichkeit ging's um Diebstahl und Vergewaltigung. Ehrliche Bauern mußten ihr Korn in Baumstümpfen verstecken, um ihre Familie vor dem Verhungern zu bewahren, und ihre Frauen, Töchter und Schwestern mußten sie in Misthaufen verstecken, damit sie nicht weggeschleppt wurden, um der Garnison von Nottingham Castle zu Willen zu sein. Na ja, und wie diese Ungeheuer eines Tages auf dem Rückweg von einem Beutezug sind, werden sie in Sherwood aufgehalten, vom Teufel selbst, wie sie sagen, denn er war von Kopf bis Fuß schwarz angezogen und hatte eine schwarze Kapuze auf dem Kopf, und seine

Leute auch, die plötzlich aus den Bäumen und Büschen sprangen. Alles haben sie ihnen wieder abgenommen – die Frauen und die Hühner und das Getreide und die Münzen, und dann ... – der Alte kicherte vergnügt – »... dann haben sie die Soldaten noch ein bißchen gepiesackt, um dem Sheriff zu zeigen, daß er in Zukunft nicht mehr ungestraft die Leute ausplündern kann!« Er lachte jetzt Tränen. »Wissen Sie, was der König von Sherwood mit ihnen macht, wenn er sie erwischt? Mit heißem Teer tut er sie bestreichen, und dann werden sie in Hühnerfedern gerollt, bevor er sie laufen läßt! Der Sheriff ist sehr ungehalten und droht inzwischen, jeden hängen zu lassen, der mit leeren Händen und dafür mit Federn geschmückt zurückkommt!«

»Diese Geächteten müssen mittlerweile ganz schön reich sein«, bemerkte Robin.

»Nein!« Der Alte hörte auf zu lachen und spuckte kräftig aus. »Sie behalten gar nichts für sich, nicht das geringste! Alles, was sie den Blutsaugern abnehmen, geben sie den Leuten zurück, denen es gestohlen wurde – und noch mehr dazu! Mein eigener Sohn ...« Er verstummte plötzlich, so als hätte er schon zuviel gesagt, doch dann zuckte er die Achseln, fluchte herzhaft und fuhr fort: »Also, mein Sohn ist von den Auswringern zusammengeschlagen worden, so schlimm, daß er ein Auge und 'nen halben Fuß verloren hat. Und wie der König von Sherwood davon gehört hat, hat er sich diese Schweine geschnappt und sächsische Gerechtigkeit walten lassen: Auge für Auge, Fuß für Fuß. Mein Barth bekam nicht nur mehr zurück, als ihm weggenommen worden war, sondern hat auch die Genugtuung, daß jetzt sechs Männer des Sheriffs am Stock gehen und nur noch die Hälfte sehen!«

»Dieser König von Sherwood scheint wirklich ein mutiger Bursche zu sein«, sagte Littlejohn aufrichtig. »Wir können nur hoffen, daß er uns nicht für Leute des Königs hält.«

»Kannst du uns sagen, wo wir ihn finden können?« fragte Robin. »Wir würden ihn gern kennenlernen.«

Der alte Mann wurde sofort wieder mißtrauisch und ängstlich.

»Wir sind bestimmt nicht auf das Kopfgeld aus«, versicherte Griffyn.

Der Alte schüttelte traurig den Kopf. »Selbst wenn Sie's wären, würd's Ihnen nichts nützen. Das Kopfgeld hat nämlich schon irgendein Dreckskerl kassiert! Letzten Monat ist der König von Sherwood geschnappt worden, und Gisbourne hat seine Hinrichtung für nächsten Samstag angesetzt.«

»Also in vier Tagen ...«, murmelte Littlejohn. »Hat denn niemand versucht, ihn zu befreien? Du hast doch gesagt, daß er treue Gefolgsleute hat?«

»Sie würden ihm, wenn's sein muß, in die Hölle folgen, aber Nottingham Castle ist eine Festung mit Garnison! Die Waldgänger würden dort einfach abgeschlachtet werden, denn die wenigsten haben jemals ein Schwert in der Hand gehabt.«

Dag rief impulsiv: »Aber *wir* haben Schwerter und können gut damit umgehen!«

»Tag und Nacht haben wir gebetet«, sagte der Alte, »daß irgendein mutiger Mann auftaucht und ihn rettet!«

»Vor dir steht der mutigste Mann von ganz England, Frankreich und der Normandie!« Richard deutete auf Robin. »Sein Name ist Robin W...«

»... *of Locksley*«, fiel Griffyn ihm hastig ins Wort.

»Sein Name ist Robin of Locksley, aber er müßte viel mehr über diesen König der Geächteten wissen, bevor er zum Schwert greift.«

Robin warf Griffyn einen verdutzten Seitenblick zu, aber der alte Mann fiel wieder auf die Knie, griff nach Robins Hand und preßte sie auf seinen Kopf, so als wollte er gesegnet werden. »Locksley! Der Barde hatte also recht! Sie sind nicht getötet worden! Sie sind zurückgekommen ... und Sie haben Albion mitgebracht!«

Griffyn flüsterte Robin zu: »Der Name Wardieu hätte ihm nichts gesagt, aber auf die Rückkehr von Locksley scheinen hier viele Menschen ihre Hoffnung zu setzen.«

»Es ist *Ihr* Name, stimmt's?«

Griffyn grinste. »*Sie* haben mich doch zu diesem Abenteuer überredet.«

»Aber haben Sie uns nicht erzählt, daß auf Ihren Kopf eine Prämie von viertausend Mark ausgesetzt ist?«

»Gewiß, doch Risiken haben mich von jeher gereizt. Überlegen Sie doch mal – wenn Gisbourne erfährt, daß der echte Graf von Huntington nach Nottingham zurückgekehrt ist, wird er einer kleinen Abtei in Kirklees bestimmt keine Beachtung mehr schenken.«

Robin blickte mit gerunzelter Stirn auf den gesenkten Kopf des alten Mannes hinab. »Und wer zum Teufel ist Albion?«

»Nicht wer, sondern was! Es ist ein Schwert, das angeblich dem sächsischen König Alfred dem Großen gehört haben soll, der die Dänen daran hinderte, ganz England zu erobern.«

Robin warf einen Blick auf Griffyns riesiges Schwert. »Und jetzt werden Sie mir wahrscheinlich sagen …?«

Griffyn lachte. »Es hat meinem Urgroßvater gehört, aber die einzige Legende, die damit verknüpft ist, bezieht sich auf den Fürsten der Finsternis.«

»Und diese Legende dürfte durch einen Sturz aus dem Sattel etwas Schaden genommen haben.«

Griffyn blickte ihm in die Augen und sah die unausgesprochene Frage, die hinter der nüchternen Feststellung verborgen war, aber er lächelte nur und kehrte zu seinem Pferd zurück. Robin schaute ihm nachdenklich nach, bevor er dem Alten auf die Beine half.

»Komm, braver Mann, und teile dein Feuer und dein Reh mit uns! Wir wollen möglichst viel über diesen kühnen König von Sherwood erfahren.«

26

Brenna war so wütend, daß sie es kaum erwarten konnte, bis alle anderen schliefen, um mit Griffyn Renaud einige Worte unter vier Augen zu wechseln.

»Bist du verrückt? Hast du völlig den Verstand verloren?« rief sie.

Er saß an dem Bach, der durch das Freigut des alten Mannes floß, und warf einen Blick über seine Schulter hinweg, als er ihre Stimme hörte.

»Einen wunderschönen guten Abend wünsche ich!« murmelte er ironisch.

»Was soll an diesem Abend wunderschön sein, kannst du mir das verraten?«

Er blickte zum Nachthimmel empor. »Der Regen hat aufgehört, und man kann den Mond sehen. Außerdem ist der Fluß süß und kühl, und der Wald ist so still, daß man die Blätter atmen hören kann.«

Brenna hatte den Mond gar nicht bemerkt, und was das Wasser betraf – erwartete er etwa, daß es heiß und bitter sein könnte? Und die Stille empfand sie als geradezu unheimlich. Die Bäume waren viel größer als die in den Wäldern von Amboise, und die dicken Stämme waren von Efeu umrankt. Dazwischen stand die Lehmhütte des Bauern, und der dichte Bodennebel bewirkte, daß alles zu schweben schien. Den Atem der Blätter konnte sie auch beim besten Willen nicht hören – sie hörte nur ihre eigenen lauten und schnellen Atemzüge.

Während Brenna mürrisch ihre Umgebung betrachtete, versuchte Griffyn, sich gegen den Anblick dieser Waldnymphe zu wappnen. Die Frau des alten Bauern hatte darauf bestanden, daß Brenna ihre nasse Männerkleidung auszog, damit sie am Herd trocknen konnte, und sie hatte ihr statt dessen eine schlichte cremefarbene Tunika aus grober Wolle gegeben, die viel zu kurz war. Außerdem hatte die fürsorgliche Frau Wasser erhitzt, so daß Brenna sich das Meeressalz aus den Haaren waschen konnte. Jetzt fiel die goldene Lockenpracht offen über die Schultern, und im bläulichen Mondlicht glich sie einer Druidengöttin – einer *zornigen* Druidengöttin.

»Bist du total verrückt?« fragte sie wieder.

Er stand langsam auf, und sie wich sicherheitshalber einen Schritt zurück.

»Nein«, antwortete er ruhig, »ich glaube, meinen Verstand noch durchaus zu besitzen.«

»Aber du willst dich den Wölfen in den Rachen werfen! Das *ist* verrückt!«

»Ich führe seit sieben Jahren ein gefährliches Leben.«

»Ja, aber bisher hast du es aus Eigennutz getan, und das ist immerhin ein vernünftiges Motiv. Aber was du jetzt tun willst ... den Köder für Guy de Gisbourne spielen ...«

»Auch das tu ich für mich selbst«, unterbrach er sie leise. »Und du bist nicht ganz unschuldig daran.«

»Ich?«

»Du hast einmal gesagt, es gebe Wichtigeres als Hahnenkämpfe.«

»Ja, aber ...«

»Du hast mir nicht zugetraut, daß ich diese wichtigen Dinge erkennen könnte?«

Sie errötete. »Das habe ich nicht gesagt.«

»Aber du hast mir vorgeworfen, mein Schwert und meine Ehre verkauft zu haben.«

»Du willst dich opfern, nur weil ich im Zorn dummes Zeug geredet habe?«

»Nein, ich will es tun, weil es getan werden *muß.* Ich *bin* der Graf von Huntington. Ich hätte hierbleiben und mich für meine Leute einsetzen müssen, anstatt bei Nacht und Nebel zu flüchten und unter anderem Namen ein neues Leben zu beginnen.«

»Du hast doch selbst gesagt, du seist noch sehr jung gewesen. Der König hätte dich bestimmt hinrichten lassen.«

»Aber das wäre doch in deinen Augen immerhin ein ehrenhafter Tod gewesen.«

»Du verzerrst alles, was ich sage! Du machst dich über mich lustig.«

Er trat etwas näher an sie heran. »Nein, ich mache mich über mich selbst lustig! Das tu ich neuerdings sehr oft ... seit ich dich in Amboise am Fluß gesehen habe, wenn ich ganz ehrlich sein will. Ich hatte mir soviel darauf eingebildet, daß niemand mich jemals überrumpeln könnte, aber ich habe dich weder gesehen noch gehört ... Und genauso hatte ich mir eingebildet, daß niemand meinen Schutzpanzer zerstören könnte, aber auch in dieser Hinsicht habe ich mich geirrt.«

Die letzten Worte sagte er so leise, daß Brenna ihn unwillkürlich ansah, was ein großer Fehler war, denn im bläulichen Mondlicht kam ihr sein Gesicht fast unwirklich schön vor.

»Du ... du hast dich geirrt?« stammelte sie.

»Ich war ein Narr, als ich mir einredete, mir läge gar nichts mehr daran, trotz all meiner Fehler von jemandem geliebt zu werden.«

»Aber ...« – ihr Kinn zitterte, und sie mußte sich an eine dicke Eiche hinter ihr anlehnen – »... aber ich liebe dich nicht! Ich habe dich nicht einmal gern.«

»Trotzdem hast du deinen Bruder überredet, mich aus Malaganes Klauen zu retten.«

»Das ... das war das mindeste, was wir tun konnten. Mein Bruder steht nicht gern in der Schuld von jemandem.«

»Gut, das erklärt *seine* Gründe. Aber wie steht es mit deinen?«

»Mit meinen?« flüsterte sie.

»Neulich in meinem Zelt wolltest du mich erschießen, und gleich darauf wolltest du mich begleiten, wohin auch immer ich gehen würde ...«

Sie senkte die Lider. »Ich ... war nicht ganz bei Sinnen. Ich war verzweifelt und ...«

Er hob ihr Kinn mit einem Finger an. »Und ich begehrte dich so, daß ich fast zugestimmt hätte.«

Sie mußte tief durchatmen, bevor sie mühsam hervorbrachte: »Aber du hast es nicht getan.«

»Nein, und das werde ich sicher für den Rest meines Lebens bereuen.«

»Und ich werde vermutlich für den Rest meines Lebens bereuen, dieses Angebot gemacht zu haben.«

»Du würdest es also nicht wiederholen?«

»Nein.«

»Unter keinen Umständen?«

»Nein! Du spielst zu leichtfertig mit dem Leben anderer Menschen – und auch mit deinem eigenen! Ich kann mir nicht vorstellen, wie ein Leben mit dir aussehen würde.«

»*Kannst* du es dir nicht vorstellen, oder hast du Angst davor?«

»Ich habe keine Angst vor dir, Griffyn Renaud.«

»Ich habe nicht gesagt, daß du vor *mir* Angst hättest.« Er hauchte ihr einen Kuß auf die Stirn. »Davor hast du Angst«, flüsterte er, während seine Lippen über ihre Schläfe und weiter zu ihrem Ohr glitten. »Und davor.« Er senkte den Kopf, und sie spürte seine Haare an ihrer Wange und seine Lippen an ihrem Hals, und sie schloß die Augen, und ihr Herz klopfte zum Zerspringen, und sie hatte das Gefühl, am Rand einer Felsklippe zu stehen. Noch könnte sie zurückweichen und sich in Sicherheit bringen …

»Wie … wie kannst du erwarten, daß ich dir glaube?« stammelte sie. »Nach allem, was passiert ist … nach all den Lügen und grausamen Spielen!«

»Die Nacht, die wir in Gaillard zusammen verbracht haben, war kein Spiel.«

Heiße Tränen traten ihr in die Augen, und sie schüttelte wieder den Kopf, seinen heißen Lippen wehrlos ausgesetzt. Sie wollte ihm glauben! Sie wünschte sich nichts sehnlicher, als ihm glauben zu können, aber ihr Verstand wehrte sich immer noch dagegen, ihm etwas so Zerbrechliches wie ihr Herz anzuvertrauen.

Er spürte ihren Widerstand, umfing ihr Gesicht mit beiden Händen und blickte ihr tief in die Augen. »Wie kann ich dich nur überzeugen?«

Sein dunkles Gesicht beugte sich über sie, und sein heißer Mund ließ sie dahinschmelzen, bis sie sich wie eine Wachskerze vorkam, die von einer lodernden Flamme verzehrt wurde …

Seine Hände glitten über ihre Hüften und schoben den Wollrock hoch, und sie spürte die rauhe Baumrinde am Rükken, als er ihre nackten Beine um seine Taille schlang. Während er sie mit einer Hand stützte, fummelte er mit der anderen an seiner Hose herum, und gleich darauf drang er in sie ein, stieß immer tiefer in die feuchte Grotte vor, die ihn so bereitwillig aufnahm …

Brenna vergrub ihre Finger in seinen Haaren und biß die Zähne zusammen, um ihre Lust nicht laut hinauszuschreien. Seine kräftigen Stöße raubten ihr die Sinne, und ihr ganzer

Körper glühte und vibrierte, bis ein atemberaubender Orgasmus ihr endlich die Erlösung bescherte, die zur selben Zeit auch Griffyn zuteil wurde.

Erschöpft vergrub Brenna ihr Gesicht an seinem Hals, und er hielt sie weiter fest, obwohl er selbst weiche Knie hatte. »Demnächst«, flüsterte er ihr ins Ohr, »sollten wir wirklich versuchen, ein weiches Bett unter uns zu haben.«

Brenna hob den Kopf, und sein zärtliches Lächeln schnürte ihr die Kehle zu und wärmte ihr das Herz, so daß sie unwillkürlich von neuem erschauderte.

»Oder wir machen es hoch oben in den Wolken«, murmelte er. »Es wird mir eine Freude sein, dich so oft, wie du willst, ohnmächtig werden zu lassen!«

Feuchtes Moos war zwar kein vollwertiger Ersatz für ein weiches Bett, aber Brenna fühlte sich nach dem nächsten Liebesakt trotzdem wie im siebten Himmel. Sie lag nackt da und hielt Griffyn immer noch mit Armen und Beinen umschlungen, während sein Kopf an ihrer Schulter ruhte, aber eine Frage brannte ihr auf der Seele. »Ist Locksley dein richtiger Name?« murmelte sie.

Er hob den Kopf und runzelte verwirrt die Stirn, so als wüßte er es selbst nicht genau. »Ja, Rowen Hode of Locksley, aber ich habe diesen Namen so lange nicht benutzt, daß ich ihn fast schon vergessen hatte.«

»Rowen?«

»Diesen Namen habe ich angeblich Hern dem Jäger zu verdanken. Meine Mutter hat mich in diesem Wald zur Welt gebracht und behauptet, Herns Geist hätte ihr eine heilige Höhle gezeigt, die ihr in dieser schweren Stunde Schutz bot. Später hat sie mir erzählt, es sei in Wirklichkeit nur eine Vertiefung unter zwei Felsen gewesen, aber meinem Vater gefiel die Geschichte so gut, daß er meinte, ich müsse halbwegs ordentlich mit Pfeil und Bogen umgehen können.«

»Halbwegs ordentlich?«

»Kein Mensch wird als Meisterschütze geboren. Jedenfalls schickte Vater mich nach Wales, als ich zehn Jahre alt war, weil ich auch mit dem Langbogen vertraut werden sollte – und anfangs kam diese Waffe mir schrecklich unpraktisch vor, so daß kein Hase im Wald zu befürchten brauchte, von einem meiner Pfeile getroffen zu werden. Ich war immer davon überzeugt, daß der Langbogen ausschließlich in Wales verwendet wird, und ich gestehe, daß ich vom ersten Moment an wissen wollte, wie diese seltene Waffe in die Hände eines zierlichen Persönchens im Wald von Amboise geraten war.«

»Wills Mutter – Lady Gillian – war die Tochter eines walisischen Bogenmachers, und sie gab uns beiden Unterricht. Das heißt, sie gab auch meinen Brüdern Unterricht, aber nur Will und ich hatten wirkliches Interesse. Robin ist viel zu ungeduldig, und Richard und Dag mögen nur Waffen, bei denen das Blut des Gegners in Strömen fließt.«

Griffyn streichelte ihre seidigen Schenkel. »Ich hätte gedacht, daß Sparrow am wenigsten Geduld besitzt.«

Die sanfte Liebkosung jagte Brenna sofort wieder einen heißen Schauder über den Rücken. »Du hast recht«, murmelte sie mit schwacher Stimme, »Sparrow ist furchtbar ungeduldig und furchtbar intolerant, aber er liebt meinen Vater von ganzem Herzen, und deshalb liebt er auch uns alle und möchte uns beschützen und vor Unheil bewahren.«

»Und Littlejohn?«

Es fiel ihr schwer, vernünftig zu antworten, denn seine Zunge spielte mit ihren Brustwarzen. »Littlejohn? Er kann mit bloßen Händen Kleinholz aus einem Mann machen.«

Er blickte grinsend auf. »Ich werd's mir merken.«

»Das solltest du wirklich, denn ich glaube nicht, daß er dich sonderlich schätzt.«

»Das tut Will auch nicht. Bin ich ihm irgendwie in die Quere gekommen, was dich betrifft?«

»Um Himmels willen, nein! Wir sind zusammen aufgewachsen und stehen uns so nahe wie Geschwister, aber es ist meine jüngere Schwester Rhiannon, die ein Auge auf Will geworfen hat, und sie würde uns beide umbringen, wenn wir eine Liebesbeziehung hätten! Nein, Will ist einfach seinem Vater sehr ähnlich, der über eine erstaunliche Menschenkenntnis verfügt.«

»Zwischen ihm und deinem Schwager komme ich mir wie ein Käfer in der Flasche vor.«

»Geoffrey? Er ist doch der gutmütigste Mensch, den man sich vorstellen kann.«

»Mag sein, aber ich wette, daß er gefährlicher als deine Brüder wäre, wenn man ihn in die Enge treiben würde.«

Brenna mußte sich eingestehen, daß Geoffrey sie im Augenblick herzlich wenig interessierte. Seine Lippen und Zähne, die an ihren Brustwarzen saugten und knabberten, weckten in ihr erneut das Verlangen, ihn in sich aufzunehmen und von einer Flutwelle der Lust davongetragen zu werden.

»Was wirst du jetzt tun, Rowen Hode of Locksley?« fragte sie, solange sie noch einen halbwegs klaren Gedanken fassen konnte.

»Jetzt? In diesem Moment?«

Sie grub zur Strafe ihre Nägel in sein nacktes Gesäß. »Wenn wir diesen Ort verlassen und Sherwood erreichen!«

»Du hast doch gehört, daß der Alte versprochen hat, uns zu den Geächteten zu bringen. Angenommen, sie akzeptieren unsere Hilfe, und angenommen, daß mein Name bis dahin Guy de Gisbourne zu Ohren gekommen ist – nun, dann werde ich seine Männer ablenken, bis deine Brüder die Prinzessin und ihren Sohn in Sicherheit gebracht haben.«

»Ich möchte bei dir bleiben.«

»Hast du mich nicht vor kurzer Zeit wegen meiner Pläne für verrückt erklärt?«

»Du *bist* verrückt. Und du hast unlängst bewiesen, daß du jemanden brauchst, der auf dich aufpaßt.«

»Und was ist mit deinem Bruder?«

»Robin würde bestimmt einsehen, daß es vernünftiger ist, wenn ich dich von Anfang an begleite, als wenn *er* dich später wieder retten muß.«

Griffyn schüttelte den Kopf. »Selbst wenn er es erlauben würde – *ich* erlaube es nicht.«

»Warum nicht? Ich kann gut auf mich selbst aufpassen, und ich würde dich bestimmt nicht behindern.«

Er drang stöhnend in sie ein. »Doch, du würdest mich behindern, weil ich jedesmal, wenn ich dich ansehe, nur von dem Wunsch besessen wäre, dich so wie jetzt in Besitz zu nehmen.«

»Vielleicht wäre das nicht mehr der Fall, wenn du mich oft genug besessen hast.«

»Bist du denn so überzeugt davon, daß *du* dich mit mir sehr schnell langweilen würdest?« knurrte er.

Sie grub ihre Nägel wieder in sein Fleisch und wölbte sich ihm begierig entgegen.

»Vorläufig befürchte ich noch nicht, mich mit dir zu langweilen«, flüsterte sie ihm ins Ohr.

Er lachte leise und tat, was von ihm erwartet wurde, aber etwas später verschloß er ihr den Mund mit einem Kuß und erklärte energisch: »Nichts, was du sagst oder tust, wird mich dazu bringen, dich mitzunehmen.«

Er erwartete Widerspruch, doch statt dessen schrie Brenna plötzlich auf und starrte mit schreckensweit aufgerissenen Augen die fünf oder sechs Gestalten an, die aus dem Nebel aufgetaucht waren und das nackte Liebespaar umringten. Es waren nicht ihre Brüder, sondern wildfremde Männer, und einer von ihnen hielt Griffyn eine Pfeilspitze an die Kehle.

27

Brenna fuhr sich mit den Fingern durch die wirren Haare und stolperte über einen Stein, doch Griffyn hielt sie am Ellbogen fest und drückte ermutigend ihren Arm, während sie zu der Bauernhütte geführt wurden.

Man hatte ihr immerhin erlaubt, sich anzuziehen, obwohl sie die lüsternen Blicke der Männer gespürt hatte. Griffyns Kleidungsstücke waren gründlich durchsucht worden, bevor man sie ihm zugeworfen hatte – und natürlich waren etliche versteckte Messer zutage gefördert worden. Nur der Mann, der Griffyn mit einem Pfeil bedroht hatte, redete mit ihnen; besser gesagt, er erteilte ihnen knappe Befehle, den Bogen stets auf sie gerichtet. Brenna befürchtete, daß Griffyn sich zu einem unbedachten Angriff hinreißen lassen könnte, aber er blieb ganz ruhig und beobachtete den großen, schlaksigen Anführer aus dem Augenwinkel heraus.

Zentaur war der erste, dem etwas Verdächtiges auffiel. Er hob seinen edlen grauen Kopf und schnaubte mißtrauisch. Die Hütte war viel zu klein, um den Männern Platz zu bieten, und sie hatten sich – in warme Decken gehüllt – um das Feuer herum schlafen gelegt, ganz zufrieden, weil es die erste trockene Nacht seit Tagen war.

»Brenna?« Robin hob schlaftrunken den Kopf und spähte durch die Flammen hindurch. »Bist du das?«

»Wir haben Besuch«, erklärte sie unnötigerweise, denn die Fremden hatten schon einen Kreis um das Feuer gebildet und zielten mit ihren Bogen auf die Schläfer.

Robin stützte sich auf einen Ellbogen und rieb sich die Augen. »Ja, das sehe ich. Spricht jemand von diesen Besuchern eine andere Sprache als Angelsächsisch?«

Der schlaksige Mann trat in den Lichtkreis des Lagerfeuers. Er war sogar noch größer als Littlejohn, aber er bestand größtenteils aus langen Beinen, die dünn wie Stelzen waren. Seine Haut war pockennarbig, und er versteckte sie größtenteils unter einem zottigen Bart, und die mitternachtsblauen Augen spiegelten sowohl Verachtung als auch Unverschämtheit wider.

»Ich spreche die normannische Sprache eures Königs«, erklärte er mit höhnisch verzogenen Lippen.

»Bist du der Anführer dieser bunten Gruppe?«

»Hin und wieder leisten sie meinen Befehlen Folge.«

»Ausgezeichnet.« Robin lächelte. »Dann wird es keine Mißverständnisse zwischen uns geben. Du wirst deinen Männern jetzt raten, ihre Waffen niederzulegen, es sei denn, sie wollen unbedingt einen Kopf kürzer werden.«

Äste knackten, und Blätter raschelten, als Richard, Dag, Will, Geoffrey und Littlejohn mit gezückten Schwertern zwischen den Bäumen hervortraten und ihre funkelnden Klingen auf die Kehlen der Fremden richteten.

Der Anführer grinste, während er die Deckenbündel um das Feuer herum betrachtete, die sich als Attrappen entpuppt hatten. Er pfiff leise, und gleich darauf wurde klar, warum er sich durch die Schwerter nicht aus der Ruhe bringen ließ, denn mindestens ein Dutzend Waldgänger sprang plötzlich von den Bäumen herab, und ein weiteres Dutzend trat aus dem Nebel um die Hütte hervor. Alle hatten ihre Bogen gespannt, und ihre Mienen verhießen nichts Gutes.

»Vielleicht sollten *Sie* die Waffen niederlegen«, sagte der lange Kerl höflich.

Robin stand langsam auf und warf einen Blick in die Runde. Die Waldgänger waren in der Überzahl, aber das besagte nicht viel, denn ein Ritter konnte es ohne weiteres mit zehn ungeübten Kämpfern aufnehmen. Es juckte ihn in den Fingern, sein Schwert zu ziehen, aber er fing Wills Blick auf, und sein weiser Freund schüttelte bedächtig den Kopf. Diese Männer schienen mit Pfeil und Bogen umgehen zu können, und sie schienen durchaus bereit zu sein, von ihren Waffen Gebrauch zu machen.

Will schaute demonstrativ zu den Bäumen empor, um Robin daran zu erinnern, daß Sparrow irgendwo dort oben hockte. Das war zwar ein schwacher Trost, aber andererseits hatte der Zwerg sich schon oft als unglaublich einfallsreich erwiesen, und deshalb gab Robin den anderen ein Zeichen, daß sie ihre Schwerter den Waldgängern übergeben sollten.

»Dürfte ich fragen, wie wir zu der Ehre dieses unerwarteten Besuchs kommen?« fragte Robin sarkastisch.

»Wir waren einfach neugierig und wollten wissen, wer Sie sind, und was Sie in unserem Wald zu suchen haben. Sie reiten so arrogant durch die Gegend, als wären Sie die Leute des Königs, aber Sie haben Ihre Schilde verhüllt wie demütige Pilger.«

»Was, wenn wir Leute des Königs wären?«

»Dann müßten Sie uns ein großzügiges Wegegeld bezahlen, bevor Sie Ihre Reise fortsetzen dürften.«

»Und wenn wir demütige Pilger sind?«

Der Geächtete grinste wieder. »Ihre Waffen und Rüstungen sind von bester Qualität, und Ihre Pferde sind wohlgenährt. Folglich müßten Sie trotzdem ein Wegegeld bezahlen, wenn Sie unseren Wald durchqueren wollen.«

»Dies ist nun schon das zweite Mal, daß Sie von *Ihrem* Wald sprechen«, mischte Griffyn sich ins Gespräch. »Dann müssen wir wohl annehmen, daß Sie Guy de Gisbourne heißen.«

Der Waldgänger spuckte verächtlich aus. »Gisbourne hat etwa soviel Anrecht auf diesen Wald wie der Teufel!«

»Kein sehr sympathischer Zeitgenosse, was?« sagte Robin. »Ich habe ihn vor Jahren einmal kennengelernt und war auch nicht begeistert von ihm. Aber wenn mich nicht alles täuscht, sind auch wir uns schon einmal begegnet – und zwar unter ähnlichen Umständen wie heute.«

Die dunklen Augen verengten sich mißtrauisch. »Wir sollen uns schon einmal begegnet sein? Wann?«

»Du erinnerst dich bestimmt nicht mehr daran, denn ich war damals noch ein Junge, aber ich erinnere mich an dich, weil ich damals dachte, du seist mindestens so groß wie die Turmspitzen der Kathedrale von Angers.«

Der Geächtete betrachtete ihn aufmerksam, und nach einer Weile runzelte er verwirrt die Stirn. »Diese Begegnung liegt aber eine ganze Ewigkeit zurück, Normanne.«

»Stimmt«, sagte Robin. »Aber wie ich sehe, hast du deinen Lebenswandel nicht geändert, obwohl du es meinem Bruder Eduard versprochen hattest, als er dich damals laufen ließ!«

»Aus freien Stücken lebe ich nicht hier im Wald, das können Sie mir glauben!«

Richard schnaubte ungeduldig. »Würde uns vielleicht jemand freundlicherweise erklären, wovon hier die Rede ist?«

»Wir haben uns bei einem anderen Überfall kennengelernt«, erklärte Robin, »ebenfalls im Wald, nur waren seine damaligen Kumpane miserable Bogenschützen. Unser Freund hier bekam einen Pfeil in den Arm ab – ich glaube, es war Eduard, der ihn getroffen hatte – und sein Name ist ... – er rieb sich nachdenklich das Kinn – »sein Name ist Alan; Sohn von Tom, einem Freisassen aus der Gegend von Sherwood.«

Die anderen Waldgänger traten unbehaglich von einem Bein aufs andere, was bewies, daß Robins Gedächtnis ausgezeichnet funktionierte.

»Ich war damals erst dreizehn«, fuhr er fort, »und der Knappe meines Bruders, aber dein Mut hat mir mächtig imponiert! Als du damals den Pfeilschaft durch deinen Arm gezogen hast, um Eduard die wertvolle Pfeilspitze zurückgeben zu können – mir hat sich beim bloßen Zusehen der Magen umgedreht.«

Ein zögerndes Lächeln breitete sich auf Alans Gesicht aus. »Es hat verdammt weh getan! Und mir hat sich der Magen *wirklich* umgedreht – aber zum Glück erst, als ich außer Sichtweite war.« Er musterte die Ritter mit neuem Interesse. »Sie wollten damals nach England … und jetzt sind Sie wieder hier! Ich warne Sie – Spione des französischen Königs mögen wir genausowenig wie die Helfershelfer Ohnelands!«

»Wir sind keine Spione«, versicherte Robin, »und wir sind auch nicht in euren Wald gekommen, um euch Ärger zu bereiten.«

»Frische Gräber bereiten uns keinen Ärger – sie sind nur etwas mühsam zu graben.«

Robin lachte. »Wie wär's, wenn ihr euch zu uns ans Feuer setzt? Es ist noch etwas Rehbraten übrig, und Eintopf ist auch noch da, wenn der Bauer bereit ist, sich jetzt davon zu trennen.«

Die mitternachtsblauen Augen glitten zur Tür hinüber, die einen Spaltbreit geöffnet war, aber hastig geschlossen wurde.

»Der Eintopf meines Onkels schmeckt für meinen Geschmack viel zu sehr nach Rüben. Außerdem würden so viele Füße zuviel Spuren hinterlassen, und das könnte ihn in Schwierigkeiten bringen. Warum kommen Sie nicht stattdessen mit uns? Unser Lager ist nur einige Stunden von hier entfernt, und dort können wir so vornehme Gäste wie Sie auch besser bewirten.«

Die Einladung war sehr höflich formuliert, aber Robin wußte, daß sich im Grunde ein Befehl dahinter verbarg. Die Waldgänger waren sogar so höflich, daß sie den Rittern beim Packen ihrer Sachen und beim Satteln der Pferde behilflich waren, und sie hatten es so eilig, sämtliche Spuren irgendwelcher Besucher in der Hütte des Alten zu beseitigen, daß

Brennas am Herd trocknende Kleidungsstücke zusammen mit den Decken verpackt waren, bevor sie sich umziehen konnte. Als sie dagegen protestieren wollte, legte Griffyn ihr eine Hand auf den Arm.

»Laß sie noch eine Weile in dem Glauben, daß du eine durchschnittliche Frau bist.«

»Was?«

»Schau … sie haben keine Ahnung, was sie damit anfangen sollen.«

Er deutete auf zwei Waldgänger, die völlig verwirrt einen Langbogen betrachteten und ihn mit ihren eigenen – viel kleineren – Bogen verglichen.

»Sind deine Männer gute Bogenschützen?« fragte Griffyn den Anführer.

»Die besten in England«, prahlte Alan. »Wahrscheinlich sogar die besten der ganzen Welt.«

»Aber sie können offenbar mit den besten Bogen der Welt nichts anfangen.«

»Mit diesen langen Dingern? Die könnte doch nur ein Herkules spannen!«

»Nicht, wenn man weiß, wie man damit umgehen muß. Morgen wird diese junge Dame es euch zeigen.«

Alan blickte auf Brenna herab und errötete heftig, als sie unerschrocken zu ihm aufschaute.

»Von einer hübschen jungen Dame erwarten wir Zeitvertreib ganz anderer Art!« lachte jemand.

Griffyns Faust schleuderte den Mann rückwärts, und er landete bewußtlos in den Armen zweier bestürzter Gefährten. Im nächsten Moment starrte Alan erschrocken auf die Klinge eines kleinen, aber sehr scharfen Messers, das seine linke Augenhöhle bedrohte.

»Du solltest deinen Männern raten«, knurrte Griffyn in gutturalem Angelsächsisch, »daß sie in Gegenwart meiner Frau ihre Schandmäuler halten sollen! Andernfalls werden Brennas Brüder und ich den Eintopf deines Onkels mit ein paar Lebern schmackhafter machen.«

»Sie wollten bestimmt nicht respektlos sein. Ich bin sicher, sie hielten sie einfach für eine …«

»Ja? Wofür haben sie meine Frau gehalten?«

Alan drückte sich um eine Antwort. »Ich werde es ihnen sagen«, murmelte er.

Griffyn versteckte sein kleines Messer seelenruhig in seinem Gürtel, und Alan machte wohlweislich keinen Versuch, es ihm abzunehmen.

Brenna wartete, bis die Waldgänger sich einige Schritte entfernt hatten, bevor sie empört zischte: »Wie konntest du sagen, daß ich deine Frau bin?«

»Was hätte ich denn sonst sagen sollen? Schließlich haben sie uns vorhin auf frischer Tat ertappt.«

Bevor sie darauf etwas erwidern konnte, sorgte Zentaur für willkommene Ablenkung. Zwei Waldgänger hatten versucht, ihn zu satteln, doch das riesige Schlachtroß bäumte sich wiehernd auf und schlug mit den Vorderbeinen aus. Einer der Männer flog in hohem Bogen beiseite, und der andere bekam die Zähne des Hengstes zu spüren. Griffyn pfiff, und Zentaur stand schnaubend still, aber keiner der Männer traute sich mehr in seine Nähe.

»Wo zum Teufel steckt Fulgrin?«

»Als ich ihn zuletzt gesehen habe, lag er ohnmächtig hinter einem Baum«, sagte Littlejohn im Vorbeigehen, und Robin schlug Griffyn lachend auf die Schulter. »Es ist ein Wunder, daß Sie mit diesem Knappen so viele Turniere überlebt haben!«

Fluchend griff Griffyn selbst nach den Zügeln des Hengstes, während Alan seinen Männern genaue Anweisungen gab, wer die Vorhut und die Nachhut bilden sollte.

»Für Leute, die keine Spuren hinterlassen wollen« kommentierte Robin, »seid ihr sehr zahlreich!«

»Das hängt mit den besonderen Umständen zusammen.«

»Du meinst – mit der Verhaftung eures Anführers?«

Alan schnitt eine Grimasse. »Mein Onkel hat eine lose Zunge, aber es stimmt – seinetwegen haben sich so viele von uns hier zusammengefunden, und in drei Tagen, wenn er zur Hinrichtung nach Lincoln gebracht wird, werden wir noch stärker sein.«

»Er wird nicht in Nottingham hingerichtet?«

Alan schüttelte den Kopf. »Nein, Johann Ohneland ist in Lincoln und erhofft sich von der Hinrichtung des Königs von Sherwood eine hübsche Abwechslung.«

Für die Männer von Amboise war es eine höchst unerfreuliche Neuigkeit, daß der König sich in der Nähe aufhielt, und alle Gesichter spiegelten dieses Unbehagen wider, doch Alan merkte nichts davon.

»Das ist die Chance, auf die wir gehofft haben«, berichtete er. »Natürlich wird Gisbourne für eine riesige Eskorte sorgen, und möglicherweise benutzt er ihn auch als Köder, um uns aus dem Wald zu locken, aber uns bleibt keine andere Wahl – wir müssen versuchen, ihn zu retten, denn er hat für jeden von uns alles riskiert und sein Leben unzählige Male aufs Spiel gesetzt, um uns zu retten.«

»Wie viele Leute seid ihr?« fragte Will.

»Bis morgen abend müßten wir etwa achtzig sein, die Frauen nicht eingerechnet, die bereit sind, Steine zu werfen und Heugabeln zu schwenken.«

»Und Gisbourne? Wie groß ist seine Garnison in Nottingham?«

»Etwa vierzig Ritter und über hundert Soldaten.«

Will pfiff leise vor sich hin. Einhundertvierzig ausgebildete Krieger gegen achtzig Waldgänger und Frauen. Es würde ein Gemetzel werden.

»Das wäre eine lohnende Herausforderung!« Dags Augen leuchteten vor Begeisterung.

»Es würde sorgfältige Planung erfordern«, stimmte Richard zu, »aber du hast recht – es wäre ein interessantes Kräftemessen.«

Alan dämpfte ihren Enthusiasmus. »Ich will Sie ja nicht beleidigen, meine Herren, aber wir haben bisher nur Ihr Wort, daß Sie nicht hier sind, um dem französischen König zu helfen, und wir hätten hier im Wald nicht so lange überlebt, wenn wir irgend jemandem blinden Glauben schenken würden.«

»Und wie können wir euch davon überzeugen, daß wir auf eurer Seite sind?« fragte Robin.

»Vielleicht wird Ihre liebenswürdige Gesellschaft uns davon überzeugen.«

»Wir sind nicht in diese Wälder gekommen, um liebenswürdig zu sein«, knurrte Littlejohn, und sein Sarkasmus galt ebenso Robin und den anderen jungen Hitzköpfen wie dem Anführer der Waldgänger, als er hinzufügte: »Und wir haben gar nicht die *Zeit*, um diesen König der Diebe zu retten!«

Alan reckte sein Kinn. »Zum einen haben wir Sie nicht um Ihre Hilfe gebeten, und zum anderen sind wir keine Diebe! Wir konnten es nur nicht mehr ertragen, daß unsere Frauen vergewaltigt wurden und unsere Kinder verhungern mußten. Wir konnten es nicht mehr ertragen, daß Menschen grundlos verstümmelt und ermordet werden. Man hat unsere Häuser niedergebrannt und uns das letzte Stück Brot gestohlen, und wer gegen die Habgier des Königs zu protestieren wagte, hatte bald keine Zunge, keine Hände und Füße mehr. Wir sind in den Wald gegangen, weil es keinen anderen Zufluchtsort für uns gibt, und wir halten zusammen und werden bis zum letzten Pfeil kämpfen, um einen Mann zu retten, der unglaublich mutig und selbstlos war.«

»Hat dieser Ausbund an Tugend auch einen Namen?« fragte Littlejohn.

»Keiner von uns zweifelt daran, daß er einst einen stolzen adligen Namen trug, aber den behält er lieber für sich. Er will, daß wir ihn nur mit ›Tuck‹ anreden.«

28

Es war für die Wardieus keine weltbewegende Neuigkeit, daß ›Tuck‹ alias Henry de Clare der berühmte und berüchtigte König von Sherwood war. Sie hatten es längst vermutet, doch nachdem sie nun Gewißheit hatten, folgten sie Alans Leuten bereitwilliger als zuvor. Je tiefer sie in den Wald vordrangen, desto undurchdringlicher wurde er, so daß man nur im Gänsemarsch gehen konnte, aber die Geächteten fanden ihren Weg durch das Dickicht, ohne auch nur eine Fakkel oder Laterne zu entzünden. Hin und wieder raschelte es im Geäst, und Alan gab unverhohlen zu, daß Wachposten in regelmäßigen Abständen auf den Bäumen hockten und scharf aufpaßten, daß kein Unbefugter sich dem Lager näherte. Wäre Robins Gruppe allein unterwegs gewesen, so hätte man sie längst aufgehalten und streng befragt, was sie hier zu suchen hatte – und wenn sie Pech gehabt hätte, wäre sie sicherheitshalber einfach liquidiert worden.

Nach einigen Stunden beschwerlichen Fußmarsches bat Robin den Anführer der Geächteten um einen kurzen Halt, damit die Ritter ihre schweren Kettenpanzer ablegen konnten. Auch Brenna, deren geliehene Tunika sich ständig in Dornenbüschen verfing, wollte sich umziehen. Alan erlaubte es ihnen großmütig, und bei dieser Gelegenheit konnten Robin und Griffyn einige Worte wechseln.

»Achtzig Männer und Frauen gegen hundertvierzig Krieger?« murmelte Griffyn. »Das ist wirklich keine günstige Ausgangsposition! Hinzu kommt aber noch, daß dieser Räuberhauptmann von Strategie bestimmt keine Ahnung hat.«

»Sie glauben, wir könnten die Leute gezielter einsetzen?« fragte Robin.

»Bei der Schlacht vor Roche-au-Moines, an der Sie doch vor kurzem teilgenommen haben, waren Ihre Feinde doch auch in der Überzahl.«

»Ja, aber wir haben schwere Verluste erlitten, obwohl ich lauter kampferprobte Ritter befehligt habe. Diese Waldgänger haben doch nicht einmal ordentliche Waffen. Mit Heugabeln kann man nicht viel gegen Schwerter ausrichten, ebensowenig wie mit Knüppeln gegen Morgensterne.« Robin verstaute seine Rüstung in Sir Tristans Satteltasche. »Außerdem haben Sie doch gehört, was dieser Alan gesagt hat – er will unsere Hilfe nicht, weil er uns nicht vertraut.«

»In diesem Fall wird er uns auch bestimmt nicht auf eigene Faust nach verschollenen Prinzessinnen suchen lassen.«

»Und was soll ich Ihrer Meinung nach tun? *Ihn* um Hilfe bitten?«

»Es scheint mir die logischste Lösung zu sein.«

»Logisch?« knurrte Robin. »Wer sagt mir denn, daß er

eine Prinzessin aus dem Hause Plantagenet nicht genauso ablehnt wie einen König aus diesem Hause?«

Griffyn lachte ironisch. »Weil er ein Sachse ist?«

Nachdem auch Renaud zugegeben hatte, ein Sachse zu sein, wollte Robin ihn nicht brüskieren. Bevor er eine diplomatische Antwort formulieren konnte, bohrte sich ein kurzer Pfeil in die weiche Erde vor seiner Stiefelspitze.

Er zog ihn rasch heraus und spähte in die Bäume empor. »Sparrow?«

»Hier bin ich, du Hornochse!« flüsterte der Zwerg. »Herrgott, man kann euch wirklich keinen Augenblick allein lassen, ohne daß ihr totalen Mist baut!«

»Und wo hast du vorhin gesteckt, Waldgeist?« konterte Robin. »Hättest du uns nicht rechtzeitig warnen können, wenn du ohnehin schon in den höchsten Baumwipfeln hockst?«

»Wenn ich runtergekommen wäre, müßte ich jetzt mit euch in Reih und Glied marschieren!«

Robin seufzte. »Du hast natürlich wie immer recht! Wir brauchen dich dort oben. Hast du eine Ahnung, in welche Richtung wir uns bewegen?«

»Nach Nordwesten, würde ich sagen.«

»Hast du Mühe, uns zu folgen?«

»Du mußt wirklich sehr müde sein, Blödhammel, um eine so dumme Frage zu stellen!«

»Na ja … paß gut auf dich auf! Vielleicht werden wir auf deine Hilfe angewiesen sein, um jemals wieder aus diesem Wald herauszukommen.«

Robin verstummte hastig, als er Schritte hinter sich hörte. »Wir sollten uns wieder auf den Weg machen«, sagte Alan und fügte an Griffyn gewandt hinzu: »Wegen der Pferde kommen wir langsamer als erwartet voran. Zwei oder drei Stunden werden wir bestimmt noch unterwegs sein. Vielleicht möchte Ihre Frau reiten? Wir hätten nichts dagegen.«

Griffyn übersah Robins düstere Miene und antwortete höflich: »Vielen Dank für das Angebot, aber sie ist furchtbar stur und wird es bestimmt ablehnen zu reiten, wenn alle anderen zu Fuß gehen müssen.«

Alan entfernte sich achselzuckend.

»Ihre *Frau?* knurrte Robin zähneknirschend.

»Ich hielt es unter den gegebenen Umständen für vernünftig, den Eindruck zu erwecken, als würde Brenna nicht nur von ihren Brüdern, sondern auch von einem Ehemann beschützt.«

Robin runzelte bedrohlich die Stirn. »Unter den gegebenen Umständen – was meinen Sie damit?«

»Nun, was würden Sie vermuten, wenn eine Frau in Gesellschaft von neun Männern unterwegs ist?«

»Das käme ganz darauf an, was diese Frau täte, wenn ich sie nachts mit einem der Männer im Wald überraschen würde! Wenn diese Sache erst einmal ausgestanden ist, Renaud ... oder Locksley ... oder wie zum Teufel Sie auch heißen mögen ... dann habe ich mit Ihnen noch ein Hühnchen zu rupfen!«

Griffyn salutierte spöttisch. »Ich freue mich darauf, Sir!«

Erst im Morgengrauen erreichten die müden Wanderer das Lager der Geächteten. Es lag in einer Schlucht, deren Seitenwände so steil waren, daß bestenfalls eine Bergziege heil den Boden erreichen könnte. Menschen mußten einem reißenden Wildbach folgen und ihn auf einem schlüpfrigen Baumstamm überqueren, um auf eine große Lichtung zu gelangen, wo rohe Holzhütten errichtet worden waren. Besonders unternehmungslustige Waldgänger hatten sich sogar in den Ästen alter Bäume Behausungen gebaut, die nur über Strickleitern zugänglich waren.

Eine majestätische Eiche bildete den Mittelpunkt des Lagers: unter ihren knorrigen Ästen standen Tische und Bänke aus Baumstämmen, und über einer riesigen Feuergrube hing ein Dutzend dampfender Kessel, damit müde Wachposten sich zu jeder Tages- und Nachtzeit stärken konnten. Zu dieser frühen Morgenstunde waren Frauen schon beim Brotbakken, und Männer drehten Spieße, an denen Hasen und Wachteln gebraten wurden. Die Geächteten wußten offenbar längst Bescheid, daß Gäste erwartet wurden, denn die Tische waren bereits gedeckt.

Nach stundenlangem ermüdendem Fußmarsch endlich am Ziel angelangt zu sein und zu sehen, daß es gleich etwas zu essen und zu trinken geben würde, war Grund genug zur Freude, doch nicht aus diesem Grunde blieb Robin plötzlich wie angewurzelt stehen: unter der Eiche stand eine schlanke junge Frau mit kastanienbraunen Locken, die ihr über die Schultern und über den Rücken fielen. Ihr Gesicht war leichenblaß, und riesige dunkle Augen starrten die Besucher fassungslos an.

»Allmächtiger!« murmelte Littlejohn. »Es ist die kleine Zofe! Es ist Marienne!«

Brenna und ihre Brüder hatten Robin noch nie so hilflos erlebt. Seine Arme hingen schlaff hinab, während er mühsam nach Luft schnappte, und er hatte einen hochroten Kopf.

»Marienne«, flüsterte er.

Sie war unter der Eiche zur Salzsäule erstarrt, und so blieb ihm nichts anderes übrig, als mit weichen Knien auf sie zuzugehen.

»Marienne! Bist du es wirklich?«

Sie bewegte sich immer noch nicht, aber ihre Rehaugen füllten sich mit Tränen, und als Robin ihre schlichte Leinenkutte sah, befürchtete er, daß sie inzwischen Nonne geworden war, weil sie nicht mehr geglaubt hatte, daß er jemals kommen würde.

Doch dann lächelte sie mit zitternden Lippen, und ihre nassen Augen strahlten so, daß ihm warm ums Herz wurde.

»Geht es … geht es dir gut?«

Sie senkte die Lider und nickte zögernd. »Und dir?«

»Mir geht es gut, seit ich dich gesehen habe. Und deiner Herrin?«

»Ihr geht es auch gut.« Marienne blickte ihm zum erstenmal in die Augen. »Man könnte fast glauben, sie hätte deine Nähe gespürt, denn sie hat mich gestern gebeten, hierher ins Lager zu gehen.«

Robin schluckte, konnte den Kloß im Hals aber nicht loswerden. »Und … und das Kind?«

»Der Junge ist hier, bei mir. Er pflückt Beeren, glaube ich … Oh, Robin … Robin … du bist hier …«

Er trat näher an sie heran. »Du und ich, wir haben uns vor vielen Jahren etwas versprochen«, murmelte er mit belegter Stimme. »Hast du daran gezweifelt, daß ich mein Wort halten würde?«

»Seitdem ist soviel Zeit vergangen … Ich dachte, du hättest vielleicht eine andere Frau gefunden … eine schöne und reiche und …«

Robin umfing ihr Gesicht mit beiden Händen. »Du bist für mich die schönste Frau der Welt, Marienne FitzWilliam! Und selbst wenn wir nur einen Kanten Brot und eine Tasse Wasser teilen könnten, wäre ich der glücklichste Mann der Welt!«

Die Macht der Liebe war stärker als alle gesellschaftlichen Konventionen: der Erbe von Amboise, der berühmte Turnierkämpfer und Krieger beugte demütig das Knie vor einer Zofe, die zwar die Tochter des Marschalls von England war, als uneheliches Kind jedoch trotzdem kein Ansehen genoß. Er griff nach ihren eiskalten Händen und preßte sie an seine Lippen, während er Wort für Wort jenen Schwur wiederholte, den er einst vor der Abtei abgelegt hatte.

Marienne warf sich schluchzend in seine Arme, und er küßte sie leidenschaftlich.

Die Geächteten klatschten begeistert Beifall, und Richard und Dag beteiligten sich daran, weil sie noch nie erlebt hatten, daß ihr älterer Bruder mit einer Frau mehr als nur einen keuschen Friedenskuß auf die Wange tauschte. Und Brenna, die diese Szene atemlos beobachtete, spürte plötzlich, daß jemand dicht neben ihr stand.

»Na also«, murmelte Griffyn, »er ist also doch ein Mensch wie alle anderen!«

Brenna warf ihm einen wütenden Blick zu. »Mach dich nur nicht über ihn lustig!«

Er sah sie überrascht an. »Ich hatte nie die Absicht, mich über ihn lustig zu machen! Ganz im Gegenteil – ich freue mich, daß auch er nicht gegen die Liebe gefeit ist, und am liebsten würde ich es ihm jetzt nachmachen, damit diese Waldgänger noch mehr applaudieren können!«

Er starrte auf ihren Mund, und Brenna wollte gerade »Untersteh dich!« flüstern, als ihr einfiel, daß dieser Mann Herausforderungen liebte. Doch obwohl ihr die Worte auf den Lippen erstarben, las er sie an ihren Augen ab, schlang lachend einen Arm um ihre Taille und zog sie an sich, was Will zu einem mißbilligenden Stirnrunzeln veranlaßte.

Sie konnte sich gerade noch rechtzeitig von Griffyn lösen, bevor Robin mit Marienne auf die Gruppe zukam.

»Das sind die Schufte, von denen ich dir in meinen Briefen erzählt habe«, stellte er seine Brüder vor. Richard küßte Marienne galant die Hand, und Dag grinste übers ganze Gesicht. »Ich möchte als erster gratulieren«, rief er, »denn Sie haben ein Wunder vollbracht! Daß Robin vor jemandem niederkniet und einen so hochroten Kopf bekommt, daß sogar Wills Haare dagegen verblassen, hätten wir nie für möglich gehalten!«

Robin schlug ihm gutmütig auf die Schulter, bevor er sich Brenna zuwandte. »Meine Schwester Brenna ... Bren, das ist meine Marienne.«

Mariennes ovales Gesicht strahlte vor Glück, und Brenna umarmte sie herzlich. »Wir haben schon so viel von Ihnen gehört, daß es mir so vorkommt, als gehörten Sie längst zur Familie«, sagte sie mit einem warmen Lächeln.

»Das wird auch der Fall sein«, verkündete Robin stolz, »sobald wir einen Priester finden, der uns traut.«

Brenna umarmte ihn so stürmisch, daß er kaum noch Luft bekam. Geoffrey, Will und Griffyn gratulierten weniger überschwenglich, und dann lächelte Marienne in Richtung von Jean de Brevant, der etwas abseits stand und sie nicht aus den Augen ließ.

»Littlejohn«, flüsterte sie. »Wie schön ist es, Sie wiederzusehen!«

»Sie sehen gut aus, Kleines! Als ich Sie zuletzt gesehen habe, waren Sie noch ein halbes Kind, so dünn und verhärmt, daß ich dachte, Ihr Gesicht würde immer nur aus diesen riesigen Augen bestehen. Und jetzt steht eine bildhübsche junge Frau vor mir, auf die ich so stolz bin, als wäre sie meine eigene Tochter!«

Marienne setzte sich über alle Anstandsregeln hinweg und schlang ihre Arme um den Riesen, der genauso rot wurde wie Robin und ihr verlegen übers Haar strich.

Alan, der diese Szene erstaunt beobachtet hatte, näherte sich langsam. »Mylady ... Sie kennen diese Ritter?«

»O ja!« strahlte sie, während Robin nach ihrer Hand griff. »Werden wir vertrauenswürdiger, wenn meine zukünftige Frau für uns bürgt?« fragte er.

Der Geächtete lächelte. »Wenn ich an Lady Mariennes Wort zweifeln würde, müßte ich auch an meinem eigenen zweifeln.« Er streckte Robin entschuldigend die Hand entgegen, und der Ritter schüttelte sie so kräftig, daß alle Männer und Frauen, die sich unter der mächtigen Eiche versammelt hatten, wieder Beifall klatschten.

»Darauf müssen wir unbedingt einen trinken!« erklärte Alan und deutete auf die Tische, an denen ungeduldige Waldgänger schon mit dem Mahl begonnen hatten. Robin und Marienne mußten an seiner Seite Platz nehmen, und auf seinen Befehl hin wurde ein Faß angeschleppt.

»Wein aus Aquitanien, Mylord«, lachte er, während die Becher gefüllt wurden. »Der beste Rotwein, eigentlich für Nottingham Castle bestimmt!«

»Das Beste ist gerade gut genug, um mit neuen Freunden anzustoßen«, stimmte Robin fröhlich zu, »aber vorher möchte ich um einen Gefallen bitten.«

Alan runzelte leicht besorgt die Stirn. »Worum handelt es sich, Mylord?«

»Solange wir Gäste in eurem Wald sind, sollte es hier keine Lords, keine Knappen oder Lakaien geben.« Er grinste über die bestürzten Mienen seiner Brüder. »Ich bin Robin, und meine Brüder heißen Richard und Dag. Mein Schwager heißt Geoffrey, und der Riese dort hat den Spitznamen Littlejohn. Meinen Freund Will könnt ihr wegen seiner Haarfarbe gern den Roten Will nennen, und was den schwarzhaarigen Teufel dort unten betrifft, so wechselt er seinen Namen zwar tagtäglich, aber der Einfachheit halber wollen wir es zunächst bei Griffyn belassen.«

Alle lachten, und sogar Griffyn grinste und prostete Robin zu. Auch Brenna lächelte entspannt, weil sie hoffte, daß ihr Bruder nun, da er mit seiner großen Liebe vereint war, etwas mehr Verständnis für ihre Torheit aufbringen würde.

29

Brenna sprach dem Essen und einem schmackhaften Getränk fleißig zu, bis sich ihr alles vor den Augen drehte und die Baumwipfel plötzlich auf dem Waldboden zu liegen schienen. Sie erinnerte sich nicht daran, vom Tisch aufgestanden zu sein, doch als sie Stunden später aufwachte, hatte sie das gräßliche Gefühl, als tanzten schwere Stiefel in ihrem Kopf herum.

»Hier, trink das!« Griffyn reichte ihr einen Becher mit verdünntem Wein. »Es hilft garantiert.«

»Allmächtiger!« stöhnte sie. »Was habe ich denn vorhin getrunken?«

»Einen ziemlich starken Wacholderbeerschnaps, den die Waldgänger selbst brennen. Alan meinte, du solltest jetzt auch wieder einen Schluck davon nehmen, um einen klaren Kopf zu bekommen, aber so käsig, wie du aussiehst, halte ich nicht viel von seinem Vorschlag.«

»Willst du damit sagen, daß ich … daß ich betrunken war?«

»Und wie! Du hast als meine Frau sogar darauf bestanden, daß man uns eine eigene Hütte mit einem eigenen Bett geben müsse, damit wir nicht gezwungen sind, neben vierzig furzenden Männern zu schlafen.«

Brenna schaute sich entsetzt um. Sie befand sich tatsächlich in einer kleinen Hütte aus Holz und Stroh, und sie lag auf einer mit Binsen gefüllten Matratze. »Das habe ich doch nicht wirklich gesagt, oder?«

Griffyn lächelte und beobachtete vergnügt, wie ihre leichenblasse Haut vor Scham etwas Farbe bekam, bevor er sie beruhigte: »Nein, in deinem Zustand hättest du gar nichts mehr sagen können, selbst wenn du gewollt hättest. Aber die Waldgänger waren so rücksichtsvoll, uns als Ehepaar eine Hütte zu überlassen.«

Brenna preßte stöhnend ihre Hände an die Schläfen. Lachend nahm Griffyn hinter ihr auf der Matratze Platz, so daß sie zwischen seinen Knien saß. Er entflocht ihren Zopf und begann ihren Nacken und ihre Schultern zu massieren.

»Entspanne dich«, befahl er. »Sobald das Blut wieder richtig zirkuliert, wirst du dich besser fühlen. Es ist auch dringend nötig, daß du etwas besser aussiehst, denn dein Bruder und ich haben vereinbart, daß du diesen Wolfshäuptern vorführst, wozu ein Langbogen gut ist.«

»Was?«

Sie versuchte sich umzudrehen, aber er hielt ihren Kopf fest und massierte weiter.

»Will könnte es ihnen natürlich auch demonstrieren, wenn du dich zu miserabel fühlen solltest, aber du würdest sie bestimmt mehr beeindrucken.«

»Und wozu soll das gut sein?«

»Sie rühmen sich, die besten Bogenschützen von ganz England in ihrer Mitte zu haben, und wir dachten, daß man ihnen zeigen sollte, was sie mit einer *richtigen* Waffe in der Hand fertigbringen könnten.«

»Und warum zeigst *du* es ihnen nicht?«

Seine Hände glitten über ihre schlanken Arme. »Weil du viel überzeugender bist.«

Die Massage wirkte Wunder: die schweren Stiefel trampelten nicht mehr in ihrem Kopf herum, und ihre Haut prikkelte angenehm – allerdings auch an Stellen, die seine Finger gar nicht berührt hatten, besonders an den Brüsten und zwischen den Beinen, so daß sie einen tiefen Seufzer ausstieß, ihrer Hilflosigkeit schmerzlich bewußt. Ein Wort, ein Blick, eine Berührung von diesem Mann genügten, um ihre ganze Willenskraft lahmzulegen. Was aber noch viel schlimmer war – seine Finger spürten natürlich, welche Wirkung sie erzielten, und plötzlich bog er ihren Kopf zurück und küßte sie leidenschaftlich.

»Jetzt weißt du, wie ich mich damals im Badehaus von Amboise gefühlt habe, *Margery*«, murmelte er. »Ich hätte aus der Haut fahren können.«

Brenna preßte ihre Lippen auf die seinen, aber zu ihrer großen Enttäuschung löste er sich mit einem leisen, heiseren Lachen von ihr.

»Leider wartet Robin auf uns. Aber trink heute abend bitte nichts Stärkeres als Wasser«, warnte er, »denn wir werden nächste Nacht diese Matratze zur Verfügung haben, und das sollten wir ausnutzen!«

Nach einem letzten flüchtigen Kuß half er ihr auf die Beine. Als sie die Hütte verließen, stellte Brenna fest, daß Sonnenlicht in die Schlucht fiel, und daß überall geschäftiges Treiben herrschte. Viele Lagerfeuer brannten, es wurde gekocht und gewaschen, Männer trugen mit Stecken und Besenstielen Scheingefechte aus oder übten sich im Bogen- und Schleuderschießen, und einige Kinder rannten quiekend vor einem Mann davon, der – in ein Hirschfell gehüllt – für sie ein Waldungeheuer spielte.

Alan und vier andere Geächtete saßen mit den Rittern von Amboise an einem Tisch unter der majestätischen Eiche, und Brenna bemerkte erleichtert, daß nicht nur sie den Vormittag verschlafen hatte, denn ihre Brüder hatten noch rote Augen und zerknitterte Gesichter. Robin nickte ihr kurz zu, ohne sein Gespräch mit Alan zu unterbrechen.

»Gisbourne wird damit rechnen, daß ihr seine Leute auf dem Waldweg angreift, wie ihr es bisher immer getan habt«, erklärte er dem Wolfshaupt. »Deshalb werden die Männer im Wald auf der Hut sein und alle möglichen Schutzmaßnahmen treffen.«

»Willst du damit sagen, daß ein Angriff keinerlei Erfolgschancen hätte?«

»Sie brauchen nur in einer festen Kolonne zu marschieren und ihre Schilde hochzuhalten, dann könnt ihr nichts gegen sie ausrichten«, sagte Will bedächtig. »Die Soldaten werden euch aus den Bäumen scheuchen, und die Ritter werden euch von ihren Rössern zertrampeln lassen oder mit ihren Schwertern niedermetzeln, und die Überlebenden werden höchstwahrscheinlich zusammen mit eurem ›Tuck‹ gehängt werden.«

Alan spreizte hilflos die Hände. »Und was schlagt ihr dann vor?«

»Ihr müßt etwas tun, womit Gisbourne nicht rechnet! Ihr müßt sie auf offenem Gelände angreifen, auf einer Wiese oder einem Feld. Natürlich müßte es die *richtige* Wiese sein, mit Hügeln auf beiden Seiten und mit einem Wäldchen in der Nähe, wo wir uns bis zum Angriff verstecken könnten, aber …«

»Wir sollen Gisbournes Truppen auf offenem Gelände angreifen?« Alan starrte Will entgeistert an.

»Sie werden das für genauso unvorstellbar halten wie du«, versprach Will. »Und deshalb werden sie sich entspannen, sobald sie den Wald hinter sich haben, ohne von euch angegriffen worden zu sein. Sie werden sich zu ihrem eigenen Mut gratulieren und über eure Feigheit spotten, sie werden ihre Schilde schultern und ihre Armbruste nicht mehr gespannt halten, und die Kolonne wird sich auflockern und sorglos auf der Straße dahinziehen.«

Alan schüttelte den Kopf. »Wir sind erfolgreich, weil wir uns wie Gespenster durch die Bäume bewegen, blitzschnell zuschlagen und wieder verschwinden können. All diese Männer sind unglaublich mutig, aber wir haben höchstens ein Dutzend Schwerter, und sogar die nutzen uns nicht viel, weil die wenigsten damit umgehen können.«

»Dafür habt ihr Dutzende von Bogenschützen«, betonte Robin aufgeregt. »Und aus ein- bis zweihundert Meter Entfernung stellen Bogenschützen eine tödliche Bedrohung dar.«

»Aus zweihundert Meter Entfernung«, erwiderte Alan trocken, »werden unsere Pfeile völlig wirkungslos an ihren Rüstungen abprallen.«

Robin lächelte. »Nicht, wenn ihr diese Spitzen hier verwendet.«

Er gab Littlejohn ein Zeichen, und der Riese schob einen

großen Lederbeutel mit doppelt gehärteten Stahlspitzen über den Tisch.

»Im Gegensatz zu den weicheren Eisenspitzen, die deine Männer verwenden, können diese hier mühelos eine Rüstung durchbohren.«

Der Geächtete befingerte die scharfen Pfeilspitzen, blickte aber nach wie vor zweifelnd drein. »Auf fünfzig Meter Entfernung, vielleicht ... aber auch dann nur, wenn alle meine Männer so kräftige Arme wie Littlejohn hätten.«

»Würdest du mir zustimmen, daß meine Schwester das kleinste Mitglied unserer Gruppe ist?«

Alan zuckte die Achseln. »Sie ist eine Frau!«

»Und deshalb schwächer als wir Männer, stimmt's?«

Alle Waldgänger am Tisch nickten, ohne zu wissen, was das alles sollte.

»Wählt irgendein Ziel aus«, sagte Robin, während er Brenna einen Langbogen reichte.

»Aber es sollte kein allzu leichtes Ziel sein«, warnte Dag, »sonst sucht sie sich selbst eins aus, und bei ihr kann man nie wissen, was das sein wird.«

Am südlichen Ende der Schlucht, etwa fünfzig Meter entfernt, stand ein Baum, und an einem der unteren Äste hing ein Beutel mit Eicheln, die irgend jemand gesammelt hatte.

Dag schüttelte den Kopf, als einer der Geächteten darauf deutete, aber Brenna widersprach nicht, legte einen Pfeil ein, spannte den Bogen und schoß. Gleich darauf flogen die Eicheln umher, während der Beutel vom Ast gerissen wurde und zusammen mit dem Pfeil gut zwanzig Meter weiter im Bach landete. Alle Waldgänger starrten Brenna und die Waffe in ihrer Hand mit weit offenen Mündern an.

Geoffrey LaFer räusperte sich und deutete beiläufig auf eine Eiche am Steilabhang der Schlucht. »Vielleicht wäre das eine größere Herausforderung.«

Der Baum war kürzlich von einem Blitz getroffen worden, und eine Hälfte des Stammes war zersplittert. Irgendein Vogel hatte die verkohlte Rinde durchpickt, so daß das rohe Holz durchschimmerte. Diese Stelle war sogar noch etwas kleiner als die Mitte einer Zielscheibe, und die Entfernung betrug etwa zweihundert Meter.

Die Geächteten lachten, weil sie Geoffreys Vorschlag für einen guten Scherz hielten. Ein solcher Schuß sei unmöglich, erklärten sie übereinstimmend.

»Sie kann dieses Ziel sechsmal in einer Minute treffen«, sagte Griffyn ruhig.

Brenna sah ihn an, und er bedachte sie mit seinem hinreißendsten Lächeln, während Richard und Dag einige Münzen auf den Tisch warfen, denen die Waldgänger eifrig ihre eigenen hinzufügten.

Brenna suchte sorgfältig sechs lange Pfeile aus und überprüfte die Befiederung, bevor sie fünf in die weiche Erde zu ihren Füßen steckte und den sechsten einlegte. Dann beobachtete sie aufmerksam einen Falken, der über der Schlucht kreiste, um die Luftströmung besser beurteilen zu können, und schließlich schoß sie ihre Pfeile dicht hintereinander ab, ein Lächeln auf den Lippen.

Dieses Lächeln erstarb, als ein gellender Schrei ertönte, der alle Waldgänger von der Bank aufspringen ließ. Einen Moment lang befürchtete sogar Brenna, ihr Ziel verfehlt zu haben, doch ihre sechs Pfeile steckten dicht nebeneinander im rohen Holz. Allerdings hatte sie Sparrows dunklen Lokkenkopf nur um Handbreite verfehlt, und das hatte dem Zwerg, der das Geschehen im Lager aus seinem Versteck im Dickicht beobachtet hatte, einen Schreck eingejagt. Ungeschickter als sonst hangelte er sich von Ast zu Ast, landete wie eine große Fledermaus auf dem Boden und stapfte indigniert auf Brenna zu, die Kappe schief auf dem Kopf, die kurzen Arme in die Hüften gestemmt.

»Siehst du dieses Ohr, mein Fräulein?« schimpfte er. »Ich hänge daran und möchte, daß es auch weiterhin an meinem Kopf bleibt! Wenn du mich hier bei euch haben wolltest, hättest du nur meinen Namen zu rufen brauchen, und ich wäre bereitwillig gekommen! Es war absolut nicht notwendig, mich mit deinen albernen Pfeilen fast zu durchlöchern!«

»Ich schwör's, ich hatte keine Ahnung, daß du dort oben warst!« beteuerte Brenna wahrheitsgemäß, konnte sich aber trotzdem das Lachen nicht verbeißen. »Es war Geoffrey, der dieses Ziel ausgesucht hat.«

Geoffrey saß wohlweislich nicht mehr auf der Bank, als der Zwerg herumwirbelte, sondern versteckte sich hinter dem dicken Stamm der Eiche. Gleich darauf begann eine wilde Verfolgungsjagd um den Baum herum, wobei Sparrow mit seinem kleinen Bogen auf Geoffrey zielte.

Alan nahm wieder Platz und kratzte sich am Kopf. »Und ich dachte schon, ich hätte mir nur eingebildet, damals im Wald von Angers einen Gnom bei euch gesehen zu haben.«

»Sparrow ist sehr real«, versicherte Robin ihm, »und genauso real ist die Macht des Langbogens.«

Alan betrachtete Brenna mit noch größerem Respekt, und seine Männer machten für sie Platz auf der Bank und fragten, ob sie den Bogen einmal ausprobieren dürften.

»Habt ihr Bogenmacher unter euch?« fragte Robin.

Alan nickte und deutete auf einige Waldgänger, die neugierig näher gekommen waren und die walisische Waffe anstarrten. »Aber wird es nicht viel zu lange dauern, bis meine Leute gelernt haben, damit umzugehen?«

»Wir haben ein Dutzend Langbogen dabei. Such deine besten Bogenschützen aus und übergib sie für den Rest des Tages Will und Brenna. Natürlich werden ihnen nicht gleich solche Meisterschüsse wie meiner Schwester gelingen, aber aus hundert Meter Entfernung werden sie bestimmt einen von Gisbournes fetten Soldaten treffen können. Und wenn wir die Hälfte der Ritter aus dem Sattel holen können, noch bevor sie sich von der ersten Überraschung erholt haben, wird der Rest die Flucht ergreifen.«

Alans mitternachtsblaue Augen leuchteten. »Wir haben also eine Chance?«

Robin hob seinen Bierkrug. »Mit Gottes Hilfe werden wir eine ausgezeichnete Chance haben – vorausgesetzt, wir finden einen geeigneten Ort für den Überfall.«

Einer der Geächteten schaute von dem Langbogen auf, den er bewundert hatte. »Hügel auf beiden Seiten und ein Wald in der Nähe?«

»Ja. Kennst du einen solchen Ort?«

»Die ›Hexentitten‹, so werden die Hügel genannt, etwa eine Stunde hinter Sherwood.«

»Kannst du mir den Ort zeigen?«

»Na klar.«

Robin packte Sparrow am Kragen, als dieser Geoffrey weiter verfolgen wollte. »Schluß jetzt mit diesem Unfug, Waldgeist! Wir haben in den nächsten zwei Tagen viel Arbeit vor uns. Sattle die Pferde«, befahl er Timkin, der in der Nähe stand. »Hoffentlich finden wir diesen Ort und sind vor Einbruch der Dunkelheit zurück.«

Richard pfiff leise vor sich hin. »Robin!«

Robin drehte sich um und sah Marienne auf die Eiche zukommen. Ein etwa zehnjähriger Junge mit großen unschuldigen blauen Augen ging neben ihr her, weder besonders groß noch besonders breitschultrig, aber sehr hübsch.

Robin wollte aufspringen, aber Marienne schüttelte unmerklich den Kopf. Sie hatte ihren Arm mütterlich um die Schultern des Jungen gelegt, der die letzten Schritte nur zögernd zurücklegte.

»Robin ... ich wollte, daß du meinen Sohn Eduard kennenlernst.« Sie legte dem Knaben beide Hände auf die Schultern und holte tief Luft. »Eduard, das ist der Mann, von dem ich dir soviel erzählt habe. Das ist ... dein Vater.«

30

»Du hättest mich vorwarnen sollen«, sagte Robin am späten Abend. »Ich hätte ohne weiteres einen Vogel verschlucken können, so weit, wie mir der Unterkiefer vor Schreck heruntergeklappt ist!«

»Ich konnte dir das nicht in einem Brief mitteilen. Und als meine Herrin mich gebeten hat, das Kind als meines auszugeben, haben wir gar nicht daran gedacht, daß es einmal Fragen nach seinem Vater stellen könnte.«

Abgesehen vom Rauschen des Wildbachs war es im Wald sehr still. Robin und Sparrow waren schon vor Stunden von ihrem Ritt zu den ›Hexentitten‹ zurückgekehrt, der sich für ihre Zwecke wirklich ideal eignete. Abends hatte es zu Ehren der Gäste ein Festmahl mit gebratenem Wildbret, Karotten, Rüben und Zwiebeln gegeben, ein Waldgänger hatte Laute gespielt und ein anderer hatte Balladen vorgetragen, die er nachmittags verfaßt hatte. Sie handelten von Robin, Mariennes großer Liebe, der ein kühner Ritter war und jetzt den Geächteten bei ihrem Kampf gegen den schändlichen Sheriff von Nottingham beistehen wollte, und sie handelten von dem Riesen Littlejohn und dem Bogenschützen Will und von der langbeinigen Schönheit, die ihre Pfeile in den Himmel geschossen und einen Elfen auf die Erde herabgebracht hatte.

Richard und Dag waren etwas beleidigt gewesen, weil sie in keinem Gedicht erwähnt wurden, aber der Verfasser hatte ihnen versprochen, daß sie in seinen nächsten Werken vorkommen würden, falls sie etwas Heldenhafteres vollbringen würden als den Waldgängern beim Wetten ihre wenigen Münzen abzunehmen.

Als die Feuer nach dem Essen langsam niederbrannten, hatten Robin und Marienne sich entfernt, um Hand in Hand einen Spaziergang im Mondschein zu machen.

»Natürlich werden Mädchen oft vergewaltigt und wissen deshalb nicht, wer der Vater ihres Kindes ist«, erklärte Marienne, die neben dem schillernden Bach stehengeblieben war. »Aber ›Tuck‹ – Lord Henry –, der den Jungen über alles liebt, beharrte darauf, daß Eduard nicht sein Leben lang mit dem Makel eines Bastards behaftet sein dürfe. Und als Eduard Fragen zu stellen begann, kam es mir ganz natürlich vor, ihm zu sagen, sein Vater sei Robert Wardieu, ein Ritter ohne Furcht und Tadel, und sein Großvater sei der berühmte Schwarze Wolf. Das war etwas, worauf er stolz sein konnte, und auch ›Tuck‹ begriff, daß ich nie von einem anderen Mann mit solcher Liebe sprechen könnte. Ich erzählte Eduard, wir hätten uns vor Gott Treue geschworen, und dann seist du in die Normandie zurückgekehrt, ohne zu wissen, daß ich ein Kind erwartete. Und ich erzählte ihm, es sei für dich im Augenblick noch viel zu gefährlich, nach England zu kommen, aber eines Tages würdest du es tun, und dann … dann würdest du ihn nach Amboise mitnehmen.«

»Und was ist mit der Prinzessin? Hatte sie nichts dagegen? Er ist schließlich ihr Sohn, der rechtmäßige König von England. Wäre es nicht angebrachter, wenn er sich für den Erben von Richard Löwenherz halten würde?«

Marienne schüttelte den Kopf. »Sie will in ihm keinen zukünftigen König sehen. Er ist für sie nur ein kleiner hilfloser Junge, der nicht mehr lange zu leben hätte, wenn Johann Ohneland von seiner Existenz wüßte.«

»Aber nach Ohnelands Tod? Er soll doch völlig verfettet sein und eine schwere Gallenkrankheit haben.«

Sie seufzte. »Was würde passieren, wenn der König morgen stürbe? Sein Sohn ist sieben Jahre alt – jung genug, um zu einem König geformt zu werden, den die Barone lenken und kontrollieren können. Bis zu seiner Volljährigkeit würde höchstwahrscheinlich Robert FitzWalter als sein Ratgeber fungieren, vielleicht zusammen mit meinem Vater, Wilhelm Pembroke. Und das würde dem Land möglicherweise endlich Frieden bescheren, zum erstenmal, seit Ohneland Arthur von der Bretagne ermordet und den Thron an sich gerissen hat. Doch was würde aus diesem Frieden werden, wenn jemand wüßte, daß es einen anderen Thronerben gibt? Der Marschall und FitzWalter haben Feinde, und es gäbe neue politische Intrigen und neue Kriege. Man würde Eduards Legitimität anzweifeln, obwohl die Prinzessin und Lord Henry damals geheiratet haben, und hinzu käme noch Tucks Lebenswandel. Viele würden ihm niemals verzeihen, daß er als Adliger sich auf die Seite der einfachen Leute geschlagen und Geächtete in ihrem Kampf gegen die Tyrannei unterstützt hat.«

»Und was wollen Henry und Eleonore dann für ihren Sohn?«

»Sie wollen, daß er als freier Mann leben kann, ohne von der Last der Vergangenheit zermalmt zu werden. Er soll lernen, daß Tapferkeit und Ehre mit Güte und Barmherzigkeit Hand in Hand gehen müssen. Sie wollen, daß er in Frieden leben und alt werden kann. Sie wollen, daß er eine Frau heiratet, die er liebt, und daß er ein Dutzend Kinder hat, in deren Adern das blaue Blut von Richard Löwenherz fließt, ohne daß ihre Herzen von dessen Ehrgeiz und Gewalt zerfressen werden.«

Robin blickte auf seine Hände hinab und stellte erstaunt fest, daß sie zitterten. »Es ist eine schwere Verantwortung, die sie einem einzigen Menschen aufbürden wollen.«

Marienne trat lächelnd dicht an ihn heran, strich zärtlich über seine breiten Schultern und umfing sein Gesicht mit beiden Händen. »Sie glauben, daß du dieser Aufgabe ohne weiteres gewachsen bist – und ich glaube das auch.«

Robin schlang seine Arme um ihre Taille und zog sie noch fester an sich. »Er würde natürlich Brüder und Schwestern brauchen, um so normal aufwachsen zu können, wie Henry und Eleonore es wünschen.«

»Je früher, desto besser«, flüsterte sie und lehnte ihre Stirn an sein Kinn.

Seine Hände glitten über ihren Rücken und wühlten in ihrer dunklen Lockenmähne. »Verdammt, wenn nur ein Priester hier wäre!« murmelte er heiser. »Glauben diese Geächteten denn nicht an den Nutzen eines Beichtvaters, der ihre Seelen vielleicht vor der Hölle bewahren könnte?«

Mariennes Lippen berührten seinen Hals. »Der nächste Priester ist in Edwinstow, aber er kommt einmal in der Woche her, um sie von ihren Sünden loszusprechen.«

Seine langen Finger streichelten die weichen Härchen an ihrem Nacken. »Wie lange dauert es noch bis zu seinem nächsten Besuch?«

»Er war erst gestern hier.«

»Und wie weit ist Edwinstow entfernt?«

Sie stellte sich auf die Zehenspitzen. »Wie schnell sind deine Pferde?«

»Nicht schnell genug, befürchte ich.«

Sie hielt den Atem an, als seine Lippen ihre Schläfen berührten, doch im nächsten Moment packte er sie bei den Schultern und schob sie auf Armeslänge von sich weg. »Ich muß gestehen, Marienne, daß ich … daß ich mir selbst nicht traue! Schon heute morgen im Lager war es mit meiner

Selbstbeherrschung nicht weit her, und jetzt ... du hättest verhindern müssen, daß wir uns so weit von den anderen entfernen!«

»Ich habe dich absichtlich so weit geführt«, sagte sie ganz ruhig.

»Absichtlich? Aber ist dir denn nicht klar, wie sehr ich dich ... wie *verzweifelt* ich dich begehre?«

Sie schob seine Hände von ihren Schultern, trat einen Schritt zurück und streifte ihre schlichte Tunika ab. Darunter war sie nackt, bis auf ein kleines goldenes Kreuz, das zwischen ihren Brüsten im Mondlicht schimmerte.

»Marienne ...«

»Robin, du hast stets mein Herz und meine Seele besessen, aber mein Körper hat schon viel zu lange auf dich warten müssen.«

Er hatte das Gefühl zu ersticken, während er ihren schönen Körper betrachtete. Ihre Brüste waren straff und voll, sie hatte eine Wespentaille, und ihre langen, schlanken Beine hatten die Farbe von Elfenbein. Langsam hob er die Hand und berührte fast ehrfürchtig eine Brustwarze.

»Ich habe so kühne Worte gesprochen«, murmelte er, »und jetzt stehe ich wie ein feiger Tor vor dir.«

Sie trat lächelnd näher an ihn heran und schmiegte ihre Brust in seine Hand.

»Liebe mich wie ein Mann«, flüsterte sie, »dann werde ich dir alles verzeihen.«

Sie warf sich in seine Arme, und endlich traute er sich, seiner Leidenschaft freien Lauf zu lassen. Unweit von ihnen wich eine schattenhafte Gestalt in die Dunkelheit zurück und trat lautlos den Rückweg an, nachdem sie alles gehört hatte, was sie wissen wollte.

Brenna richtete sich auf der Matratze etwas auf, als sie leises Rascheln welker Blätter hörte. Gleich darauf wurde das Segeltuch, das als Tür diente, zur Seite geschlagen, und Griffyn betrat die kleine Hütte.

»Wo warst du so lange?« fragte sie schläfrig. »Es muß schon nach Mitternacht sein.«

»Ich wollte noch einmal nach Zentaur schauen«, erwiderte er. »Außerdem wollte ich warten, bis alle sich in ihre Dekken eingerollt hatten, bevor ich unter deine Decke krieche. Ich könnte schwören, daß Littlejohn mit einem offenen Auge schläft.«

Brenna streckte sich genüßlich, nackt unter der Wolldekke. Sie konnte in der Dunkelheit nichts sehen, aber sie hörte, daß Griffyn sich auszog, und gleich darauf lag er neben ihr und zog ihr die Decke weg. Seine kühlen Hände glitten über ihre heiße Haut und wölbten sich um ihre Brüste, und sein Mund ergriff hungrig von einer Brustwarze Besitz. Scheinheilig tadelte sie ihn:

»Du könntest vorher wenigstens einen Augenblick Konversation treiben!«

»Ich habe den ganzen Abend geredet!«

»Aber nicht mit mir.«

Sein Mund löste sich von ihrer Brust, und er legte sich auf den Rücken und verschränkte die Arme im Nacken. »Sehr wohl, Mylady. Worüber wünschen Sie zu sprechen?«

Sie stützte sich auf ihre Ellbogen. »Über dich, aber ich weiß natürlich, daß das ein heikles Thema ist.«

»Was möchtest du wissen?«

»Alles, was du mir erzählen willst.«

»Soll ich meine vielen Sünden bereuen?«

»Um Himmels willen, nein! Das würde wahrscheinlich die ganze Nacht in Anspruch nehmen. Außerdem sagt Sparrow immer, das Totenbett sei der richtige Ort für eine Generalbeichte, und vorher solle man sich anstrengen, genügend Sünden zu begehen, damit der ganze Aufwand sich wenigstens lohnt.«

Griffyn lachte. »Ein weiser Mann, dieser Sparrow. Ich glaube fast, ich könnte mich an ihn gewöhnen.«

»Und ich könnte mich an dieses Geräusch gewöhnen.«

»An welches Geräusch?«

»Dein Lachen. Man hört es nicht sehr oft.«

»Ich hatte in den letzten Jahren nicht viel zu lachen.«

Sie berührte seine Stirn und wunderte sich nicht darüber, daß sie in Falten gelegt war. Sogar dem Barden ist es aufgefallen: ›ein Gesicht, so schwarz wie Donner / eine Stimmung, düster wie ein Sturm‹ …«

»Der Mann hat eine lebhafte Fantasie.«

»›Augen voller Geister / ein furchterregender Stolz‹ …« Seine gerunzelte Stirn bewegte sich unter ihren Fingerspitzen. »An diese Zeilen erinnere ich mich nicht.«

»Ich habe sie gerade selbst erfunden.«

»Aha! Dann tausch bitte deinen Bogen niemals gegen eine Laute ein!«

Sie legte ihren Kopf auf seine Brust und lauschte seinem Herzschlag, während ihre Finger über seine Rippen glitten. »Glaubst du, daß dieser Überfall gelingen wird?« fragte sie.

»Ein abrupter Themenwechsel.«

»Nachdem meine Dichtkunst nicht gewürdigt wurde, beschäftige ich mich eben wieder mit aktuellen Themen.«

»Hast du heute neue Bogenschützen angeworben?«

»Einige Männer kommen schon ganz gut mit der unvertrauten Waffe zurecht, obwohl sie das Säckchen mit Eicheln bestimmt noch nicht treffen könnten. Aber sie sind mit Feuereifer bei der Sache, und wir haben ja noch den ganzen morgigen Tag zum Üben.«

»Will und du, ihr seid gute Lehrer. Wer sind eure beiden besten Schüler?«

Sie zog mit den Fingerspitzen einen Kreis um seine Brustwarzen, während sie überlegte. »Ein stämmiger Waliser namens Derwint«, sagte sie schließlich, »der schon früher einen Langbogen in der Hand hatte, und ein gewisser Eldred. Er scheint sehr begabt zu sein. Aber du hast *meine* Frage nicht beantwortet.«

»Ich habe sie vergessen, weil du mich abgelenkt hast.«

»Glaubst du, daß der Überfall gelingen wird?«

»Ich glaube, daß dein Bruder ihnen große Hoffnungen gemacht hat.«

»*Unbegründete* Hoffnungen?«

»Dein Bruder gehört zu jenen Menschen, die davon überzeugt sind, daß das Gute letztlich immer triumphieren wird. Er will die dunkle Seite der Welt einfach nicht wahrhaben.«

»Im Gegensatz zu dir?«

»Ja, denn ich habe sie hautnah erlebt, und ich weiß, daß das Böse überall lauert und alles, was gut und edel ist, vernichten möchte.«

»Das hört sich so an, als würdest du irgend etwas Schreckliches erwarten.«

»Erwarten ist nicht das richtige Wort, aber ich *rechne* damit. Auf diese Weise habe ich es seit Jahren geschafft, dem Teufel immer einen Schritt voraus zu sein.«

»Ich glaube, ich weiß mittlerweile über den Teufel auch ganz gut Bescheid«, murmelte sie. »Seit ich ihm im Wald begegnet bin.«

Griffyn schnappte nach Luft, als ihre Hand über seinen Unterleib glitt. »Und was hast du über ihn gelernt?«

»Oh …« Brenna begann an seiner Brustwarze zu knabbern. »Daß er unberechenbar ist. Gefährlich. Schwer zu verstehen. Nie zufriedenzustellen.« Sie seufzte und ließ ihre Lippen tiefer wandern. »Ihm zu vertrauen oder ihn zu lieben …« Zufrieden bemerkte sie, daß sein Körper sich versteifte, als ihr Mund den mächtigen Schaft berührte. »… dürfte mit erheblichen Risiken verknüpft sein …«

»Allmächtiger!« murmelte er, vergrub seine Hände in ihren Haaren und versuchte erfolglos, sie an weiteren Liebkosungen zu hindern.

»… ob er nun ein Söldner oder ein geächteter Graf …«

»Brenna!«

»… oder ein Fürst der Finsternis …«

Er stöhnte und preßte seinen Kopf in die Matratze.

»… oder ein großmütiger reinrassiger Sachse ist!«

Sie richtete sich plötzlich auf und erstarrte zur Salzsäule, so daß Griffyn erschrocken nach seinem Dolch tastete.

»Was ist los, Brenna? Was hast du?«

»Du scheinst sehr stolz auf deinen rein sächsischen Stammbaum zu sein«, sagte sie düster, »und ich habe keinen Tropfen sächsisches Blut in den Adern.«

»Was?«

»Meine Vorfahren gehörten zu jenen plündernden und mordenden Eroberern, die du so verabscheust.«

Er atmete erleichtert aus und legte den Dolch beiseite.

»Meine Abneigung erstreckt sich schließlich nicht auf *alle* Normannen.«

Mit starken Händen zog er sie neben sich auf die Matratze. »Und was die sächsischen Tropfen betrifft, die dir fehlen, so wird es mir eine Freude sein, dich damit zu füllen – mit ganzen Strömen und so oft wie möglich!«

31

Henry de Clares ganzer Körper war mit offenen Wunden und blutigen Striemen übersät. Er hatte in den letzten Wochen gelernt, daß die Schmerzen ein wenig nachließen, wenn er jede Bewegung vermied, doch vor dem bestialischen Gestank gab es kein Entrinnen. Er stieg ihm bei jedem Atemzug in die Nase, reizte seine Kehle und verursachte Übelkeit – wobei er allerdings nicht viel erbrechen konnte, denn ein Kanten schimmeliges Schwarzbrot und eine Tasse trübes Wasser war alles, was er zu essen bekam, und auch das nur, wenn die Wachen sich an ihn erinnerten, und wenn sie sein karges Mahl weit genug in die Zelle schoben, denn sonst konnte er es wegen seiner Ketten nicht erreichen, und die Ratten machten sich darüber her.

Die Zelle war winzig, höchstens zwei Meter auf zwei Meter. Natürlich gab es kein Fenster, denn die Verliese von Nottingham Castle lagen tief unter der Erde. Wasser sickerte durch die rohen Mauern und bildete auf dem Boden schleimige Pfützen. Schreie hallten bei Tag und bei Nacht durch das Labyrinth von Korridoren und vermischten sich mit dem Stöhnen, Wimmern und Weinen erwachsener Männer. Ratten huschten von einem Gefangenen zum anderen, nagten an alten Wunden oder brachten den Jammergestalten neue bei.

Nur ein schwacher Lichtschein von einer Fackel irgendwo auf dem Korridor fiel in Henrys Zelle, und die einzige Erlösung vor den Qualen bot der Schlaf, der Henry immer häufiger übermannte, je schwächer er wurde – und er war inzwischen so schwach, daß er mit den Ratten kaum noch um sein Stück Brot kämpfen konnte.

Während der letzten Woche hatte er inbrünstig gebetet, einfach nicht mehr aufzuwachen. Bis dahin hatte er sich oft gefragt, warum man ihn so lange am Leben ließ, und er war dankbar gewesen, daß man ihn nicht gefoltert hatte. Geschlagen hatte man ihn zur Genüge, mit Stahlruten und Eisenketten, und man hatte ihm Hände und Fußsohlen mit heißen Steinen verbrannt, aber immerhin hatte man ihn weder verstümmelt, noch ihm bei lebendigem Leibe die Haut in Streifen abgezogen. Törichterweise hatte er geglaubt, sein Name würde ihn vor dem Schlimmsten bewahren, denn schließlich war er Henry de Clare, der Neffe des mächtigen Marschalls von England.

Er hätte es besser wissen müssen. Gisbournes bösartig funkelnde Augen hätten ihm verraten müssen, daß er für etwas ganz Besonderes aufgespart wurde. Als er sich weigerte, die endlosen Fragen des Sheriffs zu beantworten, hätte ihm klar sein müssen, daß er für seine Sturheit bestraft werden würde, und als man ihn ankettete, hätte er begreifen müssen, daß man ihn daran hindern wollte, selbst Hand an sich zulegen, weil er für ein grausames Spektakel benötigt wurde.

Vor einer Woche hatte Gisbourne sich wie ein römischer Kaiser in einer Sänfte ins Verlies tragen lassen, und die grellen Fackeln hatten Henry für acht Stunden geblendet. Gisbourne hatte ein letztes Mal gefragt, wo sich das Lager der Geächteten von Sherwood befinde, und er hatte wissen wollen, wohin Eleonore von der Bretagne nach ihrer Befreiung aus Corfe Castle gebracht worden war, ob Wilhelm Pembroke an dieser Rettung beteiligt gewesen war, und ob die Prinzessin noch lebte. Wenn Henry diese Fragen beantworten und ein Geständnis unterschreiben würde, sollte ihm ein schneller und schmerzloser Tod durch das Beil als Gnade gewährt werden.

Gisbourne hatte sich in den zehn Jahren seit ihrer letzten Begegnung kaum verändert. Sein Gesicht war noch genauso spitz wie damals, mit einer langen gebogenen Nase und schmalen Augen, die eisige Kälte ausstrahlten. Er war so prunkvoll gekleidet, als regierte er die ganze Welt und nicht nur Nottinghamshire. Seine Roben waren aus Samt, reich bestickt und mit Edelsteinen besetzt. Der leichte Goldhelm war wie eine Krone geformt, seine Finger waren mit Ringen geschmückt, und beim Reden strich er sich ständig über den gepflegten Spitzbart.

Gehen konnte er freilich nur mühsam an Krücken, denn seine Kniescheiben waren vor mehr als zehn Jahren zertrümmert worden, und seitdem fehlte ihm auch das wichtigste Attribut der Männlichkeit, das ihm einst perverse Lust beschert hatte.

Das war Henrys einziger Trost, und nur daran versuchte er zu denken, wenn dieser Mann ihm hämisch ins Gesicht lachte und dabei zwei krumme Vorderzähne enthüllte. Der Gedanke an Gisbournes Verstümmelung hatte ihn auch aufrechtgehalten, als der Sheriff ihm, nachdem er seine Fragen wieder nicht beantwortet hatte, fast beiläufig mitgeteilt hatte, daß man ihn Ende der kommenden Woche nach Lincoln bringen würde, damit der König das Vergnügen hatte, zu sehen, wie er gehängt und gevierteilt wurde.

Seitdem versuchte Henry, nur an Eleonore zu denken, an die große Liebe seines Lebens. Sie hatte im Lauf der Jahre wieder lachen gelernt, und sie hatte im Kloster ihren Frieden gefunden. Mit ihr im Garten zu sitzen, war seine größte Freude gewesen, und er hoffte, daß sie auch jetzt dort sitzen und voller Zuneigung an ihn denken würde. Wenn sie von seiner Hinrichtung erfuhr, würde sie um ihn trauern, und das tat ihm leid, denn sie hatte in ihrem Leben schon zuviel Leid erfahren. Ihr grausamer und rachsüchtiger Onkel hatte sie blenden lassen, und sie hatte Henry erzählt, daß sie manchmal immer noch aufwache und nicht begreifen könne, warum sie die Lider nicht öffnen und die Vögel auf dem Sims nicht sehen könne. Und er wußte auch, daß Marienne sie in vielen Nächten festhalten und trösten mußte, wenn sie einen besonders schlimmen Alptraum gehabt hatte.

Jahrelange Qualen dieser Art würden ihm wenigstens erspart bleiben, auch wenn ihn ein grauenvoller Tod erwartete. Man würde ihn hängen, bis er fast tot war, und dann würde man ihn wiederbeleben, damit er bei vollem Bewußtsein war, wenn man ihm die Gelenke an Armen und Beinen durchtrennte und den Brustkorb aufschlitzte, bevor er mit Händen und Füßen an vier Pferde gebunden wurde, die seinen Körper auseinanderreißen würden, wenn sie im Galopp davonstoben. Aber in einer Stunde würde alles vorüber sein, und dann würde er seinen Frieden haben.

Schwere Stiefel hallten durch den Korridor, und er wurde von zwei Fackeln geblendet, von denen schwarzer Rauch aufstieg. Die schweren Ketten wurden ihm abgenommen, und sein schmutziger, entkräfteter Körper wurde eine steile Wendeltreppe hochgeschleppt und in den Burghof gebracht.

Es war ein grauer, nebliger Morgen, aber seine Augen hatten so lange jedes Licht entbehren müssen, daß es mehrere Minuten dauerte, bis er sehen konnte, was ihn erwartete.

Er staunte, wie groß die Eskorte war, die ihn auf seinem letzten Weg begleiten sollte. Jede Menge Ritter in voller Rüstung auf geharnischten Schlachtrössern und dahinter Dutzende Fußsoldaten, bewaffnet mit Spießen und Armbrusten. Reginald de Braose marschierte vor ihnen auf und ab, brüllte mit knarrender Stimme Befehle und stieß Drohungen aus, daß es jedem, der seine Pflicht vernachlässigte, schlecht ergehen werde.

Henry hörte ein vertrautes bösartiges Lachen, und obwohl er sich nicht auf den Beinen halten konnte, ohne gestützt zu werden, straffte er doch seine Schultern, fest entschlossen, den Sheriff von Nottingham ein letztes Mal herausfordernd und trotzig anzublicken.

Gisbourne lachte jedoch nicht über ihn. Er schien ihn noch gar nicht bemerkt zu haben. Er lachte über etwas, das ein großer Mann mit silbernen Haaren gesagt hatte, und gleichzeitig musterte er lüstern die üppigen Kurven der rothaarigen Frau, die neben dem Mann stand.

»Ein Hinterhalt bei den ›Hexentitten‹, sagen Sie? Haben Sie das aus sicherer Quelle?«

»Aus hundertprozentig sicherer«, erwiderte Bertrand Malagane. »Einer unserer Männer hat sie begleitet, seit sie die Normandie verlassen haben. Heute nacht ist es ihm gelungen, sich davonzustehlen, und vor einer Stunde hat er unser Lager erreicht. Wie Sie sehen, bin ich sofort hergekommen, um Sie zu warnen.«

Gisbourne starrte mit glasigen Augen über den Burghof hinweg. »Robert Wardieu d'Amboise hier in Sherwood? Sie können nicht wissen, wie lange ich darauf gewartet habe, unsere Bekanntschaft zu erneuern, wie sehr ich mich sehne, ihn endlich in meinen Verliesen willkommen zu heißen!« Er sah Malagane an. »Wo ist dieser Mann, der Sie informiert hat? Er muß sehr geschickt sein, wenn es ihm gelungen ist, Wardieu hinters Licht zu führen, und für diesen Einfallsreichtum hat er eine hohe Belohnung verdient.«

»Er ist bei meinen anderen Männern geblieben. Wir wollen unseren Freunden doch noch eine kleine Überraschung bereiten.«

Gisbourne verzog mißtrauisch den Mund. »Welches Interesse haben Sie an dieser Sache?«

»Ein rein persönliches«, log Malagane, ohne mit der Wimper zu zucken. »Wardieu war für den Tod meines ältesten Sohnes verantwortlich.«

Gisbourne machte eine gebieterische Geste, daß man ihm sein Pferd bringen solle. »Nun ja, falls noch etwas von ihm übrig ist, wenn ich mit ihm fertig bin, überlasse ich diesen Rest gern Ihnen.«

»In diesem Fall sollten Sie vielleicht die Dienste von Lady Solange in Anspruch nehmen. Sie versteht es meisterhaft, von einem Mann gerade soviel übrigzulassen, daß er einen letzten gellenden Schrei ausstoßen kann.«

Gisbourne betrachtete erneut die rothaarige Schönheit und erinnerte sich an eine andere Frau, deren Schönheit mit teuflischer Bosheit gepaart gewesen war. Nicolaa de la Haye war die Geliebte des Drachen von Bloodmoor Keep gewesen – des Halbbruders von Randwulf de la Seyne Sur Mer, und später hatte sich herausgestellt, daß sie die Mutter von Eduard FitzRandwulf war, dem Sohn des Schwarzen Wolfs. Es war eine köstliche Ironie des Schicksals, und Gisbourne warf den Kopf zurück und lachte schallend.

Dann hinkte er an seinen Krücken auf Henry de Clare zu und rümpfte angeekelt die Nase über den Gestank des Gefangenen.

»Sie vermuten zweifellos, daß Ihre Freunde versuchen werden, Sie zu befreien? Aber eines vermuten Sie bestimmt nicht – daß ein Freund von uns beiden nach all den vielen Jahren wieder hier im Lande ist.« Er beugte sich vor und starrte Henry ins Gesicht. »Was sollen wir Ihrer Ansicht nach machen? Vor Angst erzittern? Eine andere Straße nehmen? Die Hinrichtung auf einen anderen Tag verschieben? Bedauerlicherweise wartet der König in Lincoln auf uns, und es gibt keine andere Straße, die dorthin führt. Folglich werden wir einfach losreiten und Ihre Freunde treffen.« Er lachte wieder. »Aber wir werden ein paar kleine Überraschungen für sie bereithalten!«

Er lachte noch lauter, während er eine Krücke hob und auf Henry einschlug, bis sein Arm ermüdete. Daraufhin befahl er, den blutüberströmten Körper auf einen kleinen Karren zu werfen.

»Kommen Sie bitte mit, meine Freunde«, sagte er zu Malagane und Solange. »Schauen wir mal, wie viele Wolfshäupter uns heute ins Netz gehen!«

Im Lager der Geächteten wurden letzte Vorbereitungen getroffen. Späher behielten sicherheitshalber schon seit Stunden die ganze Straße im Auge, doch aller Wahrscheinlichkeit nach würde Gisbournes Truppe die ›Hexentitten‹ nicht vor Mittag erreichen, weil eine so große Eskorte nur langsam vorankam und eine ordentliche Strecke zu bewältigen hatte, bevor Sherwood hinter ihr liegen würde. Alan hatte den Aufbruch seiner Leute möglichst lange hinausgeschoben, weil er befürchtete, daß sie die Nerven verlieren könnten, wenn sie zu lange auf den Feind warten mußten.

Brenna und Will hatten den ganzen letzten Tag mit den vielversprechendsten Bogenschützen gearbeitet, und diese Männer würden mit ihnen auf den Kuppen der beiden Hügel Position beziehen, während die große Mehrheit der Schützen sich auf halber Höhe verstecken würde. Aus dieser geringeren Entfernung konnten sie sogar mit ihren schwächeren Waffen verheerenden Schaden anrichten.

Die Ritter von Amboise trugen volle Kampfrüstung. Die Fußsoldaten bereiteten ihnen keine große Sorgen, aber vierzig Ritter gegen sieben – das war keine leichte Aufgabe, und sie mußten sich darauf verlassen, daß Will, Brenna und ihre Eliteschützen die Zahl der Ritter schnell dezimieren würden, bevor sie sich in die Schlacht stürzten.

Brenna tauchte plötzlich hinter Robin auf, der gerade überprüfte, ob alle Gurte von Sir Tristans Harnisch fest angezogen waren. »Hast du Griffyn gesehen?«

»Seit gestern abend nicht mehr«, erwiderte Robin. »War er denn nicht bei dir?«

Normalerweise wäre Brenna wahrscheinlich vor Scham errötet, aber jetzt hatte sie ganz andere Sorgen. »Nein, und sein Pferd ist verschwunden.«

»Was soll das heißen – verschwunden?« Robin drehte sich mit gerunzelter Stirn um und warf einen Blick in die Runde. Die Waldgänger hatten etwa ein Dutzend Pferde, hauptsächlich Zelter, die sie mit erbeuteten Harnischen und Satteldekken herausgeputzt hatten. Littlejohn und Geoffrey hatten mit jenen Männern, die schon einmal ein Schwert in der Hand gehabt hatten, eifrig trainiert, und jetzt klopften sie ihren Schützlingen ermutigend auf die Schultern und lobten sie, wenn ein Schwertgurt korrekt angelegt war, oder wenn ein bunt bemalter Schild aus einiger Entfernung tatsächlich Ähnlichkeit mit einem echten Wappen hatte. Mit Hilfe dieser Männer sollte der Eindruck erweckt werden, als verfügten die Angreifer über genügend Ritter, und die Geächteten waren mit Feuereifer bei der Sache. Doch Griffyns riesiges graues Schlachtroß war tatsächlich nirgends zu sehen, und er selbst ebensowenig. Als Robin sich wieder seiner Schwester zuwandte, konnte er ihren veilchenblauen Augen ansehen, daß sie zornig war. Sehr zornig. Und das ausgerechnet an einem Tag, wo das Gelingen des abenteuerlichen Plans nicht zuletzt von ihrer sicheren Hand abhing!

»Vielleicht ... vielleicht ist er ja mit den anderen vorausgeritten, um die Straße im Auge zu behalten.«

»Ich habe alle gefragt. Seit gestern nacht hat ihn niemand gesehen. Vielleicht ist er zu der Überzeugung gelangt, daß es sich nicht lohnt, für diese Sache sein Leben zu riskieren. Vielleicht hatte er plötzlich genug von unseren gewagten Abenteuern.«

»Das glaubst du doch nicht wirklich, oder?«

Sie starrte zu den Baumwipfeln empor. »Sein Pferd ist verschwunden. Sein Knappe ist verschwunden. Und auch die beiden Satteltaschen voller Münzen, die er den Geächteten so großzügig geschenkt hatte, sind verschwunden. Was soll ich da glauben?«

»Bren...«

Sie schüttelte den Kopf. »Nein, ich hätte es besser wissen müssen. Wir alle hätten es besser wissen müssen.«

Mit großen Schritten ging sie zu den Bogenschützen hinüber, die sich in kleinen Gruppen auf den Weg machten, sobald ihre Köcher mit Pfeilen gefüllt waren. Will überwachte diese Vorbereitungen, und ihm fiel sofort auf, daß sie die Lippen fest zusammenpreßte und rote Flecken auf den Wangen hatte. Ihre Bewegungen hatten etwas ungewohnt Brüskes an sich, als sie sich den Bogen über die Schulter hängte und nach einem vollen Köcher griff.

»Wo ist Griffyn?« fragte er hellsichtig.

»Verschwunden.«

»Verschwunden? Was soll das heißen?«

»Verdammt, ich hab's satt, mich ständig wiederholen zu müssen!« fauchte sie mit zusammengebissenen Zähnen. »Verschwunden heißt – verschwunden! Geflüchtet! Er hat den Schwanz eingezogen und sich aus dem Staub gemacht! In Burgund kann er wahrscheinlich mehr Geld scheffeln, und wahrscheinlich erwarten die Frauen dort nichts anderes von ihm, als daß er ihnen ein Lächeln schenkt!«

»Bren...«

Sie funkelte ihn über ihren Sattel hinweg wütend an. »Spar dir dein Mitgefühl oder Verständnis! Ich war eine Närrin, und mir geschieht ganz recht.«

»Aber bist du in der richtigen Verfassung für die heutige Aufgabe?« fragte er sanft.

»Ich werde tun, was ich zu tun habe, und zwar mit wahrer Wonne!«

Sie griff nach den Zügeln ihres Pferdes und führte es aus der Schlucht hinaus. Will blickte ihr nach, und sein Mitgefühl galt nicht ihr, sondern den Männern, die an diesem Tag in Reichweite ihrer Pfeile sein würden.

32

Ein kalter Nieselregen hatte eingesetzt und verwandelte die Straße in Morast. Robin ritt über die Wiese und vergewisserte sich, daß die Bogenschützen im hohen Gras an den Abhängen der beiden Hügel nicht zu sehen waren. Es war der ideale Ort für einen Hinterhalt, denn die Straße wand sich zwischen den ›Hexentitten‹ hindurch, auf denen niemand Angreifer vermuten würde, weil es dort keine Bäume und nur wenig Büsche gab. Und östlich der Hügel, nur etwa einen halben Kilometer entfernt, begann ein Wald, der eine ideale Fluchtmöglichkeit bot, falls etwas schiefgehen sollte.

Der Nebel war ein Ärgernis, aber strahlender Sonnenschein wäre noch ungünstiger gewesen, weil dann möglicherweise die glänzenden Rüstungen aufgefallen wären. Trotzdem waren die Ritter sicherheitshalber hinter den Hügeln postiert, damit man sie von der Straße aus nicht sehen konnte. Einer der Späher kam jetzt auf dieser Straße angaloppiert.

»Robin! Sherwood liegt fast hinter ihnen«, keuchte er. »Sie kommen!«

»Und wie sehen sie aus?«

»Furchterregend«, erwiderte er aufrichtig. »Es sind so viele, daß man sie gar nicht zählen kann!«

»Wo sind die Ritter? Vorne oder hinten?«

»Hinten, um den Karren herum.«

Alan gesellte sich zu Robin und dem Kundschafter. Er hatte seinen Bogen lässig über die Schulter geschlungen und trug wie die anderen Waldgänger ein braunes Lederwams und eine grüne Wollhose, die Uniform der Geächteten.

»Kommen sie?« erkundigte er sich ruhig.

»In wenigen Minuten müßten wir ihre Atemwolken sehen können«, sagte Robin. »Sind deine Männer bereit?«

»Alles in Ordnung.«

Robin blickte zur Kuppe des westlichen Hügels hinüber, wo Brenna mit der Hälfte der Langbogenschützen versteckt war, während Will mit der anderen Hälfte der Männer auf dem östlichen Hügel wartete. Zwei ihrer Schützlinge – ausgerechnet Derwint und Eldred – hatten über Nacht das Weite gesucht und die Bogen mitgenommen, aber die verbliebenen zehn Waffen würden den Angriff einleiten.

»Lady Brenna hätte mir fast den Kopf abgerissen«, berichtete Alan, »als ich sie daran erinnerte, daß diese Männer durch keine Treueide an unsere Sache gebunden sind. Wir hatten auf achtzig gehofft, und jetzt sind wir fast hundert, weil gestern noch so viele aus den umliegenden Dörfern zu uns gestoßen sind. Allerdings sind einige abgehauen, mit denen wir fest gerechnet hatten.« Er zuckte hilflos mit den Schultern. »Was soll man machen? Manche haben Familien, und andere wollen noch welche gründen können.«

Robin nickte. Auf einem Schlachtfeld war es nicht anders. Viele Soldaten machten sich aus dem Staub, bevor der Kampf begann, und die Heerführer konnten nur hoffen, daß sich die Reihen nicht allzusehr lichten würden. Für Ritter kam ein solches Verhalten natürlich nicht in Frage, denn für sie war der Kampf eine Ehrensache. Aber diese Waldgänger waren keine Ritter, und sie waren – wie Alan ganz richtig bemerkt hatte – durch keinen Eid gebunden. Es waren einfache Menschen – hauptsächlich Kleinbauern und Handwerker, die noch nie an einer Schlacht auf offenem Gelände teilgenommen hatten. Der Überraschungseffekt und die Schnelligkeit waren ihre einzigen Chancen, und sehr viel hing von den schlanken Armen einer jungen Frau ab, der ein gefühlloser Feigling das Herz gebrochen hatte.

Doch darüber wollte Robin jetzt nicht nachdenken. Später würde er Mittel und Wege finden, um die Ehre seiner Schwester wiederherzustellen, selbst wenn er diesem Fürsten der Finsternis bis ans Ende der Welt folgen müßte. Im Augenblick durfte er aber nur an den dicht bevorstehenden Angriff denken, und er konnte nur hoffen, daß die Männer – allen voran seine Brüder – sich strikt an seine Befehle halten würden. Richard und Dag hatten gemurrt, daß diese Attacke gegen alle Grundsätze der Ritterlichkeit verstieß, und sie hatten in dieser Hinsicht natürlich völlig recht. Ein Ritter durfte seinen Feind niemals hinterrücks angreifen, und es war auch unehrenhaft, möglichst viele Berittene mit Pfeil und Bogen zu töten, bevor die Schwerter überhaupt zum Einsatz kamen. Doch wenn sie sich an diese edlen Prinzipien hielten, würden sie ihre größten Vorteile einbüßen und hätten gegen die Übermacht nicht die geringste Chance. Normalerweise wäre es auch völlig ausgeschlossen, daß Frauen in vorderster Linie Seite an Seite mit den Männern kämpften, aber Alan hatte Robin gestern zwanzig Frauen präsentiert, die einleuchtend argumentierten, sie könnten genauso gut – und teilweise sogar besser – mit Pfeil und Bogen umgehen wie ihre Männer.

Alle Waldgänger sahen in Robin inzwischen ihren Anführer, obwohl er diese Rolle nicht angestrebt hatte. Doch sogar Alan schien heilfroh zu sein, ihm das Kommando überlassen zu können. Richard und Dag hatten das ihre dazu getan, um Robin zu solchem Ansehen zu verhelfen, als sie den Waldgängern von der Schlacht bei Roche-au-Moines und von seinen unzähligen Turniersiegen erzählten. Der Barde war seitdem unablässig damit beschäftigt, Balladen zu verfassen, in denen er Robins Heldentaten rühmte. Doch jetzt, da er den hohen Erwartungen dieser Menschen gerecht werden mußte, packte den jungen Ritter ein Gefühl der Beklommenheit. Er hatte bisher nie viele Gedanken an den Tod verschwendet, aber nun hatte er Marienne, und er wollte sie nicht schon wieder verlieren, nachdem er sie eben erst wiedergefunden hatte.

»Mylord?«

Timkin stand vor ihm, seinen Helm und Schild in der

Hand, und blickte vertrauensvoll zu ihm auf. Er hatte den Jungen fast vergessen, der einen Kettenpanzer und einen Waffenrock mit dem Wappen von Amboise trug, denn von einem Knappen wurde erwartet, daß er seinem Herrn nicht von der Seite wich, ihm den Rücken deckte und notfalls sein Leben opferte, um das des Ritters zu retten.

Wie alt mochte Timkin sein? Vierzehn? Fünfzehn? Ein Mann, der schon an mehreren Schlachten teilgenommen hatte, und doch noch ein Junge, der sich nicht einmal zu rasieren brauchte.

Robin nahm ihm den Helm ab und deutete auf den westlichen Hügel. »Ich möchte, daß du dort oben bist, wenn die Sache losgeht.«

»Mylord?«

Robin wollte den Stolz des Jungen nicht verletzen und nickte deshalb grimmig. »Es ist für uns alle von größter Bedeutung, daß Lady Brenna nichts passiert. Wenn sie mit ihren Bogenschützen Erfolg hat, werden die Männer des Sheriffs zweifellos versuchen, sie auszuschalten. Ich würde Richard oder Dag zu ihrem Schutz abkommandieren, aber ich befürchte, daß sie sich in der Hitze des Gefechts dazu hinreißen lassen könnten, sie allein zu lassen. Zu dir habe ich volles Vertrauen, und ich möchte, daß du mir schwörst, Lady Brenna genauso zu verteidigen, wie du mich verteidigen würdest, wenn nötig, bis zum letzten Atemzug.«

Der Junge errötete vor Freude. »Ich schwöre es Ihnen, Mylord. Niemand wird in ihre Nähe kommen.«

»Gut.« Robin setzte den Helm auf und schob seinen linken Unterarm durch die Schlinge des Schildes. Er schickte Alan zu den Bogenschützen zurück und ritt noch einmal das Gelände ab, um den auf den Hügeln versteckte Männern ein Gefühl der Sicherheit zu geben.

Brenna beobachtete die Eskorte, die langsam näher kam. Wie Will prophezeit hatte, waren die Soldaten so erleichtert, Sherwood unversehrt durchquert zu haben, daß ihre Formation sich fast aufgelöst hatte, und sie trugen ihre Waffen – Spieße und Armbruste – so locker in der Hand, als könnten sie sich überhaupt nicht vorstellen, Verwendung dafür zu haben. Dahinter tauchten jetzt auch die Ritter auf. Es waren bei weitem nicht so viele, wie Alan vermutet hatte, aber sie verhielten sich wesentlich disziplinierter als die Soldaten und umringten einen Karren, der auf den ersten Blick leer zu sein schien. Brennas scharfe Augen erspähten jedoch gleich darauf ein Bündel Lumpen, aus dem knochige Arme und Beine hervorragten. Das mußte Henry de Clare sein.

Auf den Hügeln bewegte sich kein Grashalm, und kein einziger neugieriger Kopf ragte aus der Deckung hervor. Man glaubte, die Atmosphäre knistern zu hören, und es hatte sogar aufgehört zu regnen, so als wollte jemand über den Wolken eine bessere Sicht auf das Schauspiel haben.

Ein voller Köcher hing an Brennas Hüfte, und ein weiteres Bündel Pfeile lag zu ihren Füßen. Sie kauerte im Gras und wartete auf Wills Signal. Dann mußte sie innerhalb weniger Sekunden aufspringen, ihren Bogen spannen und schießen.

Dieses Unternehmen ist etwas ganz anderes als eine gespielte Verfolgungsjagd im Wald, hatte ihre Mutter sie gewarnt. *In Nottingham wirst du keine Eichhörnchen jagen! Du wirst auf Männer schießen müssen! Du wirst sie notfalls töten müssen!*

Bei der Rettung von Griffyn Renaud war ihr keine Zeit zum Nachdenken geblieben. Sie hatte auf Malaganes Männer geschossen, während ihre ganze Sorge nur dem an einen Baum gefesselten Ritter galt. Doch dies hier war etwas ganz anderes – ein sorgfältig geplanter, kaltblütiger Überfall! In ein, zwei Minuten würde Will den ersten Pfeil abschießen, und dort unten würde ein Mann sterben. Und dann würde auch sie selbst schießen, und weitere Männer würden sterben oder schwer verletzt werden, bevor sie überhaupt begriffen, was geschehen war.

All diese Männer waren aus Fleisch und Blut. Manche hatten bestimmt eine Familie. Vielleicht dachte einer von ihnen gerade an die Frau, die er liebte …

Will sprang auf und schoß, und zweihundert Meter entfernt griff sich ein Ritter an die Brust und stürzte aus dem Sattel.

Auch Brenna war aufgesprungen, und ihre Schützlinge taten es ihr nach. Alle zielten auf die Ritter, deren Formation sich sehr schnell auflöste, nachdem die ersten Pfeile getroffen hatten. Sie galoppierten wild umher, hoben ihre Schilde, um sich gegen den Tod zu schützen, der vom Himmel zu regnen schien, und brüllten den Armbrustschützen zu, daß sie das Feuer erwidern sollten.

Nach kaum zwei Minuten konnten Brenna und ihre Helfer einen grandiosen Erfolg verbuchen: mehr als ein Dutzend Ritter wälzten sich im Morast. Und Will erzielte ähnliche Erfolge! Brenna gönnte sich einen Moment Pause, um zu sehen, was die übrige Eskorte machte.

Die Armbrustschützen verschossen ihre Bolzen blindlings in die Hügel hinein, doch die Reichweite ihrer Waffe betrug nicht viel mehr als fünfzig Meter, und Alans Schützen waren doppelt so weit entfernt. Auf sein Zeichen hin tauchten sie plötzlich aus dem hohen Gras auf und schossen ganz gezielt auf Gisbournes Männer, die noch damit beschäftigt waren, ihre Armbruste neu zu spannen, was ein langwieriges Verfahren war. Viele brachen tot oder verletzt zusammen, und die meisten anderen warfen ihre Waffen weg und suchten irgendwo Deckung.

Alans Schützen rannten ihnen hinterher, und gleichzeitig galoppierten Robin und seine Mannen hinter den Hügeln hervor und stürzten sich ins Kampfgetümmel.

Nicht nur die Ritter von Amboise, auch die berittenen Waldgänger kämpften wie Löwen. Ihre Schwerter hieben wuchtig auf die Gegner ein, und sie wurden tatkräftig von den Bogenschützen unterstützt, deren Pfeile immer mehr Ritter außer Gefecht setzten. Geoffrey geriet in eine prekäre Lage, als er von vier Mann angegriffen wurde, aber Robin und Richard kamen ihm zu Hilfe, töteten zwei Männer und schlugen die beiden anderen in die Flucht.

Überall tobte der Kampf, doch Robin schlug sich jetzt zunächst einmal zu dem Karren durch, dicht gefolgt von Littlejohn, der wie immer seinen schuppenförmigen Stahlpanzer trug und sein riesiges Schwert so mühelos wie einen Morgenstern schwang. In einem Tragegurt auf seinem Rücken saß Sparrow, dessen kleiner harfenförmiger Bogen ständig im Einsatz war.

Der Karren schwankte bedrohlich hin und her, weil eines der Zugpferde von einem Pfeil in den Hals getroffen worden war. Der Gefangene gab kein Lebenszeichen von sich. Sein Kopf rollte hin und her, und sein blutiges Gesicht war so zerschlagen, daß Robin den attraktiven Mann, an den er sich erinnerte, kaum wiedererkennen konnte. Er hätte ihn für tot gehalten, wenn nicht ein geschwollenes Lid plötzlich leicht gezuckt hätte.

Robin sprang aus dem Sattel und kletterte auf den Karren. »Henry? Henry? Können Sie mich hören?«

Henry bewegte mühsam die Lippen und wollte eine Warnung flüstern, brachte aber kein Wort hervor.

Sparrow hatte nach den Zügeln gegriffen und wollte den Karren von der Straße weg auf die Wiese lenken, doch das verletzte Pferd brach plötzlich tot zusammen.

Robin hatte unterdessen festgestellt, daß Henry angekettet war, und die schweren Metallglieder hielten sogar seinen Schwerthieben stand.

»Mach Platz!« befahl Littlejohn und hieb mit seinem Schwert zu, wobei er nicht nur die Ketten mühelos durchtrennte, sondern auch den Karrenboden und die Achse zerschlug.

Behutsam legten die beiden Männer den Schwerverletzten über Sir Tristans Sattel, und Robin wollte gerade hinter ihm aufsitzen, als Littlejohn drüben am Wald, der ihnen als möglicher Fluchtweg dienen sollte, Bewegungen wahrnahm. Dem Riesen stockte vor Schreck der Atem, und sein Unterkiefer klappte herunter.

»O mein Gott!« stöhnte er. »Robin, schau dir das an!«

Nach der ersten Angriffswelle hatten sich Wills und Brennas Langbogenschützen wie vereinbart den übrigen Waldgängern angeschlossen, um die Armbrustschützen zu verfolgen und, falls notwendig, den Rückzug zu decken. Ferner war abgemacht, daß Will zu Brenna hinüberreiten würde. Mit vereinten Kräften sollten sie Gisbournes Männer davon abhalten, die Geächteten in den Wald zu verfolgen.

Es war ein vernünftiger Plan, und Will gab Brenna ein Zeichen, daß er jetzt zu ihr kommen würde. Sie warf einen Blick auf das Bündel Pfeile zu ihren Füßen und schätzte, daß es noch etwa drei Dutzend waren. Wenn Will einen ähnlichen Vorrat mitbrachte, müßten sie damit mühelos auskommen. Timkin wich nicht von ihrer Seite, und ein ungeschickter Waldgänger, der mit keiner Waffe umzugehen verstand, machte sich nützlich, indem er die Rösser festhielt.

Will galoppierte schon den Hügel hinauf, als ein Armbrustschütze, den weder er noch Brenna gesehen hatten, plötzlich hinter einem Busch hervorkam und auf FitzAthelstans Rücken schoß. Glücklicherweise war seine Waffe naß, was die Treffsicherheit erheblich beeinträchtigte, und deshalb durchbohrte der Bolzen nicht Wills Rücken, sondern seinen Oberschenkel. Trotzdem rutschte er im Sattel zur Seite und zerrte instinktiv an den Zügeln. Sein Pferd bäumte sich verwirrt auf, und Will flog in hohem Bogen auf die Erde, wo er benommen liegenblieb.

Brennas Pfeil traf den Armbrustschützen mitten ins Herz, und im nächsten Augenblick rannte sie den Hügel hinab. Timkin brüllte ihr etwas hinterher, aber sie blieb nicht stehen, sondern kniete atemlos neben Will nieder. Erst als Timkin sie einholte und erschrocken auf den Wald deutete, blickte sie hoch.

Eine lange Reihe von Reitern stand zwischen den Bäumen. Eine Falle! Gisbourne mußte irgendwie von dem geplanten Überfall erfahren haben, und ein Teil seiner Ritter hatte den Ausgang des ersten Zusammenstoßes abgewartet und würde jetzt ins Geschehen eingreifen. Robin, Littlejohn, Dag, Richard und Geoffrey sahen sich einer furchterregenden Übermacht gegenüber, obwohl die Waldgänger sich mit ihren Bogen beherzt zu einer Verteidigungslinie formierten.

Brenna versuchte verzweifelt, Will auf die Beine zu helfen. Ihre Pfeile lagen oben auf dem Hügel; im Köcher befand sich nur noch ein einziger! Und Wills Pferd trabte mit seinen

Pfeilen davon, verfolgt von Timkin, der Brennas hilfesuchenden Blick richtig verstanden hatte.

»Laß mich«, keuchte Will. »Kehr auf den Hügel zurück und tu dein möglichstes!«

Er schnappte plötzlich nach Luft und starrte zur Hügelkuppe empor. Brenna folgte seinem Blick und erstarrte ebenfalls, denn dort oben stand Griffyn Renaud de Verdelay! Sein langes schwarzes Haar flatterte im Wind, und er hielt einen Langbogen in der Hand und zielte genau auf Brennas Herz …

33

»Hinter dir!« schrie er, nur den Bruchteil einer Sekunde, bevor er den Pfeil losließ. Brenna sprang aus dem Weg, und ein Armbrustschütze fiel – in die Brust getroffen – zu Boden.

Griffyn schoß schon wieder, und wie durch ein Wunder hoben sich nun neben ihm zwei weitere Silhouetten von der grauen Wolkendecke ab: Derwint und Eldred zielten viel länger als Griffyn, trafen aber ebenfalls die anvisierten Ziele.

»Wo zum Teufel kommt er plötzlich her?« murmelte Will.

Brenna konnte nur stumm den Kopf schütteln, viel zu erschüttert, um auch nur ein Wort hervorzubringen. Sie schlang Wills Arm um ihre Schulter, schleppte ihn bis zur Hügelkuppe hinauf und lehnte ihn an einen großen Stein. Blut quoll zwischen seinen Fingern hervor, die er auf den Oberschenkel gepreßt hatte, aber er rief eindringlich: »Los, hilf den anderen!«

Brenna rannte auf Griffyn zu, der seelenruhig einen Pfeil nach dem anderen abschoß. Er hielt einen Augenblick inne, als sie ihn mit weit aufgerissenen Augen fragend ansah, und lächelte grimmig: »Wie ich dir gesagt habe – ich rechne immer mit dem Schlimmsten!«

Sie schoß nun auch und hinderte einen Ritter im letzten Augenblick daran, Sparrow von Littlejohns Pferd zu fegen.

»Hier!« Griffyn drückte ihr einen vollen Köcher in die Hand. »Ich habe Derwint und Eldred geraten, hauptsächlich auf die Pferde zu zielen, denn ich bin mir nicht sicher, ob sie etwas Kleineres treffen würden.«

»Wohin gehst du?«

»Ich werde da unten dringender gebraucht.« Er blickte auf das blutige Gemetzel hinab, pfiff schrill, und Zentaur kam sofort angaloppiert, den stolzen Kopf zurückgeworfen, die Nüstern gebläht. »Du mußt diesen Hügel halten! Kannst du das?«

Will kam angehumpelt und nahm Griffyn den Bogen aus der Hand. »Wir können es.«

»Ausgezeichnet.« Griffyn klopfte Will auf die Schulter, setzte seinen Helm auf, hob Brennas Kinn etwas an und küßte sie. »Was deinen Glauben an mich betrifft, Liebste«, flüsterte er, »so werden wir uns später darüber unterhalten.«

Er schwang sich in den Sattel, und Brenna machte große Augen, als er unter seinem Waffenrock ein Stück dünner rosa Seide hervorzog. Es war der Schleier, den sie an seinem ersten Abend in Amboise getragen hatte – und er hatte ihn die ganze Zeit am Herzen getragen!

Er band sich die Seide um den Arm, gab Zentaur die Sporen und ritt mit gezogenem Schwert den Hügel hinab. Brenna spürte, daß Will sie beobachtete, doch bevor sie etwas sagen konnte, spannte er schon seinen Bogen.

»Der Kerl hat sich einen verdammt komischen Zeitpunkt ausgesucht, um menschlich zu werden«, kommentierte er trocken, »aber ich bin verdammt froh, daß er es getan hat!«

Robin konnte es einfach nicht fassen! Noch vor wenigen Minuten war er so siegessicher gewesen, und jetzt saßen sie alle in der Falle, die heldenhaften Waldgänger ebenso wie seine Brüder, die seine Befehle strikt befolgt hatten, obwohl sie nicht damit einverstanden gewesen waren. Eine Mischung aus kaltem Zorn und Verzweiflung raubte ihm fast den Verstand, aber er riß sich zusammen, hob Henry vom Sattel und bettete ihn sanft ins nasse Gras neben der Straße. Dann galoppierte er auf Gisbournes Männer zu, die schon in erbitterte Kämpfe mit den Rittern von Amboise verwickelt waren. Er sah, daß jemand ein Schwert in seine Richtung schwang, konnte den Schild aber nicht mehr rechtzeitig heben, und die Klinge traf seine Schulter mit voller Wucht, durchtrennte den Kettenpanzer und schnitt tief ins Fleisch. Fluchend biß er die Zähne zusammen und versuchte den Schmerz zu ignorieren, doch noch bevor er wieder ganz bei Sinnen war, blockierte ihm ein anderer Ritter den Weg, und an dem Wappen mit den vier roten Löwen in vier Quadraten erkannte er, wer sein Gegner war.

Andrew de Chanceas ließ sein Schwert auf Robins Kopf niedersausen und beulte den Helm derart ein, daß eine scharfe Stahlkante sich in Robins Schläfe bohrte. Halb ohnmächtig, klammerte er sich an den Sattelknauf, hörte Sparrows Wutschrei und sah etwas Braun-Grünes an sich vorbeifliegen, zwei kleine Äxte in den Händen. Er wischte sich das Blut aus den Augen und registrierte benommen, daß der kleine Seneschall wie ein lästiges Insekt beiseite geschleudert wurde.

Chanceas holte zum nächsten mörderischen Schlag aus, gegen den Robin sich nicht wehren konnte, doch in letzter Sekunde kreuzte eine andere Stahlklinge das Schwert des gedungenen Mörders, so daß die Funken stoben. Griffyn packte Albions Griff mit beiden Händen und setzte seine ganze Kraft ein, um Chanceas' Arm zurückzubiegen, bis man glauben konnte, er wollte ihm die Schulter ausrenken.

Chanceas mußte nachgeben, doch sobald er den goldenen Falken auf Griffyns Schild sah, stieß er einen tierischen Schrei aus und schwang sein Schwert in wilder Rage. Sein Gebrüll erstarb aber jäh, als Griffyn ihm den Kopf vom Rumpf trennte.

»Von effektvollen Auftritten verstehen Sie wirklich etwas!« japste Robin.

Griffyn lachte. »Ich dachte, Sie könnten diese Angelegenheit auch ohne meine Hilfe erledigen, aber wie ich sehe, habe ich mich getäuscht.«

»Robin, ist alles in Ordnung?« rief Dag, der aufgeregt auf sie zugeritten kam.

»Ich bin unversehrt, Bruderherz. Aber wie geht es den anderen?«

Die anderen kämpften immer noch mit dem Mut der Verzweiflung, und Griffyn, Dag und Robin galoppierten ihnen zu Hilfe. Mit vereinten Kräften drängten sie Gisbournes Männer immer weiter zurück, und wie durch ein Wunder gelang es ihnen, die Ritter des Sheriffs in die Flucht zu schlagen. Am Waldrand scharten sie sich um eine kleine Gruppe von Beobachtern, zu denen Guy de Gisbourne gehörte, den ein Geächteter an seiner prunkvollen Samtrobe und dem Goldhelm erkannt hatte.

»Was glaubst du – wird er sie wieder losschicken?« keuchte Richard.

»Ich bezweifle, daß er so schnell aufgeben wird«, antwortete Robin grimmig, während er sich auf dem Schlachtfeld umsah. Überall lagen tote Menschen und Pferde herum, und die Verwundeten stöhnten oder röchelten. Einige verletzte Geächtete hinkten auf Alans Befehl hin in Richtung Sherwood, doch die meisten formierten sich erneut um die Ritter von Amboise, erschöpft, aber fest entschlossen, notfalls bis zum letzten Mann zu kämpfen.

Brenna kam den Hügel herabgeritten, und hinter ihr saß Derwint, der sich krampfhaft an den Sattel klammerte. Sie half dem Waliser, vom Pferd zu kommen, bevor sie Robin dieselbe Frage stellte, die auch Richard ihm gestellt hatte. Er gab ihr dieselbe Antwort, erkundigte sich dann aber besorgt: »Werdet ihr zurechtkommen, falls sie wieder angreifen sollten?«

»Will ist verletzt. Er sagt zwar, daß er mit den Armen und nicht mit dem Bein schießt, aber er hat viel Blut verloren, und der Bolzen steckt sehr tief.«

Auch Robin hatte keine große Hoffnung, einen weiteren Angriff abwehren zu können. Er konnte den linken Arm nicht heben, und der Ärmel war blutdurchtränkt. Trotz des Blutverlusts hatte er immerhin einen klaren Kopf, und er schickte mehrere Waldgänger los, um die Schwerter und Armbruste einzusammeln, die von Gisbournes Leuten zurückgelassen worden waren. Andere sollten versuchen, möglichst viele Pfeile aufzufinden.

»Was ist mit Lord Henry?« fragte Brenna. »Ist er …?«

»Er ist noch am Leben, aber es hängt am seidenen Faden, würde ich sagen. Alans Leute kümmern sich um ihn.«

Brenna musterte die Männer. Geoffrey war leichenblaß und hatte eine Stirnwunde; Dags Hose war zerrissen, und durch den Kettenpanzer tropfte Blut auf seine Stiefel; Richard schien unverletzt, aber ziemlich mitgenommen zu sein; Littlejohn machte einen relativ frischen Eindruck, wenn man davon absah, daß sein schöner Schuppenpanzer mit geronnenem Blut überzogen war; und Griffyn …

Auf ihm verweilte ihr Blick am längsten. Er stand etwas abseits und sah in seinem grün-goldenen Waffenrock so atemberaubend wie eh und je aus.

Mit gerunzelter Stirn sah sie plötzlich Robin an. »Wo ist denn Sparrow?«

»Er war bei Littlejohn.«

»Ich habe ihn zuletzt am Karren gesehen.«

»Als ich ihn zuletzt gesehen habe«, kicherte Dag, »hing er an den Schultern eines Ritters und versuchte ihn wie einen Baum zu fällen.«

Robin erinnerte sich daran, daß der Zwerg sich auf Chanceas gestürzt hatte, und richtete sich in den Steigbügeln auf, um mehr sehen zu können. Unter einem Stechginsterbusch entdeckte er schließlich etwas Grün-Braunes. Er schwang sich aus dem Sattel und eilte darauf zu, doch bei den letzten Schritten bekam er weiche Knie. Es war tatsächlich Sparrow, er lag im Sterben. Sein Hals war bis zur Schulter hinab aufgerissen, und der Blutstrom ließ sich nicht eindämmen, obwohl Robin seine Hand sofort auf die Wunde preßte.

Sparrows große dunkle Augen waren weit aufgerissen, so als suchte er am weiten grauen Himmel nach einer Erklärung dafür, daß sein Ende nahe war, doch als er sah, daß Tränen über Robins Wangen liefen, versuchte er sogar ihn zu trösten.

»Weine nicht um mich«, krächzte er mit schwacher Stimme. »Sag mit lieber, daß wir gesiegt haben.«

»Ja, Sparrow, ja, wir haben gesiegt. Gisbourne hat sich verkrochen.«

»Und deine Brüder?«

»Es geht ihnen gut.«

»Littlejohn? Will? Lady Gillian?«

Er verwechselte Brenna mit Gil Golden, Wills Mutter, aber Robin korrigierte ihn nicht. »Alle sind wohlbehalten.«

»Gut. Das ist sehr gut.« Er schloß die Augen, und Robin glaubte, er wäre tot, doch gleich darauf öffneten sich die Lider einen Spaltbreit. »Ich möchte dich um einen Gefallen bitten.«

»Ich tu alles, was du willst, Sparrow. Alles.«

»Ich möchte nicht, daß englische Würmer sich an mir dick fressen! In den Obstgärten von Amboise würde ich mich viel wohler fühlen.«

Robin drückte seine Hand. »Wir nehmen dich mit nach Hause, Sparrow, ich verspreche es dir.«

»Und sag Lord Randwulf ... sag ihm ... ich hätte ihn sehr geliebt. Sag ihm ...«

Robin umklammerte die kleine Hand noch fester, so als könnte er durch seine Willenskraft die Seele des Elfen noch ein wenig länger auf der Erde festhalten. Sparrow war seit seiner Geburt immer bei ihm gewesen, und es war ihm nie in den Sinn gekommen, daß er ihn eines Tages verlieren könnte.

»Heiliger Kyrill, steh mir bei!« hauchte der Zwerg. »Sie steht schon da und wartet auf mich!«

»Wer?« Robin beugte sich über ihn, um etwas verstehen zu können. »Wen siehst du?«

Er stieß resigniert den Atem aus. »Biddy! Ich hätte es wissen müssen ... ich hätte wissen müssen, daß sie mich nicht in Frieden ruhen lassen würde ...«

Seine langen Wimpern schlossen sich ein letztes Mal, und Robin schüttelte den Kopf. Er hob den kleinen Körper auf seine Arme und schrie eine wilde, verzweifelte Klage gegen den Himmel hinauf.

Richard und Dag senkten die Köpfe und ballten ihre Hände zu Fäusten. Littlejohns Gesicht blieb hart wie Granit, aber er hatte feuchte Augen, als er drohend zum Waldrand hinüberblickte. Brenna stand hilflos hinter Robin und schämte sich für jedes barsche Wort, das sie jemals zu dem Zwerg gesagt hatte, der immer dagewesen war und nun nie mehr dasein würde.

»Robin, sieh mal!« rief Alan aufgeregt. »Die weiße Fahne! Gisbourne will offenbar verhandeln.«

Robin legte Sparrow sanft ins Gras, trocknete sich die Augen und blickte zu der kleinen Reitergruppe hinüber. Gisbourne und ein Mann mit silbergrauem Haar ritten voran, gefolgt von fünf Gardisten; einer von ihnen schwenkte eine Lanze mit der weißen Fahne.

»Was meinst du – will er seine Kapitulation bekanntgeben?« fragte Richard grimmig.

Robin wischte sich das Blut vom Gesicht, und Brenna reichte ihm seinen Helm. Zu ihrer großen Überraschung sagte er:

»Ich möchte, daß du mich begleitest. Und nimm deinen Bogen mit! Man kann nie wissen, ob sie nicht irgendeine Tücke im Sinn haben.« Er verzog den Mund. »Außerdem sollen sie wissen, daß eine Frau soviel Verwüstung angerichtet hat.«

»Werden sie dann nicht noch wütender sein?«

»Das hoffe ich sehr«, knurrte er, »denn wütende Männer machen dumme Fehler.«

Zum erstenmal meldete sich Griffyn zu Wort. »Ich glaubte vorhin zu träumen, als ich sah, daß es Andrew de Chanceas war, der Sie angriff, aber jetzt ist auch sein Auftraggeber hier!«

Er deutete auf den silberhaarigen Mann neben Gisbourne, und jetzt erkannte auch Robin Bertrand Malagane. »Er hat keine Zeit vergeudet … aber woher wußte er, wo er uns finden würde?«

Griffyn lächelte. »wenn Sie mir erlauben mitzukommen, können wir ihn danach fragen.«

Die beiden Männer blickten einander tief in die Augen, und schließlich gab Robin nach. »Also gut, wir drei.« Er wandte sich Alan zu. »Deine Männer sollen Lord Henry … Tuck … nach Kirklees bringen. Sollten wir aus irgendwelchen Gründen getrennt werden, treffen wir uns dort.« Er starrte ins Gras hinab. »Und würdest du bitte auch Sparrow mitnehmen? Ich wäre dir dafür sehr dankbar.«

»Wir sind *Ihnen* zu Dank verpflichtet, Mylord«, sagte Alan feierlich.

»Deine Männer« – Robin hob die Stimme, damit alle ihn hören konnten – »sind die tapfersten, mit denen ich jemals gekämpft habe! Die Ehre ist ganz auf meiner Seite.«

Brenna schwang sich in den Sattel und wollte eine Kappe aufsetzen, aber Griffyn fiel ihr in den Arm. »Nein, laß sie deine Haarpracht sehen!«

Seine zärtliche Stimme jagte ihr einen seligen Schauer über den Rücken. Sie schüttelte kräftig den Kopf, bis die wirren Locken offen über die Schultern fielen. Nun konnte wirklich niemand mehr übersehen, daß der tödlichste Bogenschütze eine Frau war.

Die beiden Gruppen ritten aufeinander zu und trafen sich in der Mitte der Wiese, wobei Gisbournes Gardisten etwas zurückblieben und sich im Halbkreis formierten. Die schmalen Augen des Sheriffs funkelten haßerfüllt, und er grinste teuflisch, als Robin kaum drei Meter von ihm entfernt sein Roß zügelte.

»Wenn ich es nicht mit eigenen Augen sehen würde, könnte ich es nicht glauben«, sagte er. »Robert Wardieu, wieder in England!«

»Sir Guy! Wir haben uns lange nicht gesehen.«

»Elf Jahre«, zischte Gisbourne, »und in diesen elf Jahren habe ich jeden Tag an Sie gedacht!«

»Das freut mich.«

»Und *mich* freut es, Sie wieder als Gast willkommen heißen zu können! Allerdings werden Sie diesmal wohl mit meiner Folterkammer als Unterkunft vorlieb nehmen müssen …«

»Ich weiß Ihre Gastfreundschaft überaus zu schätzen, werde sie wohl aber nicht in Anspruch nehmen.«

Gisbourne lächelte vielsagend, bevor er seine Aufmerksamkeit Brenna zuwandte. »Potz Blitz! Meine Männer haben also nicht gelogen, als sie versicherten, es sei eine Frau, die

Pfeile auf sie herabregnen ließ! Dabei sehen Sie gar nicht wie eine Meduse aus ...«

»Das ist Lady Brenna Wardieu«, klärte Malagane ihn auf. »Die Schwester von Robert Wardieu, die Tochter des Schwarzen Wolfs.«

Gisbourne verbeugte sich ironisch im Sattel. »Meine Männer werden begeistert sein, Ihre nähere Bekanntschaft machen zu dürfen, Mylady!«

»Bedauerlicherweise entsprechen Ihre Männer nicht meinem Geschmack, Sir Guy«, erwiderte Brenna kaltblütig.

Gisbourne musterte Griffyn, der keinen Helm trug. Das rabenschwarze Haar umrahmte ein Gesicht, das durch die dunklen Bartstoppeln noch bedrohlicher als sonst wirkte, und die graugrünen Katzenaugen fixierten den Sheriff unverwandt, der leicht verunsichert murmelte:

»Kenne ich Sie, Sir? Irgendwie kommen Sie mir bekannt vor.«

»Das ist Griffyn Renaud de Verdelay«, meldete sich Malagane wieder zu Wort. »Ein Burgunder, den ich unbedingt wiedersehen wollte.«

Griffyn salutierte sarkastisch. »Lord Bertrand, wie ich sehe, sind Sie auch ohne meine Hilfe zurechtgekommen.«

»Ich hatte einen anderen ausgezeichneten Helfer, Mylord: meinen jüngsten Sohn Lothaire! Er hat uns schließlich den Weg gewiesen.«

Robin runzelte verwirrt die Stirn. »Wir hatten keinen Lothaire bei uns.«

Malaganes kalte blaue Augen funkelten wie Glassplitter. »Ich bitte um Verzeihung – Sie kennen ihn natürlich nur unter dem Namen Fulgrin.«

Er grinste höhnisch, als Griffyn scharf die Luft einzog. »Ein schlauer Bursche, nicht wahr? Überaus einfallsreich. Wir beide hatten Sie damals bei dem Turnier in der Gascogne beobachtet, und ich dachte mir, daß Sie uns eines Tages nützlich sein könnten, weil Sie sich unbedingt an Robert Wardieu rächen wollten. Ihre Tarnung als Fürst der Finsternis hat übrigens sowohl Lothaire als auch mich sehr beeindruckt.«

»Ihr Sohn ist ein toter Mann«, sagte Griffyn ruhig. »Das können Sie ihm ausrichten, sobald Sie ihn sehen.«

»Sie könnten es ihm selbst sagen«, schlug Malagane großzügig vor. »Er ist dort drüben.«

Griffyns Augen schweiften über die Ritter am Waldrand und blieben auf einem Mann in ihrer Mitte haften.

»Wenn wir unsere Angelegenheit geregelt haben«, rief Gisbourne ungeduldig, »können Sie von mir aus Botschaften mit dem Teufel höchstpersönlich austauschen.«

»Welche Angelegenheit?« fragte Robin.

»Sie haben meinen Gefangenen entführt – Henry de Clare.«

»Lord Henry ... ist tot.«

»Tot?«

»Sie können sich den Leichnam gern ansehen«, schlug Robin großzügig vor. »Er liegt drüben am Straßenrand.«

Gisbourne verspürte nicht die geringste Lust, sich den Waldgängern zu nähern, die ihm den Blick auf die Straße versperrten.

»Das ist nicht notwendig«, murmelte er. »Aber Sie werden verstehen, daß ich mich jetzt in einer mißlichen Lage befinde. Der König ist in Lincoln und möchte der Hinrichtung eines Geächteten beiwohnen.«

»Sie könnten sich doch selbst zur Verfügung stellen«, schlug Griffyn vor. »Schließlich sind Sie doch der größte Räuber von Nottingham.«

Gisbourne überhörte diesen Sarkasmus. »Ich dachte eher daran, dem König das Vergnügen zu gönnen, Lord Robert Wardieu am Galgen zappeln zu sehen. Im Gegenzug würde ich Ihren Leuten freien Abzug gewähren, und ich würde Geleitbriefe für Ihre Verwandten ausstellen, damit sie England unbehelligt verlassen können.«

Es war ein überraschend großzügiges Angebot – viel zu großzügig, um wahr zu sein. »Ihre Unterschrift auf diesen Geleitbriefen dürfte die Tinte nicht wert sein« höhnte Robin denn auch.

Gisbournes Nasenflügel blähten sich angesichts dieser Beleidigung, aber er zwang sich zu einem Lächeln. »Ihre

Arroganz ist bewundernswert, aber gänzlich fehl am Platz!«

»Und Ihr Angebot ist völlig inakzeptabel.«

»Gut, dann mache ich Ihnen ein anderes, das Ihrer Ritterlichkeit vielleicht mehr entspricht.« Er drehte sich um und gab jemandem am Waldrand ein Zeichen. »Spielen Sie Schach?«

»Ja, aber nicht, wenn es um Menschenleben geht.«

»Die Spielregeln sind Ihnen demnach vertraut? Sie wissen, daß es mitunter notwendig ist, einen Läufer oder auch einen Turm zu opfern, um eine Königin zu retten?«

Robin riß ungläubig die Augen auf, als Gisbournes Männer am Waldrand auseinandertraten und zwei Personen durchließen: einen untersetzten Mann in glänzender Rüstung und eine schlanke Nonne, die ihren Kopf unter der riesigen Kapuze demütig gesenkt hielt.

»Ihretwegen haben Sie doch diesen weiten Weg auf sich genommen, nicht wahr?« fragte Gisbourne ruhig. »Es ist in Ihrer Familie ja schon Tradition, die arme tragische Eleonore zu retten! Bewundernswert, aber wie Sie sehen, kommen Sie diesmal zu spät, denn sie befindet sich bereits in Gesellschaft meines Hauptmanns Reginald de Braose, der aus verständlichen Gründen auf Ihren Halbbruder Eduard nicht gut zu sprechen ist.«

Er sah den harten Glanz in Robins Augen und fügte hinzu: »Ich gebe Ihnen eine Stunde Zeit, damit Sie den vorgeschlagenen Austausch unter sich besprechen können. Andernfalls werde ich *sie* nach Lincoln bringen und ihrem Onkel übergeben.«

Robin knirschte mit den Zähnen. »Gilt Ihr ursprüngliches Angebot noch? Freier Abzug für die Waldgänger und Geleitbriefe für meine Verwandten und Freunde?«

»Heute bin ich nur darauf aus, Sie am Galgen zu sehen«, versicherte Gisbourne.

»Dann brauchen wir keine Stunde Bedenkzeit, sondern können den Austausch sofort vornehmen.«

Brenna schnappte nach Luft. »Robin!«

Er blickte zu ihr hinüber. »Da gibt es nichts zu diskutieren.«

»O doch!« Sie wandte sich an Gisbourne. »Sie gestatten, daß wir eine kurze Besprechung abhalten, Sir Guy?«

Gisbourne nickte großzügig, wendete sein Pferd und zog sich mit Malagane etwas zurück. Sobald sie außer Hörweite waren, zischte Brenna: »Das kannst du nicht machen! Du darfst dich nicht opfern!«

»Wir haben keine andere Wahl. Er hat Prinzessin Eleonore, er wird sie dem König ausliefern, und der König wird sie umbringen lassen.«

»Dich wird er auch umbringen lassen.«

»Ja, höchstwahrscheinlich.«

Brenna warf Griffyn einen flehenden Blick zu. »Wir müssen doch irgend etwas tun können!«

Robin griff nach ihrer Hand. »Ihr könnt etwas tun. Sagt den anderen, daß sie schleunigst von hier verschwinden sollen, denn Gisbournes Ehrenwort ist weniger wert als das einer Schlange.«

»Robin, *bitte* …«

Er drückte ihre Hand so fest, daß der Schmerz sie daran hinderte, ihn wieder zu unterbrechen. »Sag Marienne, daß … daß ich sie über alles liebe … und daß ich mit ihrem Namen auf den Lippen sterben werde.«

Griffyn hatte bisher zum Waldrand hinüber gestarrt, so als würde er Brennas Verzweiflung gar nicht wahrnehmen, und auch jetzt sah er nicht sie, sondern Robin an. »Finden Sie es nicht auch merkwürdig, daß Gisbourne uns ein so großzügiges Angebot macht, obwohl er ein Unterpfand von unschätzbarem Wert besitzt?«

Robin runzelte die Stirn. »Was meinen Sie damit?«

»Nun … er hat seinem Hauptmann gerade ein Zeichen gegeben, Ihnen die Prinzessin zu präsentieren, aber sie bedurfte seiner Führung nicht, sondern trat selbst einige Schritte vor … ohne über einen Stein zu stolpern, der ihr im Weg stand! Haben Sie mir nicht erzählt, daß sie geblendet wurde?«

Robin blickte verwirrt zu den Bäumen hinüber. »Sind Sie sich ganz sicher?«

»Ich habe sehr scharfe Augen«, versicherte Griffyn. »Welche Haarfarbe hat sie?«

»Die Prinzessin? Sie hatte silberblondes Haar ... wie Mondlicht.«

»Aber nicht wie ein blutroter Mond, oder?«

Robin fluchte leise vor sich hin. »Sie meinen ... Solange de Sancerre?«

»Auch wenn sie sich als Nonne verkleidet, bewegt sie sich unwillkürlich aufreizend, wenn sie weiß, daß lüsterne Männerblicke auf sie gerichtet sind.«

»Und was jetzt?« fragte Brenna.

Griffyn betrachtete nachdenklich den Langbogen, den sie umgehängt hatte. »Wir sollten ihnen sagen, daß wir uns anders besonnen haben.«

Er nahm ihr den Bogen ab, zog einen Pfeil aus ihrem Köcher und spannte ihn ein, sorgfältig darauf bedacht, daß weder Gisbourne noch Malagane etwas bemerkten.

»Sie wollen doch nicht etwa die Frau erschießen?« flüsterte Robin entsetzt. Er wußte zwar, daß sie unzählige Menschen zu Tode gefoltert hatte, aber ein Ritter durfte niemals eine Frau töten.

Griffyns Aufmerksamkeit galt jedoch nicht Solange de Sancerre, sondern einem Mann, der zwischen Gisbournes Rittern hoch zu Roß saß.

Brenna erriet, was er vorhatte. »Die Entfernung ist viel zu groß«, flüsterte sie eindringlich, »und ich habe nur noch zwei Pfeile!«

Ohne sie zu beachten, befahl er leise: »Zentaur, stillgestanden!«

Der Hengst erstarrte zu einer Steinstatue, während Griffyn den Bogen so weit spannte, als wollte er ihn zerbrechen.

Malagane und Gisbourne hörten das Surren der Sehne und drehten sich bestürzt im Sattel um. Fast dreihundert Meter entfernt, umklammerte Fulgrin mit beiden Händen den Pfeil, der seinen Brustkorb durchbohrt hatte, bevor er aus dem Sattel glitt. Sein Schrei hallte über die Wiese, und die Ritter neben ihm zogen sich hastig in den Schutz der Bäume zurück.

Malagane riß sein Pferd herum und galoppierte auf den Wald zu.

Gisbourne starrte Griffyn Renaud genauso fassungslos an

wie Robin und Brenna. »Ein solcher Schuß ist nicht menschenmöglich!« stammelte er.

Griffyns nächster Pfeil zielte zwischen Gisbournes Augen. »Um so leichter wäre es, Ihnen das Gehirn aus dem Kopf zu pusten.«

Gisbourne rief nach seinen Gardisten, mußte aber feststellen, daß sie auf den Wald zugaloppierten.

»Robin?« Griffyns Stimme verriet keinerlei Gemütserregung. »Vielleicht möchten Sie mit Sir Guy eine neue Abmachung treffen.«

Robin grinste übers ganze Gesicht. »Von mir aus können Sie den Kerl gern erschießen ... aber ich bin mir ganz sicher, daß unsere Freunde dem Sheriff liebend gern Gastfreundschaft gewähren würden, um wichtige Angelegenheiten mit ihm zu besprechen.«

Gisbournes Gesicht lief hochrot an. »Das ist eine Unverschämtheit! Ich werde dafür sorgen, daß Sie beide noch heute am Galgen baumeln!«

Er zerrte an den Zügeln, um sein Pferd zum Wenden zu veranlassen, doch bevor es seinem Befehl gehorchen konnte, sauste ein Pfeil dicht an seinem Kopf vorbei und riß ihm das Ohrläppchen ab. Schreiend griff er sich ans Ohr und starrte gleich darauf bestürzt seinen völlig blutbeschmierten Handschuh an.

Brenna hatte Griffyn ihren letzten Pfeil gegeben, und er zielte schon wieder auf Gisbourne. »Soviel ich weiß«, sagte er gelassen, »fehlen Ihnen sowieso schon gewisse Körperteile, Sir Guy. Wäre es deshalb nicht vernünftiger, wenn Sie uns begleiten würden, bevor Sie weitere Fleischbrocken vom Boden auflesen müssen?«

»Sie werden damit nicht durchkommen!«

»O doch! Wenn Sie jetzt vielleicht so freundlich wären, Ihre Männer zum Rückzug zu bewegen, solange sie noch Ihren Befehlen gehorchen?«

Gisbourne warf wieder einen Blick auf seinen blutigen Handschuh, hob widerwillig den Arm und gab seinen Leuten ein Zeichen. Gleich darauf nahm Robin ihm die Zügel aus der Hand.

»Das können Sie doch nicht machen!« stammelte der Sheriff. »Ich bin ein Adliger, ein Graf! Sie können mich doch nicht diesen Geächteten ausliefern!«

Griffyn warf den Kopf zurück. »Und ich bin Rowen Hode of Locksley, Graf von Huntington! Diese Menschen, die Sie so abschätzig als Geächtete bezeichnen, sind von Rechts wegen meine Pächter, und ich spreche sie hiermit von jeder Anklage frei. Wenn Sie vernünftig sind, sollten Sie den Mund halten, solange Sie ihr Gast sind, andernfalls könnte es passieren, daß Ihnen demnächst auch noch die Zunge fehlt!«

»Locksley!« Gisbourne starrte den Langbogen an, und gleich darauf sackte er ohnmächtig im Sattel zusammen.

Robin packte ihn am Ärmel, bevor er zu Boden gleiten konnte, und warf Griffyn einen scharfen Blick zu. »*Noch* ein Geheimnis?« fragte er trocken.

Griffyn zuckte mit den Schultern. »Nur ein kleiner Zwischenfall aus meiner Jugendzeit. Wenn Sie seine Finger zählen, werden Sie feststellen, daß er nur neun hat.«

Robins Grinsen erstarb, als donnernde Pferdehufe die Erde erbeben ließen. Es war Bertrand Malagane, der einen Stahlhelm aufgesetzt hatte und mit gezücktem Schwert angaloppiert kam.

Griffyn warf Brenna den Langbogen zu und gab Zentaur die Sporen, während er Albion aus der Scheide zog. Gleich darauf sauste die Stahlklinge durch die Luft, und Saintonge flog in hohem Bogen aus dem Sattel. Er versuchte noch einmal, auf die Beine zu kommen, brach aber sofort in die Knie, griff sich an die Brust und hauchte sein Leben aus.

Am Waldrand stieß Solange de Sancerre einen gellenden Schrei aus, und Brenna zögerte nicht lange. Sie war nicht an den Ehrenkodex der Ritter gebunden, und deshalb traf ihr letzter Pfeil die Teufelin mitten ins Herz.

34

Die Abtei Kirklees war auf einem sanften Hügel gelegen, und jenseits der grauen Steinmauern erstreckten sich Obst- und Gemüsegärten bis zum Waldrand. Seit hundertfünfzig Jahren lebten hier Nonnen in völliger Abgeschiedenheit von der Außenwelt.

Die kleine Gruppe von Rittern und Waldgängern wurde durch das niedrige Hintertor eingelassen, wo die Äbtissin sie erwartete. Henry de Clare war mehr tot als lebendig gewesen, als man ihn am Straßenrand auf eine Bahre gehoben hatte, doch sobald die Hände der Äbtissin ihn berührten, öffnete er die Augen und flüsterte etwas, das nur sie verstehen konnte, und das ein Lächeln auf ihre Lippen zauberte. Sie streichelte zärtlich sein von Schlägen entstelltes Gesicht, bevor sie ihn fürsorglich der Obhut einiger Nonnen überließ.

»Elf Jahre hat er Gottes Bemühungen, ihn von dieser Erde zu entfernen, getrotzt«, murmelte sie, als Alans Männer die Bahre in die Abtei trugen, »und ich wette, daß er auch diesmal überleben wird, nur um seinen Eigensinn unter Beweis zu stellen.«

Robin hatte genug Zeit gehabt, die Prinzessin zu betrachten, die man einst als schönste Frau der Christenheit bezeichnet hatte. Trotz der häßlichen Narben in ihren Augenhöhlen und einiger Falten um die Mundwinkel und am Hals war sie immer noch attraktiv, und sie hatte noch dieselbe schlanke Figur wie als junges Mädchen. Ihr Haar war unter der Nonnenhaube versteckt, aber Marienne hatte Robin erzählt, daß die silberblonden Locken in der Nacht von Eduards Geburt schneeweiß geworden waren. Ehrfürchtig kniete er im Klostergarten vor ihr nieder.

»Hoheit, ich bin glücklich, daß Gott Sie über all die Jahre hinweg beschützt hat«, murmelte er.

Sie zog ihn hoch. »Und ich bin glücklich, daß Gott meinem Henry so treue Freunde beschert hat. Geht es Ihrer Familie gut? Lord Randwulf und Ihrer Mutter?«

»Ausgezeichnet, Hoheit. Danke der Nachfrage.«

»Und Eduard? Wir haben gehört, daß er in Roche-au-Moines verletzt wurde.«

Ihre Stimme verriet Sorge um einen guten alten Freund, und Robin beruhigte sie. »Wenn Lady Ariel ihn nicht an Händen und Füßen gefesselt hätte, wäre er selbst gekommen. Er ist wie Lord Henry – viel zu eigensinnig, um diese Welt schon jetzt zu verlassen. Aber das werden Sie selbst feststellen, wenn wir nach Amboise zurückkehren.«

»Nach Amboise zurückkehren? Nein, nein, lieber Robin, ich werde nicht nach Amboise reisen. Hier ist seit langem mein Zuhause, und ich werde es nicht verlassen.«

»Aber, Hoheit …«

Eleonore legte lächelnd einen Finger auf ihre Lippen. »Bitte nicht diese Anrede! Ich bin nichts anderes als eine demütige Tochter der Kirche, und so wird es bleiben, bis meine Zeit auf Erden abgelaufen ist. Hier in Kirklees habe ich Glück und Frieden gefunden, Robin.«

»Aber … der König …«

»Der König ist ein gebrochener Mann, krank und verzweifelt. Er weiß, daß sein Königreich in Gefahr ist, und er hat Angst vor den Baronen, weil sie von Tag zu Tag stärker werden. Er weiß auch, daß ich keine Bedrohung für ihn darstelle. Er hat mich hier sogar einmal besucht und um Verzeihung gebeten.«

»Er weiß, daß Sie hier sind?« fragte Robin entsetzt.

»Er wußte es fast von Anfang an, hat aber nie ein Wort darüber verlauten lassen, nicht einmal gegenüber seinem Beichtvater. Aus Schuldgefühlen, nehme ich an. Die Ermordung meines Bruders bereitet ihm wohl mehr Gewissensbisse, als er jemals zugeben wird.«

»Dann werden also nur Marienne und der Junge mit uns kommen?« murmelte Robin bekümmert.

Sie nickte. »Haben Sie Marienne schon gesehen?«

»O ja, und den Jungen ebenfalls. Ein hübsches, kluges Kind … und sehr mutig. Er wollte heute unbedingt mit uns kämpfen.«

Sie berührte Robins Arm. »Hoffentlich haben Sie es ihm nicht erlaubt. Oh!« Sie hatte bemerkt, daß sein Ärmel naß war, und ertastete das Loch in seinem Kettenhemd. »Sie sind ja verletzt!«

»Das ist nur ein kleiner Kratzer.«

»Trotzdem sollten Sie sich von Schwester Goneril verarzten lassen. Hat es weitere Verletzte gegeben?«

»Die meisten sind schon ins Lager der Waldgänger zurückgekehrt, und ich selbst muß auch dorthin, weil wir einen wichtigen Gast haben. Wenn ich nicht bald komme, könnten die Wolfshäupter ungeduldig werden und ihn teeren und federn.«

»Einen Gast?«

»Ja, Sir Guy de Gisbourne wurde eingeladen, sich einige Beschwerden der Waldgänger anzuhören.«

Sie hob überrascht die Brauen. »Und er ist freiwillig mitgekommen?«

»Freiwillig nicht gerade, aber ich habe ihm mein Wort gegeben, daß er unversehrt nach Nottingham zurückkehren würde. Vielleicht ein bißchen *zerzaust*, aber ansonsten unversehrt.«

»Zu Ihrer Gruppe soll auch eine hervorragende Bogenschützin gehören, wurde mir gesagt.«

Robin winkte eine der beiden Gestalten herbei, die am Tor stehengeblieben waren. »Meine Schwester Brenna.«

Brenna machte einen unbeholfenen Knicks. »Ehrwürdige Mutter«, flüsterte sie, »ich habe seit Jahren soviel über Sie gehört, daß …«

»Daß Sie sich allmählich gefragt haben, ob es mich wirklich gibt, oder ob ich nur eine Legende bin?« Die Prinzessin lachte leise. »Vielen Menschen außerhalb dieser Klostermauern geht es so, und ich hoffe, daß es im Lauf der Zeit immer mehr werden. Aber auch über Sie gibt es schon Legenden – oder können Sie tatsächlich mit einem Schuß Elfen herbeizaubern?«

Brenna tauschte einen überraschten Blick mit ihrem Bruder, und die Äbtissin lächelte, weil sie die Verwirrung der Geschwister spürte. »Wußten Sie nicht, daß Sherwood ein Zauberwald ist, wo die Bäume einander alles zuraunen, was irgendwo geschieht? Bald wird man überall in England diese

Geschichten kennen – von Robin und vom Roten Will und von einem sächsischen Krieger, der sich selbst als ›Fürst der Finsternis‹ bezeichnet.«

Ihrer Stimme war eine gewisse Neugier anzuhören, und Robin winkte die zweite Gestalt am Tor herbei. »Das ist Griffyn Renaud de …« Er korrigierte sich kopfschüttelnd. »Lord Rowen Hode of Locksley.«

Die Äbtissin holte tief Luft und preßte eine Hand an ihre Brust. »Doch nicht etwa … Wystan Hodes Sohn?«

Griffyn kniete vor ihr nieder und neigte sein dunkles Haupt. »Sie erinnern sich an ihn?«

»Der Graf war ein guter Mensch, der uns in den langen, harten Wintern mit Getreide und Fleisch zu versorgen pflegte.« Sie griff zögernd nach Griffyns linker Hand. »Bereitet der Arm Ihnen noch Beschwerden?«

Robin schnappte unwillkürlich nach Luft. »Sie kennen einander?«

Die Äbtissin lächelte wieder. »Der Graf hat damals seinen Sohn zu uns gebracht«, erklärte sie, »weil er hoffte, daß die Schwestern genug von Heilkräutern verstehen, um die furchtbaren Brandwunden heilen zu können. Der junge Lord hatte hohes Fieber und war halb bewußtlos, deshalb würde es mich nicht wundern, wenn er sich an nichts erinnern könnte.«

»O doch, ich erinnere mich gut daran«, sagte Griffyn. »Obwohl ich nicht ahnte, wessen sanfte Hände mich gepflegt hatten, bis Robin erwähnte, daß Sie …«

»Daß ich blind bin?« ergänzte Eleonore. »Mein Onkel hat mir zwar das Augenlicht geraubt, nicht aber die Gabe, in Menschenherzen lesen zu können. Ihr Vater war ein tapferer und edler Mann, und wir alle haben um ihn getrauert, als er starb. Daß Sie und Ihre junge Frau kurze Zeit später gezwungen waren, aus England zu flüchten, hat uns sehr bekümmert.«

»Der König hatte keine Lust, ein so reiches Besitztum wie Huntington in sächsischer Hand zu belassen – jedenfalls nicht in der Hand eines siebzehnjährigen Hitzkopfs, der schon einmal versucht hatte, ihn umzubringen.«

»Sind Sie jetzt zurückgekehrt, um sich den anderen Baronen und Adligen anzuschließen, die ebenfalls befürchten müssen, daß ein ungerechter König sie enteignet und ihre Söhne foltern oder einkerkern läßt?«

»Nein, ich habe keine Ambitionen dieser Art, Hoheit. Huntington gehört mir seit sieben Jahren nicht mehr, und ich habe mir ein neues Zuhause geschaffen. Heute habe ich die Waldgänger zwar von jeder Anklage freigesprochen, aber das waren nur leere Worte, aus Arroganz dahingesagt.«

»Sie haben hier eine wichtigere Mission zu erfüllen, als Sie glauben«, entgegnete Eleonore sanft, bevor sie sich Brenna zuwandte. »Hat er Ihnen erzählt, woher die Brandwunden an seiner Hand stammen?«

Brenna blickte von Griffyn zu der Äbtissin. »Nein, obwohl ich ihn danach gefragt habe.«

Die Prinzessin nickte, als hätte sie diese Antwort erwartet. »Als ich hierher kam, hat mich die alte Äbtissin aufgenommen, ohne mir irgendwelche Fragen zu stellen. Sie war gütig und weise, aber auch sehr energisch, wenn es darum ging, die Abtei zu verteidigen. Einmal rückten die Männer des Königs an und wollten unser Kloster durchsuchen, aber sie ließ sich von ihnen nicht einschüchtern. Ich hatte in der Kapelle Zuflucht gesucht und bereitete mich darauf vor, wieder eingekerkert zu werden, doch die Äbtissin machte den Soldaten klar, daß sie ihre unsterblichen Seelen gefährden würden, wenn sie ein Gotteshaus entweihten.

Einige Tage später brachte der Graf seinen Sohn hierher und bat die Äbtissin um ein Gespräch unter vier Augen. Erst viel später, als sie wußte, daß sie nicht mehr lange zu leben hatte, vertraute sie mir – die sie zu ihrer Nachfolgerin ausersehen hatte – das Geheimnis an, um das es bei jenem Gespräch zwischen ihr und dem Grafen von Huntington gegangen war.«

Eleonore atmete tief durch und faltete ihre Hände. »Die Männer des Königs hatten damals gar nicht nach *mir* suchen wollen. Es ging um ein Gerücht ganz anderer Art – um das Gerücht, daß eine Charta existierte, die der Sohn von Wilhelm dem Eroberer verfaßt hatte, vor fast hundert Jahren. Er war damals jung und hatte sich in die Tochter eines sächsischen Adligen verliebt, und um Frieden zwischen Normannen und Sachsen zu stiften, brachte er hundert Versprechen zu Papier, die Gesetz werden sollten, sobald er König sein würde. Am Tag seiner Krönung unterschrieb und besiegelte er diese Charta und ließ hundert Kopien davon im ganzen Königreich verbreiten, aber er hatte nicht mit der heftigen Reaktion der normannischen Eroberer gerechnet – jener Männer, die seinem Vater aus Frankreich gefolgt waren und die Sachsen besiegt hatten. Diese Männer wehrten sich energisch dagegen, daß die Sachsen ihnen gleichgestellt werden sollten, und Heinrich I., der einen Krieg befürchtete, gab nach und erklärte die Charta für null und nichtig. Es gelang ihm, achtundneunzig Kopien einzusammeln, doch zwei blieben verschwunden. Eine war angeblich verbrannt, aber von der zweiten hieß es, Heinrichs sächsische Geliebte hätte sie unter Lebensgefahr irgendwo in Sicherheit gebracht. Diese Gerüchte sind nie verstummt, und alle Könige haben irgendwann ihre Spione ausgesandt, in der Hoffnung, die Charta zu finden und zu vernichten. Mein lieber Onkel bildete darin keine Ausnahme. Er ließ das Haus jedes sächsischen Adligen und Bauern durchsuchen, fest entschlossen, diese Charta endlich ans Tageslicht zu fördern.

Als seine Männer nach Huntington kamen, verhafteten sie Wyston Hode und beschuldigten ihn, im Besitz der Charta zu sein. Sie folterten ihn, und als auch das erfolglos blieb, verlangten sie ein Gottesurteil.«

»Er war viel zu schwach«, flüsterte Griffyn. »Er konnte sich kaum auf den Beinen halten.«

»Und deshalb nahm sein Sohn es auf sich, seine Hand ins siedende Öl zu tauchen und das Kruzifix aus dem Kessel zu holen, was ihm auch gelang.«

»Mein Vater ist wenige Monate später trotzdem gestorben«, murmelte Griffyn zähneknirschend. »Und kurz darauf hat der König sich Huntington angeeignet. Letztlich war mein damaliger Edelmut also völlig sinnlos.«

Die Äbtissin schüttelte den Kopf. »Sie können nicht wissen, wie stolz Ihr Vater auf Sie war, und Sie können auch nicht wissen, welche Qualen es ihm bereitet hat, daß Ihre Hand verstümmelt wurde, nur damit sein Geheimnis gewahrt blieb.«

»Soll das heißen, daß es diese Charta tatsächlich gibt?«

Eleonore nickte ernst. »Er wollte es Ihnen erzählen«, sagte sie sanft, »aber anfangs waren Sie viel zu krank, und später waren Sie so zornig, daß er befürchtete, Sie könnten etwas Törichtes tun. Sagen Sie mir bitte – haben Sie Albion noch?«

Griffyn zog verwirrt sein Schwert aus der Scheide und reichte es der Äbtissin. Sie mußte die schwere Waffe am Boden aufstützen, bevor ihre schmalen Finger das Stichblatt abtasten und eine kleine Kerbe entdecken konnten, in der ein winziger Knopf verborgen war. Sie drückte darauf, und dann mühte sie sich ab, die abgerundete Kappe des Griffs zur Seite zu schieben. Es dauerte eine ganze Weile, bis sie aus dem Hohlraum einen sorgfältig umhüllten Gegenstand hervorzog und Griffyn überreichte.

»Ihr Vater wußte genau, daß Sie sich niemals von diesem Schwert trennen würden, und er vertraute sein Geheimnis der Äbtissin an, in der Hoffnung, daß sie Sie zu einem geeigneten Zeitpunkt darüber informieren würde.«

Griffyn wickelte den Gegenstand aus. »Ein Schlüssel«, murmelte er. »Aber was öffnet er?«

»In der Kapelle von Edwinstow gibt es einen alten Steinaltar, und an einer Stelle dicht am Boden scheint der Stein einen Riß zu haben, doch wenn man den Staub und Mörtel wegkratzt, wird der Schlüssel in ein Loch passen, und wenn man ihn dreht, gleitet der Stein zur Seite, und dahinter liegt eine goldene Röhre, in der die Charta verborgen ist.«

Griffyn schüttelte den Kopf. »Ich dachte immer, es wäre nur eine Legende … Und was soll ich jetzt damit machen?«

»Das müssen Sie selbst entscheiden.« Die Äbtissin seufzte. »Aber der jetzige König ist ein grausamer und ungerechter Herrscher, der über allen Gesetzen zu stehen glaubt, sogar über den göttlichen. Und es gibt in diesem Land gute Männer, die verzweifelt nach einer Möglichkeit suchen, diese Tyrannei zu beenden, ohne einen Bürgerkrieg heraufzubeschwören. Die Grundsätze dieser Charta sind weise und gerecht, und ein solches Dokument könnte den König zwingen, sich an die Gesetze zu halten.«

»Robert FitzWalter«, murmelte Robin. »Sein Wort hat bei Stephen Langton Gewicht, und der Erzbischof könnte seinerseits seinen ganzen Einfluß geltend machen, damit alle Barone diese Charta akzeptieren und mit ihrer Hilfe den König in die Knie zwingen ...«

»Dann bringen Sie ihm den Schlüssel«, knurrte Griffyn.

Robin hob abwehrend die Hände und lachte. »O nein, mein Freund! Dies ist Ihr Land, nicht meines. Diesmal werden *Sie* den Helden spielen müssen. Ich selbst hoffe morgen mittag getraut zu sein, und dann trete ich mit meiner Frau sofort die Rückreise an.«

»Ich bin kein Held«, widersprach Griffyn. »Ich bin kein Anführer und kein Retter! Ich sehe dieses Land nicht mehr als meine Heimat an, und wenn *Sie* nicht gewesen wären, hätte ich meinen Fuß höchstwahrscheinlich nie mehr hierher gesetzt. Nein!« Er gab der Äbtissin den Schlüssel zurück. »Dieser König hat meine Familie vernichtet und mein Leben zerstört, und ich habe keine Lust, dieses Land zu retten.«

»Der König hat auch *mein* Leben zerstört«, sagte die Äbtissin leise, »und das meines Bruders.«

»Das tut mir aufrichtig leid, aber ich kann nichts daran ändern.«

Er machte auf dem Absatz kehrt und ging durch das Tor hinaus.

»Sie müssen ihm verzeihen, Hoheit«, murmelte Robin. »Er ist noch nicht daran gewöhnt, einen Mantel der Tugend zu tragen.«

»Da gibt es nichts zu verzeihen«, erwiderte sie. »Vielleicht lege ich nur aus Angst solchen Wert auf diese Charta. Der Erzbischof ist der einzige Mensch außerhalb dieser Klostermauern, der über Eduard Bescheid weiß. Er hat geschworen, Schweigen zu bewahren, aber er hat König und Papst verärgert, indem er sich mit den Baronen verbündete, und ein legitimer Thronfolger würde ihre Position enorm stärken.«

Robin holte tief Luft und nahm ihr den Schlüssel aus der Hand. »Eduard wird bald außer Reichweite sein, aber wenn diese Charta wirklich so wichtig ist, wie Sie sagen, wird Langton vielleicht glücklich sein, seinen Schwur nicht brechen zu müssen.«

»Werden Sie ihm die Charta bringen?«

»Ich werde Richard und Dag damit beauftragen. Sie wollen sowieso noch eine Weile in Sherwood bleiben, um aus Alans Waldgängern richtige Kämpfer zu machen.«

Brenna hatte noch nichts von diesen Plänen ihrer Brüder gehört. »Sie bleiben hier?«

»Ja, und auch Will spielt mit dem Gedanken. In den nächsten Wochen könnte er mit seiner Verletzung sowieso nicht reisen, und da dachte er, es wäre gar nicht so schlecht, neue Langbogenschützen auszubilden.«

»Und Geoffrey?« fragte Brenna erschrocken. »Und Littlejohn?«

»Geoffrey vermißt Isobel viel zu sehr, und Littlejohn weiß, daß Vater ihn mehr denn je brauchen wird, nachdem Sparrow nicht mehr am Leben ist. Die Frage ist also nur noch – was macht ihr, du und …?« Er deutete auf das Tor.

Brenna fand ihn am Fuß des Hügels. Er stützte sich mit einer Hand an einen Baum und hatte die andere in die Hüfte gestemmt. Sein Kopf war gesenkt, und die langen Haare fielen ihm ins Gesicht. Von Zeit zu Zeit fluchte er leise und trat nach einer hervorstehenden Wurzel.

»Ich habe dir dein Schwert gebracht«, sagte sie und streckte ihm die schwere Waffe unbeholfen hin. »Robins Arm wird gerade verbunden, und dann können wir auch wegreiten.«

Er drehte sich um, nahm ihr das Schwert ab und steckte es in die Scheide. »Du erwartest von mir wohl auch, daß ich den Helden spiele?« fragte er herausfordernd.

»Nein.«

»Und warum nicht? Weil es nicht zu meinem Charakter passen würde?«

Sein Sarkasmus verriet Brenna, welch schwierigen Kampf er mit sich selbst ausfocht. »Ganz im Gegenteil«, sagte sie sanft. »Es würde deinem Charakter genau entsprechen.«

»Du meinst – deshalb?« Er hielt seine narbige Hand hoch. »Aber das war keine so große Heldentat, wie du glaubst. Der Mönch, der das Öl zum Sieden bringen sollte, war ein Gefolgsmann meines Vaters, und er sorgte dafür, daß der Kessel heißer aussah, als er in Wirklichkeit war.«

»Das wußtest du aber vorher nicht, oder?«

Griffyn wandte sich fluchend ab. »Vor einigen Stunden hattest du von mir noch eine wesentlich schlechtere Meinung«, knurrte er. »Du warst doch überzeugt davon, ich hätte dich betrogen und verraten.«

Brenna wollte widersprechen, verzichtete dann aber doch darauf und nagte statt dessen schuldbewußt an ihrer Unterlippe.

»Du hättest dein Gesicht in jener Sekunde sehen müssen«, murmelte er. »Es klagte mich nicht nur der Feigheit und des Verrats an, sondern auch des kaltblütigen Mordes. Du warst in jenem Augenblick überzeugt, daß ich dich töten wollte, stimmt's?«

Sie wußte, daß das keine Entschuldigung war, aber sie sagte es trotzdem: »Du hast das Lager heimlich verlassen, als es noch dunkel war ...«

»Ich wollte dich nicht stören, nachdem du in der Nacht davor kaum zum Schlafen gekommen bist, weil ich meine Leidenschaft nicht zügeln konnte.«

»Du hast keinem Menschen gesagt, wohin du gehst! Dein Pferd war verschwunden, dein Knappe war verschwunden, das Geld war verschwunden!«

»Ich wußte, daß Fulgrin verschwunden war, aber ich hatte keine Ahnung, daß er das Geld mitgenommen hatte. Ich vermutete einfach, daß er sich abgesetzt hatte, weil er mit meinem neuesten Abenteuer nicht einverstanden war, und weil er glaubte, wir hätten heute keine Chance. In besonders brenzligen Situationen war er oft nicht zur Stelle.«

Griffyn riß ein Blatt ab und zerpflückte es wütend. »Im Grunde kann ich niemandem einen Vorwurf machen, nur mir selbst. In den letzten Jahren habe ich tatsächlich ein Leben geführt, das auf Betrug, Verrat und kaltblütigem Mord basierte. Du hattest keinen Grund, mir zu vertrauen.«

Vertrau mir, hatte er gesagt. *Laß dich gehen.*

»Doch, ich hätte Grund dazu gehabt«, gab sie zögernd zu. »Ich habe nur meine Augen davor verschlossen.«

»Du hast mich von Anfang an durchschaut«, murmelte er. »Ich bin wahrlich alles andere als ein Ritter ohne Furcht und Tadel.«

»Du bist ein Schurke, ich weiß.« Brenna trat näher an ihn heran. »Einen solchen Ehemann hätte meine Familie mir bestimmt nicht gewünscht.«

Er holte tief Luft. »Ich kann mich nicht daran erinnern, dir einen Heiratsantrag gemacht zu haben. Hast du nicht selbst gesagt, du könntest dir nicht vorstellen, wie ein Leben mit mir verlaufen würde?«

»Das kann ich mir auch jetzt nicht vorstellen«, flüsterte sie, während ihre Fingerspitzen über seine Lippen glitten. »Aber warum erinnerst du dich immer nur an die Dinge, die ich im Zorn oder unüberlegt sage?«

»Weil du mir nie etwas anderes gesagt hast.«

Sie überlegte und mußte zugeben, daß er recht hatte. Seufzend schlang sie ihre Arme um seine Taille und lehnte ihre Wange an seine breite Brust. »Gut, dann werde ich jetzt ganz langsam und ganz ruhig sprechen. Ich liebe dich! Ich liebe dich als Griffyn Renaud. Ich liebe dich als Rowen Hode. Ich liebe dich sogar als Fürst der Finsternis. Und wenn du mir keinen Heiratsantrag machst, werde ich aus Verzweiflung irgendeinen langweiligen Kerl heiraten, der mir Manieren beizubringen versucht, auf einem ordentlichen Haushalt besteht und ständig betont, daß er der Herr des Hauses ist.«

Griffyn vergrub seine Hände in ihren Locken und hob ihr Gesicht zu sich empor. »Und wer sagt dir, daß ich mich nicht genauso benehmen würde?«

»Du würdest es nicht tun, weil du genau wüßtest, daß ich dir sowieso nicht gehorchen würde.« Sie stellte sich auf die Zehenspitzen und berührte seinen Mund mit ihren Lippen. »Und außerdem … wie soll ich in einer Berghöhle in Burgund einen ordentlichen Haushalt führen?«

Er starrte sie einen Augenblick lang fassungslos an, und dann lachte er schallend, riß sie in seine Arme, hob sie hoch und wirbelte sie im Kreis herum, bis sie ausgelassen in sein Lachen einstimmte.

Als er sie endlich wieder auf die Beine stellte, stieß er einen gespielten Seufzer aus. »Ich werde jetzt wohl zurückgehen und mir den Schlüssel holen müssen.«

Brenna bot ihm lächelnd ihre Lippen dar. »Den habe ich schon mitgebracht, Mylord.«

EPILOG

Brenna stöhnte leise und erschauderte vor Lust. Sie öffnete die Augen und blickte zu dem nackten Mann empor, der über ihr kniete und herausfordernd lächelte.

Seit fast zehn Jahren staunte sie nun schon darüber, daß ein Lächeln von ihm genügte, um ihren Pulsschlag zu beschleunigen, aber andererseits war es gar nicht so verwunderlich, denn dieses Lächeln bedeutete, daß er wieder einmal versuchen würde, ihr die Sinne bis hin zur Ohnmacht zu rauben. Dieses Spiel hatte nichts von seinem anfänglichen Reiz verloren, und er wußte natürlich, daß sie morgens am schwächsten war – speziell an einem Morgen wie diesem, als sie festgestellt hatte, daß die Wolken ihren Turm umhüllten.

Eines Tages werden wir uns in den Wolken lieben, hatte er versprochen, aber damals hatte sie geglaubt, es wäre nur ein poetisches Bild, und sie war völlig sprachlos gewesen, als die ›Berghöhle‹, von der sie in Kirklees gesprochen hatte, sich als prächtige Burg entpuppte, die wie ein Adlerhorst auf einem Berg erbaut war, mit einem Turm, der tatsächlich in die Wolken hineinragte.

Seine eingeölten Hände glitten über ihren Körper, und sie war ihm hilflos ausgeliefert. Er brauchte nur die Flasche mit dem nach Ambra duftenden Öl zu öffnen, und sie bekam sofort weiche Knie und ließ sich von ihm bereitwillig ins Bett tragen.

»Du solltest dich schämen«, flüsterte sie. »Wir haben schließlich Gäste.«

»Robin und Marienne sind keine Gäste. Sie gehören zur Familie.«

Seine Finger umkreisten ihre Brustwarzen, die sofort so hart wie Kieselsteine wurden.

»Sie haben ihre Kinder mitgebracht.«

»Unsere Kinder werden ihnen Gesellschaft leisten.«

»Sie haben ...« Brenna verstummte und schnappte nach

Luft, als seine Hände unvermutet zwischen ihre Schenkel wanderten.

»Ja? Sie haben ...?«

Brenna konnte sich beim besten Willen nicht mehr daran erinnern, was sie sagen wollte.

Zehn Jahre, dachte sie benommen, und immer wieder diese Hilflosigkeit! Ihre Haut begann zu prickeln, wenn er sie nur ansah – sogar in einem Raum voller Menschen. Seine schwarzen Haare fielen ihm immer noch offen über die Schultern, und er trainierte immer noch jeden Tag, so daß sein Körper genauso muskulös wie früher war. Frauen verschlangen ihn immer noch mit hungrigen Blicken, mußten aber rasch einsehen, daß er nur Augen für die schlanke Bogenschützin hatte, die stolz an seiner Seite ging.

So war es seit dem Tag gewesen, als sie zusammen mit Robin und Marienne nach Edwinstow geritten waren, um sich vor dem Dorfpriester das Jawort zu geben. Hin und wieder versuchte er durchzusetzen, daß sie zu Hause blieb, während er irgendwelche Scharmützel mit benachbarten Burgherrn ausfocht, aber sie hatte ihm nur ein einziges Mal gehorcht kurz vor der Geburt ihres ersten Kindes.

Mittlerweile hatten sie vier Kinder: zwei Jungen und zwei Mädchen. Robin und Marienne hielten mit ihnen Schritt, aber Eduard hatte keinen Bruder, sondern nur drei Schwestern. Er war zum Ebenbild seines Großonkels Richard Löwenherz herangewachsen, mit weizenblonden Haaren und strahlend blauen Augen. Als der Schwarze Wolf den Jungen zum erstenmal gesehen hatte, waren ihm gewisse Zweifel gekommen, daß das tatsächlich sein Enkel war, denn er hatte an der Seite von Löwenherz gekämpft und konnte sich noch genau an dessen Gesichtszüge erinnern, aber er hatte nie Fragen gestellt, und Eduard wurde mit offenen Armen aufgenommen und konnte sich nach kurzer Zeit kaum noch vorstellen, daß er nicht immer zu dieser großen harmonischen Familie gehört hatte. Inzwischen war er neunzehn Jahre alt und trug schon die goldenen Sporen eines Ritters, worauf sein Vater sehr stolz war.

Robin war nach Burgund gekommen, um mit Griffyn und

Brenna über diese delikate Angelegenheit zu sprechen, denn sie waren nun die einzigen, die über Eduards wahre Herkunft Bescheid wußten.

Lord Henry de Clare hatte sich von seinen schweren Verletzungen erholt und weitere sechs Jahre treu über die Abtei gewacht, doch als er zusammen mit der Äbtissin Dorfbewohner pflegte, die an hohem Fieber litten, steckten beide sich an und starben im Abstand weniger Stunden. Auf Henrys Bitte hin, der Eleonores Geheimnis auch nach ihrem Tod gewahrt wissen wollte, wurde im Wald ein Pfeil abgeschossen, und an der Stelle, wo er sich in die Erde bohrte, wurde das Paar begraben. Schon nach einem Jahr war es völlig zugewachsen, so daß niemand es mehr finden konnte.

»Was wirst du Robin raten?« fragte Brenna ihren Mann, obwohl ihr im Augenblick nicht nach langwierigen Debatten zumute war, weil seine Hände immer noch eifrig am Werk waren.

»Es gibt keine andere Wahl, als weiterhin Schweigen zu bewahren. Johann Ohneland ist jetzt seit acht Jahren tot, und sein Sohn, Heinrich III., wird bald volljährig sein. Die Charta, die Johann in Runnymede unterzeichnen mußte, stellt sicher, daß kein König mehr solchen Machtmißbrauch treiben kann wie er. Die Barone haben in Heinrich III. eine Marionette, und das kommt ihren Wünschen sehr entgegen. Wozu sollte es gut sein, erneut Kriegswolken über England aufziehen zu lassen?«

»Aber Eduard ist ein so attraktiver junger Mann«, murmelte Brenna. »So mutig und kühn und edel.«

»Ich weiß – verglichen mit ihm sind wir anderen allesamt alte, häßliche Mißgeburten.«

»Er ist ein englischer Prinz, Liebster, während du nur *mein* Traumprinz bist.«

Sie zog ihn lachend in ihre Arme, und er kam dieser Einladung bereitwillig nach, denn er begehrte seine Frau nach zehn Ehejahren und vier Kindern noch genauso wie am allerersten Tag, was ihm selbst oft unverständlich war. Er hatte erwartet, daß sich nach einiger Zeit eine Art ruhige Zufriedenheit einstellen würde, doch sie brauchte auch heute noch nur seinen Namen zu flüstern oder seine Hand zu berühren, und er brannte lichterloh.

Sie schlang ihre Arme und Beine um ihn und paßte sich seinem Rhythmus an, und ihre Augen sagten ihm, wie sehr sie ihn liebte, wie bedingungslos sie an ihn glaubte.

»Die Wolken dringen ins Zimmer ein«, flüsterte sie.

Er blickte zum Fenster hinüber und stellte fest, daß tatsächlich weiße Schwaden auf das Bett zutrieben.

»Vertrau mir«, flüsterte er. »Die Wolken können dir nichts anhaben, wenn ich bei dir bin!«